Das Buch

Die meisten amerikanischen Kritiker haben William Bernhardt ganz zu Recht mit John Grisham verglichen. *»Blinde Gerechtigkeit«* ist ein fesselndes Gerichtsdrama, das durch einen brillant konstruierten Plot und überzeugend gezeichnete Charaktere besticht und in der Tat jedem Vergleich mit John Grisham standhält. Und wie Grisham hat auch Bernhardt zuerst als Anwalt praktische Erfahrungen im Gerichtssaal gesammelt, ehe er zu schreiben begann und mit authentischen, ungemein spannenden Justizthrillern die amerikanischen Bestsellerlisten stürmte.

Ein junger, nicht sonderlich erfolgreicher Anwalt kämpft um die Unschuld seiner Klientin. Für den cleveren Ben Kincaid, der sich nach seiner Entlassung aus einer noblen Wirtschaftskanzlei selbständig gemacht hat, bedeutet der spektakuläre Mordprozeß die Chance seines Lebens. Christina McCall, eine Freundin, die damals mit ihm in der Kanzlei gearbeitet hat, wird vom FBI wegen Mordverdachts verhaftet. Ben Kincaid ist fest von ihrer Unschuld überzeugt und übernimmt die Verteidigung. Aber alle Indizien sprechen gegen seine Mandantin, denn die junge Frau ist von FBI-Agenten mit der Tatwaffe in der Hand neben der Leiche des Ermordeten überrascht worden. In einem extrem schwierigen Indizienprozeß setzt Ben Kincaid alles daran, die Unschuld seiner Mandantin zu beweisen. Er muß auf eigene Faust ermitteln und neues Beweismaterial herbeischaffen, um einen Freispruch Christinas zu erreichen.

Autor:

William Bernhardt arbeitet als erfolgreicher Anwalt in einer großen Kanzlei in Tulsa, Oklahoma. Er wurde 1993 von der Vereinigung der amerikanischen Rechtsanwälte unter die Top Twenty der jungen amerikanischen Anwälte gewählt.

Sein erstes Buch, *Primary Justice*, erschien Anfang 1992 und erreichte in kurzer Zeit mehrere Auflagen.

WILLIAM BERNHARDT

BLINDE GERECHTIGKEIT

Roman

Aus dem Englischen
von Andreas Brandhorst

PAVILLON VERLAG
MÜNCHEN

PAVILLON TASCHENBUCH
Nr. 02/0251

Titel der Originalausgabe
BLIND JUSTICE

Umwelthinweis:
Dieses Buch wurde auf
chlor- und säurefreiem Papier gedruckt.

2. Ausgabe

Taschenbuchausgabe 09/2002

Der Pavillon Verlag ist ein Unternehmen der
Heyne Verlagsgruppe, München
http://www.heyne.de
Printed in Germany 2002
Umschlagillustration: The Image Bank/Hart
Umschlaggestaltung: Nele Schütz Design, München
Gesamtherstellung: Elsnerdruck, Berlin

ISBN: 3-453-21303-3

Für Michel,
Valerie und Karis

DANKSAGUNG

Ich möchte folgenden Personen danken: Kathy Mozingo und Deborah Loss für ihre Unterstützung bei den Vorbereitungen für das Manuskript; Arlene Joplin und Kindy Jones für ihre Informationen über die Feinheiten des Strafrechts; zahllosen freiwilligen Helfern der American Humane Society in Oklahoma; und meiner Frau Kirsten für die Sache mit dem Wandschrank.

Es heißt, die Gerechtigkeit sei blind. Das stimmt. Obendrein ist sie auch noch taub, zum Scheitern verurteilt und mit einem Holzbein ausgestattet.

Finley Peter Dunne, »Mister Dooley«

Wird vor Gericht nicht durch gut vorgebrachte Behauptungen, sonst schmutzig und verlogen, der Eindruck einer Missetat verdunkelt?

William Shakespeare
Der Kaufmann von Venedig, 3. Akt, 2. Szene*

* Nach der Übersetzung von Rudolf Schaller, erschienen im Insel Verlag, Frankfurt/Main

Prolog

Er ließ die Pistole wieder in der kleinen Schublade des Tisches verschwinden. Sie kam nur als letztes Mittel in Frage, dachte er, als er die Schublade mit zitternden Händen schloß. Als absolut letztes Mittel.

Bevor es dazu kam, standen ihm noch jede Menge Tricks zur Verfügung. Nein, es herrschte gewiß kein Mangel an Möglichkeiten. Er ging in die Küche und versuchte, sich mit falschem Optimismus aufzumuntern. Es klappte nicht.

Er öffnete den Kühlschrank und holte die Karaffe daraus hervor. Natürlich wußte er, welche Wahl sie treffen würde; man brauchte kein Hellseher zu sein, um das zu erraten. Er zog ein Fläschchen aus der Tasche, schraubte es auf und beobachtete, wie acht Tropfen in die Karaffe fielen. Das war die empfohlene Dosis – vermutlich mehr als genug. Trotzdem: Er hielt es für besser, auf Nummer Sicher zu gehen, und fügte deshalb den ersten acht Tropfen sechs weitere hinzu.

Anschließend stellte er die Karaffe wieder in den Kühlschrank; dabei wäre sie fast zu Boden gefallen. Er starrte auf seine Hände hinab – Schweiß klebte an ihnen. Und das galt auch für den Rest des Körpers. Alles fühlte sich unangenehm feucht an. Er wischte sich die Stirn ab, trocknete die Hände dann mit Hilfe des Tischtuchs. Er mußte sich zusammenreißen. Es gab genug Möglichkeiten, erinnerte er sich. Bestimmt nahm alles ein gutes Ende. Nur nicht für *sie*.

Er kehrte ins Wohnzimmer zurück und sah durchs Patiofenster auf der Nordseite. Unten standen zwei Wagen an der Auffahrt, bereit dazu, ihn zu verfolgen. Schon seit Stunden parkten sie dort.

Worauf warteten sie? Ihm zitterten die Knie, und er atmete schneller. Nur nicht in Panik geraten, ermahnte er sich. Wenn er kurz nachdachte, fielen ihm Dutzende von ganz normalen Gründen dafür ein, warum zwei Wagen an der

Auffahrt standen. Die Lage war noch nicht hoffnungslos. Er hatte nach wie vor eine Chance.

Ja, genau. Und er wollte nicht einfach warten, bis sie zu ihm kamen. Er öffnete die Schublade, griff nach der Pistole – und verharrte. Bei allen Heiligen! Die Waffe bot keine Lösung für das Problem. Zumindest jetzt noch nicht. Abrupt schloß er die Schublade, und von einer Sekunde zur anderen raste sein Puls.

Er sank in einen Sessel und versuchte, sich auf den Plan zu konzentrieren, auf die komplizierten Details und Ausweichmöglichkeiten, doch mehrmals glitt sein Blick zum Fenster. Parkten die beiden Wagen noch immer dort unten? Und wie lange dauerte es, bis ...

Er schloß die Augen. Solche Grübeleien hatten keinen Sinn. Er mußte den Plan ausführen – nur dadurch konnte sich seine Situation verbessern. Ein Ablenkungsmanöver, das den Druck von ihm nahm. Dadurch bekam er Zeit genug, um die Stadt zu verlassen. Es war auf jeden Fall besser als die Alternative.

Er atmete tief durch und spürte, wie das Herz wieder ruhiger schlug. Genau darauf kam es an: Er mußte sich an den Plan halten, wenn alles glatt über die Bühne gehen sollte. Ja ... Er mußte sie anrufen und die richtige Nachricht hinterlassen. Doch dafür war es noch zu früh. Je weniger Zeit ihr zum Nachdenken blieb, desto besser.

Er lächelte. Bestimmt klappte alles. Sollten die Mistkerle ruhig kommen; er hatte alle notwendigen Vorbereitungen getroffen. Erneut nahm er im Sessel Platz und glaubte endlich daran, daß alles in Ordnung kam, daß die Schublade des kleinen Tisches nicht geöffnet werden mußte. Die Zuversicht erfüllte ihn mit Erleichterung.

Bis das Telefon klingelte.

ERSTER TEIL

Verhängnisvolle Post

1

Mit dem Büro stimmte etwas nicht, und Ben fragte sich, was ihn am meisten störte: die auf dem Linoleumboden herumlaufenden Hühner, das im Vorzimmer verstreute Toilettenpapier, oder vielleicht jener Bursche, der mit einem Revolver auf ihn zielte.

»Kann ich Ihnen irgendwie helfen?« fragte Ben und versuchte, ruhig zu wirken.

»Nein, eigentlich nicht«, erwiderte der unrasierte Mann mit dem Schießeisen. »Ich bin nur gekommen, um Ihnen die Rübe von den Schultern zu ballern.«

»Oh«, sagte Ben. Eine bessere Antwort fiel ihm nicht ein.

Sein Sekretär Jones erhob sich hinter dem kleinen Spieltisch, der ihm als Arbeitsplatz diente. »Soll ich was unternehmen, Boß?«

»Rufen Sie die Polizei an«, sagte Ben.

»Sofort, Boß.« Jones nahm den Telefonhörer ab und wählte.

Der Fremde neigte die Waffe ein wenig zur Seite. »Wenn Sie nicht sofort auflegen, schieße ich Ihnen den Apparat aus der Hand.«

Jones zögerte. »Ach, kommen Sie. Ein so guter Schütze sind Sie bestimmt nicht.«

»Das stimmt vermutlich«, brummte der Mann. »Wahrscheinlich treffe ich nicht das Telefon, sondern Sie.«

Jones legte auf.

»Hören Sie ...«, sagte Ben. »Erklären Sie mir wenigstens, was dies alles zu bedeuten hat. Sie wissen schon: der letzte Wunsch des zum Tode Verurteilten und so.«

Der Mann musterte Ben argwöhnisch. »Welchen Sinn hätten jetzt noch irgendwelche Erklärungen?«

Ben überlegte kurz. »Sie gäben mir dadurch Gelegenheit, meinen fatalen Fehler zu bereuen, bevor mich das Schicksal ereilt.«

Der Bursche schien nicht beeindruckt zu sein.

»Und ich wüßte dadurch, in welche Aktenmappe der Bericht des Coroners gehört«, meinte der Sekretär. »Ich verabscheue es, wenn Dokumente einfach so herumliegen.«

Ben rollte mit den Augen. Herzlichen Dank, Jones.

Erstaunlicherweise schien der letzte Hinweis das Interesse des Mannes zu wecken. »Versuchen Sie's mit der Akte ›Loving gegen Loving‹«, entgegnete er bitter.

Ben erinnerte sich. Die Nachnamen hatten einen festen Platz in seinem Gedächtnis gefunden, weil sie angesichts der Umstände so seltsam klangen – immerhin handelte es sich um einen Scheidungsfall. »Ich nehme an, Sie sind Mr. Loving.«

»Und ob.« Der Mann hob die Waffe und zielte auf Bens Gesicht. »Und Sie sind der Kerl, der mir meine Frau weggenommen hat.«

»Ich bin der Anwalt, der sie vor Gericht vertrat«, berichtigte Ben. »Warum sind Sie nicht bei der Verhandlung erschienen?«

Loving straffte die ziemlich breiten Schultern. »Einige Dinge dürfen sich nur zwischen Mann und Frau abspielen. Ich halte nichts davon, in aller Öffentlichkeit schmutzige Wäsche zu waschen.«

»Als Sie nicht vor Gericht erschienen und auch darauf verzichteten, sich von einem Rechtsanwalt vertreten zu lassen ... Daraufhin handelte es sich um einen unbestrittenen Fall«, erklärte Ben. Aus den Augenwinkeln sah er, daß Jones wieder den Hörer abnahm und noch einmal zu wählen begann. Loving mußte irgendwie abgelenkt werden. »Die Richterin war praktisch gezwungen, dem Scheidungsantrag stattgeben, weil keine Einwände dagegen erhoben wurden. Unter den gegebenen Umständen blieb ihr überhaupt nichts anderes übrig.«

Der Mann kam einen Schritt näher. »Wie ich hörte, sind im Gerichtssaal einige schmutzige Lügen über mich erzählt worden von Ihnen.«

Ben räusperte sich. »Ich ... habe nur die Behauptungen meiner Klientin wiedergegeben.«

»Zum Beispiel die, daß ich gern Damenschuhe mit hohen Absätzen und Strumpfhosen trage?«

»Äh, ich glaube, Ihre Frau hat unter anderem deshalb die Scheidung eingereicht«, sagte Ben.

»Und dann die Sache mit den Tieren«, knurrte Loving.

Ben blickte zur Decke. »Mit den Tieren? Ich fürchte, daran erinnere ich mich nicht mehr ...« Er fühlte, wie ihm ein Schweißtropfen über die Stirn rann. Konnte Jones nicht schneller wählen?

»Sie haben mein Leben ruiniert!« rief Loving und gestikulierte mit der Waffe. »Durch Ihre Schuld verlor ich eine Frau, die mir alles bedeutete. Und dafür werden Sie nun büßen.«

»Stimmt es Sie gnädiger, wenn ich Ihnen mitteile, daß heute mein Geburtstag ist?« fragte Ben.

Loving zog den Hahn des Revolvers zurück. »Nehmen Sie dies als Geschenk.«

»Wenn Sie Ihre Frau wirklich so sehr lieben ... Warum versuchen Sie nicht, wieder ihre Gunst zu gewinnen?«

»Wie bitte?«

»Vielleicht könnten Sie noch einmal heiraten.«

»Dafür ist es jetzt zu spät.«

»Nein«, widersprach Ben. »Solche Versöhnungen sind durchaus möglich. Zum Beispiel Natalie Wood und Robert Wagner – sie haben dreimal geheiratet!«

Loving schien darüber nachzudenken. »Ich weiß nicht ...«

»Sie müssen um sie werben. So wie beim ersten Mal. Bringen Sie Ihr Blumen. Schreiben Sie ein Gedicht. Halten Sie im Mondschein ihre Hand.«

»So was hat sich nie zwischen uns abgespielt.«

Ben runzelte die Stirn. »Bestimmt gab's zu Anfang ein bißchen Romantik.«

»Romantik?« Loving schnaubte abfällig. »Ich habe Babs in einer Bar kennengelernt. Nach 'n paar Drinks kam's zu einer Nummer auf dem Rücksitz meines Wagens. War nicht besonders toll, führte jedoch zu einer Schwangerschaft. Deshalb mußten wir heiraten.«

»Nun ...« Ben versuchte, den Kopf aus der Schlinge zu ziehen. »Um so besser. Dann ist das alles neu für sie.« Er schnippte mit den Fingern. »Ich müßte noch einige alte Liebesgedichte haben, die ich Ihnen leihen könnte.«

»Glauben Sie wirklich, daß ein solcher Versuch lohnt?« fragte Loving. Der Hauch eines Lächelns umspielte seine Lippen.

»Man kann nie wissen. Ich bin davon überzeugt, daß eine zweite Ehe mit Ihrer Ex-Frau möglich ist – vorausgesetzt, Sie machen keinen Fehler, der Sie für den Rest Ihres Lebens ins Gefängnis bringt.«

»Babs könnte zu mir zurückkehren?«

»Ich halte das nicht für ausgeschlossen.«

»Ich schon«, sagte Loving. Das Lächeln verschwand aus seinem Gesicht, als er auf Bens Nase zielte und schoß.

Jones nahm das Eis, wickelte ein Tuch um die Würfel und schlang ein Gummiband darum. Einige Sekunden lang rang er mit einem kindersicheren Verschluß, bekam das Fläschchen schließlich auf und steckte sich einige Tylenol-Tabletten in die Tasche – nur für den Fall. Dann kehrte er in Bens kleines Büro zurück und trat zum durchgesessenen Sofa an der gegenüberliegenden Wand.

Er schob die Hand des Anwalts beiseite und legte ihm das Eis auf die Stirn. »Wie fühlt sich das an?«

»Kalt«, sagte Ben.

»Hat es einen beruhigenden Effekt?«

»Derzeit könnten mich nicht einmal hundert Seraphim mit besonders sanfter Harfenmusik beruhigen. Man hat gerade auf mich geschossen!«

»Ja«, bestätigte Jones. »Und zwar mit einem Spielzeugrevolver, der ein Fähnchen mit der Aufschrift ›Bumm!‹ zeigte. Mit Lee Harvey Oswald hat das kaum etwas zu tun.«

»Für Sie ist das leicht gesagt – das Fähnchen hat *Sie* nicht ins Auge gepikst. Ich hätte fast eine Kontaktlinse verloren.« Ben sah den Gesichtsausdruck des Sekretärs. »Ich bin erschrocken.«

»Oh, natürlich. Ich war die ganze Zeit über dabei. Und ich habe gesehen, wie Sie in Ohnmacht gefallen sind.«

»Ich bin *nicht* in Ohnmacht gefallen, sondern habe das Gleichgewicht verloren.«

»Wie Sie meinen.« Jones versuchte, ein Lächeln zu unterdrücken.

»Ich höre noch immer das irre Lachen des Burschen. Wie lauteten seine Worte? ›Sie haben mir die Hölle beschert, Kincaid – das wollte ich Ihnen heimzahlen.‹ Mann, der Kerl ist krank.«

»Ja. Allerdings hat er auch einen gewissen Sinn für Humor.« Jones blickte in die verkniffene Miene seines Chefs. »Für *kranken* Humor.«

»Dachte mir schon, daß Sie es so meinen.« Ben rückte den Eisbeutel zurecht, und die Augen verschwanden darunter. »Übrigens, Jones: Vielleicht geht es mich nichts an, aber wieso befinden sich Hühner in meinem Büro?«

»Frank Brannon hat sich endlich dazu durchgerungen, seine Rechnung zu bezahlen. Unglücklicherweise hat er derzeit kein Geld. Deshalb die Hühner – daran mangelt's ihm nicht.«

»Wunderbar. Das kommt davon, wenn man vor Gericht einen Fall vertritt, bei dem es um die Wiederinbesitznahme eines Traktors geht.«

»Soweit ich weiß, können Sie in dieser Hinsicht nicht besonders wählerisch sein.«

»Ja, mag sein.« Ben rieb den Eisbeutel erst an der linken und dann auch an der rechten Wange. »Hühner. Meine Güte, das hilft uns natürlich enorm, die Miete zu bezahlen. Außerdem sind wir fein raus, wenn plötzlich eine Hungersnot über Tulsa hereinbrechen sollte.«

»Da Sie gerade die Miete erwähnen, Boß ... Ich erinnere nicht gerne daran, aber mein Gehalt ist längst überfällig.«

»Stimmt. Leider bin ich knapp bei Kasse. Nehmen Sie sich so viele Hühner, wie Sie wollen. Übrigens: Liegt noch immer jede Menge Toilettenpapier im Vorzimmer?«

»Nein. Ich hab dort aufgeräumt, nachdem Dr. Loving von

der Polizei verhaftet und fortgebracht wurde – wegen versuchter Körperverletzung mit einem Spielzeug.«

Ben ignorierte den Seitenhieb. »Darf ich fragen, wer mein Büro mit dem TP heimsuchte, Jones?«

»Raten Sie mal.«

»Verstehe.« Ben streckte sich auf dem Sofa aus. »Wenn Sie jetzt bitte gehen und die Tür hinter sich schließen würden, Jones ... Ich möchte hier einige Stunden lang in aller Ruhe liegen und versuchen, meinen Puls auf eine dreistellige Zahl zu verringern.«

Der Sekretär rührte sich nicht von der Stelle. »Boß?«

»Ja.«

»Ihre Bemerkung von vorhin ... Entsprach sie der Wahrheit?«

»Meinen Sie meinen Puls?«

»Nein. Ich meine Natalie Wood und Robert Wagner.«

»Oh, sie ließen sich einmal scheiden, um dann erneut zu heiraten.«

»Sie haben also gelogen.«

»Ich habe nicht gelogen, nur ein wenig ... übertrieben.« Vorsichtig berührte Ben die gerötete Haut am Auge. »Mir blieb nicht viel Zeit, um meine Phantasie zu bemühen.«

Jones zögerte noch immer.

»*Ja*?«

»Sollte der Fall Simons nicht heute morgen um zehn verhandelt werden?«

Ben sah auf die Uhr. »Lieber Himmel! Es ist bereits zehn! Meine Güte, Jones – zu Ihren Aufgaben gehört es, mich rechtzeitig auf meine Termine hinzuweisen.«

»Tut mir leid, Boß. Die Schießerei hat mich abgelenkt.«

Ben griff nach seiner Aktentasche, hastete hinaus und preßte sich noch immer den Eisbeutel an den Kopf. Vielleicht schaffte er es noch rechtzeitig, wenn er den ganzen Weg bis zum Gericht lief.

2

Ben bahnte sich einen Weg aus dem vollen Aufzug, eilte durch den fünften Stock des Countygerichts von Tulsa und näherte sich dem Verhandlungssaal von Richterin Hart. Vor dem Eingang wartete Christina auf ihn.

»Was ist los, Ben?« fragte sie und lächelte vom einen Ohr bis zum anderen. »Hast du vergessen, den Wecker zu stellen?«

Atemlos blieb er vor ihr stehen und schnappte nach Luft. »Ich bin schon seit Stunden wach. Die Schießerei hat mich aufgehalten.«

»Die *Schießerei*? Was soll das heißen?«

»Ich erzähle dir später davon. Wo ist Richterin Hart?«

»Noch nicht eingetroffen. Sie mußte noch einige Dinge erledigen, bevor das Verfahren fortgesetzt wird.«

»Es gibt noch Wunder – dem Himmel sei Dank dafür.«

»Ja. Heute scheint dein Glückstag zu sein.« Christina strich das lange, rotblonde Haar hinter die Schultern zurück. Sie trug einen kurzen Lederrock, hohe Stiefel und ein gelbes Trikot – typische Kleidung für sie. »Da fällt mir ein, Ben ... Herzlichen Glückwunsch zum Geburtstag.«

Er bedachte sie mit einem durchdringenden Blick. »Du hast versprochen, es nicht zu verraten.«

»Keine Angst, von mir hat niemand etwas erfahren. Da fällt mir ein: Ich hab was für dich. Bist du später im Büro?«

»Sofort nach der Verhandlung kehre ich dorthin zurück.«

»Hast du was dagegen, wenn ich vorbeikomme?«

»Meine Tür steht immer für dich offen, Christina. Solange du nicht herumschnüffelst und versuchst, Informationen zu sammeln, die dein Chef im Gerichtssaal gegen mich verwenden kann.« Ben sah zur Tür. »Ist Mrs. Simmons dort drin?«

»Ja. Und ich glaube, sie braucht deinen Trost. Sieht *les miserables* aus.«

»Auf welche Weise?«

»Auf die übliche: schweißfeuchte Hände, zitternde Knie.«

Ben nickte. »Die meisten Leute kriegen das Zittern, wenn

sie vor Gericht erscheinen müssen. Aber danke für den Tip.« Wenn ihm Christina riet, mit einem Klienten zu reden, so versäumte er es nie, ihren Rat zu beherzigen. Sie hatte einen erstklassigen Instinkt, und man konnte sich keine bessere Rechtsassistentin wünschen. Zu schade, daß sie zur Konkurrenz gehörte.

Ben und Christina hatten sich während Bens kurzer Zeit als Partner von Raven, Tucker & Tubb kennengelernt. Nach seinem Rausschmiß kündigte sie aus Protest und arbeitete für Swayze & Reynolds. Der Wechsel schien vorteilhaft für sie zu sein. Der geschäftsführende Teilhaber Quinn Reynolds gab ihr wichtige Aufträge, und dadurch bekam sie Kontakt mit prominenten Klienten. Sie war sehr erfolgreich, soweit Ben das feststellen konnte. Obwohl: Der Erfolg hatte weder Christinas Garderobe verbessert noch etwas gegen ihre Neigung ausgerichtet, die französische Sprache zu mißbrauchen.

Sie betraten den Gerichtssaal, und Ben beobachtete, wie Reynolds seiner Begleiterin einen finsteren Blick zuwarf. Vermutlich beschloß er, Christina später zur Schnecke zu machen, weil sie dem Feind Gesellschaft leistete. Reynolds mochte der Geschäftsführer von Swayze & Reynolds sein, aber er galt auch als arrogant, anmaßend und ungenießbar. Schlimmer noch: er war ein schlechter Anwalt, zeigte Aufsässigkeit vor Gericht und lehnte Kompromisse ab. Er griff gern zu Verzögerungstaktiken, um Vereinbarungen zu seinen Gunsten durchzusetzen; genau dagegen hatte sich Ben während des aktuellen Verfahrens immer wieder gewehrt. Unter anderen Umständen wäre Reynolds sicher längst aus der Anwaltsgemeinschaft verbannt worden, doch seine Frau gehörte zum Obersten Gericht von Oklahoma. Ben kannte Leute, die sich monatelang über Reynolds beklagt hatten, und letztendlich hieß es immer: »Verdammt, ich verabscheue den Kerl, aber was kann man schon machen? Immerhin schläft er mit der Richterin.«

Ben sah zu seiner Klientin Amy Simmons, die allein am Tisch des Klägers saß – sie wirkte angespannt und hilflos. Vor einigen Monaten war ihr jemand von hinten in den Wagen gefahren. Sie erhob Anklage gegen den Verantwortlichen, einen Mann namens Tony Lombardi, um Schadenersatz für ihre Verletzungen zu bekommen. Reynolds vertrat Lombardi und seine Versicherungsgesellschaft.

»Morgen, Amy. Bitte entschuldigen Sie die Verspätung.«

Sie lächelte schief. »Schon gut. Die Assistentin dort drüben meinte, Sie gäben ihrem Schlußplädoyer den letzten Schliff.«

Damit schuldete er Christina einen weiteren Gefallen. »Fühlen Sie sich sicher in bezug auf Ihre Aussage? Möchten Sie mich noch etwas fragen?«

Amys Züge verhärteten sich. »Muß ich wirklich vor die Richterin treten, wo mich alle sehen können?«

»Das läßt sich nicht vermeiden.« Ben klopfte ihr auf die Hand. »Seien Sie unbesorgt. Ich bin die ganze Zeit über bei Ihnen. Bestimmt wird alles gut.«

»Das hoffe ich«, erwiderte Amy nervös. »Das hoffe ich wirklich.«

Richterin Helen Hart betrat den Gerichtssaal, ließ die Geschworenen Platz nehmen und setzte die Verhandlung fort. Sie war Mitte Vierzig und schon lange genug im Amt, um ihre Arbeit mit Würde und Humor zu erledigen. Ben fand ihre Art erfrischend – ein guter Richter konnte einen schwierigen Fall wie diesen lockerer gestalten.

Auf Bens Zeugenliste stand nur noch ein Name: der von Mrs. Simmons. Von ihrer Aussage hing alles ab. Die Schilderungen der medizinischen Sachverständigen waren durchaus überzeugend, aber Amy selbst mußte die Geschworenen davon überzeugen, beim Unfall verletzt worden zu sein und noch immer zu leiden. Wenn ihr das nicht gelang, gab es kein Urteil, das ihr Schadenersatz zusprach.

Sie trat in den Zeugenstand, und Ben stellte die ersten Fragen. Sie hatten dies mehrmals geübt, um vorbereitet zu sein, was jedoch nichts an Mrs. Simmons' Nervosität änderte. Glücklicherweise gab sie genau die richtigen Antworten, erweckte dabei einen ehrlichen, aufrichtigen Eindruck. Sie sprachen über die Halsverletzung und jene Beschwerden, mit denen Amy praktisch die ganze Zeit über fertig werden mußte: starke, stechende Schmerzen, plötzliche Krämpfe, die Unfähigkeit, den Kopf gerade zu halten. Ihr Hausarzt hatte eine umfassende Schädigung des Zellgewebes festgestellt und mehrere Operationen durchgeführt. Seine Diagnose ließ keinen Zweifel: Für den Rest ihres Lebens brauchte Amy Medikamente und Physiotherapie.

Nach den Fragen trat Ben vom Podium herunter. Mit der Aussage seiner Klientin war soweit alles in Ordnung, aber sie hatte die Geschworenen nicht zu Tränen gerührt. Alles klang zu glatt, wie auswendig gelernt. Ben begriff, daß er improvisieren und einige verbale Kunstgriffe anwenden mußte, um das Mitgefühl der Geschworenen zu erregen.

»Genießen Sie noch immer die gleiche Lebensqualität wie vor dem Unfall, Amy?«

Mrs. Simmons blickte auf ihre Hände. »Oh, wissen Sie, ich komme zurecht.«

Alles andere als eine herzergreifende Antwort. »Sind Sie nach wie vor imstande, Tennis zu spielen?«

»Eigentlich hat mir Tennis nie sehr viel Spaß gemacht, Mr. Kincaid.«

»Und Golf?«

»Ich habe jetzt Enkel und verspüre nicht mehr das Bedürfnis, einen kleinen Ball über den Rasen rollen zu lassen.«

Ben holte tief Luft. »Bringt es Sie in Verlegenheit, wenn Ihr Hals in aller Öffentlichkeit zu zucken beginnt?«

»Ach, ich gebe nicht viel darauf, was andere Leute denken.«

Mist – die Situation erforderte drastische Maßnahmen. Ben näherte sich dem Zeugenstand und beugte sich übers Geländer. »Amy … Ich weiß, daß Sie versuchen, tapfer zu sein und sich nicht zu beklagen. Doch den Geschworenen gegenüber müssen Sie ganz offen sein. Ich sehe das Zittern in Ihrem Hals. Es tut weh, nicht wahr? Sie haben Schmerzen, hier und jetzt.«

Mrs. Simmons hob die Hand zum Hals. »Ja«, hauchte sie.

Braves Mädchen. Er wußte natürlich, daß er Suggestivfragen stellte, aber Reynolds schien zu dämlich zu sein, um es zu bemerken. »Und die Schmerzen begleiten Sie jeden Tag. Sind kaum zu ertragen, nicht wahr?«

Amys Kopf bebte, und sie nickte andeutungsweise.

»Und wenn Sie kein Geld haben, um die Medikamente und die Physiotherapie zu bezahlen … Dann müssen Sie die Schmerzen für den Rest Ihres Lebens ertragen, ohne Hoffnung auf Linderung. Stimmt das?«

Die Augen der Frau füllten sich mit Tränen. »Ich … ich glaube schon«, sagte sie.

»Danke. Keine weiteren Fragen, Euer Ehren.«

Ben kehrte zufrieden zum Tisch des Klägers zurück. Es war nicht leicht gewesen, aber Amy hatte den Geschworenen endlich das mitgeteilt, was sie wissen mußten. Sollte Reynolds ruhig versuchen, sie beim Kreuzverhör in die Zange zu nehmen. Wenn er sie zu sehr unter Druck setzte, so zog er sich damit den Unwillen der Jury zu.

Reynolds ging langsam zum Podium. Er sah das Dilemma ebenso deutlich wie Ben, und deshalb wußte er nicht genau, wie er anfangen sollte. »Ich bin Quinn Reynolds, Mrs. Simmons.« Er verharrte und schwieg einige Sekunden lang. »Ich vertrete den Beklagten, Mr. Lombardi.«

»Und die Versicherungsgesellschaft«, fügte Amy hinzu.

»Einspruch, Euer Ehren«, sagte Reynolds sofort.

»Stattgegeben«, entschied Richterin Hart. »Ich fordere die Geschworenen auf, die letzte Bemerkung der Zeugin nicht zu beachten.«

»Ich beantrage, die Verhandlung aufgrund von Verfahrensmängeln zu beenden.«

»Abgelehnt«, entgegnete die Richterin schlicht. »Stellen Sie Ihre Fragen.«

»Mrs. Simmons, Sie behaupten, an einer umfassenden Schädigung des Zellgewebes im Hals zu leiden. Stimmt das?«

»Die Diagnose stammt von meinem Hausarzt.«

»Aber hat Ihr Arzt nicht gesagt …« Reynolds blätterte in seinem Notizheft, drehte es und blätterte erneut. »Wo hab ich's notiert?« Er schritt zum Tisch des Beklagten und kramte dort in einem großen Durcheinander aus Unterlagen.

Ben lächelte. Reynolds zögerte nie, irgendwelche schmutzigen Tricks anzuwenden, doch diesmal ging der Schuß eindeutig nach hinten los. Zu Beginn des Verfahrens hatte Reynolds beantragt, Dutzende von Dokumenten als Beweismittel zuzulassen, ganz offensichtlich mit der Absicht, den allein arbeitenden Ben unter einem Berg aus Papier zu begraben und den Rechtsstreit für Amy so teuer wie möglich zu machen. Jetzt konnte Reynolds ein Blatt mit Notizen nicht finden, weil es sich irgendwo in dem von ihm selbst geschaffenen Dokumentenchaos befand. Echt komisch.

Leider war Christina eine weitaus bessere Rechtsassistentin, als Reynolds verdiente. Unauffällig begab sie sich in den vorderen Bereich des Gerichtssaals, fand dort sofort den richtigen Aktenordner und entnahm ihm das benötigte Schriftstück. Reynolds nahm es mit einem wortlosen Nicken entgegen und wandte sich wieder dem Podium zu.

»Nun, Mrs. Simmons ... Hat Ihr Hausarzt im Zusammenhang mit der Verletzung nicht folgende Worte benutzt: ›vermutlich geringfügiger Natur und leicht zu entfernen‹?«

»Leicht zu entfernen?« Amy runzelte verwirrt die Stirn. »Darf ich mir das ansehen?«

Reynolds wollte ihr das Dokument nicht zeigen, mußte sich jedoch fügen, als Richterin Hart zum Zeugenstand deutete. Er reichte das Blatt dem Gerichtsdiener, der es Mrs. Simmons gab.

»Vermutlich geringfügiger Natur und leicht zu entfernen«, wiederholte Amy und las auch den Rest. »Oh, jetzt verstehe ich. Diese Sache betrifft nicht meine Halsverletzung, sondern eine Warze.«

Reynolds blinzelte. »Eine Warze?«

»Ja. Ganz oben auf der Seite bezieht sich der Arzt auf eine *Verruca vulgaris*. Damit meint er eine Warze.« Amy sah zu Reynolds. »Die war tatsächlich geringfügiger Natur und leicht zu entfernen.«

Ben hob die Hand vor den Mund, um sein Lächeln zu verbergen. Diese Vernehmung hätte selbst dann nicht besser sein können, wenn sie von ihm selbst in Szene gesetzt worden wäre. Das Urteil der Geschworenen erschien bereits vor seinem inneren Auge, und darüber strahlten helle Lichter in Form von Dollar-Zeichen.

Reynolds blätterte wieder im Notizheft. Zumindest wußte er, wann es darauf ankam, noch einmal von vorn zu beginnen. »Sie haben ausgesagt, daß Ihnen die Halsverletzung ständige Schmerzen beschert.«

»Ja.«

»Außerdem leiden Sie dadurch an Desorientierung und Schwindel.«

»Ja.«

»Darüber hinaus sind plötzliche Krämpfe möglich.«

»Das stimmt. Vor allem dann, wenn ich müde bin.«

Jetzt versucht er's mit der sanften Tour, dachte Ben. Glaubte er nicht mehr daran, den Fall zu gewinnen? Beschränkte er sich jetzt darauf, Anteilnahme zu zeigen und das Beste zu hoffen?

»Außerdem gaben Sie zu Protokoll, daß sich die Nackenkrämpfe negativ auf Ihre Arbeit auswirken.«

»Ich bin Krankenschwester und habe ständig mit Patienten zu tun. Ich kann mich nicht richtig um sie kümmern, wenn es zu solchen Krämpfen kommt.«

»Und das Leiden begann nach dem Unfall?«

»O nein«, erwiderte Amy fröhlich. »Dieses Problem habe ich schon seit vielen Jahren.«

Ben glaubte, seinen Ohren nicht trauen zu dürfen. *Was?*

»Soll das heißen, Ihr Leiden wurde *nicht* vom Autounfall verursacht?« fragte Reynolds.

Die Frau im Zeugenstand öffnete den Mund, gab jedoch keinen Ton von sich. Offenbar dämmerte ihr gerade, daß sie etwas Falsches gesagt hatte. Sie sah zu Ben – vielleicht erhoffte sie sich die richtige Antwort von ihm.

Die Richterin sah auf den Zeugenstand hinab. »Bitte beantworten Sie die Frage.«

Ben beobachtete, wie sich die imaginären Dollar-Symbole trübten. Er sprang auf. »Einspruch, Euer Ehren. Ich sehe keine Verbindung zu dem Fall, den wir hier verhandeln ...«

»Sparen Sie sich die Mühe«, sagte Richterin Hart, bevor er

etwas hinzufügen konnte. »Abgelehnt. Obwohl ich es Ihnen nicht verdenken kann.«

»Die Nackenkrämpfe habe ich seit meiner Kindheit«, sagte Amy. »Sie begannen, als ich acht oder neun war.«

»Mrs. Simmons, bei Ihrer Aussage vor zwei Monaten beschrieben Sie in allen Einzelheiten die Schmerzen im Hals am Unfalltag.«

»Ja«, bestätigte Amy. »An jenem Tag waren sie besonders schlimm.«

»Aber Sie litten nicht zum erstenmal daran.«

»Nein, ganz und gar nicht.«

Reynolds lächelte triumphierend. Wenn das Nackenleiden schon vor Jahren existierte, so kam als Ursache wohl kaum der Unfall in Frage. Mit anderen Worten: Dann konnte der Fahrer des Unfallwagens dafür nicht zur Rechenschaft gezogen werden. Und dann mußte die Versicherungsgesellschaft nicht einen einzigen Dollar Schadenersatz zahlen. »Keine weiteren Fragen, Euer Ehren.«

Richterin Hart sah Ben an. »Möchten Sie die Zeugin noch einmal befragen?«

Er stand auf. »Ja, Euer Ehren.«

Die Richterin nickte. »Viel Glück.«

Ben eilte zum Podium, um zu retten, was noch zu retten war. Es ging darum, bei Amy die Aura des Opfers wiederherzustellen.

»Sie haben ausgesagt, daß Ihr Hals kurz nach dem Unfall schmerzte. Stimmt das?«

»Ja. Er tat fürchterlich weh.«

»Handelte es sich um einen ›normalen‹ Krampf, so wie die anderen vorher?« *Bitte, Gott, laß mich jetzt nicht im Stich*!

»O nein. Er war viel schlimmer.«

Danke! »Nach dem Unfall litten Sie an stärkeren Schmerzen?«

»Ja. Vorher empfand ich sie nur als unangenehm, doch nachher wurden sie schier unerträglich.«

»Kennen Sie den Grund dafür?«

»Dr. Carter sprach von einem sogenannten Peitschenhieb-Effekt, zu dem es kam, als Mr. Lombardi meinen Wagen von hinten rammte. Ein Nerv wurde dadurch zwischen zwei Halswirbelknochen eingeklemmt.«

»Die Verletzung ist permanenter Natur, nicht wahr?«

»Ich fürchte, ja. Arzneien und Therapie helfen zwar, aber die Ärzte haben mir mitgeteilt, daß ich nie ganz geheilt werden kann.«

»Nun, der Unfall war zwar nicht die Ursache Ihres Halsproblems, aber er hat es erheblich verschlimmert. Ist das richtig?«

»O ja. Ich habe jetzt viel häufiger und stärkere Krämpfe.«

Gelobt seien alle Heiligen. »Danke, Amy. Keine weiteren Fragen, Euer Ehren.«

»Gut«, sagte die Richterin. »Meine Damen und Herren ... Wir unterbrechen die Verhandlung bis dreizehn Uhr.« Und: »Übrigens, Mr. Kincaid ... Nicht übel.«

3

Ben empfing Amy Simmons im Vorzimmer seines Büros und trat deshalb vorsichtig an den Hühnern vorbei. Wenn er sie einfach ignorierte ... Dann verzichtete die Klientin vielleicht darauf, entsprechende Fragen zu stellen.

»Ich wollte mich bei Ihnen bedanken, Mr. Kincaid«, sagte Amy. »Alle anderen Anwälte, mit denen ich gesprochen habe, lehnten es ab, mich zu vertreten.«

»Wenn es um Verletzungen wie bei Ihnen geht, ist die Schuld schwer zu beweisen.«

»Sie waren wundervoll im Gerichtssaal. Insbesondere nach dem Kreuzverhör.«

»Nicht der Rede wert. Ich mußte nur unsere Strategie den veränderten Umständen anpassen, um die Geschworenen auf folgendes hinzuweisen: Wenn der Beklagte ein schon vorher existierendes Leiden verschlimmert, so ist er für die zusätzlichen Schmerzen und Behinderungen verantwortlich. Es war keine große Sache.«

»Ich habe Sie für großartig gehalten. Und bestimmt gelang es Ihnen auch, die Geschworenen zu beeindrucken.«

Ben schüttelte den Kopf. »Das bezweifle ich. Immerhin wurde Ihnen nur ein Schadensersatz von zehntausend Dollar zugesprochen. Glücklicherweise ging die andere Seite darauf ein – Ihnen bleibt also ein Berufungsverfahren erspart. Wie dem auch sei: Die Hälfte der Summe geht für Ihre bisherigen Behandlungskosten drauf. Und sicher kommt in dieser Hinsicht noch einiges auf Sie zu.«

»Ich hätte Ihnen rechtzeitig sagen sollen, daß ich schon früher an Nackenkrämpfen litt. Ich dachte, es sei allgemein bekannt.«

»Für mich war's völlig neu.«

»Mein Schwager studiert Jura, und er meinte, unter diesen Umständen sei das Urteil sehr gut. Deshalb möchte ich Sie zunächst einmal bezahlen.«

Amy konnte es sich nicht leisten, einen Stundensatz oder eine Pauschale zu bezahlen. Aus diesem Grund hatte Ben ein prozentuales Erfolgshonorar mit ihr vereinbart, was bedeutete: Er bekam nur dann Geld, wenn er die Verurteilung des Beklagten durchsetzte. »Wenn Sie mir ein Drittel des Schadensersatzes geben, so bleibt Ihnen nicht mehr genug Geld für Therapie und Arzneien.«

»Spielt keine Rolle«, erwiderte Amy. »Abgemacht ist abgemacht. Hier, ich habe den Scheck bereits ausgestellt.«

Ben sah genauer hin: 3333 Dollar.

Damit konnten viele überfällige Rechnungen bezahlt werden, überlegte er. Trotzdem faltete er den Scheck zusammen und zerriß ihn.

»Nein, Amy«, sagte er. »Es ist immer das Recht des Anwalts gewesen, auf sein Honorar zu verzichten, und genau das mache ich jetzt.« Er ließ die Papierfetzen auf den Boden fallen. »Behalten Sie das Geld und lassen Sie sich auf angemessene Weise behandeln.«

Amy sah Ben an, und ihre Augen schimmerten. Wortlos faßte sie ihn an den Schultern und hauchte ihm einen Kuß auf die Wange. Dann nahm sie ihre Handtasche und ging.

»Donnerwetter«, sagte Jones, der wieder am Spieltisch saß. »Sie sind ein toller Bursche.«

»Ja, ja, ja.«

»Die Sache hat allerdings einen Haken, Boß: Sie haben gerade die letzte Chance vertan, in absehbarer Zeit Geld zu verdienen. Woraus sich die Frage ergibt, wie Sie mich bezahlen wollen.«

»Mit menschlicher Güte«, schlug Ben vor.

»Nichts für ungut, Boß, aber mir wäre ein Zahlungsmittel lieber, mit dem man sich etwas kaufen kann.«

Die Tür öffnete sich, und Christina kam mit einem Karton herein.

»Ein Repräsentant der Gegenseite«, sagte Ben. »Hoffentlich bist du nicht gekommen, um uns zu verspotten.«

»Das käme mir nie in den Sinn. Immerhin hast du das Verfahren gewonnen.«

Ben zuckte mit den Schultern. »Für einen Apfel und ein Ei.«

»Was sicherlich nicht deine Schuld ist. Nun, vergessen wir das mit dem Gericht und so. *Que será será*. Ich habe dir ein Geburtstagsgeschenk mitgebracht.«

Jones sah auf. »Haben Sie heute tatsächlich Geburtstag, Boß?«

»Oh-oh.« Christina schloß die Augen. »*Pardonnez-moi.*«

»Wieso haben Sie mir nichts davon gesagt?« fragte der Sekretär. »Wie alt werden Sie heute?«

»Dreißig«, antwortete Ben. »Und genau *deshalb* habe ich Ihnen nichts gesagt. Um zu vermeiden, daß Ihnen die üblichen Geschmacklosigkeiten in den Sinn kommen, zum Beispiel schwarze Trauerbänder oder Stripteasetänzerinnen und so.«

»Ich mag die Jungs, die als Gorilla verkleidet Pizzas bringen …«

»Na bitte.« Bens Blick wanderte zu Christinas Karton. »Das ist mein Geburtstagsgeschenk?«

»Du hast es erraten.« Sie schob den Behälter auf ihn zu. »Warum guckst du so skeptisch?«

»Weil mir gerade die Luftlöcher aufgefallen sind.«

»Toll beobachtet, Herr Detektiv. Wie wär's, wenn du den Karton öffnest?«

Ben stellte ihn auf Jones' Spieltisch, löste den Knoten, zog die Klappe auf und fand ... eine Katze. Groß und schwarz war sie, mit einem weißen Ring an der Nase.

»Du hast sie bereits ins Herz geschlossen, nicht wahr?« fragte Christina.

»Eigentlich habe ich mit Katzen nicht viel am Hut ...«

»Ach, Unsinn. Woher willst du das wissen? Dies ist die erste in deinem Leben, oder?«

»Ich lebe lieber allein.«

»Darum geht's ja«, sagte Christina. »Du lebst schon viel zu lange allein. So was ist nicht gesund.«

»Hast du vielleicht Angst, daß ich an Kontaktarmut leiden und nicht lernen könnte, mit anderen Kindern zu spielen?«

»Ich möchte dir trotz deiner Sturheit zu der Erkenntnis verhelfen, daß du nicht alles allein erledigen mußt.«

»Aus Erfahrung weiß ich: Je weniger Umgang mit anderen Leuten ich habe, desto besser – für die anderen ebenso wie für mich.«

»Du bist zu alt, um den Einzelgänger zu spielen. Es wird Zeit für dich, Hilfe anzunehmen und dir eine Familie aus Freunden zuzulegen.«

»Ich hatte bereits eine Familie«, brummte Ben. »Und daher weiß ich: Solche Dinge funktionieren bei mir nicht.«

»Da irrst du dich, Ben.« Christina holte das Tier aus dem Karton. »Dieses Kätzchen wird es dir beweisen.«

»Das *Kätzchen*? Es wiegt bestimmt zehn Kilo!«

»Hat ein bißchen Übergewicht, ja. Gehörte meiner Freundin Sally Zacharias. Nun, sie heiratet und zieht in ein Apartmenthaus um, in dem keine Tiere erlaubt sind. Also bat sie mich, ein neues Heim für ihren Liebling zu finden. Die Katze braucht jede Menge Zuneigung.«

»Ein Grund mehr, sie jemand anderem anzuvertrauen.«

»Ihr schließt bestimmt schnell Freundschaft.« Christina reichte Ben die Katze.

Er nahm sie umständlich entgegen und hielt sie wie ein wissenschaftliches Untersuchungsobjekt. »Wie heißt sie?«

»Sally nannte sie Giselle. Du kannst ihr auch einen anderen Namen geben, wenn du möchtest.«

»Giselle. Klingt gut. Wie klassische Musik.« Ben streckte vorsichtig einen Finger und strich der Katze damit über den Rücken. Sie schnurrte glücklich.

»Siehst du?« Christina lächelte zufrieden. »Ihr kommt schon jetzt bestens miteinander zurecht. Hier hast du zwei Dosen Katzenfutter. Damit sollte es dir gelingen, die erste Nacht zu überstehen.«

Ben las das Etikett. »›Für anspruchsvolle Katzen‹. Was hat es damit auf sich?«

»Es ist Feinschmecker-Nahrung. Alles andere lehnt Giselle ab. Leider kostet das Zeug eine Menge Geld.«

»Wenn sie bei mir unterkommen will, sollte sie ihre kulinarischen Ansprüche möglichst schnell auf ein normales Maß reduzieren.«

»Tja, ich wünsche dir viel Glück. In meiner Wohnung habe ich einen Freßnapf, eine Sandkiste und andere Dinge für dich. Ich bringe dir die Sachen morgen.«

»Warum nicht schon heute abend? Bei der Gelegenheit kannst du einen Eindruck davon gewinnen, wie es um unsere Beziehung steht.«

»Tut mir leid. Ich bin verabredet.«

Ben wölbte eine Braue. »Ach? Und mit wem?«

Christina zögerte. »Mit Tony Lombardi.«

»Du gehst mit einem Klienten aus? Hältst du das für klug?«

»Von Ausgehen und so kann keine Rede sein. Ich bringe ihm nur einige Dokumente, die er unterschreiben soll. Außerdem: Das Verfahren ist vorbei. Während der beiden letzten Monate haben Tony und ich viel Zeit zusammen verbracht. Eigentlich kein Wunder, daß er mich einlädt.« Christina strich ihr seidenes rotes Haar glatt. »Schließlich bin ich hinreißend attraktiv.«

»Im Gerichtssaal erschien mir Lombardi sehr angespannt und mit den Nerven runter. Zunächst dachte ich, es läge an der Verhandlung. Jetzt kenne ich den wahren Grund: die Verabredung mit dir.«

»Ha, ha.«

»Wenn du mich fragst: Es klingt nicht nach einer guten Idee.«

Christina ließ die Wimpern klimpern. »Bist du etwa eifersüchtig, Benjamin Kincaid?«

»Quatsch. Mir liegt nur dein Wohlergehen am Herzen. Das wäre auch bei jedem anderen Freund der Fall.«

»Oh, natürlich.«

»Im Ernst!«

Christina lächelte. »Wie du meinst.«

»Nun, eigentlich geht's mich ja gar nichts an. Wenn ich dir trotzdem einen Rat geben darf: Vermeide es, dich in Schwierigkeiten zu bringen.«

»Keine Sorge. Ich gebe gut auf mich acht.« Christina ging zur Tür. »Viel Spaß mit der Katze. Und herzlichen Glückwunsch zum Geburtstag.«

Kaum hatte sie das Büro verlassen, als Giselle zu miauen begann.

»Reg dich ab«, sagte Ben. »Offenbar müssen wir irgendwie miteinander zurechtkommen – zumindest für eine Weile.« Er blickte tief in Giselles marmorgrüne Augen. »Ich frage mich, ob du gern Hühner jagst.«

4

Christina schob einen weiteren Karton mit Dokumenten aufs oberste Regal. Reynolds bestand darauf, alle Dokumente zu archivieren, die seine Prozeßgegner während der letzten zehn Jahre den Gerichten vorgelegt hatten. Andernfalls gäbe es hier vielleicht noch genug Platz für ein Poster oder gar einige Fotos. Statt dessen mußte die junge Frau in einem Büro arbeiten, das wie eine Registratur anmutete: Hier gab es keine Fenster, und Regale zogen sich an allen vier Wänden entlang. Nun, was durfte eine einfache Rechtsassistentin schon erwarten? Es war ihr erlaubt, Reynolds einmal täglich vor einem Reinfall zu bewahren. Ein anständiges Arbeitszimmer kam dafür natürlich nicht in Frage.

Sie verstaute den letzten Karton und seufzte erleichtert. Jetzt fehlte nur noch Lombardis Unterschrift auf der punktierten Linie – dann konnte der Fall Simmons ganz offiziell zu den Akten gelegt werden.

Die Empfangsdame Candice – sie arbeitete nach der normalen Bürozeit – kam herein. »Eine Nachricht für Sie.«

»Danke.« Christina nahm den rosaroten Zettel entgegen und laß eine Mitteilung, die von Tony Lombardi stammte. *Muß an einer wichtigen geschäftlichen Besprechung teilnehmen und bitte tausendmal um Entschuldigung. Was halten Sie davon, in meinem Apartment auf mich zu warten? Vielleicht kehre ich erst spät heim. Genehmigen Sie sich einen Drink.* Unten stand die Adresse.

Nun, wenigstens hatte er das Treffen nicht abgesagt. Zumindest nicht ganz. Die Adresse betraf einen Ort knapp fünfundzwanzig Kilometer außerhalb von Tulsa; sie kannte den Weg. Die Einladung ins Apartment erschien ihr ein wenig … gewagt, aber dadurch sparte sie vermutlich Zeit. Meine Güte, sie war eine moderne, selbstbewußte Frau. Sie konnte sich mit jeder beliebigen Person treffen, wann und wo es ihr gefiel. Auch ohne die Zustimmung ihrer Mutter.

Christina zerknüllte den Zettel, warf ihn in den Papierkorb, griff nach ihrer Aktentasche und verließ das Büro. Wichtig war in erster Linie, daß diese Sache zum Abschluß gebracht wurde. Warum sollte sie nicht in Lombardis Wohnung auf ihn warten? Schaden konnte es wohl kaum, oder?

Ben parkte seinen Accord kurz vor der Ecke, unter der Straßenlaterne. Dadurch mußte er zwar einen halben Block weit bis zur Pension gehen, aber gleichzeitig verringerte sich die Wahrscheinlichkeit, daß dem Wagen am nächsten Morgen die Reifen fehlten.

Er brachte Giselle aufs Zimmer und ging dann zum nächsten Lebensmittelladen. Feinschmecker-Nahrung für Katzen – gab es etwas Unsinnigeres? Ben kaufte einige Dosen Katzenfutter, das nicht allzuviel kostete. Giselle mußte eben lernen, daran Gefallen zu finden – andernfalls riskierte sie eine drastische Abmagerung.

Anschließend kehrte er zur Pension zurück. Unterwegs kam er an einigen gelbbraunen Backsteingebäuden vorbei, die noch aus dem Zweiten Weltkrieg stammten. In der North Side schien sich nie etwas zu verändern.

Die Singleton-Zwillinge Joni und Jami saßen auf der Treppe und unterhielten sich mit zwei hispanischen Jungen, die knapp sitzende weiße T-Shirts trugen. Seltsam: Zwillinge, die Singleton hießen. Ben hatte einmal versucht, darüber mit ihnen zu reden, aber der ironische Aspekt des Namens blieb den Geschwistern aus irgendeinem Grund verborgen.

»Hallo, Benjamin«, sagte Joni und strich eine Strähne ihres lockigen braunen Haars aus der Stirn. »Wie läuft's?«

»Ach, es geht so.«

»Haben Sie heute Freunde von mir aus dem Gefängnis geholt?«

»Noch nicht«, erwiderte Ben. »Aber der Tag endet erst um Mitternacht.«

»Stimmt.«

»He, Benjamin«, sagte Jami, als er vorbeischritt. »Ich möchte Sie nicht dabei erwischen, wie Sie heute abend irgendwelche Frauen zu sich aufs Zimmer schmuggeln.« Alle vier lachten laut.

»Na schön.« Ben beschloß, auf den Scherz einzugehen. »Ich verspreche dir, mich nicht erwischen zu lassen.« Er öffnete die recht lädierte Fliegengittertür und trat ein.

Es gab nur vier kleine Wohnungen im Gebäude. Die Hauswirtin, Mrs. Marmelstein, beanspruchte eine im Erdgeschoß für sich selbst, und die zweite stand Mr. Perry zur Verfügung, dem Ben bislang kein einziges Mal begegnet war. Er hatte eins der beiden Apartments im Obergeschoß; die Singleton-Zwillinge und der Rest ihrer Familie wohnten im anderen.

Ben klopfte bei Mrs. Marmelstein an. Er hörte die Klänge von *Wheel of Fortune* und schlurfende Schritte.

»Oh, Ben«, sagte Mrs. Marmelstein und zog die Tür ganz

auf. »Es freut mich sehr, daß Sie bei mir vorbeischauen. Ich weiß einfach nicht weiter.«

»Was ist passiert?«

»Ein Mann vom Elektrizitätswerk besuchte mich vor kurzem. War sehr unfreundlich. Behauptete, ich hätte die letzte Rechnung nicht bezahlt.«

Oh ...

»Ich habe geantwortet, daß es sich zweifellos um ein Mißverständnis handeln muß. Immerhin kümmert sich ein Anwalt um meine geschäftlichen Angelegenheiten, und er hat bestimmt nicht vergessen, die Stromrechnung zu bezahlen.«

»Natürlich nicht«, sagte Ben. »Vielleicht sollte ich einen Blick in Ihre Bücher werfen, um festzustellen, wo der Fehler liegt.«

»Das wäre sehr nett von Ihnen.« Die Hauswirtin deutete zum Küchentisch – sie hatte schon alles vorbereitet.

Bens Blick fiel auf mehrere Schuhkartons und Mappen mit Quittungen und dergleichen – die *Bücher* von Mrs. Marmelstein. Seit er in diesem Gebäude wohnte, hatte er mit mehr oder weniger Erfolg versucht, ihr zu helfen. Sie war in den vierziger Jahren nach Tulsa gekommen (als die North Side einen ausgezeichneten Ruf genoß), zusammen mit ihrem Mann, einem der ersten Ölbarone. Damals gehörten den Marmelsteins viele Häuser in Tulsa; sie galten als angesehene Mitglieder der lokalen High-Society und unternahmen mehrere Weltreisen. Mr. Marmelstein starb in den siebziger Jahren, und mit dem Ölboom ging es kurze Zeit später zu Ende. Mrs. Marmelsteins Reichtum schrumpfte immer mehr, schmolz wie Schnee in der Sonne. Jetzt besaß sie nur noch diese kleine Pension, die sich noch dazu in einem verrufenen Viertel der Stadt befand. Ihr einziges regelmäßiges Einkommen bestand aus Mietgeld. Unglücklicherweise glaubte Mrs. Marmelstein, noch immer so reich zu sein wie früher. Ben gab sich alle Mühe, sie zum Sparen zu veranlassen und es ihr auf andere Weise zu ermöglichen, mit den relativ geringen Einnahmen über die Runden zu kommen.

Zu allem Überfluß hatte Mrs. Marmelstein auch noch ein

viel zu weiches Herz. Wenn man ihr eine traurige Geschichte erzählte, reagierte sie sofort mit Anteilnahme und Mitgefühl, was dazu führte, daß sie Zahlungsaufschub gewährte oder ganz auf Forderungen verzichtete. Nicht selten geschah es, daß Ben mit der Bank gerade einen neuen Tilgungsplan vereinbart hatte – um dann zu erfahren, daß Mrs. Marmelstein so großzügig gewesen war, irgendeinem Wohlfahrtsverein zweihundert Dollar zu spenden.

Warum nicht? lautete ihre Antwort, wenn er sie darauf ansprach. Es sei ihre Pflicht vor Gott, den Bedürftigen zu helfen. Wie Sie meinen, erwiderte Ben, holte den Taschenrechner hervor und begann noch einmal von vorn.

Diesmal gab es eine einfache Erklärung für das Problem: Im letzten Monat war die finanzielle Situation der Hauswirtin so schlecht gewesen, daß er die Stromrechnung beiseite gelegt hatte – in der Hoffnung, daß sich der nächste Monat etwas günstiger für die Haben-Seite auswirkte. Er sah in dem Umschlag nach, der Mrs. Marmelstein als Portokasse diente. (Manchmal zahlten die Mieter in bar. Dafür gab es viele Gründe, und die meisten von ihnen waren illegal). Er fand sechs Dollar, was sicher nicht genügte.

Ben warf einen Blick über die Schulter. Mrs. Marmelstein saß im Ruhesessel neben dem Bücherregal. Dutzende von Reader's Digest-Billigausgaben standen dort, und hinzu kamen alle Bände des Warren-Berichts. Ihre Aufmerksamkeit galt einer Fernsehsendung; sie versuchte gerade, einen Namen zu erraten, von dem folgende Buchstaben bekannt waren: SNO--HIT-. Ben holte seinen Brieftasche hervor, entnahm ihr drei Zwanziger und schob sie in den Umschlag.

Dann kehrte er ins Wohnzimmer zurück. »Ich weiß gar nicht, wie es mir passieren konnte, die Stromrechnung zu übersehen«, sagte er. »Aber es besteht kein Grund zur Besorgnis. Die Portokasse enthält genug Geld, um alles zu bezahlen. Da es der Mann so eilig hatte … Ich schlage vor, Sie gehen morgen früh zur nächsten Geschäftsstelle des Elektrizitätswerks und zahlen den Betrag bar ein.« Er lächelte. »Neulich meinten Sie, ein bißchen Bewegung könnte Ihnen nicht schaden.«

Die Hauswirtin überlegte kurz und schien in einem mentalen Terminkalender nachzusehen. »Ich schätze, Zeit habe ich genug.«

»Gut.«

»Ist etwas in der Post? Vielleicht ... eine Partyeinladung?«

»Nein, ich glaube nicht.«

»Oh.« Mrs. Marmelstein hob die Hand zur Wange. Sie begriff noch immer nicht ganz, daß es in der feinen Gesellschaft von Tulsa keinen Platz mehr für sie gab. Oder wußte sie es doch, tief in ihrem Innern?

»Für die wirklich wichtigen gesellschaftlichen Ereignisse ist es noch zu früh«, sagte Ben. »Vielleicht im nächsten Monat, wenn's etwas kühler wird.«

»Ja, vielleicht.«

»Ich komme morgen noch einmal vorbei.«

»Äh, Ben ...«

»Ja?«

Mrs. Marmelstein nahm eine kleine Plastikvase vom Tisch neben der Tür. Frisch geschnittene Blumen steckten darin, hauptsächlich Pfingstrosen und Gänseblümchen aus dem Garten.

»Für Sie«, sagte die Hauswirtin und reichte ihm die Vase. »Herzlichen Glückwunsch zum Geburtstag.«

»Danke, Mrs. Marmelstein.« Er schnupperte an den Blumen. »Das ist sehr nett von Ihnen.«

»Schon gut.« Sie vollführte eine vage Geste. »Ich bekomme keine Blumen mehr ...«

Christinas letzte klare Erinnerung betraf den Duft des Parfüms, das ihre Mutter benutzt hatte.

Wie seltsam, fuhr es ihr durch den Sinn. Sie fühlte sich wieder wie ein kleines Mädchen, das die Mutter dabei beobachtete, wie sie Begonien und Hyazinthen pflanzte, dabei ständig die Melodie von ›Annie Laurie‹ summte. Schmerz zeichnete sich in ihren Zügen ab, als die Tochter zum tausendsten Mal fragte, wann Daddy heimkehrte. Ja, Mutters Parfüm. Kein Zweifel. An den Namen entsann sie sich nicht, doch der Duft war unverkennbar.

Und dann roch sie ... nichts mehr.

Sie schlief. Oder auch nicht. Es konnte kein Schlaf im eigentlichen Sinne sein, weil sie noch immer etwas sah: vage, verschwommene Schemen im bläulichen, flackernden Glühen des Fernsehschirms. Jemand befand sich im Zimmer, aber so sehr sich Christina auch bemühte: Sie konnte ihn nicht erkennen. Ihre Lider sanken nach unten, und eine Sekunde später war sie wieder im Garten ihrer Mutter. Sie lächelten und lachten, vergruben Tulpenknollen für den nächsten Frühling – bis es plötzlich laut krachte. Sie versuchte, die Augen zu öffnen, um festzustellen, was um sie herum passierte.

Sie wußte nicht, wieviel Zeit verstrich. Weißes Strahlen half ihr schließlich, die Lider zu heben. Eine Gestalt stand vor ihr, und sie trachtete danach, ihr eine Identität zu verleihen. Um wen handelte es sich? Vielleicht um Frosty den Schneemann? Ja. Und nein. Irgend etwas stimmte nicht mit ihm. Sie spürte Bitternis und Boshaftigkeit. Eine weitere Explosion ließ den Raum erheben, und das Donnern wiederholte sich mehrmals. Das Gesicht begann zu schmelzen, verformte sich, verwandelte sich in etwas, das auf schreckliche Weise *anders* war. Christina schloß die Augen und sah sich selbst, wie sie lief, so schnell und so weit wie möglich. Und dann schwamm sie, lief Gefahr, im Geschmolzenen zu ertrinken. Wellen schwappten, und plötzlich fiel ihr ein, daß sie gar nicht schwimmen konnte. Sie ging unter ...

Und öffnete die Augen. Wo war sie jetzt? Christina wußte es nicht genau, aber unter ihr schien sich fester Boden zu erstrecken. Der Duft des Parfüms verflüchtigte sich und wich einem neuen, weitaus unangenehmeren Geruch, der Übelkeit in ihr weckte. Der Raum wirkte anders und fremd.

Es kostete sie erhebliche Mühe, sich aufzurichten. Irgendwie gelang es ihr, auf die Beine zu kommen, und anschließend gratulierte sie sich zu dieser Leistung.

Nur ein oder zwei Meter entfernt lag eine Leiche. Christina starrte darauf. Wer mochte der Tote sein? *Tony*? Sie kniete und berührte die Hand – noch warm.

Dann bemerkte sie den Kopf. Besser gesagt: die Stelle, an

der man den Kopf erwartete. Die Übelkeit verdoppelte sich, und sie kämpfte gegen den Brechreiz an. Sie mußte sich jetzt beherrschen, um herauszufinden, was geschehen war. In der rechten Seite des Schädels zeigte sich ein großer, sternförmiger Krater – das Loch reichte fast bis zur anderen Seite. Blut formte einen sonderbaren Halo um den Rest des Kopfes. Knochensplitter und Hirnmasse lagen auf dem Boden.

Christina sah eine Waffe in der Nähe, griff danach und hob sie dicht vor die Augen. Auch in diesem Fall glaubte sie, Wärme zu spüren. Oder bildete sie sich das nur ein?

Die Tür sprang auf, und dabei ertönte ein Geräusch, das für die junge Frau wie ein Donnerschlag klang. Sie zuckte heftig zusammen und schrie. Die Waffe fiel zu Boden.

Mehrere Männer kamen ins Zimmer. Drei? Vier? Es fiel Christina noch immer schwer den Blick zu fokussieren, richtig zu *sehen.*

»Keine Bewegung!« rief einer der Männer. »Hände hoch!«

Was? Alles erschien schemenhaft und unwirklich. Was geht hier vor? dachte Christina. Warum richten die Männer Revolver auf mich? Ich verstehe überhaupt nichts ...

»Hände hoch, habe ich gesagt!« rief der Mann noch lauter. »Jim ...«

Ein zweiter Mann lief los, schob ihr die Hände so unter die Achseln, daß sie seine Handballen an den Brüsten fühlte. Mit einem jähen Ruck riß er sie auf die Beine und stieß sie mit dem Gesicht voran an die Wand.

Sie schluchzte, während der Mann sie abtastete. Warum tut er mir weh? Warum ist er hier? *Warum verstehe ich nichts*?

»Mein Gott«, brachte der Fremde hervor. »Seht euch das an!« Kurze Stille folgte, und dann kehrte der Mann zurück, schob sich so dicht an sie heran, daß nur wenige Zentimeter sein Gesicht von ihr trennten. »Sie haben ihn umgebracht!«

Christina sah ihn an, ohne den Sinn der Worte zu erfassen. »Ich habe ihn umgebracht ...«

»Allmächtiger Gott!« entfuhr es dem Mann. Speichel spritzte von seinen Lippen und traf sie im Gesicht. »Was für ein Monstrum *sind* Sie?«

Er grub ihr die Hand ins Haar und zerrte sie durchs Zimmer. Ich kann noch nicht gehen, dachte sie. Ich bin hier noch nicht fertig, muß etwas erledigen! Doch der Mann zog sie weiter. Es hatte keinen Zweck. Zu spät. Es war viel zu spät.

5

Ben erwachte mit einem ungewöhnlichen Empfinden: Etwas kratzte und nahm ihm die Luft zum Atmen, fühlte sich irgendwie pelzig an. Er öffnete die Augen – und sah nur Katzenfell.

Abrupt setzte er sich auf, hustete, spuckte und wischte sich Katzenhaar aus dem Mund. Giselle hatte sich an sein Gesicht geschmiegt. Sie sprang ihm nun auf den Schoß, schnurrte und schien sich zu fragen, daß Herrchen endlich wach war.

»Hör mal, Giselle ...«, begann Ben. »Du mußt hier einige Regeln beachten. Regel Nummer eins: Mein Bett ist für dich verboten.« Er hob die Katze hoch und warf sie durch die nahe Tür. Nach einem kurzen Abstecher ins Bad ging er in die Küche und holte das Katzenfutter hervor. Am vergangenen Abend hatte Giselle nichts davon gefressen, aber inzwischen mochte sie hungrig genug sein, um von ihrem hohen Roß herunterzukommen und sich mit gewöhnlicher Nahrung zu begnügen, so wie der Rest des Haushalts.

Er gab den Doseninhalt in eine kleine Schüssel und stellte sie auf den Boden. Giselle kam neugierig näher, schnüffelte und stolzierte gekränkt davon.

»Ich gebe auf keinen Fall nach, Katze«, verkündete Ben. »Wenn ich damit anfange, dir teure Delikatessen zu servieren, so willst du sie vielleicht für den Rest deines Lebens.«

Giselle trippelte ins Wohnzimmer und würdigte ihn keines Blickes.

»Ich rate dir, deine Ansprüche jetzt gleich zurückzuschrauben, Giselle. Ich bin nicht bereit, mich den Wünschen einer Katze zu fügen. Dieses Futter hier schmeckt ebensogut wie das teure Zeug. Außerdem ist es viel gesünder.«

Die Katze machte es sich im Sessel bequem und sah nicht einmal in die Richtung ihres neuen Herrn. Wenn es möglich war, daß Katzen Menschen die kalte Schulter zeigten, so offenbarten sie vermutlich ein derartiges Verhalten.

Na schön. Ben lehnte es ab, selbst zu hungern, nur weil Giselle nicht fressen wollte. Er öffnete den Kühlschrank und prüfte das Angebot. Nichts davon entsprach traditionellen Vorstellungen von einem Frühstück, doch er entdeckte einen noch halb gefüllten Karton mit vietnamesischen Spezialitäten. Nun, Ri Le galt als bestes Zum-Mitnehmen-Restaurant in Tulsa; das Essen war sicher gut genug, um auch noch drei Tage später verspeist zu werden.

Er hatte die Reste des ›doppelt schmackhaften‹ Hähnchens gerade in den Mikrowellenherd geschoben, als das Telefon klingelte. »Ja?«

»Hier ist Jones, Boß. Haben Sie schon die Zeitung gelesen?«

»Nein. Glauben Sie, ich könnte es Giselle beibringen, mir morgens die Zeitung zu holen?«

»Oh, ich fürchte, Sie müssen noch viel über Katzen lernen. Werfen Sie einen Blick auf die Titelseite, Boß. Gestern abend hat das FBI eine Frau geschnappt – ihr wird Mord zur Last gelegt.«

»Was erwarten Sie von mir? Soll ich zum Gefängnis rennen und mir die Visitenkarte der werten Dame geben lassen? Hören Sie, Jones, ich weiß ja, daß Sie gern bezahlt werden möchten ...«

»Es ist nicht irgendeine Frau«, sagte der Sekretär. »Sehen Sie sich das Foto in der Zeitung an.«

Ben spürte, wie sich ihm die Nackenhaare aufrichteten. Eine Ahnung prickelte in ihm ...

Er legte auf, ging nach unten und holte die Morgenausgabe der *Tulsa World*. Dort stand es, auf der ersten Seite: Eine Frau war am Tatort verhaftet worden, während sie neben der Leiche kniete. Man warf ihr vor, einen Mann ermordet zu haben, der mit dem organisierten Verbrechen und Drogen aus Südamerika in Verbindung gestanden hatte.

Ein Foto begleitete den Artikel und räumte jeden Zweifel aus. Rotblondes Haar, Sommersprossen, ein gelbes Trikot.

Christina.

Ben kannte den Weg vom Gerichtsgebäude an der Kreuzung Vierte Denver zum Gefängnis so gut, daß er in der Lage gewesen wäre, ihn mit geschlossenen Augen zu beschreiten. Seit einem Jahr – seit dem Rauswurf bei Raven, Tucker & Tubb und dem Ende der ›feinen‹ Prozesse, die sicheres Geld brachten – war er dort häufig zu Besuch. Damals konnte er bei keiner anderen Kanzlei unterkommen, und deshalb blieb ihm nichts übrig, als sich selbständig zu machen. Wobei sich schon bald Probleme ergaben: Ohne Verbindungen, gute Kontakte und vor allem Geld war es kaum möglich, beruflich auf eigenen Beinen zu stehen. Werbung lehnte Ben ab – das hielt er für unter der Würde eines ordentlichen Rechtsanwalts. Er wollte seine Praxis in der richtigen Art und Weise aufbauen.

Er hatte ein kleines, schlichtes Büro nördlich der Innenstadt gemietet – mehr konnte er sich nicht leisten. Anschließend sorgte er für einen Eintrag in den Gelben Seiten und machte seinen Laden auf. Zum größten Teil verdiente er sich seinen Lebensunterhalt mit Inkassoaufträgen, Scheidungen und eher banalen Kriminalfällen. Allmählich bekam er mehr Klienten, was er vor allem der Mundpropaganda verdankte, aber im großen und ganzen führte ein Fall von Trunkenheit am Steuer zum nächsten. Seine Chancen, irgendwann einmal für große Firmen zu arbeiten, von denen man ein hohes Honorar fordern konnte, standen nicht besonders gut.

Ben öffnete die kugelsichere Glastür, die zum Zellenbereich führte. Lester Boggs hielt im Vorzimmer Wache. Er hatte dünnes schwarzes Haar und etliche Kilo zuviel auf den Rippen – das Ergebnis von vielen Jahren am Schreibtisch. Eigentlich wirkte er lächerlich in der besonders großen Sheriffuniform mit dem glänzenden Ledergürtel und dem Halfter für die Dienstwaffe.

Die Polizei sollte nicht jeden Beamten mit einer Knarre

ausrüsten, dachte Ben. Er fragte sich, ob Lester die Kanone jemals in der Hand gehalten oder gar damit geschossen hatte.

Lester sah auf. »Morgen, Kincaid.«

»Morgen, Les.«

»Vermutlich wollen Sie die beiden Betrunkenen rausholen, die wir vergangene Nacht im Osage-Territorium aufgelesen haben.«

Ben besann sich auf seine Entschlossenheit und versuchte, überzeugend zu wirken. Er verabscheute das Lügen und kam nicht sonderlich gut damit zurecht. »Nein. Ich bin hier, um mit Christina McCall zu reden. Ich vertrete sie.«

Lester wölbte die Brauen. »Tatsächlich? Ich bin beeindruckt.« Er zog die Schublade auf und suchte nach den Schlüsseln. »Ein Mord, bei dem Drogen mit im Spiel sind. Sie machen Karriere.«

»Christina ist eine gute Bekannte. Halten Sie es für möglich, daß man sie bis zur Verhandlung freiläßt? Ich übernehme die Verantwortung.«

»Ausgeschlossen. Es muß eine Kaution vereinbart und hinterlegt werden.«

Lester öffnete das Gitter, das den Wachraum vom Zellenbereich trennte, führte Ben dann durch einen langen Betonflur. Mit leisem Schnaufen wankte er durch den Korridor, und das Geräusch seiner schweren Schritte hallte von den Wänden wider. Der Abschaum und die menschlichen Wracks in den Zellen riefen ihm zu, als er an den Türen vorbeikam. Lester reagierte nicht darauf. Ben verzog das Gesicht, als ihm der an diesem Ort allgegenwärtige Gestank in die Nase stieg – es roch nach Alkohol, Erbrochenem und Urin. Übelkeit erfaßte ihn.

Vor der letzten Zelle blieb Lester stehen und schloß auf. »Fünfzehn Minuten.«

»Ja, ich weiß Bescheid«, sagte Ben.

»He, normalerweise ist mir das gar nicht gestattet, aber ... Wenn Sie möchten, gebe ich den beiden Betrunkenen Ihre Karte.«

»Nein, danke. Derzeit habe ich genug zu tun.« Ben betrat

die Zelle, und hinter ihm fiel die Tür mit lautem Scheppern ins Schloß.

Die Zelle mochte fünf oder sechs Quadratmeter groß sein, und Christina lag auf der unteren Matratze des Bettgestells, neben dem Waschbecken und einer Toilette ohne Deckel. Ihre Augen waren geschlossen – vielleicht schlief sie.

Langsam kamen die Lider nach oben. »Ben?« Sie setzte sich auf und rieb den Schlaf aus den Augen. »Bist du das?«

»Ja«, erwiderte er sanft.

»Dem Himmel sei Dank.« Christina erhob sich mühsam, humpelte zum Waschbecken und spritzte sich Wasser ins Gesicht.

Sie trug noch immer die Kleidung, in der sie verhaftet worden war, und jetzt bot sie einen schrecklichen Anblick. Im gelben Trikot zeigte sich ein langer Riß, und das rote Haar wirkte wie vom Wind zerzaust. Wimperntusche bildete Flecken auf den Wangen.

Ben ließ sich auf die Bettkante sinken. »Was hast du angestellt?«

Christina nahm ebenfalls Platz. »Ich habe niemanden umgebracht, wenn du das wissen willst.«

»Das dachte ich mir. Wie bist du in diesen Schlamassel geraten?«

»Das ist schwer zu erklären. Ich habe dir ja erzählt, daß ich mich mit Tony Lombardi treffen wollte. Geschäftliche Dinge hielten ihn auf.«

»Und seine geschäftlichen Dinge bestanden aus Drogen.«

»So heißt es jetzt, ja.«

»Hast du irgend etwas Verdächtiges bemerkt?«

»Nein, nie. Mir gegenüber behauptete Tony, er sei im Import und Export tätig.«

»Da hat er nicht unbedingt gelogen. Weißt du, was er importiert?«

»Papageien.«

»Papageien?«

»Aus Südamerika. Seltene Vögel. Sollen sehr wertvoll sein.«

»Südamerika, wie? Was für eine Überraschung.« Ben

klopfte sich mit dem Kugelschreiber an die Lippen. »Was passierte gestern abend?«

Christina preßte die Finger an die Schläfen. »Um ganz ehrlich zu sein, Ben: Meine Erinnerungen an den gestrigen Abend sind eher verschwommen. Ich bekam eine Nachricht, mit der mich Tony zu sich einlud. Nun, ich fuhr zu ihm, aber er war nicht zu Hause. Ich schaltete den Fernseher ein, genehmigte mir einen Drink und wartete. Offenbar bin ich eingeschlafen. Als ich gegen zwei Uhr nachts erwachte, lag Tony tot auf dem Boden, ein großer Teil seines Kopfes fehlte.«

»Muß ein ziemlicher Schock gewesen sein.«

»Ja, und ob.« Christina lachte leise und humorlos. »Ich war so intelligent, aufzustehen und überall meine Fingerabdrücke zu hinterlassen. Tja, und als ich mich über die Leiche beugte ... Eine Nanosekunde später kreuzte das FBI auf.«

»Tonys Mitteilung hast du nicht mehr, oder?«

»Nein. Hab sie in den Papierkorb geworfen. Und der dürfte inzwischen geleert worden sein.«

»Stammte sie wirklich von Lombardi?«

»Das sagte mir die Empfangsdame. Andererseits: Jeder hätte anrufen und sich als Tony ausgeben können – Candice kennt ihn nicht.«

»Hat man daran gedacht, dich auf deine Rechte hinzuweisen?«

»Leider ja.« Christina wischte sich mit dem Ärmel das Gesicht ab. »Danke der Nachfrage.«

»Bist du ... grob behandelt worden? Ich meine ...«

Christina nickte. »Ich weiß, was du meinst. Und ich kann mich nicht beklagen. Die Jungs haben sich den Umständen entsprechend verhalten. Kamen immerhin vom FBI. Sie wollten sich ihren Fall nicht vermasseln lassen.« Sie zögerte, und ihr Blick schien sich nach innen zu kehren. »Nun, die Leibesvisitation war nicht sehr angenehm. Und auch das Entlausungsspray hat mir nicht allzusehr gefallen.«

Ben versuchte, keine Grimasse zu schneiden.

»Übernehmen Sie meinen Fall, Herr Anwalt?« fragte Christina.

»Was, *ich*? Es kann sicher nicht deine Absicht sein, dich von mir vor Gericht vertreten zu lassen.«

»*Au contraire, mon ami*. Ich meine es ernst.«

»Christina, diese Sache ist ... *ernst*. Ich bin kein Fachmann im Strafrecht. Laß dich von Pat Williams verteidigen. Bei ihm bist du in guten Händen.«

»Ich will mich nicht von Pat Williams verteidigen lassen. Ich kann ihn mir überhaupt nicht leisten. Ich möchte dich.« Und etwas leiser: »Du bist der Beste. Du weißt es nur noch nicht.«

»Ich halte das für ausgesprochen unklug, Christina.«

»Lehnst du es etwa ab, mir diesen kleinen Gefallen zu erweisen?«

»Der Fall könnte zu einem wirklich dicken Ding werden ...«

»Wenn das ein diskreter Hinweis darauf sein soll, daß mir die Todesstrafe droht ... Ich weiß, Ben.« Sie sah ihm in Augen. »Mein Anwalt soll fest daran glauben, daß ich unschuldig bin – darauf lege ich großen Wert. Du weißt, daß ich Tony nicht umgebracht habe. Und deshalb möchte ich *dich*, Ben.«

»Es gibt einige erfahrene Pflichtverteidiger, die du von deiner Unschuld überzeugen könntest.«

Christina beugte sich vor und legte Ben die Hand auf die Schulter. »Es geht mir um mehr, Ben. Ich möchte herausfinden, wer Tony auf dem Gewissen hat. Ich will wissen, wem ich meine gegenwärtige Situation verdanke.«

Ben musterte die junge Frau. »Na schön«, sagte er schließlich und stand auf. »Aber ich behalte mir das Recht vor, juristische Hilfe in Anspruch zu nehmen, wenn mir die Sache über den Kopf wächst.«

»Meinetwegen.« Christina streckte sich auf dem Bett aus.

»Ich versuche, dich so schnell wie möglich aus diesem Rattenloch zu holen. Bis mir das gelingt ... Ich fahre bei dir zu Hause vorbei und besorge dir saubere Klamotten. Hast du einen Schlüssel?«

Sie lächelte schief. »Ich habe das Schloß nicht ausgewechselt, Ben.«

»Oh. Na gut. Ich rede auch mit Mike. Vielleicht kann er mir den einen oder anderen Tip geben.«

»Ausgezeichnete Idee.«

»Gib mir über Lester Bescheid, wenn du was brauchst. Wir bleiben in Verbindung.«

»Ben?«

»Ja?«

Christina setzte sich auf und öffnete den Mund, um etwas zu sagen. Doch dann beschränkte sie sich auf ein schlichtes »*Merci beaucoup.*«

6

Ben kam sich wie eine weiße Maus vor, die im Laboratorium durch ein verwirrendes Labyrinth laufen mußte. Der Platz war noch vergleichsweise einfach. Man bahne sich mit sanftem Nachdruck einen Weg durchs Chaos aus Händlern, Straßenpredigern und Schnorrern, um auf der anderen Seite Tulsas Verwaltungsgebäude zu entdecken. Doch dann ... Wie lange wurden die Flure und Zimmer schon renoviert? Seit mindestens acht Monaten. An jedem Tag veränderte sich das Durcheinander aus Absperrungen und Sicherheitsseilen, was Ben dazu zwang, einen neuen Weg zum Ziel zu finden. Normalerweise wollte er nur zum Verkehrsgericht. Doch an diesem Tag präsentierten sich ihm zusätzliche Schwierigkeiten: Heute mußte er zu jener Abteilung, die den Gesetzeshütern zur Verfügung stand.

Nach einer Weile fand Ben eine mit POLIZEI VON TULSA markierte Tür, und er trat ein. Es war noch recht früh, und niemand saß am Empfangstisch. Der junge Anwalt setzte den Weg zu einem Büro fort, an dessen Tür LT. M. MORELLI geschrieben stand. Enge Freundschaft verband Ben und Mike Morelli seit ihrer Collegezeit; sie waren damals Stubengenossen gewesen und hatten sich beide insbesondere für die geisteswissenschaftlichen Fächer interessiert. Tagsüber lasen sie Faulkner, abends jobbten sie in Pizzerias. Dann heiratete Mike Bens jüngere Schwester Julia. Alle wußten, daß sie nicht zueinander paßten – alle bis auf Mike und Julia. Drei Jahre lang schuftete Mike wie in Irrer, doch das Ergebnis bestand in einer ziemlich scheußlichen Scheidung, woraus sich große Belastungen für die Freundschaft zwischen Morelli und Ben ergaben. Seit Bens Umzug nach Tulsa vor rund einem Jahr versuchte er, die alte Beziehung zu erneuern, doch er kam nur langsam voran. Er verglich die Sache mit einem Puzzle, das Geduld erforderte und Stück für Stück zusammengesetzt werden mußte.

Mikes Büro hätte schlichter kaum sein können. Das einzige Schmuckstück – wenn es diesen Namen verdiente – war ein Kleiderständer, an dem ein fleckiger Mantel hing, direkt neben dem Halfter mit der geladenen Waffe. Morelli telefonierte, doch als er Ben sah, sagte er sofort: »Ich muß jetzt Schluß machen und melde mich später wieder, Ellie.«

Er drehte den Sessel. »Wenn ich mich nicht sehr irre, ist das der Rechtsanwalt Benjamin Kincaid.«

»Und ich habe es mit Lieutenant Michelangelo Morelli von der Mordkommission zu tun«, erwiderte Ben. »Wieso glaube ich jetzt, daß wir uns mit einem geheimen Händedruck zu erkennen geben müßten?«

»Scheint ein Rückfall in die wilde Zeit am College zu sein.«

»Ja. Kommen wir gleich zur Sache, Mike. Was legt man Christina zur Last?«

»Ich fürchte, die Anklage wird auf vorsätzlichen Mord lauten«, erwiderte Morelli ernst.

»Warum ausgerechnet auf *vorsätzlichen* Mord?«

»Nun, von einem Unfall oder dergleichen kann wohl kaum die Rede sein.«

»Wie wär's mit Notwehr?«

»Es gibt keine Anzeichen für einen Kampf.«

»Und wenn Lombardi Selbstmord begangen hat?«

»Soll er sich *vier*mal in den Kopf geschossen haben?«

»Oh.« Ben ließ sich auf einen Stuhl sinken. »Kümmerst du dich um den Fall?«

»Nein. Liegt außerhalb meiner Zuständigkeit.«

»Kannst du nicht irgendwie dafür zuständig werden?«

»Nein.« Mike tastet nach einer Aktenmappe auf dem Schreibtisch. »Ich habe schlechte Nachrichten für dich. Und für Christina. Was weißt du von der Gerichtsbarkeit bezüglich Verbrechen, die auf Stammesgelände verübt wurden?«

»Ich weiß, daß so etwas verdammt kompliziert ist.«

Mike öffnete die Mappe und las eine Adresse. »Lombardi wurde im Territorium eines Stammes ermordet. Creek-Nation. Bei einem Namen wie Lombardi hätte ich geschworen, daß italienisches Blut in seinen Adern floß, aber statt dessen war er zum Teil Creek.«

»Sprechen wir hier von Stammesgerichten?«

Mike schüttelte den Kopf. »Christina wurde von FBI-Beamten verhaftet, die in Hinsicht auf Drogenhandel ermittelten. Man beabsichtigt, sie wegen eines Mordes vor Gericht zu stellen, der mit Drogen in Zusammenhang steht. Und man will sich dabei auf die neuen Gesetze zur Bekämpfung des organisierten Verbrechens berufen. Ich muß wohl nicht extra daran erinnern, daß es sich um die einzigen *Bundes*gesetze handelt, die ausdrücklich die Todesstrafe vorsehen.«

Ben spürte, wie sich tief in seinem Innern etwas verkrampfte. »Worauf läuft das alles hinaus, Mike?«

»Auf folgendes: Dies ist ein Fall fürs Bundesgericht.«

»Großartig. Ein Mordprozeß vorm Bundesgericht. Und es droht die Todesstrafe.« Ben hob die Finger zu den Schläfen. »Christina sitzt im County-Knast.«

»Dort bringen die FBI-Typen Festgenommene unter. Sie haben kein eigenes Gefängnis, und deshalb leihen sie sich unsere Zellen aus.«

»Rechnest du damit, daß Druck ausgeübt wird?«

»Ja«, bestätigte Mike. »Dies ist eine wichtige Angelegenheit. Das FBI möchte in aller Öffentlichkeit einen großen Erfolg verbuchen. Immerhin gab es Kontakte zwischen Lombardi und südamerikanischen Drogenbossen. Dadurch bekommt der Fall zusätzliche Bedeutung.«

»Was soll das heißen?«

»Bei einer solchen Sache könnte jemand wie Alexander Moltke ganz groß rauskommen.«

Alexander Moltke, der Staatsanwalt. Mit einem Auge schielte er ständig nach den Presseberichten über sich, mit dem anderen hielt er nach einem bald frei werdenden Sitz im Senat Ausschau. »Glaubst du, er nutzt diese Gelegenheit, um sein Image aufzupolieren?«

»Den meisten Anklägern geht's *auch* um Publicity. Man vermeide Kontroversen und warte auf den richtigen Fall, um dann den Gerichtssaal als Bühne für den Wahlkampf zu benutzen.«

»Mist. Und das FBI steckt mit drin?«

»Allerdings. Seit über einem Jahr versuchen die Burschen, genug Beweise zu sammeln, um Lombardi und die Bosse des Drogengeschäfts hinter Gitter zu bringen. Deshalb sind sie jetzt ziemlich sauer.«

»Also soll Christina gewissermaßen als Köder dienen, um die großen Fische anzulocken. Das gefällt mir nicht, Mike. Wann tritt das Geschworenengericht zusammen?«

»Bald. Das FBI hat eine Klage zu Protokoll gegeben – um dafür zu sorgen, daß Christina in Haft bleibt. Unter solchen Voraussetzungen ist das Geschworenengericht nur eine Formalität. Die Regierung kann jede gewünschte Anklage durchsetzen.«

Ben holte tief Luft. »Mike, ich brauche ...«

»Einen Augenblick. Was ich dir gerade gesagt habe, ist praktisch allgemein bekannt. Abgesehen davon kann ich dir nicht helfen.«

Ben starrte ihn groß an. »Wie bitte?«

»Tut mir leid.«

»Du weißt genau, daß Christina gar nicht imstande wäre, jemanden umzubringen.«

»Ganz im Gegenteil, Ben. Bei der Polizei habe ich die Erfahrung gemacht, daß jeder zu allem fähig ist – es hängt nur von den Umständen ab.«

Ben stellte fest, daß Mike jetzt wieder in die Rolle des harten Burschen schlüpfte. So war er eben: draußen Hammett, drinnen Rimbaud.

»Woher soll ich wissen, was in der vergangenen Nacht geschehen ist?« fuhr Morelli fort. »Vielleicht hat Lombardi

Christina betrogen. Oder sie wollte sich am Drogengeschäft beteiligen. Vielleicht belästigte er sie. Praktisch alles könnte geschehen sein. Wie dem auch sei: Ich bin nicht in der Lage, dir zu helfen.«

»Auch nicht um der alten Zeiten willen?«

»Damals haben wir zusammengearbeitet, um das gleiche Ziel zu erreichen. Diesmal stehen wir auf zwei verschiedenen Seiten.«

Ben glaubte, nicht richtig zu hören. »Ich wußte gar nicht, daß es *Seiten* gibt. Ich dachte, es ginge uns beiden darum, die *Wahrheit* herauszufinden ...«

»Du brauchst bemerkenswert viel Zeit, um erwachsen zu werden.« Mike holte Pfeife und Stopfer hervor. »Um ganz ehrlich zu sein, Ben: Hier bei uns gibt es niemanden, der Christina verurteilen möchte – mit Lombardis Ermordung wurde der Gesellschaft ein großer Dienst erwiesen. Aber das FBI geht jetzt mit Volldampf voran. Wir sind angewiesen worden, jede mögliche Unterstützung zu gewähren und uns ansonsten nicht einzumischen.«

Stille folgte, so als hätten sie beide ihren Text vergessen. Ben und Mike vermieden es, sich anzusehen.

»Kannst du mir wenigstens sagen, was passiert ist?« fragte der Anwalt.

»Ich kann dir sagen, was ich weiß. Du würdest ohnehin davon erfahren, weil die betreffenden Informationen vermutlich als Erläuterungen der Anklageschrift hinzugefügt werden.« Mike drückte den Stopfer tief in den Pfeifenkopf. »Das FBI und wir hatten Tony Lombardi schon seit einer ganzen Weile auf dem Kieker. Beim Bureau glaubt man, daß er als Schmuggler für Albert DeCarlo arbeitete.«

Ben pfiff leise. Schon wieder eine schlechte Nachricht. In Hinsicht auf DeCarlo waren mehr Ermittlungen angestellt worden als beim Ungeheuer von Loch Ness. Doch bisher hatte man dem Typen nie etwas am Zeug flicken können. Wenn es in Tulsa einen Gangsterboß gab, so hieß er Albert DeCarlo.

»Das FBI sieht einen unmittelbaren Zusammenhang zwischen ihm und dem Cali-Kartell, das Drogen von Kolumbien liefert. Seit das Medellin-Kartell mit Noriega auf die Schnauze fiel und aus dem Geschäft gedrängt wurde, haben es die Jungs vom FBI hauptsächlich auf die Cali-Typen abgesehen. DeCarlo soll an allem beteiligt sein, das in irgendeinem Zusammenhang mit dem Drogenhandel steht: Verarbeitung, Lagerung, Transport – dazu gehören Landeplätze, Flugzeuge, Schiffe und Bestechung. Das ganze Drum und Dran. Nun, vor ein paar Jahren hat das FBI die angebliche Nummer vier der Medellin-Gruppe hinter Schloß und Riegel gebracht ...«

»José Abello.« Ben erinnerte sich gut an das Gerichtsverfahren: der größte Strafprozeß in der Geschichte von Tulsa.

»Genau. Nach jenem Erfolg erhofft man sich im Bureau jetzt noch etwas mehr. Man will den eskalierenden Drogenkrieg veranschaulichen. Und dabei gleichzeitig die Tulsa-Connection lahmlegen.«

»Die *Tulsa*-Connection? Klingt wie ein Titel eines Films.«

Mike klopfte mit der Pfeife an den Schreibtisch und suchte nach einem Streichholz. »Die Sache ist verdammt ernst, glaub' mir. So abscheulich uns das auch erscheinen mag: Unsere kleine Stadt dient inzwischen als Umschlagplatz für südamerikanische Drogen. Es sind kaum Probleme damit verbunden, das Zeug nach Mexiko zu schaffen, und von dort aus ist es nur noch ein Katzensprung bis zu uns. In Texas macht man den Drogenhändlern seit einer Weile das Leben schwer. Deshalb meiden die Mistkerle den Lone Star State* und kommen direkt zu uns nach Oklahoma. Tja, und von Tulsa aus führte die Interstate ins ganze Land.«

Auf was hatte sich Christina da eingelassen? »Das dürfte erklären, warum sich FBI-Agenten mit dem Fall befassen«, erwiderte Ben. »Aber was hat die Drogengeschichte mit dem Mord zu tun?«

»Gestern nacht traf eine große Lieferung Kokain ein – das glauben jedenfalls die FBI-Fritzen. Nun, um zwei Uhr stürmen vier Beamte mit einem Durchsuchungsbefehl in Lombardis Wohnung und hoffen, das Rauschgift zu finden. Statt

* amerikanischer Spitzname für Texas – *Anmerkung des Übersetzers.*

dessen sehen sie eine Leiche mit vier Kugeln im Kopf.« Mike legte eine kurze Pause ein. »*Und* sie sehen Christina, die sich gerade über den Toten beugt.«

»Was nicht beweist, daß sie ihn ermordet hat.«

»Überall fand man ihre Fingerabdrücke.«

»Na und? Wir wissen, daß sie sich in der Wohnung befand. Dafür lassen sich tausend verschiedene Erklärungen finden.«

»Wir sind nur an einer interessiert.«

»Kann ich mich am Tatort umsehen?«

Mike zuckte mit den Schultern. »Nach dem Gesetz bist du dazu berechtigt. Und ich sehe keinen Grund, dich mit Formularen und dergleichen zu nerven.«

»Sicher hast du auch Zugang zu den Ergebnissen der Spurensicherung.«

»Ja.«

»Gibst du mir Kopien der Resultate?«

»Du möchtest wissen, ob ich dich auf möglicherweise entlastendes Beweismaterial hinweise.«

»Nein. Ich möchte *alles*, Mike.«

»Es dauert noch Tage, bis Berichte in Hinsicht auf die toxikologischen und mikroskopischen Untersuchungen vorliegen«, wich Morelli aus.

»Die Autopsie dürfte inzwischen beendet sein.«

»Verdammt, Ben: Du weißt doch, daß wir nicht verpflichtet sind, alle Einzelheiten unserer Ermittlungen offen auf den Tisch zu legen!«

Ben fing Mikes Blick ein. »Mit dieser Bitte wende ich mich nicht an den Polizisten namens Morelli.«

Mike wandte sich ab, drehte den Sessel und starrte an die Rückwand seines Büros. »Mal sehen, was ich tun kann«, sagte er leise.

»Danke, Kumpel.«

»Aber treib dich nicht dauernd hier herum. Das wäre schlecht für meinen Ruf.« Ernster fügte er hinzu: »Diesmal solltest du vorsichtig sein, Ben. Sehr vorsichtig.«

»Wie meinst du das?«

»Du spielst mit den großen Jungs. Mit dem organisierten

Verbrechen. Mit südamerikanischen Drogenkartellen. Und schlimmer noch: mit dem FBI. Wenn du ihnen in die Quere kommst ... Dann springen die Burschen nicht gerade sanft mit dir um.«

»Kriege ich dann Mahnungen wegen der unbezahlten Strafzettel?«

»Vielleicht bekommst du Gelegenheit, dir die Radieschen von unten anzusehen.«

»Oh.« Im Zimmer schien es plötzlich kühler zu werden. »Ich bleibe am Ball, Mike. Ich gebe diesen Fall nicht ab.«

»Dann paß gut auf dich auf. Und zwar rund um die Uhr.«

Ben erhob sich. Wenn es Morelli darum ging, ihm Unbehagen zu bescheren, so hatte er mit seinen Bemühungen Erfolg. »Nun, ich muß noch eine Million Dinge erledigen ...«

»Ben?«

»Ja?«

»Basiert dein Interesse an dieser Sache auf der Freundschaft mit Christina, oder ...«

»Sie hat mich gebeten, ihre Verteidigung zu übernehmen.«

»Das habe ich befürchtet. Sie sollte sich das noch einmal durch den Kopf gehen lassen.«

»Hör mal, Morelli, vielleicht bin ich nicht der beste Anwalt der Welt, aber ...«

»Weißt du, wer diesen Fall verhandelt?«

»Der Richter des Bezirksgerichts wird erst nach der offiziellen Anklageerhebung bestimmt.«

»Das stimmt rein theoretisch. In der Praxis sieht's ein wenig anders aus ... Richter Collins steht unmittelbar vor der Pensionierung, und Richter Schmidt steckt bis über die Ohren in der großen Sand Springs-Angelegenheit. Wer bleibt da übrig?«

Es lief Ben kalt über den Rücken. »*Nein.*«

»Ich fürchte doch.«

Der junge Anwalt schlug sich mit der flachen Hand an die Stirn. »Ich fasse es nicht. Was kann denn *sonst* noch schiefgehen?«

»Ich glaube kaum, daß es noch schlimmer werden kann, soweit es dich betrifft.«

»Man könnte ihm Befangenheit vorwerfen. Er kennt Christina, hat mit ihr zusammengearbeitet.«

»Er behauptet, sich überhaupt nicht an sie zu erinnern.«

»Eins steht fest: An mich erinnert er sich bestimmt.«

»Ja.« Mike nickte. »Unglücklicherweise reichen frühere Kontakte mit den beteiligten Anwälten nicht aus, um jemanden wegen Befangenheit abzulehnen. Und freiwillig verzichtet er bestimmt nicht auf einen so wichtigen Fall.«

Ben wollte etwas erwidern, doch ihm fielen keine passenden Worte ein. Er stöhnte leise, als er zur Tür ging und daran dachte, was ihm bevorstand.

Die Vereinigten Staaten gegen Christina McCall – und der ehrenwerte Richter Richard O. Derek führte dabei den Vorsitz.

Richter Derek, neuestes Mitglied der Bundesrichterschaft im Nordbezirk von Oklahoma, ehemaliger Mitarbeiter der privaten Kanzlei Raven, Tucker & Tubb.

Bens früherer Chef, der ihn haßte.

7

Ben fuhr zur Creek Estates Lodge und versuchte sich vorzustellen, was schlimmer sein konnte als ein Richard Derek, der Christinas Fall bekam. Selbst Jack the Ripper wäre als Richter vorzuziehen gewesen. Seit mittlerweile acht Jahren gehörte Derek zur Bundesrichterschaft, und bisher war es Ben immer gelungen, nicht an seinen Verhandlungen beteiligt zu werden. Diesmal schien es keinen Ausweg für ihn zu geben. Es sei denn, er ließ Christina im Stich.

Derek war bei Raven, Tucker & Tubb Bens Vorgesetzter gewesen. Allein die Erinnerungen daran ließen den jungen Anwalt schaudern. Jeden Tag hatte er mit Dereks Selbstsucht und Hypochondrie fertig werden müssen. Damals gelang es ihm irgendwie, nicht die Geduld zu verlieren. Nun, als er bei einem sonderbaren Verstümmelungsmord auf eigene Faust Ermittlungen anstellte, ging Derek an die Decke. Bens Nachforschungen führten dazu, daß die Kanzlei einen wichtigen Klienten verlor – einen Klienten, der Beweismaterial beiseite schaffte und Gelder der Aktionäre veruntreute, um einen geheimen Schmiergeldfonds zu finanzieren. Doch diese Dinge ließen Derek völlig kalt. Er hatte jemanden verloren, mit dem er gut verdiente, und die Schuld daran gab er Ben. Voller Zorn bastelte er falsche Anklagen zusammen, um einen Vorwand zu haben, Ben vor die Tür zu setzen.

Etwa vier Monate später erfuhr Ben von Dereks Ernennung zum Bundesrichter. Auf den ersten Blick betrachtet mochte es seltsam erscheinen, daß jemand eine lukrative Praxis aufgab, um Richter zu werden. Aber wenn dieses besondere Amt in Aussicht stand, noch dazu auf Lebenszeit, so erlagen viele dem Reiz von Prestige und fast unbegrenzter Macht.

Ben lenkte seinen Honda Accord auf den Parkplatz. Zehn Minuten hatte er gebraucht, um den Motor anzulassen, und anschließend erklangen unter der Haube Geräusche, die man kaum beschreiben konnte. Eine Inspektion war längst überfällig, doch für einen derartigen Luxus reichte das gegenwärtige Budget nicht. Vielleicht im nächsten Monat.

Er gab sich einen Ruck, öffnete die Tür und stieg aus. Es hatte keinen Sinn, noch länger zu warten.

Ben haßte es, sich einen Tatort anzusehen. Er fand es nicht ganz so schrecklich wie die Aussicht, an einem von Richter Derek geleiteten Verfahren teilzunehmen, aber es war zweifellos schlimmer als Fingernägel an einer Schiefertafel, Zähne an Stanniolpapier, Straßenpantomimen und Steuereintreiber. Wenigstens lag keine Leiche mehr auf dem Boden – diese Tatsache nahm Ben mit Erleichterung zur Kenntnis. Allerdings: Ein dunkler Fleck auf dem Teppich erinnerte deutlich an die tragischen Ereignisse der vergangenen Nacht.

Ben spürte ein flaues Gefühl in der Magengrube – als hätte ihn jemand oder etwas innerlich ausgehöhlt. Wie ein Voyeur kam er sich an diesem Ort vor. Er betrat die Wohnung in der Hoffnung, neue Erkenntnisse zu gewinnen, doch bisher bot sich ihm nur Abscheu.

Er wußte natürlich, daß er die Ermittlungen an diesem Ort weder beeinträchtigen noch in irgendeiner Weise beeinflussen konnte. Mikes Leute hatten sich hier jeden Quadratzentimeter vorgenommen: die Fotografen mit ihren Kameras, die Spezialisten von der Spurensicherung mit ihren Instrumenten für Fingerabdrücke und Fasern. Ihrer Aufmerksamkeit entgingen nicht einmal die kleinsten Flecken und Gewebefragmente. Mike hatte es gewiß nicht versäumt, Fotos und Videoaufzeichnungen von allen Bereichen des Zimmers anfertigen zu lassen, und zwar aus verschiedenen Perspektiven. Er ging immer sehr gründlich vor, und bisher war Ben bereit gewesen, das für einen positiven Aspekt zu halten. Jetzt neigte er dazu, die Dinge aus einer anderen Perspektive zu sehen.

Abgesehen von dem gräßlichen Blutfleck schien es sich um ein ganz normales Wohnzimmer zu handeln. Das galt auch für den Rest des Apartments. Von einem ›Penthouse‹ hätte Ben eigentlich mehr erwartet: zum Beispiel eine poolartige Bademulde im Boden, direkt neben einer üppig ausgestatteten Bar. Alles befand sich an seinem Platz. Nichts deutete auf einen Kampf hin: es gab keine umgestürzten Gegenstände, keine Kratzer oder dergleichen. Bens Blick glitt zum Fernseher, und er sah auch den Sessel, in dem Christina eingeschlafen war. Auf dem kleinen Tisch daneben stand die Karaffe mit dem Wein, von dem sie getrunken hatte. Und auf dem Boden, nur gut einen Meter entfernt, der große dunkle Fleck. Wie konnte Lombardi in unmittelbarer Nähe erschossen worden sein, ohne daß die Schüsse Christina geweckt hatten? Es erschien unglaublich. Und doch … Es gab keine Anzeichen dafür, daß die Leiche bewegt worden war. Spritzer fehlten fast gänzlich. Ben bemerkte nur eine widerliche Masse aus geronnenem Blut dort, wo Lombardis Kopf gelegen hatte.

Ein unangenehmer, kaum zu identifizierender Geruch hing im Zimmer. Der Tod, vermutete Ben. Er erinnerte sich daran, über den Gestank des Todes gelesen zu haben. Wie melodramatisch, dachte er bei jenen Gelegenheiten. Doch jetzt wurde ihm klar: Am Tatort eines Mordes verblieb selbst dann ein sonderbarer Geruch, nachdem die Fachleute von der Spurensicherung ihre Ermittlungen abgeschlossen hatten und alles desinfiziert worden war.

Ben mußte fort. Mit dem Aufenthalt in dieser Wohnung half er weder Christina noch sich selbst. Außerdem: Mike freute sich bestimmt nicht, wenn er sich hier übergab.

Er sah sich noch einmal im Wohnzimmer um, bevor er das Apartment verließ. In der Besucherliste trug er die Uhrzeit ein, und anschließend suchte er die Toilette auf, um den Geruch des Todes von Gesicht und Händen zu waschen.

Im Gegensatz zu den meisten Zeugen bei einem Mordfall fand der Wächter offenbar Gefallen daran, befragt zu werden. Ben hatte mit der Verwirrung eines Mannes gerechnet, der sich plötzlich in ein schreckliches Verbrechen verwickelt sah. Möglich war auch eine Angst, die fast an Panik grenzte. Manche Leute befürchteten, daß sie in Verdacht geraten könnten, obwohl sie überhaupt nichts mit dem Mord zu tun hatten. Statt dessen begegnete Ben einem freundlichen Mann Anfang Sechzig. Er hieß Holden Hatfield und schien bestrebt zu sein, mit Auskünften zu helfen.

»Nennen Sie mich Spud«, sagte er. »Alle nennen mich so.«

»Na schön ... Spud.« Er widerstand der Versuchung zu fragen, wie sich aus Holden Hatfield der Spitzname ›Spud‹ ergeben konnte. »Bekam Mr. Lombardi gestern abend Besuch?«

»Ja. Vier Personen waren bei ihm. Möchten Sie die Namen?«

Ben staunte über soviel Überschwenglichkeit. Bestimmt hatte Hatfield die Geschichte mindestens zweimal der Polizei erzählt – und vermutlich auch den Journalisten. Andererseits: Warum sollte er sich nicht freuen? Er stand nicht in Verdacht; niemand legte ihm etwas zur Last. Diese Sache bot ihm die Chance, bei einem Job zu glänzen, der normalerweise ebenso langweilig war wie das Zählen von Autos an einer Mautschranke.

»Weshalb sind Sie so sicher, daß genau vier Besucher kamen?«

Spud deutete mit dem Daumen auf die eigene Brust. »Weil hier alles über mich läuft. Ich lasse die Leute herein.« Er zeigte es, indem er eine Taste betätigte – dadurch wurde die Eingangstür geöffnet. »Außerdem muß ich die Benutzung des Aufzugs mit einem Schlüssel autorisieren und die Taste fürs Erdgeschoß drücken. In einer Liste halte ich fest, wer kommt und wohin er will.«

Er deutete auf ein Heftbrett.

Ben trat näher und blickte über Spuds Schulter.

»Hier steht's ganz klar und deutlich«, fuhr der Wächter fort. Er hob das Heftbrett und hielt es dicht vor den Augen. »Gestern abend nahmen nur vier Personen den Lift zum obersten Stock.«

Ben trat hastig einen Schritt zurück. Hatfield stank so sehr nach Alkohol, als hätte er die Whiskyflasche mit dem Rasierwasser verwechselt. Vielleicht war's das einzige Mittel, um ungebetene Gäste zu verscheuchen. »Und wenn jemand den Lift bis zum neunten Stock genommen hat, um anschließend zu Fuß die zehnte Etage aufzusuchen?«

»Unmöglich«, entgegnete Spud. »Die Türen sind von außen verriegelt. Natürlich muß es jederzeit möglich sein, ins Treppenhaus zu gelangen – für den Fall, daß ein Feuer ausbricht und so. Aber sobald man sich im Treppenhaus befindet, gibt's kein Zurück mehr. Man kann es nur im Erdgeschoß verlassen.«

»Woher wollen Sie wissen, daß jene vier Personen nicht jemand anderen im obersten Stock besuchen wollten?«

»Weil dort sonst niemand wohnt. Mr. Lombardis Suite beansprucht die ganze Etage.«

Nicht schlecht, dachte Ben.

»Deshalb nennt man's Penthouse«, betonte Spud.

»Haben Sie in Ihrer Liste auch notiert, wann die Besucher das Gebäude verließen?«

»Nein. Wissen Sie, es gibt nur einen Weg herein, aber mehrere hinaus. Zwei Hintertüren sind von innen blockiert. Man kann sie nur benutzen, um nach draußen zu gehen. Viele Mieter nehmen jenen Weg als Abkürzung zum Parkplatz.«

»Ah.« Ben schöpfte Hoffnung. »Es wäre also möglich, daß jemand eine der beiden Hintertüren von innen öffnet, um Leute eintreten zu lassen.«

»Ja«, gestand Spud. »Aber die Betreffenden kämen nicht weit. Der Aufzug funktioniert nur mit meinem Schlüssel. Das Treppenhaus könnten solche Personen nicht erreichen, ohne von mir gesehen zu werden. Und selbst wenn ihnen das irgendwie gelänge: In den oberen Stockwerken lassen sich die Etagen nicht von außen öffnen.«

»Hm, stimmt. Sie sind verriegelt.«

»Genau«, bestätigte der Wächter. »Sie begreifen schnell.«

»Das lernt man beim Jurastudium«, konterte Ben. »Sie sind gestern abend nicht zufällig eingenickt?«

Spud schüttelte sofort den Kopf. »Nein, natürlich nicht. Und auch wenn das der Fall gewesen wäre: Es kann nur jemand herein, wenn ich die Tür öffne und mit meinem Schlüssel die Benutzung des Lifts erlaube.«

Ben nickte langsam. Darauf schien es hinauszulaufen.

»Wie dem auch sei: Ich bin die ganze Zeit über wach gewesen. Soll ich Ihnen was verraten? Seit drei Jahren habe ich diesen Job, und nicht ein einziges Mal bin ich eingenickt.« Spud senkte die Stimme. »Unter uns … Manchmal, wenn ich müde werde, nehme ich meinen Freund Jackie D und trinke einen Schluck.« Er holte einen ans Bein gebundenen Flachmann hervor und hielt ihn Ben unter die Nase. »Dann bin ich wieder putzmunter.«

So was lehrte man nicht gerade in der Fahrschule, aber wenn's funktionierte … »Haben Sie einen der vier Besucher erkannt, Spud?«

»Sie alle.«

»Na schön: Wer hat Lombardi besucht?«

»Nun …« Der Wächter hob und senkte die Schultern. »Zuerst kam der Rotschopf, den Sie vertreten.«

Natürlich. Christina konnte kaum fehlen. »Sie haben Ms. McCall hereinkommen sehen?«

»Oh, sicher«, sagte Spud. »Sie fiel mir sofort auf. Schien sauer gewesen zu sein.« Er beugte sich vor. »Ich glaube, sie war wegen irgend etwas wütend auf Mr. Lombardi.«

Wundervoll, dachte Ben. Damit lieferst du auch noch ein Motiv. »Und wer sonst noch?«

»Quinn Reynolds, Mr. Lombardis Anwalt.«

Ben wölbte eine Braue. »Tatsächlich? Haben Sie eine Ahnung, weshalb er kam?«

»Nein, tut mir leid, da muß ich passen. So ungewöhnlich ist sein Besuch nicht. Er trat recht häufig hier ein, um mit Mr. Lombardi zu reden.«

»Und weiter?«

»Der Tierfritze, Clayton Langdell.«

Ein vertraut klingender Name. »Leitet er nicht irgendeinen Verein, bei dem es um Tiere geht?«

»Das isser.«

»Warum sollte jemand wie er Kontakte zu Lombardi unterhalten?«

»Er kam von Zeit zu Zeit. Den Grund dafür kenne ich nicht. Ich bezweifle jedoch, ob er und Mr. Lombardi dicke Freunde waren.«

Ben öffnete seinen Block und kritzelte einige Notizen. »Und der letzte Besucher?«

Spud antwortete nicht sofort, und der Anwalt ahnte, daß ihn eine Überraschung erwartete.

»Albert DeCarlo.«

Wenn Hatfield auf eine Reaktion wartete – und das schien der Fall zu sein –, so mußte er eine Enttäuschung hinnehmen. Mike hatte Ben bereits auf eine solche Nachricht vorbereitet. »Woher wußten Sie, daß es sich um DeCarlo handelte?«

»Weil ich ihn schon mal gesehen habe. Sogar mehrmals. Zeigt sich immer in der gleichen Aufmachung. Dunkle Sonnenbrille. Dunkler Schal. Weißer Mantel. Würde ihn aus anderthalb Kilometern Entfernung erkennen.«

»Welche Verbindungen könnte es zwischen DeCarlo und Lombardi gegeben haben?«

Spud räusperte sich. »Nun«, murmelte er *sotto voce**, »in dieser Hinsicht möchte ich lieber keine Vermutungen äußern ...«

Der perfekte Wächter. Diskret und verschwiegen. Selbst dann, wenn's um einen Gangsterboß ging.

»Was wissen Sie von Lombardis ... Geschäften?«

»Praktisch nichts. War im Import tätig, habe ich gehört. Ab und zu sprach Lennie davon.«

»Lennie?«

»Lombardis Assistent. Dünner, drahtiger Bursche. Erledigt die Arbeit, um die sich Lombardi nicht kümmern möchte. Verzeihung. Um die er sich nicht kümmern *wollte*. Der übliche Kleinkram. Lieferungen. Rechnungen bezahlen. Der Angetrauten das Geld bringen ...«

Ben sah auf. »Der *Angetrauten*?«

»Ja. Lombardi war verheiratet. Mit einer schlanken Blondine. Wußten Sie das nicht?«

Ben spürte, wie ihm das Herz bis zu den Füßen rutschte. »Nein. Kam sie häufig hierher?«

»Nee. Als ich sie das letzte Mal hereinließ, kreuzte Lombardi mit 'nem Flittchen von der Elften Straße auf. Mrs. Lombardi klinkte voll aus. Sie schluchzte und schrie hysterisch, fluchte hingebungsvoll und schlug immer wieder auf die andere Frau ein. Machte eine Riesenszene. Führte sich auf wie eine Irre. War völlig außer sich vor Eifersucht. Nach jenem Zwischenfall gab mir Mr. Lombardi die strikte Anweisung, seiner Frau unter keinen Umständen Zutritt zu gewähren.«

»Sind sie noch immer verheiratet? Ich meine, waren sie's?«

»Ja. Sie trennten sich vor einigen Monaten, aber ich glaube, eine Scheidung in dem Sinne fand nicht statt. Lennie erwähnte mehrmals, daß er Mrs. Lombardi Geld bringen mußte. Ich schätze, sie konnte ziemlich unangenehm sein.«

Eine Ehefrau. Christina hatte sich mit einem verheirateten Mann verabredet. Bens Augen trübten sich, und das Unbe-

* Aus dem Italienischen: »leise, halblaut« – *Anmerkung des Übersetzers.*

hagen in ihm wuchs. Bisher hatte er angenommen, daß die Anklage Christina als eine Art leichtes Mädchen darstellen wollte, als die unverheiratete Freundin (Zwinker-zwinker) des Drogenbosses. Jetzt gab es für den Staatsanwalt Gelegenheit, sich über *Ehebruch* zu empören. Ben glaubte es bereits zu hören: Meine Damen und Herren Geschworenen, die Angeklagte suchte das Penthouse auf, weil (eine kurze Pause, um den nächsten Worten noch mehr Bedeutung zu verleihen) sie eine *Affäre* mit einem verheirateten Mann hatte.

Was hielt die Jury davon? Bestimmt nicht sehr viel. Alles lief auf folgendes hinaus: Die Geschworenen würden Christina McCall hassen, noch bevor der Staatsanwalt mit seinem Eröffnungsplädoyer fertig war.

Bens Honda rollte vom Parkplatz, und nur wenige Sekunden später klingelte das Telefon.

»Hallo«, sagte Spud. Und kurz darauf. »Ja, Kincaid. So heißt er. Warum?«

Spud nahm am Schreibtisch Platz, und Falten bildeten sich in seiner Stirn. »Natürlich habe ich seine Fragen beantwortet. Hätte ich einfach schweigen sollen?«

Eine Zeitlang hörte er stumm zu. »Es tut mir leid. Das wußte ich nicht. Wenn das Ihrem Wunsch entspricht, so werde ich mich daran halten. Versprochen.«

Die Anspannung in seinem Gesicht nahm zu. »Natürlich, wie Sie wollen. Nein, er hat mir nicht gesagt, wohin er fährt. Das heißt ... Moment mal. Er erwähnte das Polizeirevier. Nein, er weiß nicht alles. Nun, dafür sehe ich eigentlich keinen Anlaß. Ja, ich weiß, daß Sie der Boß sind und nicht ich. Selbstverständlich. Sie können auf mich zählen. Ich rufe Sie sofort an. In Ordnung.«

Spud wollte das Gespräch beenden, aber die Stimme am anderen Ende der Leitung ließ es nicht zu. Worte knisterten im Hörer, und dann knackte es schließlich – die Verbindung war unterbrochen.

Spud legte auf.

8

Ben brauchte eine halbe Stunde für die Rückkehr zu seinem Büro. Die meisten Anwaltspraxen, Gerichte und Verwaltungsgebäude von Tulsa befanden sich in der Innenstadt. Die erste Straße bildete ihre Grenze, und jenseits davon begann das Nichts – womit ein Bereich gemeint war, der nichts Ordentliches und Anständiges enthielt. Zum Beispiel Spelunken, Schrottplätze, Trödlerläden und Stripteaseschuppen. Und Bens Büro. Eingezwängt zwischen Ernies Billardsaal und dem Pfandhaus B & J. Von hier aus ließ sich das Gericht zwar zu Fuß erreichen, aber in einem solchen Viertel konnte kaum jemandem an einer Wanderung gelegen sein.

Als Ben schließlich sein Büro erreichte, fand er Eigelb an Türen und Fenstern. Das reicht, dachte er. Erst Toilettenpapier und jetzt Eier. Man fühlt sich in die Schulzeit zurückversetzt.

Es mußte ein Schlußstrich gezogen werden.

Jones saß wie üblich am Spieltisch im kleinen Vorzimmer.

»Ganz offensichtlich sind Sie die Hühner noch nicht losgeworden«, stellte Ben fest. Sie blieben dauernd in Bewegung, liefen von einer Wand zur anderen.

»Was erwarten Sie von mir?« erwiderte Jones. »Soll ich sie dem Colonel verkaufen?«

»Eigentlich keine schlechte Idee. He, ich dachte immer, Hühner laufen nur so durch die Gegend, wenn man ihnen den Kopf abgehackt hat.«

Jones lächelte. »Sie sind ein Großstadtkind.«

»Ja. He, ich habe Neuigkeiten. Raten Sie mal.«

»Sie übernehmen Christinas Verteidigung bei dem Mordfall.«

Spielverderber. »Woher wissen Sie das?«

»Mein Kumpel Didi hat angerufen. Der Protokollführer beim Gericht. Hat Ihren Namen und die Telefonnummer vermutlich von der Vorladungsliste. Die Voruntersuchung für Ihre Klientin findet am Freitag statt.«

»Erst am Freitag? Warum nicht eher?«

»In dieser Hinsicht drückte sich Didi nicht ganz klar aus. Vielleicht hat der Untersuchungsrichter einen vollen Terminkalender.«

»Es wurde bereits Kaution abgelehnt, und jetzt dies – es ist völlig unakzeptabel. Schreiben Sie einen Dringlichkeitsantrag für den Bezirksrichter, Jones. Die Voruntersuchung muß so bald wie möglich stattfinden. Ich möchte vermeiden, daß Christina noch mehr Zeit in der Gesellschaft von Nutten und Drogensüchtigen verbringen muß.«

»Es wird Derek nicht gefallen.«

»Und wenn schon. Rufen Sie den Staatsanwalt an und besorgen Sie sich seine Zustimmung. Christina wurde ohne Haftbefehl verhaftet, und nach dem *Riverside County*-Fall bedeutet das folgendes: Wenn die Voruntersuchung nicht innerhalb von achtundvierzig Stunden nach der Verhaftung stattfindet, muß die Staatsanwaltschaft beweisen, daß ein guter Grund für die Verzögerung vorliegt. Moltke will bestimmt nicht riskieren, diesen Fall aufgrund von Verstößen gegen die Verfahrensregeln zu verlieren. Sagen Sie ihm, daß ich keine Einwände gegen das Datum der Voruntersuchung erhebe, wenn er eine Kaution zuläßt. Bestimmt erklärt er sich einverstanden. Und dann bleibt Derek gar keine Wahl.«

Jones suchte im kleinen Aktenschrank unter dem Spieltisch. »Dringlichkeitsanträge ...«, murmelte er. »Haben wir Vordrucke?«

Ben reichte ihm die entsprechende Mappe. »Füllen Sie einfach die leeren Stellen aus. Ich sehe mir die Sache später an und nehme eventuell notwendige Veränderungen vor. Die Anhörung soll für morgen früh anberaumt werden.«

Jones kritzelte etwas in seinen Terminkalender. »Geht klar.«

»Und wenn Sie schon dabei sind ... Stellen Sie einen Antrag auf Abweisung der Klage wegen Mangel an sachlicher Zuständigkeit. Finden Sie mehr über die Sondergesetze in bezug auf das organisierte Verbrechen und den Drogenhandel heraus. Vielleicht gelingt es uns irgendwie, die Verhandlung woanders stattfinden zu lassen, vor einem Stammesgericht der Creek, auf dem Mond, was weiß ich. Hauptsache, uns bleibt Derek erspart.«

»Halten Sie das für klug, Boß?«

»Meinen Sie den Antrag, die Klage abzuweisen?«

»Nein. Christinas Verteidigung.«

»Warum hält mich in dieser Stadt jeder für inkompetent?«

»Darum geht's nicht. Es ist nur ... Nun, ich möchte nicht indiskret sein ...«

»Nach dem Rauswurf bei Raven ließ sie mich eine Zeitlang bei sich wohnen, um mir Gelegenheit zu geben, wieder auf die Beine zu kommen.« Ben stemmte die Hände in die Hüften. »Was Romantisches war dabei nicht im Spiel. Wir sind nur gute Freunde. Unsere Beziehung ist rein platonischer Natur.«

»Oh, natürlich.«

»Außerdem hat dies nichts mit persönlichen Gefühlen zu tun. Es handelt sich um einen Mordfall. Und ich bin durchaus imstande, in diesem Zusammenhang meine Objektivität zu bewahren.«

»Kein Zweifel.«

»Sie scheinen nicht überzeugt zu sein.«

Jones hob die eine Hand zur Brust. »Wen interessiert schon, was ich denke? Ich bin nur ein Sekretär, ein Vasall und Lakai. Sie sind der Boß, Boß.«

»Hmmph.«

»Übrigens: Ich habe den Artikel in der *World* gelesen. Das FBI glaubt, Christina am Schlafittchen zu haben.«

Ben nickte. »Die Typen vom Bureau sind wie Terrier – sobald sie in einen Knochen gebissen haben, lassen sie nicht mehr los. Wenn ich den Rest der Welt davon überzeugen will, daß Christina unschuldig ist, so muß ich den wahren Mörder präsentieren.«

»Viel Glück.«

»Danke.«

»Kann ich Ihnen sonst irgendwie helfen?«

»Ja, ich glaube schon.« Ben öffnete seine Aktentasche und riß ein Blatt vom Notizblock. »Gestern abend waren abgesehen von Christina noch drei andere Personen in Lombardis Wohnung. Hier sind die Namen.«

»*Aus*gezeichnet!« Jones nahm das Blatt entgegen. »Verdächtige! Sie möchten, daß ich Ermittlungen anstelle, nicht wahr?«

Ben rollte mit den Augen. »Nein, das möchte ich *nicht*.«

»Woher haben Sie die Namen?«

»Von dem Wächter des betreffenden Apartmenthauses.«

»Sie haben sich den Tatort angesehen!«

»Ja.«

»Ohne mich?«

»Natürlich ohne Sie. Haben Sie vergessen, nur ein Sekretär zu sein, ein Vasall und Lakai? Sie sind weder Paul Drake noch Magnum, P.I.«

»Nun, ich hatte immer den Wunsch, meinen Horizont zu erweitern«, sagte Jones und sah auf die Liste. »Albert DeCarlo! Jetzt geht's hoch hinaus, wie?«

»Lassen Sie es sich nur nicht zu Kopf steigen.«

»Glauben Sie wirklich, daß einer dieser Männer Lombardi umgenietet hat?«

»Wenn der Wächter die Wahrheit gesagt hat, kommt praktisch niemand anders in Frage.«

»Vorausgesetzt natürlich, Christina ist wirklich unschuldig«, warf Jones ein.

Ben bedachte ihn mit einem durchdringenden Blick. »Darum kümmere ich mich. Nun, wenn Sie sich die Liste lange genug angesehen haben ... Dann kann ich Ihnen vielleicht sagen, was es sonst noch zu erledigen gilt.«

Jones reagierte auf die Schelte, indem er das Blatt auf den Schreibtisch legte. »Ich bin ganz Ohr.«

»Ich möchte, daß Sie für mich Gesprächstermine mit jeden drei Personen vereinbaren. Ich denke dabei an morgen oder übermorgen. Vielleicht ergibt sich etwas, das ich bei der Voruntersuchung verwenden kann.«

»Sie möchten mit Albert DeCarlo reden? Und zwar vor dem nächsten Freitag? Wie soll ich für Sie einen Termin beim Don Corleone vom östlichen Oklahoma bekommen?«

»Lassen Sie sich was einfallen. Versuchen Sie zuerst, ein Treffen mit Quinn Reynolds zu arrangieren. Es gibt eigentlich keinen Grund, warum er es ablehnen sollte, einen Anwaltskollegen zu empfangen.«

»Ich werde mir alle Mühe geben.«

»Gut. Statten Sie außerdem Christinas Wohnung einen Besuch ab. Sie braucht Kleidung, eine Zahnbürste und den üblichen Kram.«

»Hat Ihre rein platonische Beziehung dazu geführt, daß Sie einen Schlüssel bekamen?«

Ben griff in die Tasche, holte den Schlüssel hervor und reichte ihn Jones.

»Sonst noch etwas?«

»Ja.« Der Anwalt sah sich um. »Unternehmen Sie was im Hinblick auf die Hühner.« Er schloß die Aktentasche und verließ das Büro.

9

Diesmal gelang es Ben, Mike schneller zu finden. Es lag nicht etwa daran, daß er sich einen Grundriß vom Polizeirevier besorgt hatte; die Absperrungen im Innern des Gebäudes boten auch diesmal Überraschungen, die zu neuen Umwegen zwangen. Aber wenigstens gab es jetzt eine Empfangsdame, die einem mitteilen konnte, ob man auf der richtigen Spur war.

»Du wolltest dich doch nicht dauernd hier herumtreiben«, sagte Mike, als Benjamin hereinkam.

»He, seit heute morgen bin ich nicht mehr bei dir gewesen«, erwiderte Ben. »Damit dürfte ich eine Menge Zurückhaltung bewiesen haben, oder?«

Mike schloß das Buch, in dem er gelesen hatte. »Deine ›Zurückhaltung‹ könnte dazu führen, daß man mich entläßt.«

»Ach, sei kein Griesgram. Es dauert nicht lange. Ich wollte nur wissen, ob du schon den Bericht der Spurensicherung bekommen hast.«

»Einige Resultate liegen vor, ja. Aber denk daran: Dies ist ein Fall des FBI. Und die Bundestypen legen uns nicht alle Ermittlungsergebnisse auf den Tisch.«

Ben sah die mit *Lombardi* gekennzeichnete Aktenmappe und stellte fest, daß sie dicker war als noch vor einigen Stunden. Zwei oder drei Sekunden später bemerkte er das Buch, das Mike bis eben beschäftigt hatte. »Du liest *Die vollständigen Werke von William Shakespeare*?«

»Ja. Bin gerade beim *Kaufmann von Venedig*. Weshalb staunst du so?«

»Oh, ich weiß nicht«, erwiderte Ben. »Von einem harten Burschen wie dir hätte ich erwartet, daß er Dashiell Hammett oder Raymond Chandler liest, vielleicht auch Sherlock Holmes. Aber Shakespeare? Wenn das rauskommt ... Du könntest dir damit dein Image ruinieren.«

»Meistens verstecke ich das Buch, wenn ich Besuch bekomme.« Mike schob es beiseite. »Mir gefällt die Gerichtsszene zum Schluß. Portia verkleidet sich darin als Richter und legt das Gesetz auf ihre eigene Weise aus. Dadurch bringt sie Schylock nicht nur um sein Pfund Fleisch, sondern auch um die Hälfte seines Besitzes.«

»Sie hat sich als Richterin verkleidet? Anlaß genug für ein Berufungsverfahren.«

»Zweifellos. Willst du nun die Resultate der Spurensicherung kennenlernen, oder ziehst du es vor, weiterhin über meinen literarischen Geschmack zu lästern?«

»Da stellst du mich vor eine schwere Wahl. Na schön – laß uns einen Blick in die Akte werfen.«

Mike und Ben nahmen an dem kleinen Tisch in der einen Ecke des Büros Platz. »Dies hier ist ein erster Bericht von den Spezialisten für Haare und Gewebe. Ihre wichtigste Entdeckung ist folgende: Am Tatort wurden lockige rote Haare gefunden, und der Vergleich mit einer von Christinas stammenden Probe beweist, daß sie von ihr stammen.«

»Na und? Wir wissen, daß sie sich in jenem Zimmer aufhielt.«

»Trotzdem: Die Sache sieht nicht gut aus.«

»Was gibt's sonst noch?«

»Gewebe von Lombardis Kleidung. Offenbar bevorzugte er Tweed und ähnliche Stoffe aus grobem, noppigem Garn. Nun, hinzu kommen einige andere Gewebefragmente, die noch nicht identifiziert werden konnten.«

»Ich nehme an, ihr setzt eure Bemühungen fort, nicht wahr?«

»Wir beabsichtigen, die Teppiche und Kleiderschränke von Christina und jener drei Männer zu untersuchen, die gestern abend in Lombardis Wohnung waren – wenn du das meinst. Aber selbst wenn wir was finden ... Es würde nur beweisen, daß die Betreffenden den Ermordeten dann und wann besucht haben – was sie vielleicht gar nicht bestreiten.«

»Ihr solltet trotzdem versuchen, der Sache auf den Grund zu gehen.«

»Das werden wir, Ben, keine Sorge.« Mike wandte sich einem anderen Dokument im Ordner zu. »Nichts deutet auf einen Kampf hin. Nirgends fanden sich zerbrochene oder beschädigte Objekte, und es ließen sich auch keine Kratzer feststellen. Die einzigen abgefeuerten Kugeln steckten im Kopf des Opfers. Der Teppich wies dort kleine Vertiefungen auf, wo die Leiche lag, aber das ist völlig normal.«

»Und die Serologie?«

»Wir haben weder Blut noch etwas anderes gefunden, das vom Mörder stammt. Auch an Lombardis Haut und unter den Fingernägeln ließ sich nichts entdecken. Was uns kaum überrascht, denn immerhin fand kein Kampf statt.«

»Es muß doch irgend etwas geben, das den einen oder anderen Hinweis liefert. Welche Informationen kannst du mir sonst noch anbieten, Mike?«

»Nun, wir wissen, mit welcher Waffe Lombardi umgebracht wurde. Bei den ballistischen Analysen hat sich herausgestellt, daß der Mörder eine Vierundvierziger Special verwendete. Kein Wunder, daß dem Opfer ein Teil des Kopfes fehlte.«

»Und die Schußrichtung?«

»Es kam zu Kontaktwunden – vom Lauf, der an den Schädel gepreßt wurde. Deshalb waren die Einschußlöcher sternförmig: Das expandierende Gas des explodierenden Schießpulvers zerfetzte die Haut.«

»Welche Schlüsse lassen sich daraus ziehen?«

»Zum Beispiel dieser: Der Mörder muß in unmittelbarer Nähe von Lombardi gestanden haben. Das Opfer kannte und vertraute ihm – oder ihr.«

»Dafür kommen viele Leute in Frage.«

»Du brauchst deinen Fall nicht mir gegenüber zu vertreten, Herr Anwalt. Ich bin kein Geschworener.«

Mike gab Ben ein weiteres Blatt des Berichts. »Wir haben Lombardis Apartment gründlich durchsucht, ohne weitere Anhaltspunkte zu finden. Sieh's dir selbst an.«

Ben überflog den Text, der alle im Penthouse gefundenen Gegenstände auflistete. Schmutzige Wäsche – alles andere als ungewöhnlich für einen allein lebenden Mann. Eine offene Karaffe mit Rosé auf dem Tisch neben dem Sessel. Der Fernseher eingeschaltet. Ein neben dem Telefon liegender Hörer.

»Was ist mit den Ergebnissen der gerichtsmedizinischen Untersuchung?«

Mike blätterte im Ordner und holte ein aus drei Blättern bestehendes Dokument hervor. »Auch hierbei gibt's keine Überraschungen. Lombardi starb durch die Schußverletzungen am Kopf. Es ist Koregai noch nicht gelungen, den genauen Zeitpunkt des Todes aufgrund der Lebertemperatur zu bestimmen. Er hat einen Nachtrag für diesen Bericht versprochen. Übrigens ist Koregai in einem Punkt ganz sicher. Lombardi war ADST – auf der Stelle tot.«

»Das dürfte wohl kaum beweisen, daß Christina ihn erschossen hat.«

»Überleg doch mal, Ben. Sie behauptet, im Sessel eingeschlafen zu sein, etwas mehr als einen Meter von der Leiche entfernt. In ihrer unmittelbaren Nähe wurde viermal geschossen – und dadurch ist sie nicht aufgewacht?«

»Vielleicht hat der Mörder einen Schalldämpfer verwendet?«

»Das ist bei einem Revolver nicht möglich.«

Ben schnippte mit den Fingern. »Sicher hat man Christina betäubt.«

»Betäubt?«

»Ja. Sie erzählte mir, daß sie etwas getrunken hat – um praktisch sofort einzuschlafen und erst Stunden später zu erwachen. Es paßt alles zusammen. Mike, ich brauche die Hilfe eines Labortechnikers. Es muß so schnell wie möglich eine Blutprobe von Christina genommen werden ...«

Plötzlich erklang eine dritte Stimme im Büro. »*Zum Teufel auch, was ist hier los*?«

Ben drehte sich um und sah einen jungen, hochgewachsenen und dunkelhaarigen Mann. Zorn zeigte sich in seinem Gesicht.

Mike stand auf. »Jim, das ist ...«

»Ich weiß verdammt genau, wer das ist!« donnerte der Neuankömmling. »Und ich will wissen, was hier gespielt wird!«

Mikes Züge verhärteten sich. »Wir sind gerade die Ergebnisse der ersten Untersuchungsberichte durchgegangen ...«

»Himmel! Das hier ist der dreimal verfluchte *Prozeßgegner*, kapiert? Bei der Verhandlung wird er versuchen, uns Knüppel zwischen die Beine zu werfen.«

Ben beobachtete, wie sich Mike versteifte. »Die Verteidigung hat das Recht, Einsicht in unsere Beweismittel zu nehmen ...«

»Wenn es soweit ist – *vielleicht*.« Der Mann ergriff den Aktenordner und schlang die Arme darum, schien ihn auf diese Weise vor Ben schützen zu wollen. »Wenn der Herr Strafverteidiger alle notwendigen Anträge gestellt hat, darf er *vielleicht* einen Blick auf jene Dinge werfen, die wir für entlastend halten oder dem Gericht vorlegen wollen. Aber die ganze verdammte Akte steht ihm nicht zur Verfügung!«

»Jim, ich sehe keinen Grund, um ...«

»Verdammt! Wir haben hier einen wichtigen Fall, und Sie beginnen damit, ihn zu vermasseln!«

»Mike ...«, sagte Ben ruhig. »Wer ist dieses Arschloch?«

Morelli versuchte, nicht zu lächeln. »Darf ich vorstellen,

Jim Abshire. Er gehört zu den FBI-Beamten, die an diesem Fall arbeiten.«

»Ich bin der FBI-Beamte, der diesen Fall *geschaffen* hat«, betonte Abshire.

Widerstrebend streckte Ben die Hand aus. »Ben Kincaid, der …«

»Ich weiß, wer Sie sind.« Jim stieß Bens Hand beiseite. »Ich meine es nicht persönlich, Kincaid, aber aufgrund jahrelanger Erfahrung weiß ich, daß es falsch ist, der anderen Seite zu nahe zu kommen. Dadurch läuft man Gefahr, sich beeinflussen zu lassen.«

Ben runzelte die Stirn. Jahrelange Erfahrung? »Sie sind bestimmt nicht viel älter als ich.«

»Wie alt sind Sie?«

»Dreißig.«

»Und ich bin zweiunddreißig.«

Aha, dachte Ben. Das erklärt deine ungeheure Reife. »Hören Sie, eigentlich wollte mir Mike die Unterlagen gar nicht zeigen. Ich habe ihn unter Druck gesetzt und …«

»Sparen Sie sich den Quatsch«, knurrte Abshire. »Ich weiß alles über Sie beide. Sie sind alte Collegefreunde, und durch Morellis Ehe mit Ihrer Schwester waren sie sogar miteinander verwandt. Eins möchte ich gleich klarstellen: Ich werde nicht zulassen, daß Sie mir mit irgendeinem nostalgischen Unsinn meinen Fall versauen.«

»*Ihren* Fall?«

»Da haben Sie verdammt richtig gehört. Ein Jahr lang haben wir alles vorbereitet. Diesmal schnappen wir uns die Hintermänner. Der Plan stammt von mir, und ich will ihn erfolgreich durchführen.«

»Der Plan stammt von ihm *und* von seinem Vorgesetzten Roger Stanford«, sagte Mike.

Abshire schnitt eine Grimasse. »Sie wissen sicher, wie solche Dinge laufen, Kincaid. Wer letztendlich die Arbeit erledigt und so. Sie haben doch mal als Partner in einer Kanzlei gearbeitet – etwa fünfzehn Minuten lang.« Er drehte den Kopf und rief durch die Tür: »He, Roger, kommen Sie rein!«

Ein älterer Mann – er trug ein weißes Hemd und eine Brille, die fast an der Nasenspitze ruhte – betrat das Büro. »Ja?«

»Überprüfen Sie das«, brummte Abshire. »Ich habe Morelli dabei erwischt, wie er dem Rechtsbeistand der Angeklagten Einsicht in wichtige Akten gewährte.«

Stanford schürzte die Lippen. »Die Verteidigung hat das Recht, sich mit dem Beweismaterial zu befassen.«

»Dann soll er einen Antrag stellen, verdammt«, erwiderte Abshire. »Dazu ist der Dienstweg schließlich da.«

Stanford musterte den jüngeren Mann gelassen. Offenbar erlebte er eine derartige Diskussion nicht zum erstenmal. »Was kann's schaden, dem Verteidiger Dokumente zu zeigen, die wir ihm später ohnehin vorlegen müssen?«

»Sie fragen sich, was das schaden kann?« wiederholte Abshire. In seinen Augen blitzte es. »Nun, das dürfte der Grund sein, warum Sie es in Ihrem Alter noch immer nicht zu einer leitenden Position gebracht haben.«

Ben schüttelte den Kopf und glaubte, seinen Ohren nicht trauen zu können. Dieser Bursche verstand es wirklich, Freunde zu gewinnen.

»FBI-Direktoren sind nicht an Kooperation interessiert«, fuhr Abshire fort. »Ihnen geht es einzig und allein um Resultate. Und genau das will ich ihnen liefern. Mit diesem Fall kann man auf der Karriereleiter ein ganzes Stück vorankommen.«

Er trat einen Schritt vor und preßte den Zeigefinger auf Bens Brust. »Deshalb sollten Sie auf der Hut sein, Kincaid. Wenn Sie mir die Tour vermasseln, nehme ich Sie nach allen Regeln der Kunst auseinander. Das verspreche ich Ihnen.«

Ben sah zu Mike. Er hatte gehofft und sogar damit *gerechnet*, daß Morelli einschritt und diesem aufgeblasenen FBI-Angeber eine Lektion erteilte. Doch Mike stand einfach nur mit steinerner Miene da und schwieg.

»Nun ...« Ben wich von dem Zeigefinger fort. »Ich gehe jetzt besser.«

»Gute Idee«, kommentierte Abshire. »Wie gesagt, Kincaid:

Ich meine es nicht persönlich. Ich möchte Ihnen hier nicht noch einmal über den Weg laufen, klar? Sie erwarten von uns, die Karten offen auf den Tisch zu legen? Nun, wenn wir etwas für Sie haben, so erfahren Sie vor Gericht davon.«

»Bis dann«, sagte Ben und ging.

Er hatte einen bitteren Geschmack im Mund und *floh* regelrecht aus dem Büro – um sich nicht zu etwas hinreißen zu lassen, das er später bereute. Die Lage schien vollkommen hoffnungslos zu sein. Alle erweckten den Eindruck, Christinas Verurteilung durchsetzen zu wollen, und zwar aus den unterschiedlichsten Gründen. Das schlimmste Motiv hatte Abshire angeführt: Ihm ging es vor allem daran, sich einen Namen zu machen. Dieses Ziel wollte er um jeden Preis erreichen.

Auch wenn es den Tod für Christina bedeutete.

10

Ben klopfte sich noch einmal auf die Brust. »Na komm, Giselle. Hast du nicht gehört? Du sollst springen.«

Giselle lag im Wohnzimmersessel und leckte sich in aller Seelenruhe. Sie sah kurz auf, rümpfte die Nase und schenkte ihm ansonsten keine Beachtung.

»Jones hat mir ein Buch gegeben, und darin heißt es, daß man Katzen dressieren kann, ebenso wie Hunde, Delphine und andere gescheite Tiere. Wenn ich mir auf die Brust klopfe … Dann möchte ich, daß du in meine Arme springst und zumindest den Anschein erweckst, dich über das Wiedersehen mit mir zu freuen.«

Giselle würdigte ihn keines Blickes.

»Komm endlich, Katze. Ich habe nicht den ganzen Tag Zeit. Morgen muß ich an einer Verhandlung teilnehmen. Also spring endlich.«

Giselle räkelte sich genüßlich, streckte alle viere von sich und miaute. Nichts signalisierte Bereitschaft, Ben zu gehorchen.

»He, Katze, ich rede mit dir. Etwas mehr Kooperationsbereitschaft deinerseits wüßte ich sehr zu schätzen.«

Giselle sprang vom Sessel herunter, wanderte in die Küche, hockte sich neben dem Futternapf nieder und starrte Ben an.

»Auf keinen Fall«, sagte er. »Damit kommst du nicht durch.«

Giselle bewegte sich auf eine Weise, die Ben mit einem Schulterzucken assoziierte – obgleich er natürlich wußte, daß Katzen gar keine Schultern haben. Dann sank sie neben dem Napf zu Boden und wartete.

»Ich meine es ernst. Glaubst du etwa, ich lasse mich von einer eingebildeten Katze herumkommandieren?«

Giselle leckte sich wieder.

»Na schön. Ich gebe auf!« Ben ließ das Katzenbuch fallen und ging in die Küche. »Du sollst das Feinschmeckerzeug bekommen.«

Giselle folgte ihm sofort. Ben öffnete eine Konservendose mit Futter ›für anspruchsvolle Katzen‹ und stellte sie auf den Boden. Giselle stürzte sich regelrecht darauf, so als hätte sie seit Tagen nichts mehr gefressen. Was sogar irgendwie stimmte. Andererseits: Ganz offensichtlich hatte sie genug Fettreserven, um auch eine längere Fastenzeit zu überleben.

»Aber glaub jetzt bloß nicht, daß du dauernd solche Mahlzeiten bekommst«, sagte Ben und versuchte, seine in Gefahr geratene Stellung als Herr des Hauses zu behaupten. »Nach dieser Büchse mußt du dich wieder mit dem billigen Kram begnügen.«

Giselle fraß glücklich und ignorierte ihn.

Ben erhitzte eine Pizza im Mikrowellenherd und trug sie ins Wohnzimmer. Die Einrichtung war kaum der Rede wert: ein Fernseher, ein altes Klavier und Pizzakartons, die sich fast bis zur Decke stapelten. Die einzigen teuren Gegenstände gehörten zur Stereoanlage: Receiver von Mitsubishi, CD-Player von Sony, Boston Acoustic-Lautsprecher. Dieser Luxus erinnerte an Bens Zeit als Musiker, an seine Träume von Ruhm.

Er überlegte, ob er ein wenig auf dem Klavier spielen sollte, entschied sich jedoch dagegen. Mit Jonis und Jamis Guns N' Roses-Platten auf der anderen Seite der papierdünnen Wand konnte er nicht konkurrieren. Er schaltete den Fernseher ein und ging die Kanäle durch, fand jedoch nichts Sehenswertes. Eine Zeitlang hörte er sich die CD *Judy Garland: Live at Carnegie Hall* an. Hervorragende Musik – doch er konnte sich nicht richtig darauf konzentrieren.

Nach einer Weile beschloß er, früh zu Bett zu gehen. Das war durchaus sinnvoll: Am nächsten Morgen mußte er um sechs aufstehen, wegen der Verhandlung. Er nahm die übliche Waschzeremonie vor, zog eine alte Turnhose an und kroch unter die Bettdecke. Dort versuchte er, das Selbst von allem Ballast zu befreien und sich dadurch dem Schlaf hinzugeben, aber irgend etwas hinderte ihn daran. Dutzende von Gedanken gingen ihm durch den Kopf, und jeder einzelne von ihnen verlangte Aufmerksamkeit. Mike, Spud und Abshire, der arrogante FBI-Agent. Die Hühner. Derek. Und Christina, auf den Wangen Flecken aus verschmierter Wimperntusche.

Er konnte die Besorgnis nicht aus sich verbannen. Es ging um Christinas Leben. Selbst wenn sie nicht zum Tode verurteilt wurde ... Diese Angelegenheit konnte ihre Zukunft ruinieren. Er mußte noch gründlicher sein als sonst, alles sorgfältig abwägen. Wenn er irgend etwas übersah, so mochten sich tragische, vielleicht sogar fatale Konsequenzen ergeben. Er durfte Christina nicht so enttäuschen wie Ellen.

Bens Augen brannten. Er konnte nicht schlafen, sich nicht entspannen, fand einfach keine Ruhe. Hinter der Stirn pochte dumpfer Schmerz. Er schloß die Augen und trachtete danach, die Dämonen aus dem Kopf zu verscheuchen, doch es gelang ihm nicht.

Dann rollte er sich auf die Seite, zog die Decke bis zum Kinn hoch.

Kurz darauf spürte er etwas Feuchtes an der Nase.

Er hob die Lider. Giselle schmiegte sich an ihn.

Ben hob die Decke, und die Katze schlüpfte darunter. Etwa eine halbe Minute lang pumpte sie mit den Pfoten, fand dann eine warme Stelle am Rücken und schlief ein.

Kurze Zeit später folgte Ben ihrem Beispiel.

11

Wolf wäre fast in die Falle getreten.

Er leuchtete mit der Taschenlampe auf den Boden und sah, halb unter Blättern verborgen, eine stählerne Trittfalle. Er mußte vorsichtiger sein. Solche Fallen waren in erster Linie für Kaninchen bestimmt, aber sie konnten durchaus auch einen menschlichen Zeh abschlagen oder einen Knöchel zertrümmern.

Mit einem Stock betätigte er den Auslöser zwischen den beiden Bügeln, dadurch stellte die Falle keine Gefahr mehr dar. Die Kette war an einem losen Holzblock befestigt – damit das gefangene Tier keine Hebelkraft nutzen und sich auf diese Weise befreien konnte. Wolf bemerkte die Nummer am oberen Bügel. Sie wies auf die Zugfestigkeit hin, die für Fallensteller eine wichtige Rolle spielte. Eine zu starke Falle quetschte das Bein ab oder bohrte sich tief genug ins Fleisch, um dem Tier Gelegenheit zu geben, sich das Bein abzubeißen. In beiden Fällen war das Geschöpf zwar verstümmelt, aber frei. Bis es an den nächsten Fallensteller geriet.

Wolf verstaute die eiserne Vorrichtung in seinem Rucksack. Das Fallenstellen war nicht erlaubt – zumindest nicht in seinem Wald. Er wußte, daß manche Leute arm und hungrig waren, vor allem in dieser Region, doch das spielte keine Rolle für ihn. Sie mußten eine andere Möglichkeit finden, etwas auf den Tisch zu bringen. Sollten sie sich an ihm ein Beispiel nehmen. Er kam zurecht, ohne zu töten.

Er beendete die Runde und kehrte zum Schuppen zurück. Vermutlich hatte er einst als Jagdhütte gedient, aber schon seit Jahren war er nicht mehr von Jägern benutzt worden, und nichts deutete darauf hin, daß sich daran in Zukunft etwas ändern sollte. Inzwischen hing ein Schild an der Tür, mit der Aufschrift: PRIVATBESITZ DES AMTES FÜR ALKOHOL, TABAK UND SCHUSSWAFFEN – BETRETEN VERBOTEN. Es sah sehr professionell aus; Wolf hatte es mit Hilfe des Computers im Bingosaal der Creek-Nation entworfen. Keine schlechte Leistung für einen Zwölfjährigen.

Er griff nach dem Fahrradschloß, mit dem er die Tür gesichert hatte, wählte die richtige Zahlenkombination und trat ein. Die Vögel waren noch immer da. Er hielt sie in Käfigen, die er aus Karton und geradegebogenen Kleiderbügeln herstellte – beides band er im großen Müllbehälter hinter Phoenix Cleaners. Die Vögel schlugen mit den Flügeln, als Wolf hereinkam. Sie freuten sich darüber, ihn wiederzusehen. Sind sie nicht prächtig? dachte er. Habt ihr mich vermißt?

Der Falke – er nannte ihn Katar – preßte den Schnabel an die aus Kleiderbügeln bestehende Barriere. Er könnte sich jederzeit befreien, überlegte Wolf. Aber warum sollte er? Es ist noch zu früh. Er weiß, daß ich ihn freilasse, wenn der richtige Zeitpunkt kommt.

Behutsam untersuchte er den Verband des Vogels. Die Verletzung schien gut zu heilen. Bestimmt dauerte es nicht mehr lange, bis Katar wieder am Himmel kreiste und nach Beute Ausschau hielt.

Auch der Rabe namens Edgar schien sich über seine Rückkehr zu freuen. Die improvisierte Schiene befand sich noch immer an Ort und Stelle, und außerdem erweckte Edgar einen kräftigeren Eindruck.

Einem Vogel deiner Größe kann man angeblich nicht helfen, dachte Wolf. Es heißt, eine Schiene hätte bei dir keinen Sinn. Du würdest nur daran herumpicken, bis sie sich schließlich löst. Aber in dieser Hinsicht irren sich die Leute ebenso wie bei vielen anderen Dingen.

Er spähte durch einen schmalen Spalt zwischen zwei verzogenen Wandbrettern. Es war spät, begriff er. Viel später als sonst. Bestimmt wartete seine Mutter schon seit einer ganzen Weile auf ihn. Vorausgesetzt natürlich, sie hatte seine Abwesenheit überhaupt zur Kenntnis genommen. Vorausgesetzt, sie war nicht bis spät abends im Bingosaal geblieben und anschließend mit dem Cherokee-Typen aus Tahlequah nach Hause gegangen. Wie dem auch sei: Manchmal erlitt sie Anfälle von elterlicher Disziplin. Das geschah recht selten, aber gerade jetzt konnte er sich so etwas nicht leisten. Er brauchte volle Bewegungsfreiheit; das Überleben der Vögel hing von ihm ab.

Er überprüfte seine anderen gefiederten Freunde und vergewisserte sich, daß ihnen allen genug Nahrung und Wasser zur Verfügung stand. Dann verließ er die Hütte und sicherte die Tür mit dem Schloß. Im Dauerlauf eilte er zur Straße, um von dort aus per Anhalter nach Hause zu kommen. Doch nach einigen Minuten hörte er etwas – ein Geräusch, das nicht in diese Umgebung paßte. Er hatte es schon einmal vernommen, und zwar am Dienstag vergangener Woche. Das Brummen eines Motors, der nicht zu einem Auto oder Lastwagen gehörte.

Es wurde lauter. Im Mondschein huschte ein Schatten über die Landschaft, und plötzlich wußte Wolf, woher das Geräusch stammte. Er lief los, rannte so schnell wie möglich durch den Wald und wirbelte Blätter auf. Kurze Zeit später erreichte er einen großen gerodeten Bereich – eine künstlich geschaffene Lichtung, die genug Platz bot, um ein Flugzeug landen zu lassen.

Wolf beobachtete, wie die kleine schwarze Maschine zur Landung ansetzte. Mit Flugzeugen kannte er sich aus. Er wußte fast alles über Dinge, die fliegen konnten. Trotz der Dunkelheit identifizierte er eine Cessna 210 – klein, leicht, schnell und leise. Gut geeignet für lange Flüge. Die schwarze Farbe diente natürlich zur Tarnung: Niemand sollte das Flugzeug sehen, wenn es mit ausgeschalteten Positionslichtern unter dem Ortungshorizont des Radars flog.

Die Maschine glitt näher und setzte auf. Gleich darauf öffnete sich das Cockpit, und der Pilot stieg aus: ein kräftig gebauter Mann in Jeans und Windjacke. Wolf ahnte, daß er bewaffnet war. Es dauerte nicht lange, bis ein zweiter Mann eintraf. Er kam mit einem Motorrad, hatte langes und wie ein Schweif wehendes blondes Haar. Zwei Gewehre waren an beiden Seiten der Geländemaschine befestigt, direkt unterhalb der Sitzfläche. Die beiden Männer sprachen kurz miteinander. Licht blitzte, und Pakete wechselten den Besitzer. Wolf wußte nicht, was sie enthielten, und eigentlich war es ihm auch gleich. Wenn die Unbekannten keine Jäger waren, fielen sie nicht in seinen Zuständigkeitsbereich.

Er beobachtete und wartete. Nach einer Weile brauste der Motorradfahrer in Richtung Straße davon, und der Pilot startete, kehrte gen Himmel zurück. Wolf geduldete sich noch etwas, bis er ganz sicher sein konnte, daß beide Männer verschwunden waren. Dann lief er zum Landeplatz der Cessna – er hatte gesehen, wie der Pilot etwas fallen ließ.

Tatsächlich: Neben einer der Mulden, die vom Fahrgestell des Flugzeugs stammten, bemerkte er einen kleinen, transparenten Beutel, der eine pulvrige Substanz enthielt.

Wolf steckte den Beutel ein. Er glaubte zu wissen, worum es sich bei dem Pulver handelte. Wenn er richtig vermutete, konnte ihm dieses Zeug eine Menge Geld einbringen. Genug, um viel Vogelfutter zu kaufen, vielleicht sogar jene teure wissenschaftliche Nahrung, die Veterinäre verwendeten. Möglicherweise konnte er es sich sogar leisten, die Vögel zum Tierarzt zu bringen, anstatt sie selbst zu behandeln.

Wenn das Geld genügte. Und wenn nicht ... Nun, vielleicht kamen die Männer noch einmal zur Lichtung.

Das war nicht ausgeschlossen.

Wolf beschloß, nach ihnen Ausschau zu halten.

12

»Ihr könnt sie nicht *finden*? Was soll das heißen?«

Der junge Beamte aus dem Marshalbüro wischte sich Schweiß von der Stirn. Er wirkte verunsichert und verlegen. »Bei den Papieren geriet was durcheinander. Man wußte nicht, ob man die Akte McCall unter MC oder MA ablegen sollte. Und ohne die Unterlagen konnten wir sie nicht finden.«

Die Sehnen an Bens Hals zeichneten sich deutlicher ab. »Sie kann wohl kaum zu einem Spaziergang aufgebrochen sein. Meine Güte, sie sitzt hinter Gittern!«

»In ihrer Zelle befindet sie sich nicht. Vielleicht hat man sie verlegt.«

»Fragen Sie Lester. Er weiß bestimmt, wo sie ist.«

»Geht nicht. Am Mittwoch kommt er erst gegen Mittag.«

»Rufen Sie ihn zu Hause an.«

»Unmöglich. Er hat kein Telefon.«

Ben spürte, wie sein Blutdruck stieg. »Meine Güte, wir leben im zwanzigsten Jahrhundert. Jeder hat ein Telefon.«

»Lester nicht.«

»Der Richter kann nur dann eine Kaution festsetzen, wenn die Angeklagte zugegen ist.«

»Tut mir leid.«

Ben legte dem jungen Beamten die Hände auf die Schultern. »Hören Sie ... Richter Derek wollte diese Verhandlung eigentlich gar nicht stattfinden lassen. Über die Abwesenheit der Angeklagten wird er sich kaum freuen.«

»Ich kann da leider nichts machen.«

»Doch, das können Sie. Was halten Sie davon, in jeder einzelnen Zelle nachzusehen?«

»Das habe ich bereits. Ohne Erfolg. Sie muß irgendwo, äh, verlorengegangen sein.«

»Bitte aufstehen.«

Ben drehte sich um. Derek betrat den Gerichtssaal. Im vergangenen Jahr schien er sich nicht verändert zu haben: blondes Haar (bedauerlicherweise wußte Ben, daß es sich bei dem größten Teil davon um ein Toupet handelte), schlank, attraktives Gesicht. Der schwarze Umhang stand ihm gut.

Derek nahm auf dem burgundroten Stuhl Platz. »Setzen. Die Anwälte bitte zu mir.«

Ben fühlte sich wie ein zum Tode Verurteilter beim Gang zum Schafott, als er sich dem Richtersitz näherte. Eine Frau kam vom Tisch der Anklage.

»Nun, Mr. Kincaid ...«, sagte Derek. »So sieht man sich wieder.«

»In der Tat, Euer Ehren.«

»Rechnen Sie bloß nicht mit einer Sonderbehandlung, nur weil wir mal zusammengearbeitet haben. Ist nicht drin.«

»Tatsächlich nicht? Dadurch gerät meine ganze Verteidigungsstrategie durcheinander.«

Derek verzog das Gesicht. »Heute morgen geht's mir alles andere als gut. Hab mir gestern abend bei ... einem Gespräch mit meiner Frau was im Rücken verrenkt.« Er tastete nach der betreffenden Stelle, die sich dicht überm Gesäß befand. »Ich wäre Ihnen dankbar, wenn wir diese Sache möglichst schnell hinter uns bringen könnten.«

»Verstanden, Euer Ehren.«

»Eigentlich hatte ich vor, den Tag im Bett zu verbringen, um mein leidendes Selbst genesen zu lassen, aber Mr. Kincaid hielt diese Anhörung für nötig.«

»Meine Klientin ist nie zuvor im Gefängnis gewesen, Euer Ehren. Sie findet keinen großen Gefallen daran.«

Derek ignorierte diesen Hinweis. »Stellen Sie sich vor.«

»Myra Mandell für die Vereinigten Staaten von Amerika.«

Ben musterte Myra aus den Augenwinkeln. Er glaubte, alle Mitarbeiter der Staatsanwaltschaft zu kennen, aber diese Frau sah er nun zum erstenmal. Sie war jung und nervös, blond, sehr mager und ausgestattet mit einer großen Brille. Mit ihr schien nicht besonders viel los zu sein. Nun, man mußte auf einer recht tiefen Sprosse der Karriereleiter stehen, wenn man um halb neun zu Verhandlungen geschickt wurde, bei denen es um eine Kautionsfestlegung ging. Diese Anhörung war ganz offensichtlich nicht wichtig genug, um die persönliche Aufmerksamkeit von Alexander Moltke zu erfordern.

»Benjamin Kincaid für die Verteidigung.«

»Und wen verteidigen Sie?« fragte Derek. »Wo ist die Angeklagte?«

Ben räusperte sich. »Ms. McCall scheint ... verlorengegangen zu sein.«

»Verlorengegangen?«

»Ja. Irgendwo in den Labyrinthen der Strafjustiz.«

»So etwas hätte ich von Ihnen erwarten sollen, Kincaid.«

»Mich trifft keine Schuld, Euer Ehren. Ich bin nicht für die Häftlinge und ihren Verbleib verantwortlich.«

»Sie tragen die Verantwortung für Ihre Klienten. Und außerdem ...«

Die Tür des Gerichtssaals öffnete sich, und ein großer, strammer Bundesmarshal kam herein, dichtauf gefolgt von Christina. Sie trug einen weiten orangefarbenen Overall – die typische Kleidung von Inhaftierten. Dadurch war es praktisch unmöglich, nach einer Flucht in der Menge unterzutauchen.

»Entschuldigen Sie bitte, Euer Ehren«, sagte Ben. Er wartete keine Antwort ab und eilte zum rückwärtigen Bereich des Saals.

»Freut mich, daß du doch noch gekommen bist«, begrüßte er Christina.

Sie nickte. »Mir geht's ebenso.«

Ben stellte fest, daß sie Handschellen trug. »Ist das nötig?«

»Die Vorschriften verlangen es«, erwiderte der Marshal.

»Um so besser. So laufen Sie wenigstens nicht Gefahr, von der Angeklagten überwältigt zu werden.« Ben griff nach Christinas Arm und führte sie zum Tisch der Verteidigung. »Was ist passiert?«

»Es kam zu einer Verzögerung. Aufgrund eines Zwischenfalls im Zimmer für die Leibesvisitation.«

»Könntest du dich etwas klarer ausdrücken?«

Christina zuckte mit den Schultern. »Eine dreihundert Pfund schwere Matrone hat mich ziemlich unsanft betatscht, und ich meinte, daß es ihr an Stil mangelt. Daraufhin drohte sie mir, mich zu Brei zu schlagen.«

Ben hob die Hand vor die Augen.

»Ob Häftling oder nicht – so einen Quatsch brauche ich mir von niemandem gefallen zu lassen. Es kam zu einer handgreiflichen Auseinandersetzung. Beamte eilten herbei. Jemand gab Alarm. Journalisten befanden sich in der Nähe. Tja, es herrschte ein ziemliches Durcheinander.«

»Ich verstehe.«

»Daher die Verzögerung.«

»Setz dich, Christina.«

»*Tout de suite.*«

Der Richter klopfte mit dem Hammer. »Können wir jetzt endlich beginnen, Mr. Kincaid?«

»Natürlich. Euer Ehren, wir bitten das Gericht, eine Kaution festzusetzen und Ms. McCall bis zum Prozeß auf freien Fuß zu setzen. Sie wohnt seit etlichen Jahren in Tulsa und arbeitet hier. Es gibt viele Dinge, die sie an diesen Ort binden. Sie hat keine Vorstrafen; nichts deutet darauf hin, daß sie eine Gefahr für die Gesellschaft darstellt oder jenes Verbrechen, das man ihr zur Last legt, wiederholen könnte.«

»Wir sind gegen eine Freilassung und beantragen die Fortsetzung der Untersuchungshaft«, sagte Myra Mandell. »Ms. McCall hat einen Mann mit vier Kopfschüssen aus nächster Nähe umgebracht ...«

»Das muß sich erst noch herausstellen«, warf Ben ein.

»Man *wirft ihr vor*, einen Mann erschossen zu haben.« Myra rückte ihre Brille zurecht. »Dieser Mordfall steht mit dem Drogenhandel in Verbindung, Euer Ehren. Bei Verbrechen in Zusammenhang mit Rauschgift geschieht es häufig, daß Angeklagte die Kaution verfallen lassen, indem sie nicht vor Gericht erscheinen. Ms. McCall könnte noch vor der ersten Verhandlung in ein südamerikanisches Land fliehen, das niemanden ausliefert.«

»Derartige Behauptungen unterstellen die Schuld meiner Klientin«, entgegnete Ben. »Ms. McCall sollte nicht aufgrund irgendwelcher Statistiken in Haft bleiben.«

»Es geht hier *noch* nicht um Schuld oder Unschuld«, kommentierte Myra. »Die Anklage möchte dem Gericht nur den peinlichen Vorwurf ersparen, ein schwacher Soldat im Krieg gegen die Drogen zu sein.«

Ben warf seinen Blick auf den Tisch. »Das ist ungebührlich und unzulässig!«

Derek klopfte einmal mehr mit dem Hammer. »Hören Sie auf zu jammern, Mr. Kincaid. Ob Sie's glauben oder nicht: Das Gericht ist durchaus imstande, unzulässige Hinweise ohne Ihre albernen Einwände zu erkennen.«

Der Richter wandte sich an Myra. »Trotz Ihrer löblichen Empfindungen in bezug auf Drogen und so weiter sehe ich leider keine Möglichkeit, in diesem Fall auf eine Kaution zu verzichten. Glauben Sie mir: Ich bedauere das sehr.«

Gott sei Dank, dachte Ben. Er hatte befürchtet, daß es Derek aus reiner Feindseligkeit ihm gegenüber ablehnte, seinem Antrag stattzugeben.

»Hiermit setze ich die Kaution auf fünfhunderttausend Dollar fest«, sagte der Richter.

»Danke, Euer Ehren.« Myra lächelte.

»Fünfhunderttausend Dollar!« entfuhr es Ben. »Das ist unmöglich, Euer Ehren!«

»Mr. Kincaid ... Soll eine Kaution festgesetzt werden oder nicht?«

»Euer Ehren, Ms. McCall ist Rechtsassistentin. Sie hat nicht genug Geld, um ...«

»Möchten Sie, daß ich eine Kaution bestimme?« fragte Derek und betonte jedes einzelne Wort. »Oder legen Sie keinen Wert darauf?«

Ben schwieg.

»Nun gut. Wenn das alles ist ...«

»Nein«, sagte Benjamin. »Ich habe noch einen weiteren Antrag.«

»Ja?«

Er zögerte und sah zu den Zuschauern. »Könnten wir das Richterzimmer aufsuchen, Euer Ehren?«

Derek schüttelte den Kopf. »Wenn Sie einen Antrag haben, so stellen Sie ihn hier.«

»Darf ich wenigstens zur Richterbank kommen?«

»Nein, das dürfen Sie nicht.« Derek sprach jetzt ein wenig lauter. »Dies ist Ihre letzte Chance. Möchten Sie einen Antrag stellen?«

»Ja, Euer Ehren. Die Verteidigung beantragt, Befangenheit festzustellen, und zwar nach Abschnitt 28 des Gesetzes der Vereinigten Staaten, Paragraph 455. Wir möchten, daß Sie diesen Fall niederlegen.«

In Dereks Augen blitzte es. »Und die Begründung?«

»Voreingenommenheit, Euer Ehren. Unter den gegebenen Umständen sind Sie nicht in der Lage, objektiv zu urteilen.«

»Einspruch, Euer Ehren«, ließ sich Myra vernehmen.

Derek winkte ab. »Erläutern Sie das, Mr. Kincaid.«

»Ich habe in der gleichen Kanzlei wie Sie gearbeitet, Euer Ehren.«

»Zum Glück nicht sehr lange.«

»Sie waren mein direkter Vorgesetzter.«

»Ihnen dürfte klar sein, daß Befangenheit nicht aufgrund von Sympathie und Antipathie zwischen Richter und Anwälten erklärt werden kann«, dozierte Derek. »Wenn Sie den Eindruck haben, daß Ihre Präsenz der Angeklagten zum Nachteil gereicht, so sollten Sie die Verteidigung jemand anderem überlassen.«

»Außerdem ist auch Ms. McCall in der bereits erwähnten Kanzlei tätig gewesen. Sie haben bei mehr als nur einer Gelegenheit mit ihr zusammengearbeitet.«

Derek runzelte die Stirn und sah zu Christina. »Ich erinnere mich an keine Ms. McCall.«

»Trotzdem war sie zugegen.«

»Nun, ich kann wohl kaum eine Person begünstigen, an die ich mich überhaupt nicht entsinne.«

»Eigentlich galt meine Besorgnis etwas anderem«, murmelte Ben.

»Als ich in einer privaten Praxis tätig war ...«, sagte Derek. »Bin ich während jener Zeit mit etwas beschäftigt gewesen, das diesen Fall betrifft?«

»Nein, Sir.«

»Dann wird hiermit die Feststellung von Befangenheit abgelehnt, Mr. Kincaid. Doch damit nicht genug: Das Gericht hält Ihren Antrag für unverschämt. Normalerweise würde ich jetzt disziplinarische Maßnahmen gegen Sie ergreifen, aber dadurch könnte Ihre Klientin benachteiligt werden ...« Derek legte eine bedeutungsvolle Pause ein. »Immerhin findet der Prozeß schon sehr bald statt, wie ich Ihnen hierdurch mitteilen darf. Aus diesem Grund sehe ich davon ab, Sie in irgendeiner Form zu bestrafen. Allerdings bin ich nicht bereit, diese Angelegenheit aus meinem Gedächtnis zu streichen.«

Erneut schlug er mit dem Hammer. »Die Sitzung ist geschlossen.« Der Richter schlurfte hinaus, tastete dabei mit einer Hand nach dem verlängerten Rücken.

Ben sank neben Christina auf den Stuhl.

»Mußtest du unbedingt einen Befangenheitsantrag stellen?« fragte die Angeklagte. »Noch dazu in aller Öffentlichkeit?«

»Zu einem späteren Zeitpunkt wäre Derek vermutlich gar nicht mehr bereit gewesen, einen solchen Antrag zuzulassen. Er hätte gesagt, daß ich ihn bei der ersten Gelegenheit stellen mußte. Ich habe ihm angeboten, die Sache im Richterzimmer zu besprechen, unter uns, aber er wollte eine Show fürs Publikum.«

»Wieviel kostet eine Bürgschaft für fünfhunderttausend Dollar Kaution?«

Ben seufzte. »Mindestens fünfzigtausend.«

»Falls du es vergessen haben solltest: Ich bin nicht reich.« Christinas Stimme vibrierte nun. »Und mit meiner Kreditwürdigkeit sieht's eher mies aus.«

»Ich weiß.«

»Ben ... Ich möchte keine weitere Nacht im Gefängnis verbringen. Dort ist es ... Die anderen Häftlinge ...« Christina brachte den Satz nicht zu Ende.

Ben schlang ihr den Arm um die Schultern und drückte sie an sich. »Ja«, sagte er leise. »Ich lasse mir was einfallen.«

13

Seit Bens letztem Besuch hatte sich alles verändert. Der Flügel stand nicht mehr am Erkerfenster, sondern in der Mitte des Raums – offenbar schadete das Sonnenlicht dem Holz. Fernseher und Stereoanlage waren einem weißen Schrank gewichen. Hinzu kamen neue Gardinen, neue Sessel und ein zu ihnen passender neuer Bezug für die Sofas.

»Du hast alles neu eingerichtet«, sagte Ben.

Seine Mutter nickte. »Irgendwie muß ich mir die Zeit vertreiben. Immerhin überschütten mich meine Kinder nicht mit Zuwendung und Aufmerksamkeit.«

Warum denn jetzt schon? Ben hatte gehofft, daß sie ein

oder zwei Minuten lang normal reden konnten, ohne daß Vorwürfe erhoben wurden. »Während der letzten Wochen bin ich sehr beschäftigt gewesen.«

Mrs. Kincaid strich ihren Faltenrock glatt. »Und die sechs Monate vorher?«

»Einen Augenblick, Mutter. Wir haben miteinander gesprochen ... vor nicht allzu langer Zeit. Ja, ich bin ganz sicher. Ich habe dich angerufen.«

»Du hast Weihnachten angerufen – wenn du das meinst. Was dich wohl kaum als Sohn des Jahres qualifiziert.«

»Man muß hart arbeiten, wenn man mit einer Solopraxis Erfolg haben will, Mutter.«

»Zweifellos. Bestimmt hat dich die Verteidigung von irgendwelchen Trunkenbolden und Dieben daran gehindert, mich zum Fest zu besuchen. Nun, es ist eine weite Reise: zwei Stunden mit dem Auto von Tulsa nach Nichols Hills.«

»Die Strecke hat ihre Tücken ...«

»Ich habe sie bewältigt.«

»Du bist nach Tulsa gefahren?«

»Ja.« Mrs. Kincaid griff nach einer orientalischen Porzellankanne und schenkte Tee ein. »Kurz nach Neujahr. Als klar wurde, daß du in absehbarer Zeit keinen Besuch plantest. Daraufhin beschloß ich, selbst einen Eindruck davon zu gewinnen, was dich so sehr in Anspruch nimmt.«

»Wo bist du gewesen?«

»Die Adresse deiner Wohnung hast du mir nie gegeben, und ich habe auch keine Briefe mit deinem Absender. Nun, in den gelben Seiten fand ich einen Hinweis auf dein Büro.«

Ben starrte auf den Teppich.

»Fast eine Stunde brauchte ich, um es zu finden«, fuhr seiner Mutter fort. »Bin mehrmals daran vorbeigefahren und dachte, in der falschen Straße zu sein. Doch dann wurde mir klar, wo sich deine Praxis befindet: zwischen einem Billardschuppen und einem Waffengeschäft.«

»Es ist ein Pfandhaus.«

»Wie du meinst. Allerdings erinnere ich mich an eine Leuchtreklame: WAFFEN UND MUNITION stand mit großen roten Buchstaben darauf.«

»Warum bist du nicht hereingekommen?«

»Ich wollte eintreten, aber vor der Tür fand ein Kampf statt. Zwei Blondinen, die kurze Lederröcke und Pumps trugen, schlugen nach Herzenslust aufeinander ein.«

Das müssen Honey Chile und Lamb Chop gewesen sein, dachte Ben. Bei einem ihrer vielen Kämpfe ums Territorium.

»Trotzdem hielt ich an der Entschlossenheit fest, dir am Ort deiner Arbeit zu begegnen. Ich parkte und ...« Mrs. Kincaid zögerte. »Ich habe nichts gegen Alkoholgenuß in Maßen, aber als sich jener Mann auf die Parkuhr erbrach ...« Sie hob die Teetasse und blies den Dampf fort. »Nun, da hielt ich es für angebracht, den Besuch auf ein anderes Mal zu verschieben.«

»Vielleicht war's besser so«, sagte Ben. »Wahrscheinlich hätte man diesen Mercedes regelrecht auseinandergenommen.«

»Dieser Gedanke kam mir ebenfalls. Im Ernst, Benjamin: Sicherlich gibt es in Tulsa irgendwo ein weniger heruntergekommenes Viertel. Es ist eine große Stadt.«

»Wenn man eine Praxis gründet, hat man nicht sofort die besten und zahlungskräftigsten Klienten, Mutter. Zumindest dann nicht, wenn man ganz auf sich allein gestellt ist. In einem solchen Fall muß man ganz unten beginnen, sich erst eine Basis schaffen.«

»Ist es sehr schwer, allein als Anwalt zu arbeiten?«

»Und ob. Große Kanzleien haben mehr Möglichkeiten, Druck auszuüben. Sie begraben den Prozeßgegner unter Anträgen und Ausmittelungsklagen, bis der arme Einzelkämpfer unter der Arbeitslast zusammenbricht. Wenn man mit den Leuten zu telefonieren versucht, lassen sie sich verleugnen und rufen nie zurück. Sie lassen sich nur dann dazu herab, mit einem zu reden, wenn es um die Vermittlung irgendeines miesen Klienten geht, den sie für unter ihrer Würde halten. Man muß damit rechnen, bei Richtern auf Mißtrauen zu stoßen – sie wissen, daß man sich seine Mandanten nicht aussuchen kann. Und wenn man zwei Gerichtstermine hat, die sich überschneiden ... Von wem soll man sich vertreten lassen? Nein, es ist tatsächlich nicht leicht.«

»Es braucht nicht so schwer für dich zu sein. Ich könnte dafür sorgen, daß du schneller vorankommst.«

»Nein. Ausgeschlossen.«

»Ich habe mit Jim Gregory gesprochen. Er wäre daran interessiert, dich in seiner Firma zu haben.«

»Es ist nur deshalb interessiert, weil du eine langjährige Klientin und eine sichere Einkommensquelle bist. Nein.«

Mrs. Kincaid beugte sich vor. »Laß wenigstens zu, daß ich dir finanziell helfe.«

»Nein.«

»Es ist nicht etwa so, daß es mir an Geld fehlt.«

»Wenn jenes Geld für mich bestimmt gewesen wäre ...« Ben schüttelte den Kopf und schloß die Augen. Er brachte es nicht fertig, den Satz zu beenden.

»Bitte fand nicht wieder damit an, den letzten Wunsch deines Vaters falsch zu interpretieren. Er wollte nur, daß die ganze Familie gut versorgt ist.«

»Unsinn.«

»Es ist die Wahrheit, Benjamin. Er ...«

»Spar dir das, Mutter. Ich habe das Testament gesehen.«

»Du ...« Mrs. Kincaid unterbrach sich überrascht. »Das wußte ich nicht.«

»Jetzt weißt du's. Und deshalb brauchen wir uns nicht länger mit diesem Theater aufzuhalten.«

Mrs. Kincaid lehnte sich auf dem Sofa zurück. »Na schön. Weshalb bist du gekommen?«

Ben verspürte den jähen Wunsch, auf die Größe einer Mikrobe zu schrumpfen. »Ich ... brauche etwas Geld.«

»Das ist alles?« Seine Mutter griff in ihre Handtasche und holte das Scheckbuch hervor. »Wird auch Zeit, daß du endlich vernünftig wirst. Wieviel?«

»Fünfzigtausend.«

»Fünfzig ...« Sie ließ das Scheckbuch sinken. »Was hast du angestellt, Benjamin?«

»Das Geld ist nicht für mich.«

»Hat die Sache etwas mit einer Frau zu tun?«

»Ich bin dreißig Jahre alt, Mutter. Ich schätze, mein Privatleben geht nur mich etwas an.«

»Das hast du schon einmal gesagt. Und seit der schrecklichen Sache in Toronto bist du gar nicht mehr du selbst ...«

»Mutter!« Ben atmete tief durch und sagte etwas ruhiger: »Ich benötige das Geld für ... einen Klienten.«

»Willst du etwa Spielschulden damit bezahlen?«

»Nein. Es geht darum, Kaution zu leisten.«

»Ach? Ist es normal, daß ein Anwalt die Kaution seines Klienten bezahlt?«

Nun, es gehörte sich nicht, die eigene Mutter zu belügen. »Nein.«

»Dann verstehe ich nicht, warum ...«

»Bitte, Mutter. Es ist sehr wichtig.«

Mrs. Kincaid musterte ihren Sohn einige Sekunden lang. »Na schön. Ich spreche mit Jim Gregory und lasse den Betrag überweisen.«

»Danke. Äh, ich weiß das sehr zu schätzen.« Ben holte einen Zettel hervor und kritzelte seine Adresse darauf. »Hier. Das ist die Adresse meiner Wohnung. Bleib nicht die ganze Zeit im Wagen, wenn du das nächste Mal in Tulsa bist.«

Mrs. Kincaid nahm das Stück Papier entgegen. »Wie nett«, sagte sie. »Eine Einladung von dir – zum erstenmal. Ich nehme an, dein Apartment befindet sich in einem besseren Viertel von Tulsa, oder?«

Ben lächelte. »Ich möchte dir nicht die Überraschung verderben.«

14

Christina schloß die Wagentür. »Laß uns von hier verschwinden, so schnell wie möglich.«

Ben drehte den Zündschlüssel. »Eile ist nicht nötig. Man hat dich gegen Kaution aus der Haft entlassen. Niemand ist hinter dir her.«

»Je größer die Entfernung zum Knast, desto besser. Fahr los.«

Ben lenkte den Wagen vom Parkplatz auf die Straße. »Ich bringe dich zum Gesundheitsamt. Wegen einer Blutprobe.«

»Falsch. Du bringst mich nach Hause.«

»Es dauert nur einige Minuten.«

»Nach Hause, Ben.«

»Der Zeitfaktor spielt bei der Untersuchung eine wichtige Rolle ...«

»Sieh mich an, Ben. Ich bin vollkommen fertig. Körperlich und geistig ebenso wie in hygienischer Hinsicht. Die letzten anderthalb Tage habe ich bei den schäbigsten Leuten verbracht, die ich kenne. Ich spreche hier von menschlichem Abschaum.«

»Christina ...«

»Seit einer halben Ewigkeit habe ich nicht mehr geduscht – sieht man einmal davon ab, daß man mich mit gräßlichem Desinfektionsschaum besprüht hat. Ich stinke nach Entlausungsmittel. Ich leide an einer profunden *Tristesse*, die bis in den Kern meines Wesens reicht.« Sie beugte sich vor und verharrte erst, als ihre Nase fast die Bens berührte. »Ich möchte nach Hause. *Jetzt.*«

»Nun, wenn du es so ausdrückst ...«

»Ja.«

»Dann geht's zuerst nach Hause.« Ben wechselte die Fahrspur, bog dann auf den Southwest Boulevard und warf einen Blick in den Rückspiegel.

»Als ich dich abgeholt habe, Christina ... Ist dir da eine schwarze viertürige Limousine aufgefallen? Ich glaube, es handelt sich um einen Cutlass mit getönten Scheiben.«

»Nein.«

»Nun, mir schon.«

»Und?«

»Die Kutsche folgt uns, seit wir den Bereich der Stadtverwaltung verlassen haben.«

»Wer könnte Interesse daran haben, uns zu beschatten?« fragte Christina verwirrt.

Ben steuerte seinen Accord auf den Parkplatz des Riverview-Apartmenthauses. »Darauf wüßte ich auch gern eine Antwort.«

Sie näherten sich Christians Wohnung im zweiten Stock – von dort aus hatte man einen direkten Blick auf den Arkansas River.

»Wer war der Bursche, der mir Kleidung ins Gefängnis brachte?« fragte die junge Frau.

»Jones. Mein Sekretär.«

»Hätte nie gedacht, daß du einen Sekretär einer Sekretärin vorziehst. Paßt irgendwie nicht ganz zu Dir.«

»Was hieltest du für angemessen?«

»Ich glaube, du bist eher ein Donna Reed-Typ. Ich denke dabei an eine mütterliche Sekretärin, die dir während langer Gerichtsverhandlungen Plätzchen bringt und morgens den richtigen Anzug für dich auswählt.«

»Jones war einmal mein Klient«, erklärte Ben. »Sein früherer Arbeitgeber zeigte ihn wegen angeblicher Unterschlagung an, und ich half ihm, gegen Kaution freizukommen. Es lief auf folgendes hinaus: Jones lieh sich zehn Dollar fürs Mittagessen aus der Kasse und vergaß, sie später zu erstatten. Woraufhin sein Chef beschloß, ein Exempel zu statuieren.«

»Wie nett von ihm.«

»Es gelang mir, Jones vor einer Verurteilung zu bewahren, aber er konnte meine Rechnung nicht bezahlen. Ich brauchte Hilfe im Büro – Kathy hatte gerade zum dritten Mal gekündigt –, und er bot an, seine Schulden abzuarbeiten.«

»Taugt er was?«

»Nun, auf der Schreibmaschine schafft er nur zwanzig Wörter pro Minute, und mit seiner Orthographie sieht's nicht besonders gut aus. Von Steno hat er keine Ahnung, und wenn er ein Diktiergerät benutzt, besteht die Gefahr, daß er einen großen Teil der Aufzeichnung löscht. Aber dafür fehlt es ihm nicht an Eifer.«

»Er ist also besser als Maggie?«

»Sogar *viel* besser. Außerdem kennt er sich mit Computern aus.«

»Schade nur, daß du dir keinen leisten kannst.«

»Ja. Das einzige nennenswerte Problem bei ihm besteht

darin, daß er am Sherlock-Holmes-Fieber leidet. Dauernd will er am Tatort ermitteln.«

»Du hältst ihn natürlich unter Kontrolle.«

»Hm? Dich habe ich nie unter Kontrolle halten können.«

Sie erreichten Apartment Nummer 210.

Christina schob den Schlüssel ins Schloß. »Ich hoffe, bei mir sah's nicht allzu schlimm aus, als Jones kam, um die Sachen zu holen. Meine Güte, wie peinlich: Wahrscheinlich lag überall Unterwäsche und so.«

Sie drehte den Schlüssel und öffnete die Tür.

Der Anblick erinnerte Ben an jene *Time*-Fotos, die zeigten, was der Wirbelsturm Bob angerichtet hatte. In der Wohnung schien ein Hurrikan gewütet, alles umgestoßen und auf den Kopf gestellt zu haben. Sofakissen lagen auf dem Boden, zusammen mit Büchern, Zeitschriften, Schubladen und umgekippten Stühlen. Poster waren von den Wänden gerissen, Pflanzen aus den Töpfen gezerrt und achtlos beiseite geworfen worden.

»Unterwäsche sehe ich nirgends«, sagte Ben.

»Ist dein Sekretär ein unordentlicher Typ?« erkundigte sich Christina.

»Nicht in diesem Ausmaß.«

»Dann kam noch ein zweiter Besucher hierher?«

»Ja.«

Sie hörten das Geräusch beide gleichzeitig. Ben wirbelte herum – und sah, wie jemand aus dem Schlafzimmer stürmte. Unmittelbar darauf bekam er einen Stoß, der ihm das Gleichgewicht raubte. Er fiel, prallte gegen den Kamin, wodurch der Schürhaken und andere Werkzeuge beiseite rutschten.

Christina schrie.

Und der Mann sprang durch die noch immer offene Wohnungstür nach draußen.

Ben stemmte sich hoch und nahm die Verfolgung auf.

»Laß ihn!« rief Christina. »Es ist zu gefährlich.«

Ben achtete nicht auf sie, sprintete durch die Tür und nach unten zum Parkplatz. Dort hockte der Unbekannte bereits auf einem Motorrad und trat den Starter. Ben packte ihn an der Taille und zerrte ihn vom Sattel. Die beiden Männer rangen miteinander; der Anwalt preßte seinen Gegner mit dem Knie auf den Boden, versuchte dann, ihm den Helm abzunehmen.

Plötzlich kam der Oberkörper des Fremden nach oben, und der Sturzhelm knalle Ben an die Stirn. Mit einem schmerzerfüllten Stöhnen sank er nach hinten. Sofort schwang sich der Mann wieder auf seine Maschine und startete den Motor. Ben erhob sich rechtzeitig genug, um zu sehen, wie sein Widersacher davonbrauste; langes blondes Haar wehte unter dem Helm hervor.

Zwischen Bens Schläfen pochte es noch immer, als er in Christinas Apartment zurückkehrte. »Der Mistkerl ist entkommen«, sagte er und schnaufte.

»Du hättest ihn überhaupt nicht verfolgen sollen. Immerhin bist du Anwalt, kein Polizist.«

»Ja.« Verärgert über sich selbst wanderte Ben durchs Zimmer. »Wenigstens hat er nicht deine französische Sammlung mitgenommen«, sagte er und versuchte, zuversichtlich zu klingen. Der Kaminsims präsentierte ihm deutliche Hinweise auf Christinas Vernarrtheit in alles Französische: Reisebilder von der Sorbonne; ein kleiner Eiffelturm als Briefbeschwerer; *Chien*- und *Chat*-Topflappen; Lautrec-Reproduktionen. Außerdem eine Plastikkugel, die Schnee auf Nôtre Dame herabrieseln ließ, wenn man sie umdrehte.

Ben griff nach einem dicken Buch und warf einen Blick auf den Titel. *Der Verfahren gegen Johanna von Orléans*. »Ich wußte gar nicht, daß du ein Fan der Jungfrau von Orléans bist.«

»Jetzt noch mehr als jemals zuvor«, erwidert Christina. »Ich schätze, wir haben viel gemeinsam.«

»Hoffentlich meinst du damit den Umstand, unschuldig zu sein. Oder hörst du etwa irgendwelche Stimmen?«

»Nun, um ganz ehrlich zu sein …« Christina griff nach dem Garfield-Telefon und legte den Hörer auf. »Glaubst du, wir sollten die Polizei verständigen?«

»Unbedingt. Meiner Ansicht nach ist dies hier das Werk des Mörders. Was könnte er wohl gesucht haben?«

»Keine Ahnung.«

»Vielleicht finden wir es heraus, wenn wir notieren, womit sich der oder die Einbrecher beschäftigt haben.«

»Ben!«

Er zuckte zusammen. »Was ist los?«

»Meine Tiere! Jemand hat sie aufgeschnitten!«

Ben betrachtete rund zwanzig Plüschtiere, die normalerweise den größten Teil des Sofas beanspruchten. Sie lagen jetzt an der gegenüberliegenden Wand auf dem Boden, jedes einzelne von ihnen mit einem großen Loch im Bauch, aus dem Füllmaterial herausquoll.

»Es tut mir leid, Christina«, sagte Ben. »Ich habe gehört, daß Schmuggler manchmal Dinge in Puppen und Stofftiere verstecken. Ich schätze, deine Besucher wollten auf Nummer Sicher gehen.«

»Aber was ...« Christina unterbrach sich, und Entsetzen huschte durch ihr Gesicht, als sie zur Küche eilte. Einige Sekunden lang herrschte Stille, und dann gab die junge Frau einen Schrei von sich.

Ben lief zu ihr. »Hat jemand ...« Er sah, daß Christina auf dem Boden kniete. »Was ist los?«

Sie hatte die Hände vors Gesicht geschlagen. »Die Kerle haben meine Lieblinge erwischt.«

Erst jetzt bemerkte Ben die Reste der zahllosen kleinen Porzellanschweine auf dem Boden.

»Die verdammten ... Ich habe Jahre für die Sammlung gebraucht.« Sie griff nach einem speziellen Bruchstück – dicke schwarze Buchstaben bildeten darauf das Wort *Cochon*. »Sogar mein französisches Schwein ist zerbrochen! Es hat mir besonders viel bedeutet!« Christinas Augen füllten sich mit Tränen.

Ben klopfte ihr auf die Schulter. »Es tut mir leid. Nun, du kannst dir andere Schweinchen besorgen. Dies waren nicht die einzigen auf der Welt.« Er wußte nicht, wie er sich verhalten sollte. Mit Mördern und Einbrechern kam er irgendwie zurecht. Aber französische Porzellanschweine ...

»He, sieh dir das an«, sagte Ben und hoffte, Christina abzulenken. Er deutete auf einen Lehmbrocken, in dem sich das Rillenmuster eines Schuhabsatzes zeigte. »Lag das schon hier, als du zum letztenmal daheim gewesen bist?«

»Natürlich nicht. Ich bin doch keine Schlampe.« Sie wischte sich die Wangen ab und betrachtete den Abdruck. »Das ist ein Indiz, Ben!«

»Ich bezweifle, ob uns ein bißchen Lehm wichtige Informationen liefert.«

»Sherlock Holmes würde jetzt Untersuchungen vornehmen und feststellen, daß dieser besondere Lehm nur von einem ganz bestimmten Ort in Tulsa stammen kann.«

»Mag sein. Leider bin ich nicht Sherlock Holmes. Und außerdem halte ich es für sehr unwahrscheinlich, daß Lehm nur von einem genau identifizierbaren Ort stammen kann.« Ben sah die Enttäuschung in Christinas Gesicht und fügte hinzu: »Allerdings haben wir kaum etwas zu verlieren, oder? Hast du eine Papiertüte?«

Die junge Frau schien sich mittlerweile vom Verlust ihrer kleinen Porzellanschweine zu erholen. Die Aufregung der Jagd, vermutete Ben. »Ich gebe dir einen Plastikbeutel«, bot sie sich an. »Die Profis benutzen immer transparente Beutel aus Kunststoff.«

»Irrtum. Die Profis vermeiden es, Plastikbeutel zu benutzen, weil sich darin Feuchtigkeit sammelt, die sich nachteilig auf gesammelte Proben auswirken könnte. Echte Profis verwenden Papiertüten und bringen die Beweisstücke erst kurz vor der Gerichtsverhandlung in transparenten Kunststoffbeuteln unter, damit die Geschworenen sie besser betrachten können.«

»Tatsächlich?« Christina öffnete das Schränkchen unter der Spüle und holte eine Papiertüte hervor. »Nun, vielleicht könnte ich ebenfalls eine Art Mr. Ich-weiß-alles sein, wenn mein Schwager Polizist wäre.«

»*Ex*-Schwager.« Mit dem Zeigefinger schob Ben den Lehmbrocken in die Tüte, und dabei bemerkte er ein etwa daumennagelgroßes Blattstück. »Fällt dir dabei irgend etwas ein?«

Christina schüttelte den Kopf. »Nein. Bäume sind nicht meine Stärke.«

»Wahrscheinlich handelt es sich um das Blatt eines seltenen Baumes, der nur an einem ganz bestimmten Ort in Tulsa wächst«, sagte Ben. »Ich rufe jetzt die Polizei an und melde den Einbruch. Was dich betrifft ... Dusch jetzt. Wir sind mit einem Labortechniker verabredet und schon ziemlich spät dran.«

Als Christina im Bad verschwand, nahm Ben eine zweite Tüte, und in ihr verstaute er alle Bruchstücke des Porzellan-*Cochon*.

Wer weiß? dachte er. Mit Puzzles bin ich immer gut zurechtgekommen.

15

Christina bewunderte das lebende Inventar von Bens Praxis. »Sind das Hühner zum Essen, oder handelt es sich um Legehennen?«

»Wo ist da der Unterschied?« fragte Ben.

»Er ist ein Großstadtkind«, erklärte Jones.

»Offensichtlich.«

Sie befanden sich in dem kleinen Büro des Anwalts. Jones saß im Sessel hinterm Schreibtisch, während Ben und Christina auf dem Sofa Platz genommen hatten. Der Sekretär hielt einen Notizblock bereit, für den Fall, daß jemand etwas Wichtiges sagte.

Ben reichte Christina die Liste mit den Namen der Verdächtigen. »Was weißt du von diesen Leuten?«

Christina starrte auf die Liste. »Glaubst du wirklich, daß einer dieser Männer der Mörder ist?«

»Es gibt keine andere Möglichkeit, wenn Spud die Wahrheit sagt.«

»Spud?«

»Lombardis trunksüchtiger Türsteher.«

Diese Auskunft schien Christina zu verwirren. »Auf dem Namensschild stand Holden Hatfield. Wie kann daraus ein solcher Spitzname ...«

»Frag mich nicht.« Ben lenkte die Aufmerksamkeit seiner Klientin wieder auf die Liste.

»Nun, Reynolds kenne ich natürlich. Und von DeCarlo haben ich gehört, bin ihm jedoch nie begegnet. Tony erwähnte ihn gelegentlich. Offenbar gab es eine geschäftliche Vereinbarung zwischen ihnen.«

»Mochte Lombardi ihn?«

»Ganz im Gegenteil. Er hatte fürchterliche Angst vor ihm. Normalerweise hielt sich Tony immer für die Nummer eins – ein klassischer Fall von Größenwahn. Aber wenn's um DeCarlo ging, schlotterten ihm plötzlich die Knie. Allein der Name genügte, um bei ihm fast einen Schlaganfall auszulösen.«

Eine durchaus verständliche Reaktion, fand Ben. »Weißt du, worum sich die Geschäfte drehten?«

»Um Papageien und so, nehme ich an.«

»Was ist mit Clayton Langdell?«

»Du meinst den Burschen, der sich so für die Tiere einsetzt, nicht wahr? Ich habe ihn im Fernsehen gesehen.« Christina überlegte. »Ich weiß, daß er Tony im Hinblick auf die Papageien nervte. Er glaubte, Tonys Mitarbeiter fingen Exemplare einiger vom Aussterben bedrohter Spezies. Lombardi ging mit einem Achselzucken darüber hinweg. ›Vögel sind Vögel sind Vögel‹ – so lauteten seine Worte.«

»Ein sehr gebildeter Mann«, kommentierte Ben. »Jetzt verstehe ich, warum er dir so attraktiv erschien.«

»Er hat nie Philosophie studiert. Aber er war immer höflich und harmlos.«

»Das glaubst du wenigstens. Nun, ich spreche so bald wie möglich mit deinem Chef und den anderen beiden Männern.«

»Was ist mit Mrs. Lombardi, Tonys Witwe?«

»Was soll schon mit ihr sein?«

»Du solltest sie überprüfen.«

»Warum?«

»Nur so eine Ahnung. *Cherchez la femme.*«

»Ja – solange du nicht die *Femme* bist.«

Das Telefon klingelte, und Jones nahm ab. »Das Laboratorium.«

Ben griff nach dem Hörer. Er schwieg einige Sekunden lang, bedankte sich dann und legte auf. »Die Untersuchung hat zu keinem schlüssigen Ergebnis geführt«, sagte. »Wir haben zu lange mit der Entnahme einer Blutprobe gewartet. Mist. Jetzt muß ich mir irgendwie die Ergebnisse der Tests besorgen, die im Auftrag des FBI durchgeführt worden sind.«

»Im Labor hat man überhaupt nichts gefunden?«

»Es gab überraschend stark ausgeprägte Alkoholrückstände in deinem Blut. Was darauf hindeutet, daß man dich mit Chemie außer Gefecht gesetzt hat. Ich tippe auf Chloralhydrat, ein Sedativ und Betäubungsmittel. Es hat eine ›Halbwertzeit‹ von vier bis zwölf Stunden. Anders ausgedrückt: In dieser Zeit eliminiert dein Stoffwechsel etwa die Hälfte von dem Zeug. Andererseits könnten die Alkoholspuren auch schlicht und einfach bedeuten, daß du getrunken hast.«

»Nicht soviel«, sagte Christina sofort. »Ich habe nur ein wenig an dem Glas genippt, bevor ich einschlief.«

»Wie sollen wir die Geschworenen davon überzeugen?« Ben sah auf seine Notizen hinab. »Chloralhydrat ist ein recht weit verbreitetes Mittel. Wenn man über kriminelle Beziehungen verfügt, kann man es sich leicht beschaffen. Es hat einen widerlich süßen Geschmack, doch der verlor sich vielleicht in dem Rosé. Oh, und die Substanz riecht wie ein Parfüm.«

Christina blinzelte. Ein vager Gedanke ging ihr durch den Kopf, verflüchtigte sich jedoch, bevor sie ihn festhalten konnte.

»Bei der Urinuntersuchung wurde mit speziellen Filtern insbesondere nach Barbituraten Ausschau gehalten, aber auch in dieser Hinsicht ließen sich keine konkreten Resultate erzielen. Die Analysen fanden einfach zu spät statt.«

»Eins steht fest«, verkündete Christina. »Ich habe nicht soviel Alkohol getrunken, daß es in meinem Blut noch achtundvierzig Stunden später Rückstände gibt.«

»Du weißt das, und ich weiß das. Aber sonst? Es läuft alles auf folgendes hinaus: Die Untersuchungen beweisen überhaupt nichts. Wir stehen mit leeren Händen da.« Ben lehnte sich auf dem Sofa zurück. »Hast du ansonsten überhaupt keine Erinnerungen an den Montagabend?«

»Alles ist verschwommen. Ich bin zu Tony gefahren. Er war nicht zu Hause. Ich habe auf ihn gewartet.«

»Spud hat erwähnt, daß du sauer auf Tony gewesen bist.«

»Nun, ich war ein wenig verärgert, weil das Treffen ausgerechnet bei ihm stattfinden sollte. Die Wohnung befindet sich nicht einmal im Stadtgebiet von Tulsa.«

»Verstehe. Hast du in dem Apartment irgend etwas gegessen oder getrunken, abgesehen vom Rosé?«

»Nein, ich glaube nicht.«

»Na schön. Jones, stellen Sie einen weiteren Antrag. Ich möchte, daß der Wein *und* die Karaffe untersucht wird.«

»Alles klar, Boß.«

»An was erinnerst du dich sonst noch, Christina?«

»Das wär's schon, im großen und ganzen. Ich habe vor dem Fernseher gesessen und etwas getrunken – und dann hat's mich umgehauen. Ich war *völlig* weggetreten. Und ich hatte einen seltsamen Traum. Wirklich bizarr. Ich bin geschwommen und ... Frosty dem Schneemann begegnet.«

»Wie bitte?«

»Du hast richtig gehört: Frosty der Schneemann. Du weißt schon...« Christina sang: »Mit einer Maiskolbenpfeife und Augen aus Kohlen.«

»Du kannst von Glück sagen, daß ich Anwalt bin und kein Psychiater.«

»Mag sein. Nun, den Rest kennst du. Ich bin aufgewacht und habe dummerweise herumgeschnüffelt. Die FBI-Typen kamen herein, verhafteten die vermeintliche Mörderin und brachten sie ins Gefängnis.«

»Alles notiert, Jones?«

Der Sekretär nickte.

»Wenn dir noch etwas einfällt ... Schreib's auf und berichte Jones davon.«

»In Ordnung.«

»Ich brauche etwas Handfestes für die Verhandlung am

Freitag. Mit ein wenig Glück können wir diese Farce beenden, bevor es zum Prozeß kommt.«

»Meinen Segen hast du«, sagte Christina. »Was mache ich in der Zwischenzeit?«

Ben dachte über die Frage nach. »Ich glaube, du solltest die Hühner entweder in den Backofen stecken oder ihre Eier sammeln – es hängt ganz davon ab, um welche *Art* von Hühnern es sich handelt. Jones weiß Bescheid. Er ist ein Junge vom Land.«

Ben hielt das kleine braune Paket etwa dreißig Zentimeter weit von sich gestreckt. Zwar war es recht schwer, aber er wollte es nicht an seinem Körper abstützen. Je weiter davon entfernt, desto besser.

Er näherte sich dem Pfandhaus nebenan und blickte durchs Gitter. Ausgezeichnet: Burris befand sich im Laden.

Ben öffnete die Tür und eine Glocke bimmelte. Der Inhaber Burris Judd – er war der ›B und J‹ – stand hinterm Tresen.

Er sah auf und kniff die Augen zusammen. Seine Züge verdunkelten sich. »Was wollen Sie?« fragte er mit unüberhörbarer Feindseligkeit.

Ben stellte das Paket auf den Tresen. »Sie erraten nie, was ich heute per Post bekam.«

Burris kratzte sich am stoppeligen Kinn. »Woher soll ich wissen, was Ihnen der Postbote bringt?«

»Wie ich schon sagte: Sie erraten es nie.« Ben begann damit, das Paket zu öffnen.

In Burris' Augen blitzte es. »He, einen Augenblick. Nicht so hastig. Was haben Sie vor?«

»Möchten Sie nicht, daß ich das Paket in Ihrem Laden öffne? Obwohl Sie überhaupt keine Ahnung haben, was es enthält?«

»Ich muß mich um Kunden kümmern, Sie Witzbold. Wenn Sie mich jetzt bitte entschuldigen würden ...«

Ben sah sich in dem kleinen und leeren Laden um. »Ich sehe hier sonst niemanden, Burris.« Er deutete aufs Paket und flüsterte: »Da steckt ein Ziesel drin.«

»Ach?«

»Schlimmer noch: ein *toter* Ziesel.«

»Tatsächlich.«

»Ja. Jemand hat das Biest erschossen. Mit 'ner Smith and Wesson Kaliber vierundvierzig. Können Sie sich so etwas vorstellen?«

»Nein.«

»Und was mir besonders gefiel, Burris ... Jemand hat das Paket mit Fourth Class-Post geschickt. Dadurch konnte der Ziesel rund zwei Wochen lang verwesen.«

»Wieso wundern Sie sich, Kincaid? Wahrscheinlich stammt das Ding von einem Ihrer miesen Klienten.«

»Einige seltsame Leute wenden sich an mich, aber niemand von ihnen steht auf Ziesel. Außerdem ist es mir ein Rätsel, warum jemand einen Ziesel erschießen und ihn mir schicken sollte.«

Burris zögerte ein oder zwei Sekunden lang. »Die Biester können einem wirklich auf den Geist gehen. Bei mir auf dem Hinterhof richten sie 'n ziemliches Durcheinander an.«

»Davon habe ich gehört. Hinzu kommt, daß Ihnen hier im Laden etwa fünfhundert Smith and Wessons zur Verfügung stehen, ganz zu schweigen von Ihrem Faible für üble, an Terrorismus grenzende Streiche. Deshalb halte ich es durchaus für möglich, daß Sie der Absender dieses Pakets sind.«

»Und wenn das stimmt? Was dann?«

»Es verstößt gegen das Gesetz, tote Ziesel von der amerikanischen Post transportieren zu lassen.«

»Gegen welches Gesetz?«

»Ich weiß es nicht genau. Aber bestimmt finde ich eins, wenn ich lange genug in den richtigen Büchern blättere.«

»Ich wäre kaum überrascht, wenn Sie mich deshalb vor Gericht zerren würden. Darin besteht Ihr großer Fehler: Sie wählen Ihre Fälle nicht sorgfältig genug aus.«

Ah, endlich die Wahrheit. Vor etwa drei Monaten hatte Ben einen Gammler namens Hal Utley vertreten, der von Burris verklagt worden war. Utleys ›Verbrechen‹ bestand darin, daß er sich von Burris einen Fernseher auf Kredit andrehen ließ – kurze Zeit später verkaufte er ihn und stellte die Ratenzahlungen ein. Woraufhin ihn der Inhaber des Pfandhauses verklagte. Es gelang Ben, den Fall für Utley zu gewinnen, unter anderem auch deswegen, weil Burris die Dokumente verschlampt und Wucherzinsen verlangt hatte. Es war seine eigene Schuld, daß er vor Gericht den kürzeren zog – aber das wollte er natürlich nicht einsehen.

Seit damals ließ sich Burris immer wieder dazu hinreißen, seinen Groll auf die eine oder andere hinterhältig-gemeine Weise zu zeigen. Toilettenpapier, Eier, Schuhcreme an Bens Wagen. Einmal kam ein Handwerker, um eine Badewanne in Bens Büro zu installieren. Bei einer anderen Gelegenheit wurden innerhalb von dreißig Minuten achtzehn Pizzas geliefert. Die Sache mit dem Ziesel war noch die phantasievollste Aktion.

»Ich mache Ihnen einen Vorschlag, Burris«, sagte Ben. »Sie beantworten mir einige Fragen, und ich vergesse diesen Zwischenfall.«

»Ich weiß nichts von nichts.«

»Oh, meine Fragen betreffen Ihr Fachgebiet.«

»Und das wäre?«

»Schmuggel.«

Burris deutete zur Tür. »Verschwinden Sie, Kincaid.«

»Immer mit der Ruhe, Burris. Ich behaupte nicht, daß Sie direkt an irgendwelchen illegalen Geschäften beteiligt sind. Andererseits: Jemand wie Sie, der mit … Wertgegenständen handelt, erfährt sicher von gewissen ruchlosen Aktivitäten. Selbst dann, wenn er nichts davon hören will.«

»Zum Beispiel?«

»Ich denke da nur an Tony Lombardis Schmuggelfirma.«

Burris schwieg.

»Und an Albert DeCarlos Verbindung zu Tonys Verbindungen, worin auch immer die bestanden. Was wissen Sie von Lombardi?«

Der Mann hinter dem Tresen bedachte Ben mit einem durchdringenden Blick. »Wenn ich Ihnen helfe … Dann vergessen Sie die Sache mit dem Ziesel?« Er legte eine kurze Pause ein. »Wer auch immer ihn geschickt hat.«

»Pfadfinders Ehrenwort.«

Burris trat einen Schritt zurück. »Nun, einige der Jungs, die für Lombardi arbeiteten, fuhren an jenem Montagabend ins Creek-Reservat. Der eine oder andere von ihnen kam vorher zu mir, um sich zu bewaffnen.«

»Und Sie haben nie gefragt, wozu die Waffen dienen sollten?«

Burris betrachtete seine Fingernägel. »Ich dachte, die Burschen gehen auf Kaninchenjagd.«

Oh, natürlich. »Das Territorium der Creek ... Meinen Sie damit den Bereich des Stammeslands, in dem Lombardi starb?«

»Nein. Weiter im Norden.« Der Inhaber des Pfandhauses entfaltete eine Karte von Oklahoma und deutete auf eine bestimmte Stelle. »Hier, die Wildnis. Keine Straßen, keine Häuser. Keine Zeugen.«

»Haben Sie eine Ahnung, was die Jungs dort anstellten?«

»Nein. Und ich möchte auch nicht darüber spekulieren.«

Ben begriff, daß er keine weiteren Informationen bekommen würde. »Ich weiß Ihre Hilfe sehr zu schätzen, Burris. Sehr nachbarschaftlich von Ihnen.« Er ging zur Tür.

»He, einen Augenblick, verdammt!« rief ihm Burris nach. »Sie haben Ihr Paket vergessen.«

Ben blieb nicht stehen. »Ziesel sind wie Tauben«, erwiderte er. »Kehren immer heim.«

16

Um genau vierzehn Uhr betrat Ben das im zehnten Stock des Oneok-Gebäudes gelegene Foyer der Kanzlei Swayze & Reynolds. Er stellte sich der Empfangsdame vor, einer attraktiven jungen Frau, die an einem großen Monitor saß und schrieb.

»Bitte setzen Sie sich«, sagte sie und lächelte. »Ich teile Mr. Reynolds mit, daß Sie hier sind.«

Ben nahm Platz und beobachtete, wie die Sekretärin einige

leise Worte an die Wechselsprechanlage richtete. Wenige Sekunden später fügte sie lauter hinzu: »Mr. Reynolds ist gerade in einer Besprechung, aber er wird versuchen, so bald wie möglich Zeit für Sie zu erübrigen.«

Lügner, dachte Ben. Von wegen Besprechung – er will mich nur ein wenig warten lassen, um zu zeigen, wie wichtig er ist. Nun, die Empfangsdame trifft keine Schuld. Er erwiderte ihr Lächeln.

Anschließend sah er sich in dem teuer eingerichteten Vorzimmer um. Eine wie glänzender Stoff anmutende Tapete schmückte die Wände, rot mit goldenen Flecken. Hinzu kamen: brusthohe Vertäfelung sowie dicke Gardinen an den Fenstern. Alle Gegenstände befanden sich genau am richtigen Platz. An der gegenüberliegenden Wand sah Ben eine Vitrine, mit einigen Kunstgegenständen, deren Zweck in erster Linie darin bestand, die Aufmerksamkeit von Besuchern zu fesseln. Er bemerkte eine Kristallvase, vermutlich Lalique, daneben eine komplex verzierte Baccarat-Schale. Kein Zweifel: An diesem Ort deutete alles auf Geld hin.

Ben sah sich auch weiterhin im Zimmer um, und nach einer Weile stellte er fest, daß ihn die Sekretärin musterte. Sie sieht mich an! durchfuhr es ihn.

»Kann ich Ihnen irgend etwas besorgen?« fragte die junge Frau und lächelte erneut.

»Äh, nein«, erwiderte Ben.

»Na schön. Aber bitte geben Sie mir Bescheid, wenn ich den Aufenthalt für Sie angenehmer gestalten kann.« Sie beugte sich vor, um nach einem Stift auf der anderen Seite des Schreibtisches zu greifen, gewährte Ben dadurch einen tiefen Blick in ihr tiefes Dekolleté.

Sie will mich anmachen! dachte Ben mit einer seltsamen Mischung aus Freude und Entsetzen. Er zwang sich dazu, aufzustehen und zum Schreibtisch zu gehen, spürte dort, wie seine Wangen glühten. »Äh … Arbeiten Sie schon lange für Mr. Reynolds?« Am liebsten hätte er sich selbst einen Tritt gegeben! Er war doch sonst nicht so schwerfällig, wenn's um eine nette Plauderei ging.

»Ich habe heute angefangen«, antwortete die Sekretärin

und schenkte ihm ein strahlendes Lächeln. »Mr. Reynolds war so freundlich, mir mit einem Job zu helfen.«

»Verstehe. Sagen Sie ...« Ben hielt nach einem Namensschild Ausschau.

»Marjorie.«

»Marjorie. Ja, natürlich. Nun, Marjorie ... gehen Sie gern ins Kino oder so?«

Eine dünne Falte bildete sich über ihren Brauen. »Natürlich.« Sie lachte leise. »Ich mag Filme. Wieso?«

»Nun, ich dachte ...« Ben räusperte sich. »Ich dachte, vielleicht könnten wir beide ...«

Eine tiefe Stimme unterbrach ihn bei dem Versuch, sich mit der Sekretärin zu verabreden. »Mr. Kincaid.«

Ben drehte sich um und sah Quinn Reynolds im Flur.

»Ihr Termin für vierzehn Uhr, Mr. Reynolds«, sagte Marjorie und stand auf.

Ben hätte fast nach Luft geschnappt. Marjorie war schwanger. *Hoch*schwanger. Er wäre bereit gewesen, auf mindestens zehn Monate zu tippen – wenn die Biologie so etwas zugelassen hätte. Vom Ausschnitt an aufwärts sah sie völlig normal aus, doch wenn sie stand ...

»Stimmt was nicht, Mr. Kincaid?« fragte Reynolds.

»Nein, nein, nein«, entgegnete Ben und versuchte, sich wieder zu fassen. »Ich ... Es ist nur ...« Er holte tief Luft. »Könnten wir uns irgendwo unterhalten?«

»Natürlich.« Reynolds bedeutete Ben, ihm durch den vertäfelten Korridor zu folgen.

»Ich nehme an, Ihr Besuch steht im Zusammenhang mit ... dem Fall Simmons.« Reynolds sprach langsam und wie gequält. Vielleicht konnte er es kaum ertragen, mit dem gemeinen Volk zu reden. »Gab es ... Probleme bei der Vereinbarung?«

»Nein. Ich bin gekommen, um Ihnen einige Fragen zu stellen.«

Reynolds Miene blieb ausdruckslos. »Fragen? Hmm.« Diesem Mann zuzuhören ... Ben verglich es damit, in einem Verkehrsstau zu stecken. »Was denn für ... Fragen?«

»Ich würde gern wissen, warum Sie am Montagabend Tony Lombardis Apartment aufsuchten.«

Zwar reagierte Reynolds wie in *langsamer* Zeitlupe, aber trotzdem war seine Überraschung offensichtlich. »Ich ... Hmmm.« Er verschränkte die Arme, zeigte dadurch goldene Manschettenknöpfe und eine Rolex.

»Sie leugnen es doch nicht, oder?«

»Nein. Warum auch? Es ... erstaunt mich nur, daß Sie davon wissen. Meine Frau wies mich darauf hin, daß so etwas geschehen könnte. Ich hätte auf sie hören sollen – immerhin ist sie die Richterin.«

Ben fragte sich, wie oft Reynolds im Verlauf eines normalen Gesprächs erwähnte, daß seine Frau fürs Oberste Gericht arbeitete. »Ihnen dürfte klar sein, daß Mr. Lombardi am Montagabend ermordet wurde, oder?«

»Ja.« Reynolds hob eine Hand ans Kinn. »Aber was haben Sie damit zu tun?«

»Hat Marjorie nicht darauf hingewiesen? Ich vertrete die Angeklagte Christina McCall.«

»Verstehe.« Reynolds verfügte nun über alle notwendigen Informationen und wußte, daß sich Ben mit einer dieser scheußlichen strafrechtlichen Angelegenheiten befaßte. Daraufhin konnte er ihn aus der richtigen Perspektive sehen.

Ben deutete zu den Stühlen am Konferenztisch. »Was dagegen, wenn ich mich setze?«

»Oh, wie ungastlich von mir«, sagte Reynolds. Es klang unaufrichtig. »Bitte.« Er vollführte eine einladende Geste.

Bei Begegnungen mit seinen Klienten vermied es Reynolds offenbar, hinter einem Schreibtisch zu sitzen und sich in der typischen Rolle vieler Anwälte zu präsentieren: Ich bin wichtig, und Sie sind kaum mehr als ein armseliger Wurm für mich. Er zog einen runden Tisch vor, der eine offene, fast kollegiale Atmosphäre schaffen sollte. Wie modern von ihm. Nur zwei Objekte standen darauf: eine Lampe, deren Schirm aus bunten Glasfacetten bestand, und eine Uhr im Art Déco-Stil. Als Ben sich setzte, fiel sein Blick auf die Beine des Mahagonistuhls. Er hatte irgendwo gelesen, daß Klauenfüße bei alten Möbeln auf hohe Qualität hinwies. In diesem Fall handelte es sich bestimmt um sehr teure Antiquitäten.

»Offenbar sind Ihnen die Stühle aufgefallen«, sagte Reynolds. »Es sind Chippendale-Exemplare aus dem neunzehnten Jahrhundert.« Er seufzte. »Viele Leute glauben, sie stammen aus der Epoche Ludwigs des Vierzehnten, obwohl es da kaum Gemeinsamkeiten gibt. Nun, diese gefallen mir besser. Französische Möbel sind so ...« Er gestikulierte, zuckte dann mit den Schultern. »Sie wissen schon.«

Ben hatte keine Ahnung, was er jedoch nicht zugeben wollte. »Ist das eine Tiffany-Lampe?«

»Ja«, bestätigte Reynolds fast verträumt. »Man erkennt's auf den ersten Blick, nicht wahr? Und die Uhr ist ein Erte-Design. Meine Frau kommt oft nach Oklahoma City – wenn das Gericht tagt –, und dann nutzt sie die Gelegenheit, sich bei den Antiquitätenhändlern umzusehen.«

Nummer zwei, dachte Ben. »In welcher Beziehung stehen Sie zu Mr. Lombardi?«

»Müßte es nicht ›standen‹ heißen?«

»Ja«, sagte Ben und wiederholte: »In welcher Beziehung standen Sie zu ihm?«

»Ich bin sein Anwalt gewesen.«

»Sie haben sich um die Sache mit dem Autounfall gekümmert. Hat er auch sein Testament von Ihnen aufsetzen lassen?«

Reynolds nickte.

»Was hinterläßt er wem?«

»Ich fürchte, darüber darf ich keine Auskunft geben.«

»Wie wär's mit einem klitzekleinen Hinweis?«

»Nun, soviel darf ich sagen: Ich bin der Nachlaßverwalter.«

»Das bedeutet, Sie bekommen alle finanziellen und geschäftlichen Unterlagen.«

»Sie befinden sich bereits in meinem Besitz. Bei vielen Gelegenheiten bin ich als ... Geschäftsberater tätig gewesen. Als Mr. Lombardi noch lebte, meine ich.«

»Was können Sie mir von Mr. Lombardis Geschäften erzählen?«

»Nun ... Was möchten Sie darüber wissen?«

»Ich wäre für praktisch jede Information dankbar. Er hat Papageien importiert, nicht wahr?«

»Nicht nur Papageien, sondern auch viele andere exotische Vögel.«

»Klingt nicht nach einer lohnenden Tätigkeit.«

»Wie naiv von Ihnen. Der Vogelmarkt setzt jedes Jahr dreihundert Millionen Dollar um, und die Gewinnspanne beträgt sechzig Prozent auf jeder Ebene. Tony hat gut verdient. Es herrscht recht große Nachfrage nach seltenen Vögeln.«

»Haben Sie jemals einen der angeblichen Papageien gesehen?«

Reynolds starrte Ben wie einen vollkommen Verblödeten an. »Ist Ihnen überhaupt nichts aufgefallen?«

»Was denn?«

»Mein Vogel. Hinter Ihnen.«

Ben blickte über die Schulter. In der Ecke des Büros standen einige weitere Antiquitäten, doch ein kleiner Käfig mit einem großen blaugrünen Papagei rückte sofort ins Zentrum seiner Aufmerksamkeit.

»Sie haben einen Papagei«, sagte Ben überflüssigerweise.

»In der Tat. Tony hat ihn mir geschenkt. Es ist ein *Amazona imperialis*. Der Kaiser der Papageien. Sehr selten.« Reynolds lächelte fest. »Lombardi meinte, für mein Büro sei kein anderer Vogel angemessen.«

Ben sah genauer hin. Kopf. Hals und Bauch glänzten in einem purpurnen Blau. Die Kammfedern schimmerten dunkelgrün und wiesen einen schwarzen Rand auf. Der Schwanz war rot und dunkelbraun, die Augen orangefarben. Ben schätzte die Größe des Vogel auf mindestens vierzig oder fünfzig Zentimeter. »Wie heißt er?«

Reynolds rollte mit den Augen. »Es ist eine Sie.«

»Na schön. Wie heißt *sie*?«

»Ich ...« Ein leises Seufzen. »Es war die Idee meiner Frau. Sie bestand darauf, den Vogel nach einer Kollegin am Obersten Gericht zu nennen: Polly.« Reynolds kommentierte diesen Hinweis, indem er die Stirn runzelte.

»Polly?«

»Ich fürchte, ja.« Es klang ein wenig verlegen.

Ben lächelte über diesen eklatanten Mangel an Phantasie. »Spricht Polly?«

»Nur wenn man sie dazu auffordert«, sagte Reynolds. »Kann man sich mehr wünschen?«

»Ich würde sie gern sprechen hören.«

»Darauf sollten wir besser verzichten. Wir sind hier nicht im Zirkus.«

»Nur einmal.«

»Nun gut.« Reynolds wandte sich dem Papagei zu. »Stell mich vor, Polly.«

In einem krächzenden, nasalen Ton verkündete der Vogel: »Quinn Reynolds, Rechtsanwalt.«

Wie unerträglich egozentrisch. Reynolds hatte den Papagei in eine Art Pförtner verwandelt. »Kommt sie jemals raus aus dem Käfig?«

»Um Himmels willen, nein.« Reynolds schauderte. »Einen Vogel durchs Büro fliegen zu lassen ... Dann geriete alles durcheinander. Und außerdem ...« Er räusperte sich. »Umherflatternde Vögel lassen ... Dinge fallen.«

Interessant, dachte Ben. Dinge. So nennt man das jetzt. »Polly bleibt immer im Käfig?«

Reynolds lehnte sich zurück. »Wenn es sonst nichts weiter gibt, Mr. Kincaid ... Ich muß mich um einige dringende juristische Angelegenheiten kümmern.«

»Nur noch eine Frage. Was geschah am Montagabend in Lombardis Apartment?«

Reynolds hob und senkte die Schultern. »Absolut gar nichts. Der Wächter ließ mich hinein. Ich nahm den Lift. Ich klopfte an die Wohnungstür. Niemand öffnete. Und daraufhin ging ich.«

»Das ist alles?«

»Ja.«

»Warum wollten Sie Lombardi besuchen?«

»Das ist vertraulich.«

»Die Polizei wird Ihnen die gleiche Frage stellen.«

»Dann werde ich sie beantworten«, sagte Reynolds. »Aber Sie sind nicht die Polizei, oder?«

Ben ballte unwillkürlich die Fäuste. Reynolds Aura aus unerschütterlicher Ruhe weckte Zorn in ihm. »Ich würde mir gern Lombardis Geschäftsunterlagen ansehen.«

»Ich fürchte, das ist nicht möglich.«

»Es könnte sehr wichtig für Christinas Fall sein.«

»Ich sehe mich leider außerstande, Ihnen zu helfen.«

»Mr. Reynolds, ich bin einem Klienten verpflichtet ...«

»Ich ebenfalls, Mr. Kincaid.« Zum erstenmal hob Reynolds ein wenig die Stimme. »Jene Dokumente sind streng vertraulich und bleiben es mindestens so lange, bis das Gericht die Rechtswirksamkeit des Testaments bestätigt hat. Im Anschluß daran können Sie die Sache mit Tonys Erben besprechen.«

»Bis dahin vergehen Monate!«

»Damit ist leider zu rechnen, ja.«

Ben hörte kein Bedauern in diesen Worten. »Mr. Reynolds, bitte denken Sie dabei an das Wohl von Christina McCall, Ihrer Rechtsassistentin. Bei dieser Sache geht es für sie vielleicht um Leben und Tod.«

»Sie können mich nicht umstimmen, Mr. Kincaid«, sagte Reynolds.

»Ich kann verlangen, daß die Unterlagen als Beweismittel vor Gericht zugelassen werden.«

»Es steht Ihnen frei, einen entsprechenden Antrag zu stellen. Aber ob ihm stattgegeben wird ... Sie müssen den Richter davon überzeugen, daß die Geschäftspapiere eine wichtige Rolle für Ihren Fall spielen, und das dürfte sehr schwer werden.«

Ja, überlegte Ben. Insbesondere bei Derek.

»Etwas anderes kommt hinzu«, fuhr Reynolds fort. »Ein derartiger Antrag führt zu einem Konflikt zwischen dem Bundesrichter einerseits und dem Richter des Nachlaßgerichts andererseits. Solche Kontroversen sind immer sehr kompliziert und langwierig.«

Botschaft empfangen, du Mistkerl. Ich soll auf diese Möglichkeit verzichten, weil sie zuviel Zeit kostet.

Die Staatsanwaltschaft hatte Klage erhoben, und es war bereits ein Zeitpunkt für die Vorverhandlung festgesetzt.

Nach dem Speedy Trial Act – spezielle Gesetze, die für schnelle Prozesse sorgen sollten – hatte der Countdown für Christinas Verfahren begonnen. Wenn Reynolds auf stur schaltete und sich weigerte, Ben Einblick in die Geschäftsunterlagen zu gewähren, so konnte er mit diversen rechtlichen Tricks immer wieder für Verzögerungen sorgen. Und dadurch bekam Moltke mehr als genug Zeit, um Christina vor Gericht zu bringen. Mit anderen Worten: während Reynolds eine juristische Hürde nach der anderen vor Ben auftürmte, fand Christians Prozeß statt, pünktlich zur vorgesehenen Zeit.

Ob die Verteidigung bereit war oder nicht.

Christina saß in ihrem Büro und starrte an die Wand. Während ihrer Abwesenheit hatten sich die Kartons vervielfacht – sie wußte nicht, ob spontane Entstehung oder so etwas wie Inzucht dahintersteckte. Eins stand fest: Inzwischen ragten sie an allen vier Wänden empor, und dadurch konnte sich die junge Frau nicht einmal mehr der Illusion hingeben, daß es hier ein Fenster gab. Sie hatte diese klaustrophobische Umgebung nie sehr gemocht, doch jetzt fühlte sie sich dadurch an eine ganz bestimmte, fünf oder sechs Quadratmeter große Zelle erinnert, die sie nie wiedersehen wollte.

Ein zaghaftes Klopfen unterbrach sie bei ihren Grübeleien. Alf Robins stand in der Tür. »Was liegt an, Alf? Möchten Sie herausfinden, ob mich der Knast irgendwie verändert hat?«

Widerstrebend trat er ein. »Ich, äh ... muß etwas mit Ihnen besprechen.«

»He, nicht so schüchtern. Ich beiße nicht. Setzen Sie sich.«

Alf nahm auf der anderen Seite des Schreibtischs Platz. Er gehörte zu den fünf Anwälten der Kanzlei, für die Christina arbeitete. Er war mit Abstand der jüngste von ihnen, hatte sein Jurastudium erst im vergangenen Mai beendet. »Man hat mich gebeten, eine, äh, Nachricht zu überbringen.«

»Ach?«

Der junge Mann gestikulierte nervös. »Was ist los, Alfie? Wollen Sie darauf hinweisen, daß ich für die Zeit im Gefängnis nicht bezahlt werde? Ist nicht weiter schlimm. Und eigentlich halte ich es sogar für fair. Arbeitsunfähigkeit durch Krankheit – in Ordnung. Aber Untersuchungshaft?«

»Ich fürchte, es ... geht nicht nur darum«, sagte Alf. Er begann zu stottern und schien sich an einen anderen Ort zu wünschen. »Die Kanzlei hat ... beschlossen, in Zukunft auf Ihre Dienste zu verzichten.«

Christina starrte ihn groß an. »*Was*? Soll das ein Witz sein?«

»Bei einer so ernsten Angelegenheit würde ich mir keinen Scherz erlauben.«

»Aber warum? Ich habe immer gute Arbeit geleistet und viel Erfahrung als Rechtsassistentin. Unsere Klienten haben immer großen Wert darauf gelegt, daß ich zur Prozeßgruppe gehöre.«

»Ich weiß.« Alf senkte den Kopf. »Ich weiß.«

»Warum wirft man mich dann raus?«

»Vermutlich befürchtet man schlechte Publicity, wenn ...« Der junge Mann blickte zu Boden. »... wenn auch weiterhin jemand beschäftigt wird, der unter Mordverdacht steht.«

Christina sprang auf. »Ich bin unschuldig!«

Alf streckte wie abwehrend die Arme aus. »Da bin ich sicher. Ich meine, ich weiß es ...«

Christina stieß seine Hände beiseite. »Hören Sie auf zu winseln, Alf. Sie haben nichts von mir zu befürchten.« Sie öffnete die Augen ganz weit und krümmte die Finger wie Klauen. »Wir Mörderinnen schlagen nur des Nachts zu, bei Vollmond.«

»Es war nicht meine Idee«, stieß Alf hervor. »Das Direktorium traf die Entscheidung.«

»Sie stehen erst auf der untersten Sprosse der hiesigen Karriereleiter. Und deshalb bekamen Sie den Auftrag, mir die schlechte Nachricht zu bringen. Wie feige von den anderen.«

»Glauben Sie mir, Christina – ich wollte es nicht.«

»Ja, ja, ja. Aber Sie möchten auch nicht Ihren Job verlieren, oder? Wer gab die Anweisung? Reynolds?«

Alf räusperte sich. »Darüber ... sollte ich wohl besser keine Auskunft geben.«

»Aha, wie ich's mir dachte. Reynolds.« Die junge Frau schritt zur Tür. »Ich gehe nicht, ohne ihm vorher gehörig die Meinung gesagt zu haben!«

»Warten Sie!«

Aber Christina war bereits im Flur. Als sie Reynolds' Büro erreichte, öffnete sich dort die Tür.

»Ben!« entfuhr es ihr verblüfft. »Was führt dich denn hierher?«

»Dieser Herr und ich haben ein wenig miteinander geplaudert«, erwiderte Benjamin knapp.

»Tatsächlich?« Christina bedachte ihren Chef mit einem finsteren Blick. »Nun, wir sollten uns ebenfalls unterhalten, Sie miese Memme.«

Reynolds tastete nach seinem Kragen. »Ich schlage vor, Sie, äh, reden mit Mr. Robins.«

»Ich vergeude nicht meine Zeit mit Ihren Lakaien, Reynolds. Ich wende mich direkt ans Oberschwein.«

»Worum geht's?« fragte Ben neugierig.

»Dieser elende Mistkerl hat mich rausgeschmissen! Ist das zu fassen?«

Ben musterte Christinas Chef. »Stimmt das?«

Voller Unbehagen verlagerte Reynolds das Gewicht vom einen Bein aufs andere. »Angesichts der ... allgemeinen Wirtschaftslage sind ... Sparmaßnahmen erforderlich.«

»Von wegen«, warf Christina ein. »Er setzt mich vor die Tür, weil er schlechte Publicity vermeiden will. Damit verurteilt er mich noch vor dem Prozeß!«

»Die Kanzlei wird Ihnen natürlich eine Abfindung zukommen lassen. Ein halbes Monatsgehalt ...«

»Ich sollte Ihnen den Kopf von den Schultern reißen!« ereiferte sich Christina. »Ich bin die beste Rechtsassistentin, die Sie je hatten!«

Reynolds sah durch den Flur. Schaulustige fanden sich ein. »Wenn wir in mein Büro gehen könnten ...«

»Eher sterbe ich, Sie Miesling«, erwiderte Christina. »Wie bringen Sie es eigentlich fertig, sich selbst zu ertragen?«

Ben berührte Christina am Arm. »Beruhig dich.«

»Warum? Ich bin noch nie entlassen worden! Und dieser Idiot schafft nun einen Schandfleck in meiner beruflichen Laufbahn!«

Ben trat zwischen Christina und ihren Chef. »Mr. Reynolds, ich möchte Sie von Anwalt zu Anwalt bitten, Ihre Entscheidung noch einmal zu überdenken. Der Staatsanwalt würde Ms. McCalls Entlassung bestimmt gegen uns nutzen. Er könnte die Geschworenen darauf hinweisen, daß sie arbeitslos und ohne Halt ist, daß sie selbst von jenen Leuten, die sie gut kennen, für schuldig gehalten wird.«

»Die Entscheidung habe nicht ich allein getroffen. Das Direktorium beschloß die Kündigung.«

»Sie könnten Christina wieder einstellen, als Aushilfe auf Vertragsbasis. Immerhin: In gewisser Weise ist die derzeitige Situation eine Folge ihrer Tätigkeit für diese Kanzlei.«

»Genau darin besteht das Problem«, sagte Reynolds. »Man legt Ms. McCall die Ermordung eines Klienten zur Last, dem unsere Kanzlei sehr verpflichtet war. Nun, den Mitgliedern des Direktoriums ist die Entscheidung nicht leicht gefallen, aber sie haben sie gefällt.«

»Die Mitglieder des Direktoriums sind Marionetten, die nach Ihrer Pfeife tanzen«, sagte Christina.

Reynolds versteifte sich. »Ich muß Sie beide bitten, diese Räumlichkeiten zu verlassen.«

Christina griff nach seinem Jackenaufschlag. »Erst erklären Sie mir, wieso …«

»Wenn Sie nicht gehen, rufe ich die Polizei«, fuhr Reynolds fort. »Möchten Sie auch wegen Hausfriedensbruch und Körperverletzung angeklagt werden?«

»Komm, Christina«, sagte Ben mit etwas mehr Nachdruck. »Bring dich nicht noch mehr in Schwierigkeiten. Laß uns gehen.«

»Na schön.« Mit langen Schritten marschierte sie durchs Vorzimmer. »Vergessen Sie bloß nicht, mir den Scheck nach Hause zu schicken!« rief sie Reynolds zu. »Sonst kehre ich zurück und hole mir einen Ihrer Stühle aus der Zeit Ludwigs des Vierzehnten!«

Zum Glück widerstand sie der Versuchung, auf dem Weg nach draußen eine kostbare Antiquität umzustoßen.

Als Ben und Christina gegangen waren, drückte Reynolds eine Taste der Wechselsprechanlage.

»Marjorie?«

»Ja, Mr. Reynolds?«

»Können Sie was aus dem Lager holen, ohne daß eins dieser blöden Anforderungsformulare ausgefüllt werden muß?«

»Nun ...« Sie überlegte kurz. »Ich kann's zumindest versuchen.«

»Ich wäre Ihnen sehr dankbar. Ich möchte keine schriftlichen Hinweise hinterlassen, wenn's sich irgendwie vermeiden läßt. Es bestünde die Gefahr, daß solche Unterlagen in die falschen Hände geraten.«

»Wahrscheinlich kriege ich es irgendwie hin«, sagte Marjorie fröhlich. »Die Jungs im Lager sind bestimmt bereit, einer schwangeren Frau gefällig zu sein. Was benötigen Sie?«

»Einen Reißwolf«, sagte Reynolds. Er betonte jede einzelne Silbe. »Einen großen und besonders leistungsfähigen.«

17

Ben und Christina näherten sich einer kleinen Bude im Eingangsbereich des Zoos von Tulsa. Ein Schild wies darauf hin, daß sie der »Gesellschaft zum Schutz nichtmenschlichen Lebens« gehörte.

»Kann ich Ihnen helfen?« fragte die Frau am Tresen.

»Wir sind gekommen, um mit Clayton Langdell zu sprechen«, sagte Ben. »Wir haben einen Termin mit ihm vereinbart.«

»Er ist gerade im Vogelhaus. Darf ich Ihnen Aufkleber anbieten?«

Zwei verschiedene standen zur Auswahl. Einer präsentierte folgende Worte: RETTEN SIE EINE MÖWE – WERFEN

SIE DIE ABZUGSRINGE VON SECHSERPACKUNGEN NICHT WEG. Auf dem zweiten hieß es: EIN NERZ IST OHNE HERZ. Das Bild zeigte ein blutiges Tier, um den Hals einer Frau geschlungen.

Ben nahm eine Broschüre und las darin.

> 1980 trug das Raumschiff Erde 4,4 Milliarden Menschen, und 1990 waren es schon 5,2 Milliarden. An jedem Tag stößt der Mensch weiter in Regenwälder, Ozeane, Polargebiete und Prärien vor, wo es einst nur Pflanzen und Tiere gab.

Hab schon verstanden, dachte Ben und blätterte zur letzten Seite.

> Die Geschwindigkeit des Aussterbens nimmt exponentiell zu. Derzeit verliert das Raumschiff Erde etwa drei Spezies pro Tag, und gegen Ende 1995 sind es vielleicht schon drei Arten pro Stunde. Es besteht die Gefahr, daß wir bis zum Jahr 2000 zwanzig Prozent aller auf diesem Planeten lebenden Gattungen verlieren.

»Haben Sie auch leichtere Lektüre?« fragte Ben.

»Ich weiß überhaupt nicht, was Sie meinen«, erwiderte die Frau.

»Das überrascht mich kaum.« Ben legte die Broschüre auf den Tresen zurück.

»Die kosten nichts. Nehmen Sie so viele, wie Sie wollen.«

»Nein, danke. Es genügt, wenn Sir mir den Weg zum Vogelhaus zeigen.«

Es erwies sich als ein großes Gebäude mit gläsernen Wänden. Im Innern befand sich eine nachgebildete Waldlandschaft mit Bäumen, Büschen und Sträuchern. Als Zweige und Äste getarnte Holzstangen boten den Vögel Gelegenheit, zu landen und auszuruhen. Gefiederte Geschöpfe aller Farben und Arten flatterten umher, schlugen mit bunten Flügeln, segelten und kreisten.

Ben und Christina traten ein. »Hast du jemals den Hitchcock-Film gesehen?« fragte sie.

»Welchen meinst du?«

»Na, *Die Vögel* natürlich.« Christina sah sich voller Unbehagen um. »Hier ist mir unheimlich zumute.«

»So ein Unsinn. Wir sind in einem Zoo. Was könnte harmloser sein?« Ben sah einen kleinen, pummeligen Mann mit einem Vogel auf jeder Schulter. »Das muß Langdell sein.«

»Rede du mit ihm«, schlug Christina vor. »Vielleicht ist er gehemmt, wenn ich in der Nähe bin. Ich bleibe hier und versuche, nicht wie Aas zu wirken.«

Ben trat dem Mann mit den Vögeln entgegen, streckte die Hand aus und stellte sich vor. »Danke, daß Sie sich Zeit für mich nehmen.«

»Schon gut.« Langdell hatte etwas unnatürlich wirkendes orangefarbenes Haar und einen dicken, gesprenkelten Zinken. »Ihr Sekretär deutete an, daß Sie wichtige Informationen hinsichtlich Tierquälerei und dergleichen haben.«

Großartig, dachte Ben. Dadurch ergab sich ein toller Anfang. »Nun, vielleicht hätte er sich etwas klarer ausdrücken sollen.«

»Sind Sie nicht hier, um über Tierquälerei mit mir zu reden?«

»In gewisser Weise schon. Allerdings ... In diesem Fall geht es um ein menschliches Tier, und es heißt Tony Lombardi.«

Langdell schien sich plötzlich nur noch wie in Zeitlupe zu bewegen. Er zuckte andeutungsweise mit den Achseln, und die beiden Vögel flogen fort.

»Ich repräsentiere jene Frau, der man vorwirft, ihn ermordet zu haben«, fügte Ben hinzu.

In Langdells Augen glühte es. »An ihrer Schuld besteht kein Zweifel, oder?«

»An ihrer Schuld besteht sogar eine Menge Zweifel. Ich bin davon überzeugt, daß sie Tony Lombardi nicht umgebracht hat. Und ich versuche, den wahren Mörder zu finden.«

»Na schön. Was möchten Sie wissen?«

»Warum sind Sie an jenem Abend bei Lombardi gewesen, als er ermordet wurde?«

Zu Bens großer Erleichterung versuchte Langdell nicht, es zu leugnen. »Ich wollte mit ihm reden.«

»Warum?«

»Monatelang habe ich ihm Briefe geschrieben und mich auch bemüht, telefonisch Kontakt aufzunehmen. Ohne jemals eine Antwort zu bekommen. Deshalb beschloß ich, eine direkte Konfrontation herbeizuführen.«

»Und um was ging es Ihnen dabei?«

»Um den verabscheuungswürdigen Handel mit Papageien.«

»Verabscheuungswürdig? Weil Lombardi den Papageienhandel als Tarnung für seine Drogengeschäfte verwendete?«

»Tatsächlich? Davon wußte ich nichts – obwohl es mich kaum überrascht. Nein, ich wollte nur, daß er endlich mit der Tierquälerei aufhörte.«

»Hat Lombardi die von ihm importierten Papageien gequält?«

»Der Papageienimport für sich allein ist schon grausam und sollte verboten werden. Wissen Sie, wie man die Vögel fängt? Lombardis Männer und auch die übrigen Papageienfänger benutzen jede nur erdenkliche Methode. Schneller Erfolg steht dabei immer an erster Stelle. Und so etwas wie Rücksichtnahme kennen sie nicht. Sie dringen in den südamerikanischen Lebensraum der Tiere vor und fällen Bäume, um leichter an die Nester heranzukommen. Oder sie benutzen Beinschlingen, was dazu führen kann, daß die Papageien stundenlang hilflos im Gebüsch hängen. Oder sie entzünden ein stark qualmendes Schwefelfeuer: Dadurch fallen die Vögel bewußtlos von den Bäumen und können wie reife Früchte aufgesammelt werden.

Manchmal schießt man auch auf Papageien und durchlöchert ihre Flügel, damit sie nicht mehr fliegen und leichter gefangen werden können. Allerdings: Dazu muß man sehr sorgfältig zielen, und nicht immer wird das Ziel getroffen. Es werden mehr Vögel getötet als auf diese Weise verletzt.«

Langdell preßte kurz die Lippen zusammen. »Einige arme Papageien bekommen nie die Chance, frei zu fliegen. Leute wie Lombardi sorgen dafür, daß ihr Leben in Gefangenschaft beginnt und dort endet.«

»Auch ich mag Tiere«, sagte Ben. »Aber deshalb bin ich nicht gekommen.«

Langdell musterte ihn mit grimmigem Ernst. »In jedem Jahr werden weltweit dreißig Millionen Vögel gefangen, um in Käfige gesteckt und verkauft zu werden, Kincaid.«

Das verblüffte Ben. »Dreißig *Millionen*?«

»Ja.«

»Es gibt doch bestimmt irgendwelche Beschränkungen. Beim Zoll oder so.«

»Einige wenige Mitarbeiter des Landwirtschaftsministeriums sind damit beauftragt, Routineuntersuchungen vorzunehmen. Anschließend folgt eine Quarantäne von dreißig Tagen. Aber solche Maßnahmen sind im großen und ganzen sinnlos – auch deshalb, weil die meisten Vögel als Schmuggelware in unser Land kommen.«

»Sie werden geschmuggelt?«

»Ja. Etwa zweihundertfünfzigtausend Papageien und andere exotische Vögel werden jedes Jahr in die Vereinigten Staaten geschmuggelt – oft zusammen mit Drogen –, um an Tiergeschäfte und private Händler verkauft zu werden.«

»Wie schmuggelt man die Vögel?«

»Nun, auch da gibt es unzählige Möglichkeiten. Man versteckt sie im Futter von Mänteln oder im doppelten Boden von Koffern. Man stopft sie in Röhren oder ausgehöhlte Maschinenteile und dergleichen. Manchmal bringt man Hunderte von Vögeln in Kisten unter, die höchstens zwei Dutzend Exemplaren genug Platz bieten. Tagelang bleiben sie ohne Wasser und Nahrung. Um die Schnäbel wickelt man Klebeband. Weil der Schnabel eines zornigen Papageis eine ziemlich gefährliche Waffe sein kann.«

»Kein Wunder, daß solche Papageien zornig sind.«

»Und das ist noch nicht alles. Die Sterblichkeitsrate bei geschmuggelten Vögeln beträgt zwischen fünfzig und fünfundsiebzig Prozent.«

Ben hatte das Gefühl, sich setzen zu müssen. »Unglaublich.«

»Aber leider ist es wahr. Von den dreißig Millionen Vögeln, die pro Jahr gefangen werden, überleben nur siebeneinhalb Millionen den Import. Und davon sind neunzig Prozent nach zwei Jahren tot.«

»Das scheint nicht besonders ... effizient zu sein.«

»Wußten Sie, daß einige neuere Untersuchungen auf Intelligenz bei Papageien hindeuten?«

Nein, das hatte Ben nicht gewußt.

»An der Universität Purdue durchgeführte Forschungen weisen darauf hin, daß Papageien bis zu einem gewissen Maß den Bedeutungsinhalt der Wörter verstehen können, die man ihnen beibringt. Sie scheinen in der Lage zu sein, aus dem beobachteten Geschehen in ihrer Nähe Schlüsse zu ziehen. Und noch etwas: Wenn sich Papageien paaren, so bleiben sie für den Rest ihres Lebens zusammen. Deshalb bedeutet der Verlust des Partners viel Leid für sie.«

»Erstaunlich. Kann man mit dem Schmuggel von Papageien viel Geld verdienen?«

»Und ob. Je seltener der Vogel, desto höher der Preis. Für manche Exemplare zahlt man bis zu hunderttausend Dollar.«

Ben pfiff leise. »Wieviel bringt ein *Amazona imperialis*?«

Langdell lächelte bitter. »Sie sind bei Quinn Reynolds gewesen.«

»Ja. Er hat einen hübschen Vogel.«

»Eine gräßliche Situation. Quinn Reynolds ist eine ethische Müllkippe.«

»Sie halten nichts davon, daß er einen Papagei hat?«

»Natürlich nicht. Er zwingt das arme Tier, jede Sekunde seines Lebens in einem Käfig zu verbringen. Es darf nie fliegen. Wenn man einen so großen Vogel in Gefangenschaft hält, so ist man moralisch verpflichtet, ihn in einem Vogelhaus unterzubringen.«

»Wäre das nicht ziemlich teuer?«

»Reynolds kann es sich leisten. Und wenn nicht ... Er hat

jederzeit die Möglichkeit, den Papagei hierherzuschicken. Der Zoo von Tulsa kümmert sich mit großem Engagement um alle seine Tiere. Ja, der Vogel sollte sich hier befinden – wenn er schon in Gefangenschaft leben muß.«

»Glauben Sie, es wäre besser, ihn freizulassen?«

»Man müßte ihn zumindest von Reynolds befreien. Dem Mistkerl ist das Tier völlig gleich. Papageien brauchen Zuwendung und Pflege – Fremdwörter für Reynolds. Sein Vogel bekommt jeden Tag die gleiche Nahrung – ölhaltige Körner –, und abgesehen davon ignoriert man ihn. Bei meinem letzten Aufenthalt in Reynolds' Büro hatte das arme Ding damit begonnen, sich die Federn auszurupfen.«

»Sich die Federn auszurupfen?« wiederholte Ben.

»Klingt schrecklich, nicht wahr? Dabei handelt es sich um ein anomales Verhalten, hervorgerufen von einseitiger Ernährung, Mangel an Gesellschaft und der Unmöglichkeit des Waschens. In den Tropen waschen sich Papageien im häufigen Regen. Doch in Reynolds winzigem Käfig regnet es nie. Deshalb beginnt der Vogel damit, sich die Federn auszureißen – er versucht, sich zu reinigen. Manchmal beißen sie sich sogar die Zehen ab. Wenn sich die Umstände nicht ändern, fährt der betreffende Papagei damit fort, sich selbst zu verstümmeln. Bis alle Federn ausgerupft sind. Und dann stirbt er.«

Empörung quoll in Ben empor. »Gibt es keine Gesetze, die den Handel mit seltenen Vögeln reglementieren?«

»Oh, die gibt es. Der *Amazona imperialis* ist eine vom Aussterben bedrohte Spezies. Vielleicht existieren überhaupt keine in Freiheit lebenden Exemplare mehr.«

»Können Sie Reynolds nicht anzeigen?«

»Er behauptet, alles sei völlig legal. Darin besteht das Problem mit Anwälten. Es gelingt ihnen immer, sich irgendwie herauszureden. Die 1973 verabschiedete Konvention zum Schutz bedrohter Arten verbietet den Handel mit Tieren, die vom Aussterben bedroht sind. Und dazu gehört auch *Amazona imperialis*. Aber Reynolds weist darauf hin, daß er nicht mit Papageien handelt und die Konvention keineswegs den *Besitz* entsprechender Tiere für illegal erklärt. Lombardi bezeichnete den Vogel als Geschenk. Ziemlich teures Geschenk, wenn Sie mich fragen.«

»Wenn der Vogel so umstritten ist ... Wieso wollte ihn Reynolds dann im Büro?«

»Eine reine Ego-Sache. Der Stolz des Sammlers, der mit etwas Einzigartigem angeben kann.«

Ein Schrei hallte durchs Vogelhaus. Ben drehte sich ruckartig zu Christina um.

»Ich werde angegriffen!« kreischte sie.

Ben lief los, und Langdell folgte ihm. Ein großer Vogel hockte auf Christinas Kopf und zupfte an ihren langen roten Haaren.

»Wie im Film!« heulte die junge Frau. »Was ist das für ein Monstrum? Ein Geier?«

»Ein Bussard«, sagte Langdell und lächelte. »Er greift Sie nicht etwa an, sondern versucht, ein Nest zu bauen. Ganz offensichtlich hält er Ihr Haar für gutes Nestbaumaterial.«

»Und wenn er versucht, das Universum zu retten – es ist mir völlig gleich«, brachte Christina hervor. »Er soll mich in Ruhe lassen.«

Langdell griff nach einem Stock und schob ihn vorsichtig in den Schnabel des Bussards. Der Vogel verlor das Interesse am Haar und flog fort.

»Danke.« Christina seufzte. »Ich glaube, Sie haben mir gerade das Leben gerettet.«

»Das bezweifle ich«, erwiderte Langdell. »Aber vermutlich habe ich verhindert, daß Sie das eine oder andere Haar verlieren. Nun, Mr. Kincaid, möchten Sie mich sonst noch etwas fragen?«

»Ja. Was geschah an jenem Abend, als Sie Lombardi besuchten?«

»Nichts. Der Wächter ließ mich hinein. Ich klopfte an die Tür, aber es öffnete niemand. Nach einigen Minuten ging ich. Am nächsten Morgen las ich in der *World* von Lombardis Ermordung.« Langdell zögerte. »Mein Gott ... Glauben Sie, er war bereits tot, als ich ihn besuchen wollte? Oder ...« Er schluckte. »Wäre es möglich, daß sich der Mörder noch im Apartment befand?«

»Ich weiß es nicht.« Ben musterte den kleineren Mann. »Sie wollten Lombardis Handel mit Papageien beenden, nicht wahr?«

»Oh, einen Augenblick. Ich trete für die Rechte anderer lebender Geschöpfe ein. Wenn Sie daraus das Motiv für einen Mord machen wollen ...«

»Ich frage nur, weil ich alle Möglichkeiten berücksichtigen muß.«

»Es stimmt – ich wollte Lombardis Papageienhandel beenden«, sagte Langdell vorsichtig. »Aber es lag mir fern, ihn umzubringen. Ich wußte, daß sein Tod überhaupt nichts bewirken würde. Er hatte einen Assistenten, der bei allen Dingen mit ihm zusammenarbeitete und jetzt sicher seine Nachfolge antritt. Nein, von meiner Warte aus wäre es völlig sinnlos gewesen, Lombardi umzubringen. Ich erreiche weitaus mehr, wenn ich den bewährten Pfad politischer Aktivität beschreite.«

»Ich schätze, diese Auskünfte genügen mir zunächst«, sagte Ben. »Vielleicht wende ich mich später noch einmal an Sie – falls mir weitere Fragen einfallen.«

»Ich habe noch viel mehr Informationen über Papageien.« Langdell griff in die Manteltasche. »Hier, nehmen Sie einige Broschüren.«

»Nein, danke. Ich ...« Auf dem Titelbild sah Ben das Foto eines wundervollen *Amazona imperialis* mit prächtigen grünen Flügeln und großen, orangefarbenen Augen. Langdell hatte recht: Diese Vögel sahen tatsächlich intelligent aus.

»Na schön«, murmelte er, nahm einige Broschüren und verließ das Vogelhaus.

18

Hinsichtlich seiner grundlegenden Fertigkeiten als Sekretär zeichnete sich Jones durch weitgehende Inkompetenz aus, aber gelegentlich brachte er es trotzdem fertig, seinen Boß zu beeindrucken.

»Wie gelang es Ihnen, für mich einen Termin bei Albert DeCarlo zu vereinbaren?« fragte Ben.

Jones lächelte. »Ich habe ihm ein Angebot unterbreitet, das er nicht ablehnen konnte.«

Ben gestand es sich offen ein: Er war nervös, als er das Verwaltungsgebäude von Intercontinental Imports betrat. Nichts deutete darauf hin, daß es sich um die Tarnfirma einer kriminellen Organisation handelte: Alles wirkte elegant und sehr professionell. Ben fühlte sich an seine Zeit bei Sanguine Enterprises erinnert – damals wäre er fast zum Hausanwalt geworden. Doch während er noch versuchte, eine Entscheidung zu treffen, warf man mehreren Topmanagern der Firma Betrug und Unterschlagung vor. Kurze Zeit später ging das Unternehmen in Konkurs. Das erklärte vielleicht, warum es Ben noch immer an Klienten aus der Industrie mangelte.

Er stellte sich einer sehr attraktiven Empfangsdame vor, die ihn bat, die höchste Etage des Gebäudes aufzusuchen, den zwanzigsten Stock. Ben bemerkte die allgegenwärtigen Überwachungskameras: in der Eingangshalle, im Lift, in den Fluren. Er fragte sich, ob auch Mikrofone installiert waren. Das hielt er durchaus für möglich.

Im zwanzigsten Stock begegnete er einer Frau, die sich als DeCarlos persönliche Sekretärin zu erkennen gab.

»Ich bin Ben ...«

»Ich weiß, wer Sie sind«, wurde er unterbrochen. »Bitte gehen Sie hinein. Mr. DeCarlo ist gerade eingetroffen.«

Die Frau betätigte eine Taste, daraufhin schwang die vertäfelte Doppeltür auf. Nicht übel.

Ben betrat das Büro und sah ein geradezu riesiges Erkerfenster – die ganze Rückwand des großen Zimmers schien aus Glas zu bestehen. Regale zogen sich an den übrigen Wänden entlang, und daran ruhten Bücher in vielen verschiedenen Größen. Die Einrichtung war eher schlicht und in erster Linie auf Nützlichkeit ausgerichtet. Mit einer Ausnahme: Der große, aus Eichenholz bestehende Schreibtisch in der Mitte des Raums wirkte sehr eindrucksvoll.

DeCarlo stand dahinter und streckte die Hand aus. »Ich bin Albert DeCarlo«, sagte er. »Trey für meine Freunde. Bitte nennen Sie mich ebenfalls so.«

Fast wie in Trance ergriff Ben die dargebotene Hand. Er hatte sich DeCarlo ganz anders vorgestellt. Zunächst einmal: Der hochgewachsene, schlanke Mann ihm gegenüber war *jung* und konnte nur wenige Jahre älter sein als er selbst. Pechschwarzes Haar bildete einen Pferdeschwanz, und die Aufmachung kam einer Visitenkarte gleich: dunkle Sonnenbrille, dunkler Schal, weißer Mantel.

Er streifte Schal und Mantel ab. »Bitte setzen Sie sich, Mr. Kincaid.«

Ben nahm Platz, und DeCarlo kehrte hinter den Schreibtisch zurück. Erst jetzt fiel dem Anwalt auf, daß sich noch drei andere Personen im Zimmer befanden. Zwei von ihnen standen rechts und links vom Schreibtisch: dunkelhaarige Männer mit finsteren Mienen und verdächtig ausgebeulten Jacken.

»Das sind meine Vizepräsidenten«, sagte DeCarlo. »Johnny und Antonio. Für die Sicherheit verantwortlich.«

Was mich kaum überrascht, dachte Ben. In einer Ecke des Zimmers wartete ein auffallend großer Mann mit langem blonden Haar. »Noch ein Vizepräsident?«

»Nein«, erwiderte DeCarlo. »Das ist Vinny, meine rechte Hand. Er sorgt dafür, daß alles glatt läuft.«

»Zweifellos.« Ben musterte Vinny. »Kurz nach Christinas Haftentlassung hatte ich eine Auseinandersetzung mit einem großen Blonden. Verschwand mit einem Motorrad.«

»Tatsächlich?« entgegnete DeCarlo. »Vinny hat bestimmt nichts damit zu tun.«

»Der Bursche trug einen schwarzen Sturzhelm«, sagte Ben. »Deshalb bin ich nicht sicher. Wie dem auch sei: Es ist ein komischer Zufall, nicht wahr?«

DeCarlo wölbte eine Braue. »Meinen Sie den Umstand, daß zwei Männer in Tulsa blondes Haar haben? Das finde ich alles andere als erstaunlich. Außerdem können Sie mir kaum vorwerfen, daß ich mich mit freundlichen Gesichtern umgebe. Mehrmals kam es zu einigen unverständlichen

Drohungen, die sich sowohl gegen die Firma als auch gegen meine Person richteten. Ob es mir gefällt oder nicht: Die Situation erfordert Sicherheitsmaßnahmen.«

Er faltete die Hände auf dem Schreibtisch. »Nun, Sie sind aus einem bestimmten Grund hier. Ihr Sekretär deutete an, daß Sie mir einen geschäftlichen Vorschlag unterbreiten wollen. Etwas, das Intercontinental Imports ›auf den Kopf‹ stellt, wie er sich ausdrückte.«

Ben nahm sich vor, nach seiner Rückkehr ein ernstes Wort mit Jones zu reden. »Das stimmt vielleicht nicht ganz, Mr. DeCarlo.«

»Trey. Nennen Sie mich Trey.« Er lachte leise. »Mal sehen, ob ich Ihnen helfen kann, Ben.« Er sah auf ein Blatt Papier. »Sie sind Rechtsanwalt und haben an der Universität von Oklahoma Jura studiert. Die Adresse Ihres Büros lautet North Abilene Drive Nummer 462. Sie wohnen in der North Eleventh Street, Nummer 2080, im ersten Stock. Das Gebäude gehört einer Witwe namens Harriet Marmelstein. Ihre Mutter lebt in Nichols Hills, und außerdem haben Sie eine Schwester in Edmond.« DeCarlo sah auf. »Ist das soweit richtig?«

Ben nickte langsam.

»Sie fahren einen Honda Accord, Modell 1982, Kennzeichen XAU-208. Das Auto befindet sich nicht in einem sehr guten Zustand. Der Motor springt nur schwer an. Sie haben einen Sekretär namens Jones. Das ist ein wenig exzentrisch, aber es steht uns nicht zu, darüber zu urteilen. Im vergangenen Jahr flogen Sie bei Raven, Tucker & Tubb raus, unter recht ungewöhnlichen Umständen. Ihre Solopraxis floriert nicht gerade.«

»Ich habe verstanden«, sagte Ben. »Sie brauchen die Show nicht fortzusetzen.«

»Ich fürchte, Sie haben *nicht* verstanden. Ich möchte die Dinge nur ein wenig beschleunigen. Derzeit vertreten Sie Christina McCall, der man vorwirft, meinen Geschäftspartner und Freund Tony Lombardi erschossen zu haben. Ich nehme an, *deshalb* sind Sie hier.«

»Ja.«

»Ihnen dürfte klar sein, daß ich bereits mit dem FBI gesprochen habe.«

»Leider ist das FBI derzeit nicht bereit, seine Informationen mit mir zu teilen.«

»Sie haben mein volles Mitgefühl. Auch ich bin dann und wann bei den Gesetzeshütern auf wenig Hilfsbereitschaft gestoßen.« DeCarlo preßte die Fingerspitzen aneinander. »Na schön, Mr. Kincaid – was möchten Sie wissen?«

Es hatte keinen Sinn, um den heißen Brei zu reden, begriff Ben. Der andere Mann hielt alle Trümpfe in der Hand. »Warum haben Sie an jenem Abend, als das Verbrechen verübt wurde, Lombardis Wohnung aufgesucht?«

DeCarlo erwiderte Bens Blick in aller Ruhe. »Ich bin nicht dort gewesen.«

»Mr. DeCarlo ... Ben sah, wie sein Gegenüber den Mund öffnete. »*Trey*«, sagte er rasch, um einer Unterbrechung zuvorzukommen. »Vom Wächter im Apartmenthaus weiß ich, daß er Ihnen am fraglichen Abend Einlaß gewährte. Er trug Sie auch in die Besucherliste ein.«

»Spud ist ein netter alter Knabe. Leider neigt er dazu, im Dienst zu trinken, und zwar eine ganze Menge. Ich wäre kaum überrascht, wenn er *rosarote* Albert DeCarlos gesehen hat.«

»Bei unserem Gespräch schien Spud absolut sicher zu sein.«

»Trotzdem irrt er sich, Ben. Ich bin des öfteren bei Tony gewesen. Vielleicht verwechselt er den Abend mit einem anderen.«

»Das glaube ich kaum.«

»Es gibt Zeugen, die bestätigen können, daß ich den ganzen Abend – und auch den größten Teil der Nacht – bei ihnen verbracht habe.«

»Tatsächlich? Wie viele?«

DeCarlo lächelte. »Wie viele wollen Sie?«

Ben dachte gründlich nach. Den Versuch, DeCarlo unter Druck zu setzen, hielt er für sinnlos. Besser war's, sich in Geduld zu fassen. Vielleicht bekam er dadurch Gelegenheit, mehr über die Hintergründe zu erfahren.

»Nun gut. Sie haben eben erwähnt, Lombardi des öfteren besucht zu haben. Warum?«

DeCarlo sah Ben so an, als ging es darum, einem Kleinkind höhere Mathematik zu erklären. »Tony und ich waren Geschäftspartner.«

»Bei der Sache mit den Papageien?«

»Ja. Tony importierte die Vögel. Anschließend kümmerte sich Intercontinental Imports um den Vertrieb.«

»Ist es nicht seltsam, daß Sie sich ausgerechnet an einem solchen Geschäft beteiligen?«

»Ganz und gar nicht. Man kann viel Geld damit verdienen.«

»Ich habe mit Mr. Langdell über den Handel mit Papageien gesprochen, und er ...«

»Ich kenne Mr. Langdell«, warf DeCarlo ein. »Im letzten Jahr habe ich seinem Verein zehntausend Dollar gespendet.«

Ben war einige Sekunden lang sprachlos. »Ich bin ... überrascht.«

»Wundert es Sie, daß er Geld von jemandem nimmt, der im Verdacht steht, ein Gangster zu sein? Nun, die Spenden werden von Intercontinental Imports überwiesen, und vielleicht weiß Langdell nicht, wem die Firma gehört. Oder er will es nicht wissen, was mir wahrscheinlicher erscheint.«

»Ich habe gehört, daß der Papageienhandel auch zur Tarnung von Drogengeschäften dient.«

Die letzten Reste von Freundlichkeit verschwanden aus DeCarlos Gesicht. »Worauf wollen Sie hinaus, Ben?«

»Ich wäre sicher nicht der erste, der die Familie DeCarlo mit Rauschgift in Zusammenhang bringt.«

»Solche Behauptungen sind nie bewiesen worden.«

»Beim Abello-Prozeß erwähnte man Ihren Namen recht häufig.«

»Das bezog sich auf meinen Vater«, sagte DeCarlo, und jetzt erklang eine gewisse Schärfe in seiner Stimme.

Natürlich. Ben wußte, daß dieser Mann zu jung war, um der oberste Gangsterboß von Tulsa zu sein.

»Mein Vater – Gott sei seiner Seele gnädig – war Albert

DeCarlo der Zweite. Ich bin Albert DeCarlo der Dritte. Deshalb der Spitzname Trey. Ich habe diese Firma von meinem Vater geerbt, und er übernahm sie von *seinem* Vater.«

»Eine Dynastie«, kommentierte Ben.

»Ja. Aber ich bin nicht wie mein Vater. Die Zeiten ändern sich. Ich habe Wirtschaft studiert, in Princeton. Ich gehe anders ans Geschäftliche heran. Von mir bekamen die Unternehmungen der Familie eine neue, den traditionellen korporativen Formen entsprechende Struktur. Ich versuche, unsere Aktivitäten in ganz legale Bereiche zu verlagern.« Er legte eine kurze Pause ein. »Was nicht heißen soll, daß sie vorher illegal waren. Jetzt sind sie nur noch legaler.«

»Scheint sich um die alte Mafia in einem neuen Gewand zu handeln.«

»Falsch. Alles verändert sich. Das ist immer so gewesen und wird auch immer so sein. Jene Organisation, die Sie Mafia nennen, war einst eine Geheimgesellschaft, die arme und unterdrückte Sizilianer vor den französischen Herrschern schützen wollte. Wußten Sie das?«

»Nein.«

»Irgendwann während ihrer Entwicklung veränderte sie sich. Und jetzt steht eine neuerliche Veränderung bevor. Die Wahrheit lautet: Mit dem altem Geschäft geht es zu Ende. Wir brauchen neue Einkommensquellen. In unserer so liberalen Gesellschaft wird Prostitution immer unnötiger. Und auch gefährlicher. Auf dem Markt des Glückspiels könnte man Platzangst bekommen – selbst die Regierungen sind jetzt zu Spielern geworden.

Ist Ihnen bekannt, daß verschiedene Hersteller kleine Computer produzieren, die ein Spieler sich zum Beispiel ans Bein binden kann? Damit wird's ganz einfach, die Karten beim Siebzehn und Vier zu zählen. Das Berechnungsergebnis erscheint in einem kleinen LED-Feld der Armbanduhr!« DeCarlo schüttelte voller Abscheu den Kopf. »So pervertiert man das Glücksspiel für den persönlichen Profit.«

In diesem Zusammenhang fiel Ben Anteilnahme sehr schwer.

»Was den Drogenhandel betrifft ... Er soll recht lukrativ sein, habe ich gehört, aber es gibt dort auch starke Konkurrenz. Die japanische Yakuza, die chinesische Triade, die Jamaikaner, das kolumbianische Cali-Kartell ... Alle tummeln sich im gleichen Revier. Bald wird es für die Beteiligten unmöglich, Gewinne zu erzielen.«

»Für jemanden, der in Princeton Wirtschaft studiert hat, sollte es ganz einfach sein, eine Lösung zu finden. Zum Beispiel ein Joint-venture mit den südamerikanischen Kartellen.«

»Sie sind nicht dumm, Ben.« DeCarlo öffnete eine Schublade und entnahm ihr mehrere Akten. »Ich darf Ihnen versichern, daß ich fest entschlossen bin, völlig legale Aktivitäten zu entfalten. Befassen Sie sich ruhig mit unseren Geschäften. Versicherungen, Bankwesen, Immobilien, Unterhaltung. Schon seit einer ganzen Weile wird unsere Familie auf diesen Gebieten tätig. Wenn auch nur deshalb, um von gewissen anderen Dingen abzulenken. Aber jetzt verschiebt sich der Schwerpunkt.«

»Wenn das tatsächlich stimmt, so wünsche ich Ihnen viel Glück.«

»Danke.« DeCarlos Augen schienen sich in zwei glühende Kohlen zu verwandeln. »Doch von der Art unserer Aktivitäten einmal ganz abgesehen: Drohungen, die sich gegen meine Geschäfte oder meine persönliche Freiheit richten, nehme ich sehr ernst. Auch das ist eine Familientradition.«

Es lief Ben kalt über den Rücken. Er sah, wie die Leibwächter rechts und links von DeCarlo aus ihrer Starre erwachten und sich ein wenig nach vorn schoben. Botschaft empfangen und verstanden.

DeCarlo stand auf. »Sie gefallen mir, Ben. Bestimmt bekommen wir keine Probleme.« Er kam um den Schreibtisch herum. »Meine Schwester heiratet bald. Ich möchte Sie zum Hochzeitsempfang einladen.«

»Nein, danke«, erwiderte Ben. »Ich habe *Der Pate* im Kino gesehen und mich sehr gelangweilt.«

DeCarlo lachte. »Es wird eine Superparty, Benjamin. Im Country Club *Twelve Oaks*. Musik, Tanz, hervorragende

Speisen und Getränke ... Meine kleine Schwester heiratet schließlich nicht jeden Tag. Sie haben dabei Gelegenheit, einen Eindruck von Intercontinental Imports und der neuen Familie DeCarlo zu gewinnen.«

»Ich glaube nicht ...«

»Nun, ich schicke Ihnen in jedem Fall eine Einladung.«

Er begleitete Ben zur Tür. »Möchten Sie jemanden mitbringen? Vielleicht eine Freundin?«

»Nein, ich ...« Ben überlegte kurz. »Das Fest findet im Country Club statt?«

»Ja. Wir haben ihn für den ganzen Tag gemietet.«

»Und es wird eine Riesensache?«

»Die riesigste, die Tulsa je gesehen hat und jemals sehen wird.«

»Na schön. Laden Sie Harriet Marmelstein ein.« Ben lächelte. »Ich glaube, Sie haben die Adresse.«

19

Jones hatte für Ben eine Nachricht im Anrufbeantworter hinterlassen: Alexander Moltke bat um ein Treffen vor der ersten Verhandlung, und zwar um Punkt halb neun in der Bibliothek des Gerichts.

Wenn Moltke mit ihm reden wollte, dachte Ben, so ging es ihm vermutlich darum, irgendeine Vereinbarung vorzuschlagen. Dem Himmel sei Dank. Selbst wenn er keinen Gefallen an dem Angebot fand, selbst wenn er ablehnte und Moltke die kalte Schulter zeigte ... Der Umstand, daß ein solches Treffen stattfinden sollte, deutete auf folgendes hin: Die Anklage sah irgendeinen schwachen Punkt in ihrem Fall und war sich nicht hundertprozentig des Sieges sicher. Allein das genügte, um Ben mit Erleichterung zu erfüllen.

Um fünf Minuten nach halb neun öffnete er die Tür der Bibliothek. Bevor er eine Chance bekam, sich zu orientieren, flutete ihm grelles Licht entgegen. Irgendwo weiter vorn tönte Moltkes Stimme aus einem Lautsprecher.

»Ich versichere Ihnen, meine Damen und Herren: Dieses Gericht, das uns Sterblichen die Möglichkeit gibt, Gerechtigkeit walten zu lassen, wird alle Schuldigen streng bestrafen.«

Ben blinzelte und wischte einige Tränen fort, die das blendende Licht geschaffen hatte. Er sah nun, daß er von Journalisten mit Mikrofonen und Kameras umgeben war.

Eine bittere Erkenntnis reifte in ihm heran. Moltke hatte ihn reingelegt – hier fand eine verdammte Pressekonferenz statt!

»Oh, wie ich sehe, ist auch mein würdiger Gegner eingetroffen«, sagte er süffisant. »Ich muß sagen, manchmal bedauere ich es sehr zu beobachten, welchen Weg die heutige Jugend beschreitet. Soviel Energie wird für Dinge von geringem moralischen Wert aufgewendet. Der Verteidiger bei diesem Fall hat früher für eine angesehene Kanzlei in der Stadt gearbeitet, doch leider kam es zu einem recht abrupten Ende dieser Tätigkeit. Seitdem ist Mr. Kincaid aufgrund der finanziellen Aspekte gezwungen, Fälle wie diesen zu übernehmen und gewissen liberalen Richtern dabei zu helfen, die Schuldigen auf die Straße zurückzuschicken.«

»Ihre Ausführungen gefallen mir nicht«, sagte Ben. Die Reporter wichen beiseite, so daß er sich dem improvisierten Rednerpult nähern konnte. »Die Verfassung gibt jedem Angeklagten das Recht auf Verteidigung.«

»Ich stelle keineswegs die verfassungsmäßigen Rechte Ihrer Klientin in Frage. Ich bin nur froh, daß ich sie nicht gewährleisten muß. Ich wüßte nicht, wie ich so etwas mit meinen Grundsätzen vereinbaren könnte. Wahrscheinlich fände ich nachts überhaupt keine Ruhe mehr.«

Rote Flecken des Zorns bildeten sich in Bens Gesicht. »Wie kann dieses Gericht wirklich ein Instrument der Gerechtigkeit sein, wenn billige Politiker wie Sie Druck auf Anwälte ausüben und sie auffordern, bestimmte Angeklagte nicht zu verteidigen?«

Die Journalisten drängten nach vorn, und ihre Kameras summten. Jemand vom Kanal 2 hielt Ben ein Mikrofon vor die Nase. So etwas liebten die Medienfritzen – Futter für die 6-Uhr-Nachrichten.

Moltke präsentierte sich der Meute mit ruhiger Gelassenheit. »Regen Sie sich nicht auf, mein Lieber. Erfüllen Sie Ihre Pflicht, so wie ich meine erfülle.« Er beugte sich vor, und Entschlossenheit glühte in seinen Augen. »Meine Damen und Herren: Ich versichere Ihnen, daß hier der Gerechtigkeit Genüge getan wird. Ich werde nicht zulassen, daß südamerikanische Drogen unsere Gesellschaft vergiften und die Zukunft unserer Kinder zerstören – das verspreche ich Ihnen.«

Er straffte die Gestalt und lächelte. »Das ist zunächst alles. Ihre Fragen beantworte ich nach der Verhandlung.«

Normalerweise litt Ben nicht an Klaustrophobie, aber er gewann nun den Eindruck, daß sich die Wände des Anhörungszimmers langsam näherschoben. Der Raum war ohnehin nicht sehr groß, und angesichts der vielen anwesenden Personen bot er noch weniger Platz als sonst. Gerichtsdiener, Bedienstete, Protokollführer, Journalisten und Mitarbeiter der Staatsanwaltschaft – sie alle versuchten, die besten Plätze zu ergattern. Dutzende von Stimmen erklangen und schufen ein akustisches Durcheinander, das Ben Kopfschmerzen bereitete. Er schwitzte, während eine Mischung aus Unbehagen und Nervosität in ihm prickelte. Und Christina war wieder einmal spät dran.

Das Anklageteam – Moltke und zwei andere Männer; von Myra fehlte jede Spur – strahlte Zuversicht aus. Sie flüsterten miteinander. Gelegentlich sah einer von ihnen auf, um Ben einen kurzen Blick zuzuwerfen und zu grinsen. Wenn es sich dabei um eine Taktik handelte, die den Verteidiger verunsichern sollte, so funktionierte sie gut.

Zu Bens großer Überraschung trat Moltke an seinen Tisch heran. »Guten Morgen, Mr. Kincaid.«

»Verdammter Mistkerl – Sie haben mich reingelegt.«

»Was soll das heißen?«

»Sie schlugen ein Treffen vor, um eine Vereinbarung mit mir zu treffen. Doch in Wirklichkeit veranstalteten Sie einen Medienrummel.«

»Die Pressekonferenz dauerte ein wenig länger als vorgesehen.«

»Quatsch. Sie haben die ganze Sache geplant. Mit der Absicht, bei den Nachrichten um sechs Uhr groß rauszukommen – auf meine Kosten.«

»Nun, es tut mir leid, wenn Sie die Sache für einen persönlichen Affront halten. Die Öffentlichkeit hat ein Recht darauf, Bescheid zu wissen.«

»Die von der Anwaltschaft festgelegten Verhaltensregeln verbieten Pressekonferenzen im Hinblick auf anstehende Verfahren.«

»Versuchen Sie, das der Presse zu erklären.«

»Wo ist Myra?«

»Myra?« Moltke schmunzelte. »Oh, Myra ist ein nettes Mädchen. Noch unerfahren, aber mit einem großen Entwicklungspotential. Manchmal sind ihre Dienste unschätzbar, wenn Sie verstehen, was ich meine.«

»Ich möchte es gar nicht verstehen.«

»Unter meiner Anleitung wird sie ihre Talente entfalten. Sie hat bereits großes Geschick bei gewissen ... mündlichen Dingen bewiesen.«

»Sie sind ein Widerling, Moltke. Ich bedauere sehr, daß Sie sich diesmal nicht von Myra vertreten lassen.«

»Sie eignet sich gut für eine Kautionsfestlegung um halb neun, aber diese Angelegenheit hier ist zu wichtig.«

»Weil sie Schlagzeilen macht, nicht wahr? Sie möchten den ganzen Ruhm für sich allein.«

Moltke räusperte sich. »Man lernt irgendwann, gute Gelegenheiten zu nutzen. Wenn man es zu was bringen will. Früher oder später dürfte es Ihnen gelingen, diese Erkenntnis zu teilen. Wenn Sie jemals erfolgreich sein sollten.«

Touché. »Wir sollten besser nicht miteinander reden, Moltke. Die Journalisten könnten glauben, daß Sie mir irgendein Angebot unterbreiten.«

»Deshalb bin hier, mein Lieber.« Er berührte Ben am Nakken und führte ihn fort von den anderen Leuten. »Ich möchte Ihnen etwas vorschlagen, das uns beiden viel Mühe erspart.«

Ben musterte Moltke argwöhnisch. »Meinen Sie eine außergerichtliche Vereinbarung oder etwas in der Art?«

»Nein. Die Presse würde mir das Fell über die Ohren ziehen, wenn ich mich auf so etwas einließe. Nein, ich biete Ihnen nur an, das Verfahren zu ... vereinfachen.«

»Zu vereinfachen?«

»Ja. Wenn Sie mir versprechen, keinen Antrag auf Klageabweisung zu stellen, nachdem wir unser Beweismaterial vorgelegt haben ... Dann bleibt es Ihrer Klientin erspart, sich einige für sie sehr unangenehme Zeugenaussagen anhören zu müssen.«

In Bens Augenwinkeln bildete sich winzige Falten. »Ich bin nicht ganz sicher, ob ich Sie verstehe.«

»Es läuft auf folgendes hinaus. Wenn Sie nach der Beweisaufnahme Einspruch erheben, so bleibt uns nichts anderes übrig, als *alles* vorzubringen. Ich sehe keinen Grund dafür, Ihre Klientin solchen Belastungen auszusetzen. Wir wollen hier keine Show veranstalten; es geht uns darum, die Wahrheit herauszufinden. Wenn Sie bereit sind, keine Klageabweisung zu beantragen, so braucht Ihre Klientin hier und heute weniger zu leiden. Nun, was halten Sie davon?«

Ben schob Moltkes Hand beiseite. »Wissen Sie ... Ich bin nicht annähernd so grün hinter den Ohren, wie Sie glauben.«

Moltke gab sich überrascht. »Wie bitte?«

»Mit anderen Worten: Nehmen Sie Ihr Angebot und verschwinden Sie.«

»Es ist doch ein fairer Vorschlag ...«

»Sie haben geglaubt, mich zu einer unglaublichen Dummheit verleiten zu können, wie? Wenn ich auf Ihr angeblich so gut gemeintes Angebot einginge, so verlöre ich nicht nur die Chance, heute eine Klageabweisung zu erwirken. Ich hätte auch keine Gelegenheit, einen unmittelbaren Eindruck von Ihrem Beweismaterial zu gewinnen – Sie wären sicher nicht bereit, alle Ihre Trümpfe ganz offen auf den Tisch zu legen. Bisher haben Sie nicht gerade übermäßige Kooperationsbereitschaft bewiesen, was für mich bedeutet: Vielleicht kann ich nur bei dieser Anhörung damit rechnen, Ihre Beweise kennenzulernen.«

»Es ging mir einzig und allein darum, Ihre Klientin nicht unnötig zu belasten ...«

»Ich weiß genau, worum es ihnen ging, Moltke. Es hat nichts mit der Suche nach Wahrheit und Ihrem frömmlerischen Geschwafel zu tun.«

Moltkes Züge verhärteten sich. »Sie machen einen großen Fehler, mein Lieber. Die Position der Anklage ist weitaus besser, als Sie glauben.«

»Das wird sich herausstellen. Wenn Sie mich jetzt bitte entschuldigen würden ... Ich möchte noch einen Blick in meine Unterlagen werfen.«

Moltke entfernte sich und schüttelte den Kopf.

Kurze Zeit später öffnet sich die Tür, und eine Gerichtsdienerin intonierte: »Bitte erheben Sie sich.«

Untersuchungsrichter Gould kam herein. Er war relativ jung, vermutlich erst Mitte Dreißig. Ben sah ihn zum erstenmal: Man hatte Gould vor acht Monaten in sein Amt gerufen, er arbeitete mit Richter Derek zusammen. Es hieß, daß er an akuter Richteritis litt. Man bezeichnete ihn als arrogant und launisch; angeblich nutzte er fast jede Möglichkeit, um Strafen zu verteilen. Wenn das stimmte ... Nun, Gould war nicht der erste Normalsterbliche, dem die enorme Macht des Richters zu Kopf stieg.

Gould winkte ab, als die Gerichtsdienerin verkünden wollte, worum es bei dieser Verhandlung ging. »Wo ist die Angeklagte?«

»Bestimmt trifft sie gleich ein«, sagte Ben und tastete nach seinem Kragen.

»Diese Anhörung sollte schon vor zehn Minuten beginnen, woraus folgt: Ihre Klientin müßte längst hier sein.«

Ben hielt es für besser, nicht darauf hinzuweisen, daß es auch Seiner Eminenz an Pünktlichkeit mangelte. »Es geschieht sicherlich nicht zum erstenmal, daß sich bei einer von Ihnen geleiteten Verhandlung jemand verspätet.«

Gould trommelte mit den Fingern auf den Tisch des Richters. »Das stimmt. Gestern führte ich den Vorsitz bei einer Anhörung, die über Fortsetzung oder Ende einer Untersuchungshaft entscheiden sollte. Der betreffende Angeklagte kam zehn Minuten zu spät.«

»Na bitte.«

»Ich habe ihm Kaution verweigert und seinen Anwalt bestraft.«

Ben reckte den Hals und rückte sich die Krawatte zurecht.

Gould beugte sich ruckartig vor und donnerte: »Was tragen Sie da?«

Ben drehte den Kopf von einer Seite zur anderen. »Wer, ich?«

»Ja, *natürlich* Sie.«

Was hatte den richterlichen Unwillen erregt? Hemd? Schuhe? Ben nahm eine gedankliche Kontrolle vor – alles schien in bester Ordnung zu sein.

»Ich meine Ihre Krawatte«, erklärte Gould. »Ist das Ding ... rosarot?«

Ben sah nach. »Äh, ja, Sir. Meine Krawatte ist rosarot und weist kleine blaue Schnörkel auf ...«

»Wir sind hier in einem Gerichtssaal, nicht in irgendeiner Diskothek.«

»Ja, Sir.«

»Sie glauben wohl, sich respektlos kleiden zu können, weil ich nur ein Untersuchungsrichter bin, wie?«

»Das käme mir nie in den Sinn, Sir.«

»Eine solche Krawatte will ich in meinem Gerichtssaal nicht noch einmal sehen. Haben Sie verstanden?«

»Meine Mutter hat sie mir geschenkt ...«

Gould richtete den Zeigefinger auf Ben. »Sie ...« Ihm schien plötzlich etwas einzufallen. »Das hier stammt von Ihnen?« Er hob einige mit Heftklammern ausgestattete Dokumente.

»Ja, Euer Ehren. Bei den Anträgen geht es um ...«

»Sie haben Schreibpapier für Juristen benutzt.«

»In der Tat, Sir.«

»Die Maße betragen acht mal vierzehn Zoll.«

»Ja, Euer Ehren.«

»Dies ist ein *Bundes*gericht, Herr Anwalt. Wenn man diesem Gericht Anträge vorlegt, so benutzt man acht mal elf Zoll großes Papier.«

»Es tut mir leid, Euer Ehren. Mein Sekretär ...«

»Für so etwas gibt es keine Entschuldigung.«

»Natürlich nicht. Ich hoffe, Sie nehmen diesen unerhörten Fehler nicht zum Anlaß, die Anträge zu ignorieren …«

»Oh, ich werde sie prüfen.« Gould zog die Schublade auf, holte eine Schere hervor und schnitt ein Stück von den Blättern ab. »So. Jetzt kann sich das Gericht damit befassen. Ich hoffe nur, daß keine wichtigen Dinge verlorengegangen sind.«

»Das hoffe ich auch, Sir.« Ben spürte, daß er eine Niederlage erlitt, noch bevor die Anhörung begann.

Gould griff nach dem Hammer. »Da die Angeklagte nicht zugegen ist …«

Ben hörte, wie sich ihm jemand näherte. Er drehte sich um und sah … Christina. Gott sei Dank. »Euer Ehren, kann ich kurz mit meiner Klientin sprechen, bevor wir beginnen?«

Gould blickte auf seine Armbanduhr. »Ich gebe Ihnen eine Minute.«

Ben trat Christina abseits des Zuschauerbereichs entgegen.

»Habe ich was verpaßt?« fragte die junge Frau.

»Nichts Wichtiges. Wo bist du gewesen?«

»Heute morgen kam die Polizei, um weitere Nachforschungen im Hinblick auf den Einbruch anzustellen.«

»Hat sie einen Hinweis darauf gefunden, wer dahintersteckt?«

»Bis vor einer halben Stunde gab es keinen entsprechenden Anhaltspunkte. Ich mußte die Beamten allein lassen, um diesen Termin wahrzunehmen. Ist das in Ordnung? Mike war bei ihnen.«

»Nun, dann dürfte alles seine Richtigkeit haben. Setz dich an den Tisch der Verteidigung.«

Christina ging mit langen Schritten, und Ben musterte seine Klientin. Sie trug ein dünnes Kleid mit V-Ausschnitt und purpurnem Blumenmuster. Die Sandalen mit den hohen Absätzen waren bis zu den Knien geschnürt.

»Christina …«, hauchte er. »Ich habe dich ausdrücklich gebeten, in normaler Kleidung zu erscheinen.«

»Ist hiermit was nicht in Ordnung?« erwiderte sie erstaunt. »Sieh nur – die Schultern sind gepolstert.«

»Ja, ich weiß. Meine Güte, du siehst aus, als wolltest du zu einer Modenschau.«

»Du hast mich aufgefordert, Kleidung zu wählen, die sich meiner Ansicht nach für einen Kirchenbesuch eignet. Das ist bei diesem Kleid der Fall.«

Ben seufzte. Wenn es zum Prozeß kam, mußte er Christinas Sachen selbst aussuchen.

»Hältst du es für möglich, eine Klageabweisung durchzusetzen?« fragte sie.

»Es ist nicht völlig ausgeschlossen. Soweit wir wissen, beschränken sich die Beweise gegen dich auf deine Präsenz in Lombardis Penthouse, als das FBI dort eintraf. Nun, in der Zeitung mag so etwas ganz gut aussehen, aber Richter Gould verlangt bestimmt mehr.«

Ben vernahm ein demonstratives Räuspern. »Ist die Verteidigung endlich soweit?«

»Ja, Sir.«

»Na schön. Dann lassen Sie uns beginnen.« Gould brachte rasch das übliche Eröffnungsritual hinter sich. »Rufen Sie den ersten Zeugen.«

Moltke stand auf. »Die Anklage ruft James Abshire in den Zeugenstand.«

Abshire wurde vereidigt. Nach einigen Hintergrundinformationen, die ihn selbst betrafen, beschrieb er seine Aktivitäten am fraglichen Abend. Als er mit seinen Leuten in Lombardis Wohnung stürmte, rechnete er damit, Drogenhändler vorzufinden. Statt dessen sah er, wie sich Christina über Tonys Leiche beugte. Er durchsuchte sie und legte ihr anschließend Handschellen an.

»Harmlos für uns«, flüsterte Ben Christina zu. »Seine Aussage rechtfertigt es nicht, Anklage gegen dich zu erheben.«

Moltke setzte die Vernehmung fort. »Sagte Ms. McCall etwas, als sie von Ihnen verhaftet wurde?«

»Ja.« Abshire sah zum Richter. »Sie sagte: ›Ich habe ihn umgebracht.‹«

Ein vielstimmiges Raunen kam vom Zuschauerbereich.

Ben beugte sich näher zu seiner Klientin. »Stimmt das?«

»Ich weiß es nicht genau. Vielleicht habe ich tatsächlich etwas gesagt, aber bestimmt nicht in dieser Form.«

»Keine weiteren Fragen«, sagte Moltke und kehrte zu seinem Tisch zurück.

»Na schön.« Gould wandte sich an Ben. »Möchten Sie den Zeugen ins Kreuzverhör nehmen?«

Ben versuchte zu verstehen, was ihm Christina ins Ohr wisperte. »Einen Augenblick, Sir.«

»Entweder jetzt oder nie.«

»Wie Sie meinen.« Ben schritt zum Zeugenstand. »Mr. Abshire ... Haben Sie gesehen, wie Ms. McCall die Tatwaffe abfeuerte?«

»Nein.«

»Haben Sie gesehen, daß meine Klientin eine Waffe in der Hand hielt?«

»Ich bin mir nicht sicher.«

»Mr. Abshire, könnten Sie unter Eid bestätigten, daß Ms. McCall eine Waffe in der Hand gehalten hat?«

Der FBI-Agent runzelte die Stirn. »Nein.«

»Sie haben das Apartment erst betreten, als das Verbrechen bereits verübt war. Stimmt das?«

»Ja.«

»Als Sie Ms. McCall durchsuchten – fanden Sie dabei die Tatwaffe?«

»Nein.«

»Entdeckten Sie irgendeine andere Waffe?«

»Nein.«

»Fielen Ihnen Drogen oder andere illegale Substanzen auf?«

»Nein.« Abshire sah zu Moltke. »*Mir* nicht.«

Was sollte das denn bedeuten? »Und die für Sie ach so nützliche Bemerkung, die Sie uns vorhin präsentierten ... Sie kam doch nicht von ungefähr, oder?«

»Ich fürchte, ich verstehe nicht ganz ...«

»Nun, haben Sie Ms. McCall nicht zuerst vorgeworfen, Lombardi erschossen zu haben?«

Abshire rutschte nervös hin und her. »Nun, vielleicht habe ich solche Worte an sie gerichtet.«

»Hat sie Ihre Frage verstanden?«

»Sie stritt die Tat nicht ab.«

»Bitte beantworten Sie meine Frage.«

»Sie hat ein Geständnis abgelegt. Sie konnte sich kaum deutlicher ausdrücken.«

»Stimmt es nicht, daß meine Klientin *Ihre* Worte wiederholt hat?«

»Wenn sie keine Schuld trifft, hätte sie nur darauf hinweisen müssen.«

»Bitte beantworten Sie die Frage.«

»Statt dessen sagte sie: ›Ich habe ihn umgebracht.‹ Wenn das kein Geständnis ist …«

»Euer Ehren, bitte fordern Sie den Zeugen auf, meine Fragen zu beantworten.«

»Bei einem Kreuzverhör ist es Ihre Aufgabe, den Zeugen zu kontrollieren. Wie dem auch sei: Hiermit lege ich dem Zeugen nahe, den Fragen mehr Aufmerksamkeit zu schenken und die gewünschte Auskunft zu geben.«

»Es tut mir leid, Sir«, sagte Abshire zerknirscht.

»Da bin ich sicher. Bitte fahren Sie fort.«

»Mr. Abshire … Ist es richtig, daß Ihr Kommentar – worin auch immer er bestand – Ms. McCall zu der eben zitierten Bemerkung veranlaßte?«

»Ich habe sie nicht gezwungen, ein Geständnis abzulegen – wenn Sie das meinen. Vermutlich trieb die Schuld sie dazu an…«

»Ich beantrage, den letzten Satz aus dem Protokoll zu streichen. Mr. Abshire, meine Klientin formulierte jene Worte nicht von sich aus, oder?«

»Ich weiß es nicht genau.«

»Sie reagierte auf das, was Sie ihr sagten.«

»Mag sein.«

»Anders ausgedrückt …« Ben zögerte kurz. »Sie hatten mit einem Verhör begonnen.«

Abshire schwieg verdutzt. Er begriff nun, worauf der Verteidiger hinauswollte. »Nein, eigentlich nicht. Ich …«

»War Ms. McCall bereits auf Ihre Rechte hingewiesen worden?«

»Nun ...« Abshire befeuchtete sich die Lippen. »Dazu hatten wir noch keine Zeit gefunden.«

»Die Zeit genügte, um ein Gespräch zu beginnen. Und zwar mit der Absicht, meiner Klientin ein *Geständnis* zu entlocken, wie Sie eben selbst sagten. Tja, ganz offensichtlich gibt es hier ein Miranda-Problem.«

Moltke stand auf. »Einspruch, Euer Ehren. Mit juristischen Dingen dieser Art hat sich kein Zeuge zu befassen, sondern das Gericht.«

»Abgelehnt«, erwiderte Gould. »Die Verteidigung hat das Recht, die rechtlichen Umstände in Hinsicht auf das angebliche Geständnis zu untersuchen und festzustellen, wie sich der Verstoß gegen die Miranda-Regeln darauf auswirkte. Es sei denn, Sie möchten diese Zeugenaussage zurückziehen«, fügte der Richter bedeutungsvoll hinzu.

Ben beobachtete, wie Gould einen durchdringenden Blick auf Moltke richtete. Die stumme Botschaft lautete: Ziehen Sie die Zeugenaussage zurück – oder riskieren Sie die richterliche Feststellung, daß ein Verhör stattfand, ohne den Tatverdächtigen zunächst auf seine Rechte hinzuweisen. In einem solchen Fall konnte das dabei gewonnene ›Beweismaterial‹ als unzulässig erklärt werden. Nun, eigentlich blieb dem Ankläger überhaupt keine Wahl. Moltke mußte sich später mit Abshire beraten, um den Ernst des Problems zu beurteilen und die Strategie für den Prozeß entsprechend zu verändern. Doch jetzt konnte er es sich nicht leisten, ein Risiko einzugehen.

»Wir ziehen die Zeugenaussage zurück, Sir. Natürlich nur für diese Anhörung.«

Nun, ob zurückgezogen oder nicht: Der Richter würde sich an die Aussage erinnern. Er konnte sie kaum zur Grundlage seiner Entscheidung machen, aber sie ließ sich auch nicht aus seinem Gedächtnis streichen.

Die erste Runde endete unentschieden.

Aussagen gerichtsmedizinischer Experten und der Spurensicherung galten als besonders langweilig. Autopsien, Fasern, Gewebeproben, Blutgruppen ... Berichte darüber garantierten allgemeines Gähnen. Schon seit zehn Minuten klopfte Gould mit einem Kugelschreiber auf den Tisch – sicheres Zeichen dafür, daß diese Aussage zu lange dauerte.

»Anschließend suchten wir am Tatort nach Daktylogrammen«, fuhr der Untersuchungsbeamte monoton fort.

»Wie bitte?« fragte Moltke.

»Fingerabdrücke.«

»Ah. An Lombardis Leiche haben Sie keine Fingerabdrücke der Angeklagten gefunden, oder?«

»Nein.«

»Auch nicht bei den Blutflecken?«

»Nein.«

»Ich schätze, das sieht für die Verteidigung recht gut aus.«

Ben hob den Kopf. Gelegentlich neigte Moltke dazu, mit billiger Theatralik etwas einzuleiten, das er für wichtig hielt.

»Offenbar habe ich da irgend etwas vergessen«, sagte Moltke. Plötzlich schnippte er mit den Fingern. »Oh, ja. Jetzt fällt's mir wieder ein. Haben Sie an der *Tatwaffe* Fingerabdrücke gefunden?«

»Ja, Sir«, bestätigte der Untersuchungsbeamte.

»Und von wem stammen sie?«

»Von der Angeklagten.«

»Sind Sie sicher?«

»Ja. Daran besteht überhaupt kein Zweifel. Wir konnten zwei kristallklare Abdrücke analysieren. Von Daumen und Zeigefinger.«

Ben beugte sich einmal mehr zu Christina. »Hast du die Knarre aufgehoben?« flüsterte er ihr ins Ohr.

»Ich fürchte, ja.«

Üble Sache. Zwar handelte es sich auch in diesem Fall um einen Indizienbeweis, doch wenn sich derartige Indizien häuften, mußte ein ganz bestimmter Schluß aus ihnen gezogen werden.

Ben spürte den Blick des Richters auf sich ruhen. »Ich habe gefragt, ob Sie ein Kreuzverhör wünschen?« wiederholte der Richter.

»Nein, Sir«, sagte Ben, sah zu Christina und zuckte mit den Schultern. Es hatte keinen Sinn, den Beamten zu befragen.

Die zweite Runde ging an Moltke.

Ben hoffte, daß die Anklage damit alle Karten auf den Tisch gelegt hatte. Die Sache mit den Fingerabdrücken an der Tatwaffe war alles andere als hilfreich, aber von einem schlüssigen Beweis konnte wohl kaum die Rede sein. Es bestand nach wie vor die Chance, eine Abweisung der Klage durchzusetzen.

»Weitere Zeugen?« fragte Gould.

»Nein, Sir. Die Anklage ...«

Moltke unterbrach sich, als ein junger Assistent nach seinem Arm griff und zur Tür deutete – dort stand ein Uniformierter.

»Euer Ehren ...«, sagte Moltke. »Bitte erlauben Sie eine kurze Pause, damit ich mit einem möglichen Zeugen sprechen kann.«

»Sie haben zwei Minuten«, erwiderte Gould.

Moltke verließ seinen Platz und sprach mit dem Beamten. Ben versuchte, die Lippen zu lesen und irgendeinen Hinweis darauf zu bekommen, worum es bei dem Gespräch ging – vergeblich.

Kurz vor der gewährten Frist kehrte Moltke zurück. Er steckte plötzlich voller Vitalität und lächelte sogar.

»Euer Ehren ... Die Anklage möchte noch einen weiteren Zeugen aussagen lassen.«

»Na schön.«

»Wir rufen den Polizeibeamten John Tompkins in den Zeugenstand.«

Tompkins trat näher und nahm Platz: ein gepflegt wirkender Polizist in mittleren Jahren mit rötlichem Gesicht und einem deutlichen Bauchansatz. Mit einigen knappen Fragen gab Moltke ihm Gelegenheit, sich vorzustellen und seine berufliche Laufbahn bei der Polizei von Tulsa zu schildern. Der Staatsanwalt hielt sich nicht lange damit auf – ganz offensichtlich wollte er schnell zur Sache kommen.

»Worin bestand Ihr erster Einsatz, als Sie heute morgen den Dienst begannen, Officer?«

»Man schickte mich zu einem Apartment im Southwest Boulevard. Dort fanden zusätzliche Ermittlungen im Hinblick auf ein unbefugtes Eindringen vor.« Tompkins sah zum Richter auf. »Man nennt so etwas auch Einbruch, Sir.«

»Aha«, erwiderte Gould. »Danke für den Hinweis. Ich hätte es sonst nie erraten.«

»Und wer wohnt in dem betreffenden Apartment?«

»Die Angeklagte.« Der Polizist nickte in Richtung Christina.

Ben stand auf. »Einspruch, Euer Ehren. Ich kann beim besten Willen keine Bedeutung in diesen Fragen und Antworten erkennen.«

Gould sah zu Moltke. »Ich teile die Verwirrung des Verteidigers. Würden Sie uns bitte erklären, worauf Sie hinauswollen?«

»Ich komme sofort zur Sache, Euer Ehren.« Moltke wandte sich an den Zeugen. »Hat sich bei den Nachforschungen in bezug auf den Einbruch irgend etwas ergeben, das auch für diesen Fall eine Rolle spielt?«

»Ja.«

»Und das wäre?«

»Nun ...« Der Polizist beugte sich vor und vermittelte dadurch den Eindruck, daß eine wichtige Enthüllung bevorstand. »Die Angeklagte besitzt viele Stofftiere.«

Der Richter blinzelte. »Stofftiere?«

»Ja, Sir. Tiere, Puppen, Teddybären und so weiter. Jemand hat die meisten von ihnen aufgeschlitzt und das Füllmaterial herausgerissen.«

»Dieses Gericht bedauert es sehr, daß diversen Stofftieren der Bauch aufgeschlitzt wurde«, verkündete Moltke. »Nun, haben Sie die Puppen untersucht?«

»Ja. Ich nahm mir eine Betty Boop vor ...«

Der Richter blickte verdutzt auf den Zeugen hinab. »Eine was?«

»Eine Betty Boop-Puppe. Sie wissen schon, Sir – wie die Zeichentrickfigur.«

Gould griff nach seinem Kugelschreiber. »Schreibt man das B-e-t-t-y B-o-o-p?«

Um Himmels willen, ächte Ben innerlich. Jetzt übertreibt er's wirklich. Man kann auch würdevoll wirken, ohne so zu tun, als käme man von einem anderen Planeten.

»Ja, Sir«, bestätigte Tompkins. »Ich glaube, das ist die richtige Schreibweise.«

Gould kritzelte etwas auf seinen Block. »Ich verstehe. Fahren Sie fort.«

»Nun, im Innern der Betty Boop-Puppe fand ich mehrere transparente Beutel mit einer weißen, pulvrigen Substanz. Ein Geschmackstest bestätigte meinen Verdacht. Es handelte sich um etwa sechshundert Gramm Kokain.«

Im Zuschauerbereich erklang sofort vielstimmiges Murmeln. Aufgeregte Journalisten schrieben hastig Notizen.

»Waren die Beutel irgendwie gekennzeichnet?« erkundigte sich Moltke.

»Ja.« Tompkins legte eine Pause ein, um den nächsten Worten mehr Wirkung zu verleihen. »Am ersten Päckchen war ein Zettel festgeheftet, er trug die Aufschrift *Monster*. So etwas bezeichnen Drogenhändler als ›Markennamen‹ – er identifiziert das Produkt eines ganz bestimmten Dealers und unterscheidet es von den Waren der Konkurrenz. Unter den Markennamen hat jemand das Wort *Lombardi* geschrieben. Wir glauben, die Beutel stammen von der Lieferung, die Lombardi an jenem Abend erhielt, an dem er ermordet wurde. Die Angeklagte muß sie mitgenommen haben.«

Ben rief laut »Einspruch, Euer Ehren!«, aber es hatte keinen Sinn mehr. Aus dem Murmeln wurde Geschrei; Journalisten sprangen auf und eilten zur Tür. Sie hielten es nicht für nötig, sich auch den Rest anzuhören, waren sicher, den Ausgang dieser Verhandlung bereits zu kennen.

Gould klopfte mit dem Hammer, doch niemand achtete auf ihn. Ben hatte das Gefühl, daß die Welt um ihn herum aus den Fugen geriet. Alles geschah zugleich und viel zu schnell. Ein Teil von ihm meinte, er hätte keine Fragen, hörte dann eine monotone Stimme, die irgend etwas proklamierte.

Schließlich verstand er die Worte: ... *auf das ihresgleichen über Schuld oder Unschuld entscheiden.*

»Schuld oder Unschuld«, wiederholte Ben benommen.

Gould klopfte erneut mit dem Hammer. »Der Prozeßbeginn wird auf den fünfzehnten Mai festgesetzt.«

»Der fünfzehnte Mai? Das ist viel zu früh!«

»Zu früh?« Der Richter ließ voller Abscheu den Hammer sinken. »Nach dem, was wir heute hier gehört haben, kann das Verfahren gar nicht früh genug stattfinden.«

»Ich beantrage eine Verschiebung des Prozeßbeginns.«

»Wenden Sie sich an den Bezirksrichter.«

»Die Verteidigung ist dagegen, in diesem Fall die Bestimmungen des Speedy Trial Acts anzuwenden.«

»Ich bin dafür.«

»Sir, ich muß Zeugen vernehmen.«

»Dann sollten Sie sofort damit beginnen.« Gould stand auf. »Die Sitzung ist geschlossen.«

Er zog sich in den Aufenthaltsraum des Richters zurück. Jene wenigen Personen, die noch im Zuschauerbereich ausgeharrt hatten, eilten ebenfalls zur Tür. Moltke stolzierte mit einem selbstgefälligen Gesichtsausdruck an Benjamin Kincaid vorbei.

Ben glaubte zu spüren, wie sich seine Adern mit Gift füllten. Das Bild vor seinen Augen verschwamm, bis er nur noch Christina sah, die ganz allein am Tisch der Verteidigung saß.

Christina, allein. Bald mußte sie sich bei einem Prozeß verantworten, der ihr mit dem Todesurteil drohte.

ZWEITER TEIL

Blind und taub und zum Scheitern verurteilt

1

Der Vollmond leuchtete am Himmel. Sein Licht schuf Schatten zwischen den Bäumen und glänzte im feuchten Gras. Trotz des perlmuttartigen Glanzes blieb der Wald dunkel und fast unerträglich still. Nur das gelegentliche Flattern eines Vogels oder das Zirpen von Insekten unterbrach die schreckliche Lautlosigkeit.

Ben und Christina krochen von einem Baum zum nächsten und versuchten dabei, so unauffällig wie möglich zu sein. Benjamin roch den angenehmen Duft von Kiefernnadeln und feuchten Blättern, doch das Unbehagen in ihm nahm immer mehr zu. Der Wald erschien ihm urwüchsig, unberührt von menschlichem Einfluß. Unter anderen Umständen hätte er vielleicht Gefallen daran gefunden. Aber in dieser besonderen Situation ...

Die Taschenlampen richteten kaum etwas gegen die Finsternis aus. Die Schwärze zwischen den Bäumen gewann fast Substanz, und auch dadurch bekam der Wald etwas Unendliches. Häufig knackte es unter Bens Schuhen, und dann zuckte er unwillkürlich zusammen. Er haßte riskante Aktivitäten, doch immer wieder ließ er sich auf sie ein, meistens in der Gesellschaft von Christina.

»Kannst du nicht leiser sein?« fragte er seine Begleiterin.

»Wie denn?« erwiderte sie. »Soll ich mich vielleicht wie Tarzan von Baum zu Baum schwingen?«

»Achte mehr darauf, wohin du trittst. Schließlich wollen wir keine Aufmerksamkeit erregen.«

»Wir sind jetzt schon seit drei Stunden hier draußen – ohne einen einzigen Hinweis darauf zu finden, daß sich andere Menschen jemals hierher verirrt haben. Geschweige den davon, daß sich derzeit welche in der Nähe befinden.«

»Wie dem auch sein: Von Burris weiß ich, daß Lombardi seine Halunken mehrmals am Montagabend hierherschickte. Wenn ich die Informationen von Langdell hinzunehme ...

Ich schätze, die Burschen kamen hierher, um Schmuggelware zu empfangen.«

»Na schön. Von jetzt an halte ich nach gefährlichen Papageienschmugglern Ausschau, *mon capitaine*.«

Zwar gab sich Christina humorvoll, aber Ben wußte, daß auch sie sich nicht ganz wohl in ihrer Haut fühlte. Diesmal waren sie gleich gekleidet: dunkles T-Shirt, Jeans und Turnschuhe. Bequem, leicht, unverdächtig. Ben fand sogar, daß Christina in diesen Sachen hinreißend aussah. Andererseits: Jede Abweichung von ihrer üblichen Garderobe kam einer Verbesserung gleich.

»Hast du was gehört?« fragte Ben.

Christina blieb stehen und lauschte. »Nein. Warum?«

»Ich glaube, da hat was geknackt.«

»Du wirst langsam paranoid, Ben. Ganz gleich, welchen Ort du aufsuchst – immer glaubst du dich verfolgt.«

»Man kann paranoid sein *und* verfolgt werden.«

»Ich krieg 'ne Gänsehaut, wenn ich daran denke, daß sich vielleicht noch jemand anders hier draußen befindet.«

»Mir geht's ebenso.«

Sie schwiegen beide, und die unheimliche Stille kehrte zurück.

»Sie dir nur die vielen Eichenblätter auf dem Boden an«, hauchte Christina. »Sehen genauso aus wie das kleine Stück, das du in meiner Wohnung gefunden hast. Das beweist: Jener Burschen, der in meinem Apartment ein solches Durcheinander hinterließ, hielt sich vorher in diesem Wald auf.«

»Wollen wir nur hoffen, daß ich nicht mit solchen Beweisen vor die Geschworenen treten muß«, erwiderte Ben. »Warum habe ich mich nur von dir zu diesem nächtlichen Ausflug überreden lassen?«

»Wenn du ein solcher Angsthase bist ... Warum hast du die Informationen dann nicht der Polizei gegeben und Mike gebeten, Ermittlungen anzustellen?«

Ein Schatten huschte über Bens Gesicht. »Nach den Ereignissen bei der Vorverhandlung? Ich hätte so etwas nie für möglich gehalten, aber ... Wir können Mike nicht trauen. Nicht bei dieser Angelegenheit.«

»Warum hast du keinen Privatdetektiv oder so engagiert?«

»Und wie sollte ich ihn bezahlen? Ich kann mir keinen Privatdetektiv leisten. Du hast mir nicht gerade einen großzügigen Vorschuß gegeben, als ich diesen Fall übernahm.«

»Stimmt. Das Geld ist knapp, erst recht nach meiner Entlassung. Wie dem auch sei: Ich kenne jemanden, der dir noch mehr Hühner besorgen könnte.«

»Sehr komisch.«

»Oh, die kleine *Poulet*«, sagte Christina mit deutlich ausgeprägtem französischen Akzent. »Sie ist so *magnifique* ...«

Ben erstarrte, und seine Hand schloß sich um den Arm der jungen Frau. »Was war das?«

»Geht' schon wieder los, Ben?«

»Pscht! Im Ernst – ich habe was gehört. Hinter uns.«

Sie lauschten. Eine Eule schrie. Die Blätter raschelten leise, wenn der Wind sie bewegte. Ansonsten blieb alles still.

»Du jagst mir Angst ein, Ben«, flüsterte Christina.

»Tut mir leid. Komm, gehen wir weiter.«

Im matten Schein von Bens Taschenlampe erschien etwas. »Was ist das?«

Vorsichtig setzten sie einen Fuß vor den anderen. Der Schemen vor ihnen verdichtete sich, wurde zu einem kleinen Gebäude aus Holz, einer Hütte. Viele Bretter waren verzogen oder wiesen große Löcher auf.

»Sieh dir das an.« An der Tür fand Christina ein Schild mit dem Emblem des Amtes für Alkohol, Tabak und Schußwaffen.

Ben las die Aufschrift. »Ich schätze, hier hat das FBI die Finger im Spiel«, murmelte Ben. »Das Bureau greift oft auf die Hilfe dieses Amtes zurück, wenn es nicht die eigenen Leute einsetzen will.«

»Bestimmt wurde der hiesige Stützpunkt aus gutem Grund eingerichtet. Wir sind irgendeiner Sache auf der Spur.«

»Mag sein. Können wir die Hütte betreten?«

Christina bewegte ihre Taschenlampe, und der Lichtkegel strich über die Tür. Sie fand die Klinke – und eine Kette darunter. »Ben ... Das hier ist ein Fahrradschloß.«

»Was?« Dünnes gelbes Plastik bedeckte die Kette. Das Schloß bestand aus drei kleinen Trommeln, die jeweils Zahlen von null bis sechs aufwiesen. »Benutzt das Amt für Alkohol, Tabak und Schußwaffen Fahrradschlösser, um seine Niederlassungen zu sichern?«

»Offenbar ist der Etat drastisch zusammengestrichen worden.« Christina begann damit, die kleinen Trommeln zu drehen.

»Was machst du da?«

»Ich knacke das Schloß. Hast du so etwas nie versucht, als Junge?«

»Nein.«

»Oh, natürlich nicht. Ich schätze, in Nichols Hills gab's gar keine Fahrradschlösser. Dort wurden vermutlich Wächter postiert, stimmt's?«

Christina rückte das Schloß in den Mittelpunkt von Bens Aufmerksamkeit. »Das ist ganz einfach. Man probiert an der ersten Trommel jede Zahl aus und zieht dabei an der Kette. Es gibt nur sieben Möglichkeiten. Wenn man die richtige Zahl eingestellt hat, so gibt die Kette ein wenig nach – der innere Bolzen des ersten Schloßdrittels hat sich gelöst. Anschließend nimmt man sich die zweite Trommel vor, und hier wiederholt sich alles: Auch in diesem Fall gibt die Kette ein wenig nach, wenn man die richtige Zahl findet. Bei der dritten Zahl löst sie sich ganz.«

»Du erstaunst mich einmal mehr mit deinen vielfältigen Kenntnissen.«

Kurze Zeit später stellte das Fahrradschloß kein Hindernis mehr dar. Ben gab der Tür einen behutsamen Stoß, und daraufhin schwang sie auf.

Im Innern der Hütte herrschte pechschwarze Finsternis, und daran änderte sich kaum etwas, als Ben mit seiner Taschenlampe leuchtete. Allerdings hörte er etwas, ein seltsames Rascheln und Kratzen.

Der Anwalt holte tief Luft und trat ein.

Er brauchte einige Sekunden, um die Geräusche zu identifizieren: Das Rascheln stammte von Flügeln, das Kratzen von Krallen an Metall. Das Licht der Taschenlampe glitt über einen niedrigen Tisch, auf dem Käfige aus Draht und Pappe standen.

»Sieh dir nur die armen Geschöpfe an«, sagte Christina. »Welcher Mistkerl hält sie hier in Käfigen?«

»Keine Ahnung«, erwiderte Ben. »Aber ich wette, dafür ist nicht das Amt für Alkohol, Tabak und Schußwaffen verantwortlich.«

»Mir ist es gleich, wer dahintersteckt. Ich lasse die Tiere frei.«

»*Stehenbleiben*!«

Ben und Christina wirbelten herum. Die Stimme war hinter ihnen erklungen, irgendwo in der Schwärze.

»Ich bin bewaffnet«, fügte der Unbekannte hinzu. »Machen Sie keine Dummheiten. Gehen Sie zur Tür, ganz langsam.«

Ben leuchtete in die entsprechende Richtung und bemerkte eine ... recht kleine Gestalt. Vielleicht ein Liliputaner? Jemand auf Knien? Nein ...

»Es ist ein Junge.«

»Ein *kleiner* Junge«, fügte Christina hinzu.

»Mit einer *großen* Waffe«, sagte der Knabe.

»Jaaaaaa!« heulte Ben. »Sei bloß vorsichtig! Sonst könnte das Ding losgehen!«

»Allerdings«, bestätigte der Junge und schob die Waffe drohend nach vorn. »Das wäre möglich.«

»Nicht schießen!« Ben hob die Arme vors Gesicht.

»Was für eine Haltung«, kommentierte Christina. »Ein solcher Mut angesichts tödlicher Gefahr ...« Sie trat dem Knaben entgegen.

Der Junge wich zurück und hob die Waffe. »Ich schieße, wenn Sie näher kommen.«

Christina gähnte demonstrativ. »Nur zu. Ich bin schon mal von einer Zwille getroffen worden. Es tut ein bißchen weh, aber das geht schnell vorbei.« Sie riß dem Jungen die hölzerne Waffe aus der Hand und gab sie Ben. »Vor einem Gummibaum zu zittern ... Kommst du dir nicht ein wenig albern vor?«

Ben wischte sich den Schweiß von der Stirn. »Ich stehe

noch immer unter der Wirkung eines Schocks, weil neulich ein Irrer bei mir hereinplatzte und mit einer Kanone auf mich zielte.«

»Wie ich hörte, war jene ›Kanone‹ noch ungefährlicher als diese Waffe hier.« Christina wandte sich an den Jungen. »Wo liegt das Problem? Warum hast du uns mit der Zwille bedroht?«

Unerschütterliche Entschlossenheit zeigte sich in der Miene des Knaben. »Ich kann nicht zulassen, daß Sie die Vögel freilassen.«

»Und weshalb nicht? Es ist grausam, diese Tiere gefangenzuhalten.«

Der Junge tastete nach dem Falkenkäfig ganz links. Der Vogel darin preßte sanft den Kopf an seine Hand. »Sie brauchen Hilfe. Weil sie angeschossen oder auf andere Weise verletzt sind. Ich pflege und behandle sie. Und wenn sie wieder ganz gesund sind ... Dann lasse ich sie frei.«

»Jäger?« fragte Ben.

Der Junge nickte. »Und Fallensteller. Zum Glück für Sie habe ich heute den Wald durchkämmt und alle Fallen eingesammelt. So wie Sie durch die Gegend stolperten ... Sie wären bestimmt in ein Fußeisen oder so getreten.«

»Warum bringst du die Vögel nicht zum Tierarzt?« fragte Ben.

»Weil Tierärzte Geld verlangen. Wie alle anderen Leute auch.«

Ben beobachtete die Tiere mit neuem Interesse und sah: saubere Verbände, Gazestreifen, sogar kleine Schienen. Er mußte nun zugeben, daß der erste Eindruck getäuscht hatte. Dem Jungen schien es tatsächlich nur um das Wohl der Vögel zu gehen.

»Wie heißt du?«

Der Knabe zögerte. »Man nennt mich Wolf.«

»Wolf?« Ben mustert ihn – er hatte rötliche Haut und tintenschwarzes Haar. »Du bist Indianer, nicht wahr?«

»Mag sein.«

»Creek?«

»Vielleicht. Spielt's eine Rolle für Sie?«

»Wie lautet dein richtiger Name, Wolf?«

»Warum sollte ich Ihnen Auskunft geben?«

»Weil ich sonst deinen Eltern sage, daß du uns mit einer Zwille bedroht hast.«

»Namen sind etwas Persönliches.«

Christina trat vor. »Ich heiße Christina. Das ist Ben. Jetzt bist du dran.«

Der Knabe blickte zur Seite. «Lemuel.«

»Lemuel?« Es war noch schlimmer, als Ben gedacht hatte. »Nicht unbedingt ein Indianername, oder?«

»Es ist kein Name, der sich für einen Krieger eignet«, sagte der Junge.

Das konnte Ben kaum bestreiten. »Wir nennen dich Wolf. Wie lautet dein Nachname?«

»Natonobah.«

»Gut. Wolf Natonobah.«

»Du bist also ein Krieger«, stellte Christina fest. »So wie in *Der mit dem Wolf tanzt*?«

Die Miene des Jungen blieb steinern.

»Hast du den Film nicht gesehen?«

»Doch«, erwiderte er. »Hab mich durch die Hintertür geschlichen, als im Kino das Licht ausging. Fand den Film gräßlich.«

»Wieso?«

»Ach, der ganze Unfug vom würdevollen Wilden und so. Ich möchte endlich mal einen Film sehen, in dem die Indianer den Weißen Mann durch die Mangel drehen. Bleichgesichter ruinieren alles.«

»Zum Beispiel diesen Wald?« fragte Ben.

»Ja. Und meine Vögel.«

»Vermutlich kommst du oft hierher.«

»Was dagegen?«

»Hast du hier … verdächtige Aktivitäten bemerkt?«

»Heut abend habe ich zwei weiße Narren gesehen, die mit Taschenlampen umherschlichen.«

Ben lächelte unwillkürlich. »Du bist unserer Fährte gefolgt, nicht wahr?«

»Ich bin Ihnen gefolgt. Es war nicht nötig, irgendwelche Spuren zu lesen. Selbst ein Blinder hätte Ihnen folgen können.«

»Und sonst?«

»Ich habe andere Bleichgesichter gesehen, wenn Sie das meinen.«

»Jeweils am Montagabend?«

»Ja. Am letzten Montagabend landete ein kleines Flugzeug auf der Lichtung.«

Volltreffer. »Und was geschah dann?«

»Der Pilot stieg aus und begegnete einem Motorradfahrer. Die beiden Männer tauschten Pakete aus.«

»Und was enthielten die Pakete?«

Wolf blickte instinktiv zur Hosentasche, und eine halbe Sekunde später hob er wieder den Kopf. »Keine Ahnung.«

Zu spät. »Was ist in deiner Tasche?« fragte Ben.

»Das geht Sie nichts an.«

Der Anwalt gab seiner Begleiterin ein Zeichen. »Christina ...«

Die junge Frau trat hinter den Jungen und hielt seine Arme fest, während Ben ihn durchsuchte.

»Wo ist Ihr Haftbefehl, verdammt?« Wolf wand sich hin und her.

»Tut mir leid«, erwiderte Ben. »Aber wir sind keine Polizisten. Weit gefehlt.« Er holte einen kleinen transparenten Beutel aus einer Tasche der zerrissenen Jeans und richtete das Licht der Lampe darauf. Weißes Pulver glänzte in der Tüte.

»Meine Güte!« entfuhr es Christina. »Ist das etwa ...?«

»Ich weiß es nicht.«

»Nimm eine Geschmacksprobe vor.«

»So ein Blödsinn. Woher soll ich wissen, wie Kokain schmeckt?«

»Du hast doch für den Bezirksstaatsanwalt gearbeitet, oder?«

»Ja. Und am ersten Tag ließ er uns alle Aufstellung beziehen, damit wir Kokain probieren konnten. Ich bitte dich ...«

Ben steckte die Tüte ein und beschloß, sich später genauer

mit ihrem Inhalt zu befassen. »Hast du andere Treffen auf der Lichtung beobachtet, Wolf?«

»Nein. Aber vor zwei Wochen hörte ich ein seltsames Geräusch, und zwar ebenfalls an einem Montagabend. Ich war zu weit entfernt, um etwas zu sehen, aber ich glaube, das Brummen stammte von dem gleichen kleinen Flugzeug.«

»Das paßt zu dem, was Burris mir erzählt hat. Lieferung alle zwei Wochen.« Ben legte Wolf beide Hände auf die Schultern. »Wärst du imstande, die beiden Männer wiederzuerkennen?«

»Es war sehr dunkel. Aber meine Augen sind wie die des Falken Katar. Ja, ich könnte die beiden Männer wiedererkennen.«

»Christina ... Wenn wir herausfinden, wer die Drogen liefert und in Empfang nimmt, so können wir beweisen, daß du nichts damit zu tun hast. Und vielleicht finden wir dabei auch den wahren Mörder. Bitte zeig uns die Lichtung, Wolf.«

Der Junge verschränkte die Arme. »Was ist für mich dabei drin?«

Ben entnahm seiner Brieftasche zwei Zwanzig-Dollar-Scheine. »Damit kannst du eine Menge Vogelfutter und auch Behandlungsmaterial kaufen.«

Wolf nahm die beiden Banknoten entgegen. »Na schön. Gehen wir.«

Er führte sie nach draußen und sicherte die Tür der Hütte wieder mit dem Fahrradschloß. Sie hatten kaum mehr als hundert Meter zurückgelegt, als Ben Wolf und Christina festhielt. »Pscht!«

»Nicht schon wieder!« stöhnte die junge Frau. »Hast du erneut etwas gehört?«

»Ja. Hinter uns.«

»Das hast du schon einmal behauptet.«

»Ja. Und wie sich herausstellte, folgte uns jemand – Wolf. Aber jetzt ist er hier, woraus sich die Frage ergibt: Wer folgt uns diesmal?«

Ben und Christina wechselten einen langen Blick, spähten

dann in den dunklen Wald. Sie hoben ihre Taschenlampen, leuchteten hierhin und dorthin – ohne Ergebnis.

Ben spürte, wie es ihm kalt über den Rücken lief. Bereits vertrautes Unbehagen suchte ihn heim. Sah er Gespenster? Verlor er allmählich den Verstand? Oder verbarg sich tatsächlich jemand in der Finsternis? Vielleicht die gleiche Person, die ihnen vom Gefängnis aus gefolgt war und später Chaos in Christinas Apartment geschaffen hatte – falls sie auch dafür die Verantwortung trug?

Was beabsichtigte der Unbekannte?

»Wollen Sie die Lichtung sehen oder nicht?« fragte Wolf ungeduldig.

»Setzen wir unseren Weg fort«, sagte Ben. Sein Blick galt dem Pfad und Wolf, als sie durch den finsteren Wald wanderten.

Doch immer wieder lauschte er in die Richtung, aus der sie kamen.

2

Ben lenkte seinen Wagen über die geschwungene Zufahrt vor Margot Lombardis Haus. Sie wohnte im Viertel South Livingston Park, in der Nähe von Southern Hills. Das Gebäude entsprach dem französischen Provinzstil: weiß getünchte Ziegel, eine blaue Markise am Eingang. Die Blumenbeete präsentierten rote Tulpen.

Die gläserne Eingangstür stand einen Spalt offen. Ben klopfte an.

»Kommen Sie herein«, erklang eine Stimme.

Er schob die Tür auf. Der Einrichtung im Foyer fehlte das Angeberische in der Art eines Reynolds – die attraktiven Möbel wirkten sowohl fragil als auch sehr geschmackvoll. Ben fand Mrs. Lombardi in einem tiefliegenden Wohnzimmer. Sie saß dort auf einem gestreiften Sofa, trug einen langen Rock, der ebenso schwarz war wie das schulterlange Haar. Die dunklen Augen blickten traurig.

Sie stellten sich vor.

»Danke dafür, daß Sie mich empfangen«, sagte Ben.

»Sie sind der Rechtsanwalt?« Margots Stimme klang zart, so zerbrechlich wie Kristall.

»Ja. Ben Kincaid lautet mein Name.«

»Für einen Anwalt scheinen Sie recht jung zu sein. Entschuldigen Sie bitte, aber habe ich Ihre Karte?«

»Nein. Ich verwende keine Visitenkarten. Bei den Dingern krieg ich das Grausen.«

Margot hob die dünnen Brauen. »Sie fürchten sich vor Visitenkarten?«

»Es ist eine lange Geschichte. Was dagegen, wenn ich mich setze?«

Die Witwe deutete zu einem Stuhl, den ein Couchtisch aus Kirschbaumholz vom Sofa trennte. Sie war groß und sehr schlank, wog bestimmt nicht mehr als fünfzig Kilo. Offenbar bevorzugte sie weite Kleidung – vielleicht versprach sie sich davon den Anschein einer Fülle, die ihr fehlte.

Ben schob seinen Oklahoma-Führerschein über den Tisch und achtete darauf, keinen der vielen Ziergegenstände umzustoßen. Ein seltsames Gefühl entstand in ihm: Er glaubte, daß der ganze Raum – und auch die Frau ihm gegenüber – splittern und sich auflösen mochte, wenn er nur zu laut atmete.

Margot betrachtete den Führerschein. »Bitte verzeihen Sie meine Vorsicht. Ich muß darauf achten, mit wem ich spreche. Die jüngsten Ereignisse sind schon schlimm genug, ohne daß Öl ins Feuer des Klatsches gegossen wird.«

Sie gab das Dokument zurück, und Ben bemerkte, daß ihre Fingernägel abgeknabbert waren. Zunächst einmal ...«, begann er. »Ich möchte Ihnen mein herzliches Beileid in bezug auf den Tod Ihres Mannes aussprechen.«

Mrs. Lombardi forderte ihn mit einer knappen Geste auf, zur Sache zu kommen.

»Ich gehe einigen Spuren nach, die Ihren Mann und seine Geschäfte betreffen.«

»Um ganz ehrlich zu sein: Von Tonys Geschäften weiß ich kaum etwas«, erwiderte Margot. »Darüber dürfte das FBI weitaus besser informiert sein. Derzeit ermittelt es hinsichtlich seiner Unternehmen, offenbar mit der Absicht, sie unter Berufung auf irgendwelche Präklusionsgesetze zu beschlagnahmen.«

»Davon höre ich jetzt zum erstenmal.«

»Allem Anschein nach genügt es nicht, daß ich Witwe bin. Ich muß auch noch arm sein.« Falten bildeten sich in Margots Mundwinkeln. »Wie dem auch sein. Ich bin gerne bereit, Ihnen zu helfen, wenn ich kann.«

»Das ist sehr großzügig von Ihnen.«

»Ich möchte nur, daß Tonys Mörder zur Rechenschaft gezogen wird. Und ich bin keineswegs davon überzeugt, daß Ihre Klientin schuldig ist.«

Eine erfrischende Einstellung, fand Ben. »Was veranlaßt Sie, einen solchen Standpunkt zu vertreten.«

»Sie dürfte eher ein Opfer der Umstände sein. Tony neigte dazu, die an seinem Leben teilhabenden Menschen in Opfer zu verwandeln.«

Ben holte einen Notizblock hervor. »Worin bestanden die beruflichen Aktivitäten Ihres Mannes?«

»Er importierte Papageien aus Südamerika, um sie hier in den Vereinigten Staaten an Tierhandlungen, private Sammler und Zoos zu verkaufen. In der letzten Zeit überließ er den Vertrieb einer Firma von Albert DeCarlo.«

»Wie klappte das?«

»Oh, es muß schrecklich gewesen sein. Einzelheiten kenne ich nicht, aber Tony hielt die Verbindung mit DeCarlo für den schlimmsten Fehler, den er je gemacht hat.«

»Warum ließ er sich auf eine solche Beziehung ein?«

»Es war DeCarlos Idee. Er wandte sich an Tony, zeigte aus irgendeinem Grund Interesse an seinen Geschäften. Er meinte, sie könnten zur Basis einer profitablen Zusammenarbeit werden. Nun, er behielt recht.«

»Hat Tony viel Geld verdient?«

»Mehr, als er sich jemals erträumte. Angeblich lag es daran, daß DeCarlo über weitaus bessere Vertriebskanäle verfügte, aber ich bin mir nie ganz sicher gewesen, ob das stimmt ...» Margot hob die Hand, strich mit den Fingerkuppen geistesabwesend über die Wange. »Ob sich die Kooperation lohnte oder nicht – sie erfüllte Tony keineswegs mit Freude. Ganz im Gegenteil: Sie entsetzte ihn.«

»Tatsächlich?«

»Eines Morgens, als ich nach unten kam, saß Tony schluchzend am Frühstückstisch. Heulte wie ein kleines Kind und wiederholte Worte, die jemand an ihn gerichtet hatte: ›Einmal dabei, immer dabei.‹«

Das Mafia-Prinzip. Warum hatte man Lombardi daran erinnert? überlegte Ben. Was mochte der Grund für diese Mahnung gewesen sein?

»Ich fragte ihn nach Details, aber er gab keine Auskunft. Er meinte, es sei zu gefährlich, darüber zu reden, sowohl für ihn selbst als auch für mich.«

»Die Omerta«, sagte Ben. »Das Unterweltgesetz des Schweigens. Eins der wichtigsten Prinzipien des organisierten Verbrechens.«

»Tony war innerlich nie sehr gefestigt«, fuhr Margot fort. »Durch DeCarlo wurde alles noch schlimmer. Mein Mann hatte fürchterliche Angst. Er fürchtete, daß ihn seine Beziehungen zu DeCarlo irgendwann ins Gefängnis bringen würden, und diese Vorstellung erfüllte ihn mit Grauen. Es gab praktisch nichts Schrecklicheres für ihn als das Gefängnis.«

»Glauben Sie, er hat versucht, die Verbindung mit DeCarlo zu lösen? Führte das vielleicht zu seiner Ermordung?«

»Nun, es wäre möglich. Mit Gewißheit kann ich das natürlich nicht sagen.«

»Wann haben Sie Tony zum letztenmal gesehen?«

Mrs. Lombardi dachte nach. »Ans Datum erinnere ich mich nicht. Unsere letzte Begegnung liegt mehrere Monate zurück. Seitdem läßt mich der Wächter im Apartmenthaus nicht mehr herein.«

»Er meinte, Sie seien eifersüchtig gewesen ...«

»Spud?« Margots Lippen formten ein verächtliches Lächeln. »Ich hatte mehrmals das zweifelhafte Vergnügen, den Alkoholdunst in seinem Atem zu riechen. An Ihrer Stelle würde ich seinen Angaben nicht zuviel Gewicht beimessen.«

»Und in jüngster Zeit haben Sie Ihren Mann nicht gesehen?«

»Nein. Allerdings habe ich von ihm gehört, und zwar an jenem Abend, an dem er starb.«

»Ach? Auf welche Weise?«

»Er rief mich an und klang so, als sei er der Panik nahe. Hörte sich vollkommen durchgedreht an. Er wies darauf hin, unbedingt Geld zu brauchen, doch den Grund dafür nannte er nicht.«

»Haben Sie ihm geholfen?«

»Wie denn? Ich hatte nur das Geld, das ich von ihm bekam – und er gab mir nicht viel.« Margots Gesicht war nun völlig ausdruckslos. »Ich habe ihn geliebt, ja, aber die traurige Wahrheit ist, daß es Tony an ... Stabilität mangelte. Manche Leute sagen sogar, er sei *schwach* gewesen.« Sie legte die Hände flach aufs Sofa. »Er wurde mehrmals in psychiatrischen Kliniken behandelt. Angeblich hatte er einen Selbstmordversuch hinter sich, was er mir gegenüber jedoch leugnete. Er war manisch-depressiv, wobei die depressive Seite überwog.«

»Genau die Art von Person, die DeCarlo leicht manipulieren konnte.«

»Ja, ich fürchte, das stimmt.«

»Wissen Sie etwas über den Assistenten Ihres Mannes, einen gewissen Lennie?«

»Lennie?« Mrs. Lombardi lachte humorlos. »Lennie kam zu Tony, als die Zusammenarbeit mit DeCarlo begann. Er war immer bereit, jene schmutzige Arbeit zu erledigen, um die sich Tony nicht selbst kümmern wollte.«

»Kennen Sie seinen vollen Namen?«

»Lucas Grundy.« Margot kam der Frage des Besuchers zuvor und fuhr fort: »Den Spitznamen ›Lennie‹ erhielt er von Tony. Er bezieht sich auf eine Gestalt aus dem Buch *Of Mice and Men**, glaube ich. Tony war recht belesen.« Erneut hob sie die Hand, und diesmal tasteten die Finger nach dem Hals. »Ich bezweifle sehr, ob es sich dabei um ein

* John Steinbeck: Of Mice and Men, 1937: deutsche Erstausgabe 1940 unter dem Titel »Von Mäusen und Menschen«

Kompliment handelte. Tony konnte manchmal sehr grausam sein.«

»Wissen Sie, wo Lennie wohnt?«

»Nein. Er kam immer zu mir – um mir die Schecks von Tonys Unterhaltszahlungen zu bringen.«

»Sie haben erwähnt, daß Sie Ihren Mann verließen, Ma'am.« Ben zögerte. Es gab praktisch keine Möglichkeiten, die nächste Frage auf eine taktvolle Weise zu stellen. »Ich weiß, daß es eine persönliche Angelegenheit ist, aber darf ich mich trotzdem nach dem Grund dafür erkundigen?«

Margots Lippen zitterten fast unmerklich, und es dauerte einige Sekunden, bis sie erwiderte: »Einen Teil der Antwort kennen Sie bereits. Die Zusammenarbeit mit DeCarlo erwies sich als sehr ... anstrengend. Der Streß wirkte sich auf uns beide aus.«

»Und der Rest?«

Margot öffnete und schloß mehrmals den Mund. »Tony hatte einen ... ausgefallenen Geschmack.«

»Meinen Sie damit Dinge, für die er sein Geld ausgab?«

»Nein.« Mrs. Lombardi schien mit sich selbst zu ringen. Schließlich seufzte sie resigniert. »Nein, ich meine in sexueller Hinsicht.«

»Oh. Können Sie ...« Ben schloß die Augen und schluckte. »Gab es Probleme?«

Margots Blick schien durch ihn hindurch in die Ferne zu reichen. »Ja, die gab es tatsächlich. Ich sah mich außerstande, einige von Tonys Interessen zu teilen. Ich ... konnte ihn nicht befriedigen. So sehr ich es auch versuchte. Ich bemühte mich immer wieder, ohne Erfolg. Früher oder später langweilte ihn alles.«

Ben wartete, während die Witwe um ihre Fassung rang.

»Natürlich begann er damit, woanders Ausschau zu halten. Ich wußte davon, schwieg jedoch. Ich schien gar kein Recht zu haben, irgendwelche Einwände zu erheben – immerhin hatte ich Tony gegenüber versagt.«

Sie schloß die Augen. »Einmal inserierte er sogar in einer jener ... speziellen Zeitschriften. Sie wissen sicher, was ich meine. Mitteilungen für Paare, die bereit sind, sich an einem bestimmten Ort zu treffen. Zum ... Partnertausch.« Sie sprach das letzte Wort so aus, als sei es eine Spinne, die auf ihrer Zungenspitze hockte.

»Und haben Sie ...«

»Nein. Ich weigerte mich. Selbst nachdem Tony alle Vorbereitungen getroffen hatte. Er war sehr wütend, und anschließend wurde alles schlimmer.«

»Wie verhielt er sich Ihnen gegenüber?«

»Nun, ich weiß gar nicht, wo ich anfangen soll. Er ... fand Gefallen daran, mich zu bestrafen.«

»Sie zu bestrafen?« Ben spürte, wie ihm Hitze über den Nacken kroch. »Soll das heißen, er ... schlug Sie?«

»Ja. Mit einem Elektrostab. Von der Sorte, wie man sie bei Vieh verwendet.«

Ben starrte sie erschrocken an.

»Es gehörte zu seiner Manie, seiner Labilität. Manchmal veränderte sich Tonys Stimmung von einer Sekunde zur anderen. Dann war er frustriert und zornig, verspürte den Wunsch, jemanden zu schlagen. In solchen Fällen mußte ich als Blitzableiter für ihn herhalten.«

»Sie hätten ein billiges Service kaufen sollen«, sagte Ben. »Um Ihrem Mann Gelegenheit zu geben, Teller zu zertrümmern.«

»Das hätte ihm kaum genügt«, entgegnete Margot leise. »Teller schreien nicht. Teller vergießen keine Tränen.«

Stille folgte diesen Worten.

»Ich weiß gar nicht mehr, wie oft ich Blusen mit hohem Kragen, Schals und Sonnenbrillen tragen mußte. Manchmal blieb mir keine andere Wahl als zu Hause zu bleiben. Zweimal wurde ich ins Krankenhaus eingeliefert.« Margot starrte aus trüben Augen ins Nichts. »Dabei benutzte ich die üblichen Ausreden: die Treppe hinuntergefallen, über eine Topfpflanze gestolpert. Natürlich nimmt einem das niemand ab.«

»Es muß schrecklich für Sie gewesen sein.«

»Das ist noch nicht alles. Einer von Tonys Anfällen kostete uns ein Kind.« Die Witwe sah auf und begegnete Bens Blick. »Ich kann jetzt nicht mehr schwanger werden.«

»Wann haben Sie ihn verlassen?« fragte der Anwalt betroffen.

»Als er mit einem Lötkolben nach Hause kam. Hätten Sie das nicht ebenfalls zum Anlaß genommen, sich in Sicherheit zu bringen?«

»Und ob.« Ben wählte seine Worte mit besonderer Vorsicht. »An Ihrer Stelle wäre ich schon viel früher gegangen.«

Margot schüttelte den Kopf. »Das ist leicht gesagt. Leicht ge ...« Sie unterbrach sich und schlug beide Hände vors Gesicht. »Wenn Sie mich jetzt bitte entschuldigen würden, Mr. Kincaid ...«

Auf dem Rückweg zum Büro ließ Ben in Gedanken das Gespräch mit Mrs. Lombardi noch einmal Revue passieren. Seltsam: Er hatte nach einem Verbrecher gesucht – statt dessen ein weiteres Opfer gefunden. Ein Opfer der Grausamkeit, Habgier und des organisierten Verbrechens.

Ein weiteres Opfer des Mörders.

3

Ben saß mit Mike, Roger Stanford und Myra im Konferenzraum. Sie warteten auf Abshire, um mit der Offenlegung des Beweismaterials zu beginnen.

Die meisten Leute hielten Kriminalfälle für interessanter und aufregender als zivilrechtliche Prozesse. Ben teilte diese Ansicht nicht, und Tage wie dieser bestätigten ihn in seiner Auffassung. Die Offenlegung bei Strafprozessen war nie problemlos – fast immer versuchte die Anklage, irgend etwas zurückzuhalten. Dadurch wurde alles spannender, und es gab die Möglichkeit von Überraschungen bei der Verhandlung. Doch daran war Ben nicht interessiert. Er wollte Informationen, die es ihm erleichterten, Christina zu verteidigen und ihre Unschuld zu beweisen. Bisher hatte sich die Staatsanwaltschaft als ebenso kooperativ erwiesen wie ein Achtjähriger beim Zahnarzt.

Mike saß am einen Ende des Tisches und starrte an die Wand. Er hatte bisher kein einziges Wort an Ben gerichtet.

Schließlich kam Abshire herein, die Arme voller Akten. Er lud sie auf dem Tisch ab. »Bin sehr beschäftigt gewesen«, sagte er. »Entschuldigt bitte die Verspätung. Hoffentlich habt ihr nett miteinander geplaudert.«

Niemand antwortete.

»Sind Sie noch immer nicht bereit, das Handtuch zu werfen, Kincaid?«

Ben trachtete danach, ruhig zu bleiben. »Ich schlage vor, wir fangen jetzt an.«

»Oh, wir sind heute aber seeeehr gereizt.« Abshire öffnete die oberste Akte. »Mal sehen ... Die Verteidigung hat Einsichtnahme in entlastendes Beweismaterial beantragt. Gemeint sind sowohl die Unterlagen der Staatsanwaltschaft als auch die vom FBI erzielten Ermittlungsergebnisse. Tja, unglücklicherweise haben wir gar kein entlastendes Material, oder?«

Stanford wirkte verlegen. Mike brummte nicht einmal

Ben explodierte. »Zum Teufel auch, Abshire, ich habe Ihre verdammte Verschleierungstaktik satt. Ich werde mich an den Richter wenden.«

»Meinetwegen.«

Stanford rückte sich die Brille zurecht. »Vielleicht können wir Ihnen irgendwie helfen, wenn Sie direkte Fragen stellen, Mr. Kincaid.«

»Na schön. Versuchen wir's.« Ben blickte auf die Notizen, die er am Morgen gekritzelt hatte. Sie ließen sich kaum entziffern – ein großer Kakaofleck bedeckte den größten Teil des Zettels. »Was hat sich bei der Untersuchung von Christinas Blut ergeben?«

»Es fand gar keine derartige Untersuchung statt«, meinte Abshire gelassen.

Ben riß die Augen auf. »*Wie* bitte? Ich habe ausdrücklich um die Analyse einer Blutprobe gebeten. In Ihrer Gegenwart.«

»Ich fühle mich nicht verpflichtet, die Arbeit der Verteidigung zu erledigen. Sie hätte selbst für eine Untersuchung sorgen sollen.«

»Meine Klientin befand sich in Untersuchungshaft!«

»Sie hätten dafür sorgen können, daß man ihr nach der Entlassung ein wenig Blut abzapft.«

»Das habe ich auch. Aber es war bereits zu spät. Die Analyse blieb ohne ein schlüssiges Resultat.«

»Vielleicht deshalb, weil die Angeklagte schuldig ist.«

Ben sprang auf. »Sie dreimal verfluchter ...« Seine Hände schlossen sich fest um die Tischkante. »Das trage ich dem Richter vor.«

Dieser Hinweis schien Abshire kaum zu beeindrucken. »Wie Sie wollen. Es ist mir völlig gleich, was Sie dem Richter vortragen. Bisher hat er noch nicht zu Ihren Gunsten entschieden, und ich halte es für recht unwahrscheinlich, daß er nun damit anfängt.«

Das stimmte, mußte Ben zugeben. Doch davon wollte er sich nicht an einem Versuch hindern lassen. »Was ist mit dem genauen Todeszeitpunkt?«

»Was soll damit sein?«

»Als ich zum letztenmal Gelegenheit bekam, mich danach zu erkundigen, bekam ich folgende Auskunft: Angeblich fiel es Koregai schwer, den exakten Zeitpunkt des Todes zu bestimmen. Koregai ist viel zu sehr erfahrener Profi, um bei so etwas auf Schwierigkeiten zu stoßen. Es sei denn, es gibt in diesem Zusammenhang irgendwelche ungewöhnlichen Faktoren.«

»Der Coroner hat von Problemen bei der Feststellung des Todeszeitpunkts berichtet und erwähnte widersprüchliche Untersuchungsergebnisse. Von entlastendem Beweismaterial kann dabei nicht die Rede sein.«

»Das behaupten Sie. Erlauben Sie mir, mit Koregai zu reden? Allein?«

»Erlauben Sie mir, mit Ihrer Klientin zu sprechen? Allein?«

»Nur wenn es Ihnen gelingt, die Fünfte Zusatzklausel unserer Verfassung außer Kraft zu setzen.«

Abshire verschränkte die Arme. »Dann dürfen Sie sich nur

in meiner Anwesenheit mit Koregai unterhalten. Vorausgesetzt natürlich, er hat nichts zu tun.«

Ben mußte sich daran erinnern, daß es seiner Klientin nichts nützte, wenn man ihrem Anwalt Körperverletzung zur Last legte. »Haben Sie einen Paraffintest durchgeführt?«

»Äh, ja. Das könnte der Fall sein.«

»Und die Ergebnisse?«

»Sie sind nicht unbedingt entlastend.«

Stanford richtete einen strengen Blick auf seinen Schützling. »Ich glaube, ich bin noch immer Ihr Vorgesetzter, Agent Abshire«, sagte er. »Geben Sie Auskunft.«

»Ja, wir haben einen solchen Test durchgeführt«, sagte Abshire mit der Bitterkeit eines Kinds, das seine Süßigkeiten teilen mußte. »Mit negativem Ergebnis.« Er zog eine Mappe aus dem Stapel und warf sie dem Anwalt zu.

Ben sah sich den Inhalt kurz an. Aus seiner Zeit im Büro des Staatsanwalts wußte er: Das Abfeuern einer Schußwaffe setzte Gas und Schießpulverrückstände frei, darunter auch Nitratpartikel – solche Partikel hafteten an der Hand des Schützen fest. Der Test schien soweit in Ordnung zu sein: mit verdünnter Salpetersäure angefeuchtete Tupfer, anschließend eine Analyse der Neutronenaktivität. Das Resultat: Man hatte keine Nitratpartikel an Christinas Händen gefunden.

»Das ist großartig.« Ben warf Abshire einen finsteren Blick zu. »Und Sie haben das hier nicht für entlastend gehalten?«

»Wir sind verpflichtet, Ihnen entlastende *Beweise* vorzulegen. Das *Fehlen* von konkreten Hinweisen ist definitionsgemäß kein Beweis.«

»Sie wollten also nicht darauf hinweisen? Obgleich daraus Christinas Unschuld hervorgeht?«

»Da bin ich anderer Meinung.« Abshire riß dem Anwalt die Aktenmappe aus den Händen. »Schon mal was von Handschuhen gehört?«

»Ja. Haben Sie welche gefunden?«

»Und ob. Drei Paar.«

»Wo?«

»In Lombardis Kleiderschrank.«

»In seinem Kleiderschrank? Was soll das heißen? Glauben Sie etwa, Christina hat erst geschossen, dann die Handschuhe ausgezogen und sie in den Schrank zurückgelegt?«

»So hätte ich mich an ihrer Stelle verhalten«, erwiderte Abshire.

Ben biß so fest die Zähne zusammen, daß sie schmerzten. Der junge FBI-Agent scherte sich offenbar einen Dreck um das Beweismaterial. Ihm ging es einzig und allein darum, eine Verurteilung durchzusetzen. Ben sah zu Mike, doch der starrte noch immer an die Wand.

»Haben Sie mit irgendwelchen Zeugen gesprochen?« fragte Ben.

»Massenhaft.-«

»Hat sich dabei etwas Entlastendes ergeben?«

»Eher dürfte das Gegenteil der Fall zu sein. Alle Leute, mit denen wir geredet haben, scheinen davon überzeugt zu sein, daß Ihre Klientin Lombardi ins Jenseits beförderte.«

»Was können Sie mir sonst anbieten?«

»Absolut nichts.«

Ben verstaute seine Notizen. »Na schön, Abshire. Einen Vorteil hat die Sache – dadurch verschwindet ein Teil meiner Verwirrung. Einige Sekunden lang dachte ich, zumindest etwas Anstand in Ihnen zu erkennen, doch jetzt weiß ich, daß es eine optische Täuschung gewesen sein muß.«

Stanford wandte sich ab und hob die Hand vor den Mund. Selbst Myra schien ein Lächeln zu unterdrücken. Und Mike? Sah er auf? Ben war nicht ganz sicher.

»Ich werde beantragen, Ihre Aussage beim Prozeß nicht zu berücksichtigen. Weil Sie hoffnungslos voreingenommen sind.«

»Offenbar planen Sie viele Anträge. Daran kann man vermutlich ablesen, welchen Erfolg Sie beim Richter haben.«

Mistkerl. »Wenn sich etwas Neues ergibt, so möchte ich von Ihnen informiert werden.«

»Natürlich.« Abshire lächelte. »Wenn es entlastend ist.«

Ben stand auf und zögerte kurz. Er wollte Mike eine letzte Chance geben, um laut und deutlich zu sagen, daß er mit dieser Sache nichts zu tun hatte, daß er verabscheute, wie Abshire und Moltke mit dem Fall umgingen.

Er hätte wenigstens zu erkennen geben können, daß er zuhörte.

Doch Mike saß einfach nur stumm da, zuckte mit keiner Wimper.

4

In Bens Büro herrschte Chaos, und zwar noch mehr als sonst.

Draußen demonstrierten Angehörige der Creek-Nation und bestanden darauf, daß der Fall McCall vor einem Stammesgericht verhandelt werden sollte. Ein großes Plakat verkündete: DAS GESETZ DES WEISSEN MANNES – DIE GERECHTIGKEIT DES WEISSEN MANNES.

Der Protest war natürlich sinnlos: Stammesgerichte sind nicht für Schwerverbrechen zuständig. Außerdem: Ben hatte doch versucht, den Fall nicht vor einem Bundesgericht verhandeln zu lassen. Warum protestierten die Indianer trotzdem vor seiner Tür? Weil ihnen der Aufenthalt im Gericht verboten war, vermutete er. Und weil sich die Reporter *hier* befanden.

Im Vorzimmer des Büros wimmelte es von Journalisten. Sie hielten ihre kleinen Kameras und Mikrofone wie spezielle Waffen. Einige von ihnen drängten sich an Jones' Tisch und versuchten, das Blatt in der Schreibmaschine zu lesen.

Sie bemerkten Ben, bevor er Gelegenheit bekam, in den Nebenraum zu fliehen. Eine große, dürre Frau näherte sich ihm. Er glaubte, sie aus den Nachrichten des Fernsehsenders Kanal 8 zu kennen.

»Mr. Kincaid!« rief die Frau, obwohl sie kaum einen halben Meter entfernt war. »Bitte geben Sie einen Kommentar ab.«

»Nein.« Er versuchte ohne Erfolg, sich an ihr vorbeizuschieben.

»Dürfen wir Ihrem Schweigen entnehmen, daß es Ihnen im Hinblick auf den bevorstehenden Prozeß an Zuversicht mangelt?« Das Mikrofon der Reporterin kitzelte Ben an der Nase.

»Nein, das dürfen Sie nicht. Wir sind sehr optimistisch. Die von der Anwaltschaft festgelegten Verhaltensregeln verbieten mir, konkrete Auskünfte in bezug auf den Prozeß zu geben.«

»Staatsanwalt Moltke ist ohne irgendwelche Vorbehalte bereit, mit uns Journalisten zu sprechen.«

»Kein Kommentar.«

Ein anderer Reporter – diesmal handelte es sich um einen großen Mann mit lockigem blonden Haar – kam aus der anderen Richtung.

»Stimmt es, daß eine radikale Minderheit der Creek gegen Ihre Rolle als Verteidiger protestiert und die Auslieferung der Mörderin verlangt?«

»Christina McCall ist keine Mörderin! Sie gilt als unschuldig, bis ihre Schuld eindeutig bewiesen wurde.«

»Die Anklage scheint völlig sicher zu sein, den Prozeß zu gewinnen. Können Sie uns mitteilen, mit welchen Beweisen Sie eine Verurteilung verhindern wollen?«

Ben spürte, wie Zorn in ihm zu brennen begann. »Nein«, sagte er und versuchte, ruhig zu bleiben.

»Mr. Kincaid, das Verfahren beginnt schon bald, und alles deutet darauf hin, daß man Ihre Klientin für schuldig erklären wird ...«

Ben stieß das Mikrofon beiseite und packte den Mann an den Aufschlägen des Zweireihers. »Haben Sie denn überhaupt keinen *Anstand,* Sie Idiot?«

Die Kameraleute im Zimmer eilten hin und her, als sie versuchten, sich in die beste Aufnahmeposition zu bringen.

»Begreifen Sie denn nicht, was Sie hier machen?« fuhr Ben fort. »Sie ruinieren die Objektivität der Geschworenen!«

»Wie meinen Sie das?« rief jemand.

»Ihnen geht es vor allem um Einschaltquoten und dergleichen, aber es sitzen eben nicht nur gewöhnliche Zuschauer vor den Fernsehschirmen, sondern auch potentielle Geschworene! Wenn Sie hier sagen, daß eine Verurteilung meiner Klientin praktisch schon feststeht, so glauben Ihnen jene Männer und Frauen, aus denen nachher die Jury gebildet wird!«

Voller Abscheu und Verachtung schob Ben den jungen Mann beiseite, doch der Weg war auch weiterhin versperrt. Die Reporter drängten noch näher, und überall glänzte das grelle Licht von Minischeinwerfern. Schweiß rann von Bens Schläfen, tropfte über den Hals zum Kragen. Er saß in der Falle.

Und die ganze Zeit über surrten Kameras.

Plötzlich ertönte eine laute Stimme. »He! Im Pfandhaus nebenan findet ein Raubüberfall statt! Die Gangster haben automatische Waffen!«

Sofort wandten sich die Journalisten der Tür zu, und dort kam es zu einem ziemlichen Durcheinander. Irgendwie gelang es den Reportern, sich durch den schmalen Ausgang zu quetschen.

Unmittelbar darauf kam der vom einen Ohr bis zum anderen grinsende Jones herein.

»Hallo, Boß. Geben Sie 'n Interview?«

»Nicht unbedingt«, erwiderte Ben. »Ich schätze, im Pfandhaus findet gar kein Raubüberfall statt, oder?«

»Nein.« Jones schloß die Tür hinter sich ab. »Aber stellen Sie sich nur einmal Burris' Gesicht vor, wenn plötzlich zwanzig Journalisten bei ihm hereinplatzen. Der Bursche hält sich vermutlich für den Star irgendeiner Live-Sendung.«

Ben malte sich das Geschehen nebenan aus. Er hätte die Szene gern gesehen.

»Was Sie gerade erlebt haben, war kaum der Rede wert«, fügte Jones hinzu. »Ich muß die Bande schon seit ein paar Tagen ertragen. Echte Geier.«

»Nein«, widersprach Ben. »Sie erledigen nur ihren Job.«

»Für Sie ist das leicht gesagt. Sie müssen die Typen hier nicht tagaus, tagein ertragen. Von den Creek-Protestlern da draußen ganz zu schweigen. Hier kommt man sich vor wie auf dem Präsentierteller. Ich habe das Gefühl, die ganze Zeit über beobachtet zu werden.«

»Das gilt für uns beide.« Ben seufzte. »Wir haben das fragwürdige Vergnügen, in Tulsa Schlagzeilen zu machen.«

»Nicht nur in Tulsa«, sagte Jones. Er zeigte dem Anwalt die jüngste Ausgabe des *Daily Oklahoman*. Dicke schwarze Buchstaben beanspruchten fast die halbe Titelseite: DROGENPRINZESSIN BALD VOR GERICHT.

»Hervorragend«, stöhnte Ben.

»Die Ermordung eines Drogenhändlers aus dem Cali-Kartell – das sind wichtige Nachrichten. Auch texanische Zeitungen berichten darüber.«

»Ich kann Publicity gut gebrauchen, aber nicht unbedingt von dieser Art. Hoffentlich kommt's irgendwo zu einer Naturkatastrophe, um die allgemeine Aufmerksamkeit von uns abzulenken. Ein kleiner Krieg wäre ebenfalls geeignet. Übrigens ... Was von Mike gehört?«

»Nein«, sagte Jones. »Ich habe mehrmals versucht, ihn telefonisch zu erreichen, doch er geht nie selbst an den Apparat. Und er ruft auch nicht zurück.«

Ben schüttelte den Kopf. Er konnte einfach nicht glauben, daß Mike den Kontakt mit ihm mied, daß er sich kompromißlos Moltke und Abshire unterordnete – auch auf die Gefahr hin, Christina dadurch ans Messer zu liefern.

»Bleiben Sie am Ball«, wandte er sich an seinen Sekretär. »Was muß sonst noch erledigt werden?«

»Wie wär's, wenn ich mir den Tatort ansehe?«

»Wie wär's, wenn Sie hierbleiben, beim Telefon?«

»Ich möchte endlich 'n bißchen Beinarbeit leisten, Boß.«

»Ich bin bereits am Tatort gewesen, und glauben Sie mir: Mein dortiger Aufenthalt war alles andere als aufschlußreich.«

»Sie haben gut reden. Um die interessanten Sachen kümmern Sie sich dauernd selbst. Ich muß hier den ganzen Tag lang Gläubiger, Betrunkene und Leute von der Presse abwimmeln.«

»So ist das Leben.«

»Ich bitte Sie, Boß: Geben Sie mir die Möglichkeit, einmal außerhalb dieses Büros aktiv zu werden. Ich bin durchaus in der Lage, mich auch unter widrigen Umständen zu behaupten.«

»Oh, bestimmt.«

»Ich meine es ernst. Wie soll ich Ihnen meine Fähigkeiten beweisen?«

Ben senkte den Blick und sah zwei Hühner, die nach seinen Schuhen pickten. »Nun«, sagte er langsam, »da Sie schon fragen …«

5

Weiße Werbeleuchten blinkten am Cowpoke Motor Inn an der Interstate 44, kurz vor der Mautstelle von Turner Turnpike. Ein großes Hinweisschild teilte Ben mit, daß Zimmer frei waren (keine große Überraschung) und für zwölf Dollar gemietet werden konnten. Pro Nacht oder pro Stunde, fragte er sich.

Zwei muskulöse Männer standen auf dem Parkplatz, lehnten an der Ladeklappe eines Pickup. Irgend etwas Illegales schien sich hier abzuspielen, doch Ben hatte keine Zeit, um der Sache auf den Grund zu gehen. Er klopfte an die Tür. Nummer 13 – nicht schlecht.

Die Tür öffnete sich einige Zentimeter weit, wurde dann von einer Sicherheitskette blockiert. Eine schnabelförmige Nase erschien in dem Spalt.

»Wer is' da?« erklang eine Stimme.

»Ich bin Ben Kincaid, Rechtsanwalt.«

»Ich habe bereits einen Anwalt.« Der Typ wollte die Tür wieder schließen.

»Es geht mir nicht darum, Ihnen meine Dienste anzubieten.« Er schob einen Fuß vor und verhinderte dadurch, daß die Tür ins Schloß gedrückt werden konnte. »Ich vertrete Christina McCall.«

»Ach, tatsächlich? Können Sie das beweisen?«

»Durch die geschlossene Tür? Hören Sie: Wenn Sie nicht freiwillig mit mir reden wollen, so bleibt mir keine andere

Wahl, als eine Vorladung zu erwirken. Dann kommt der Marshal und bringt Sie in den Gerichtssaal, wo alle hören können, was Sie zu sagen haben.«

Der Druck auf die Tür ließ nach.

»Und da der Marshal schon einmal hier ist ... Vermutlich nutzt er die gute Gelegenheit, sich bei Ihnen umzusehen – um festzustellen, ob sich was Interessantes finden läßt.«

Der Mann löste die Kette und ließ Ben eintreten. »Zehn Minuten«, sagte er. »Ich bin verabredet.«

Na klar, dachte Ben und sah sich um. Der Zustand des Zimmers hätte schlimmer kaum sein können. Schmutzige Kleidung, Zeitungen und Essensbehälter lagen verstreut auf dem Boden und dem zerwühlten Bett. Der Spiegel über der Frisierkommode wies mehrere Sprünge auf. Ben wußte nicht, ob es an Kleidung, Essensresten, der Toilette oder etwas anderem lag, aber eins stand fest: Es stank.

»Gemütliches Plätzchen«, sagte er und ließ sich auf den Stuhl neben der Tür sinken.

»Es gibt bessere«, erwiderte der Mann. »Aber dies ist weit und breit das einzige Motelzimmer, das weniger als fünfzehn Dollar kostet und den Playboy-Kanal hat. Für nur einen zusätzlichen Dollar.«

»Klingt großartig.«

»Ist es auch.«

»Meinem Sekretär fiel es alles andere als leicht, Sie zu finden.«

»Gut. Wenn ich Ihnen einen Rat geben darf, Kumpel. Sie sollten sich ebenfalls rar machen.«

»Warum?«

Der Mann beugte sich vor, und winzige Speicheltropfen flogen ihm von den Lippen, als er sagte: »Weil bestimmte Leute nicht wollen, daß im Hinblick auf Lombardis Ermordung Nachforschungen angestellt werden. Ich meine Leute, die nicht die geringsten Bedenken haben, jemandem das Gehirn aus dem Schädel zu ballern. Und Sie sind ihnen bekannt.«

Ben trachtete danach, nicht darauf zu reagieren. »Wirklich?«

»Und ob. Was ist noch gefährlicher als ein verdammter Killer, Kumpel? Ein Killer, der sich *fürchtet*, Mann! Und jene Leute haben jetzt Schiß.«

»Ich nehme an, damit meinen Sie Ihre früheren Arbeitgeber, oder?«

Keine Antwort.

»Darf ich Sie Lennie nennen? So lautet Ihr Spitzname, stimmt's?«

»Für meine Freunde bin ich Lennie. Aber Sie sind kein Freund.«

Ben hatte schon mehrmals erlebt, wie man Attribute wie ›aalglatt‹ und ›wieselartig‹ verwendete, um gewisse Menschen zu beschreiben. Seiner Ansicht nach gab es keine besseren Worte, um einen Eindruck von Lennie zu vermitteln. Er hatte einen bleistiftdünnen Oberlippenbart und lange Koteletten. Erscheinungsbild und Gebaren zeichneten sich durch etwas Öliges aus.

»Was Ihren letzten Arbeitgeber betrifft, Tony Lombardi ... Sie waren als eine Art Bote für ihn tätig, nicht wahr? Sowohl in geschäftlicher als auch in persönlicher Hinsicht.«

»Das stimmt«, sagte Lennie und streckte sich. Die Hemdsärmel waren hochgerollt, und ganz deutlich sah Ben die Einstichmale in den Armbeugen.

»Offenbar greifen Sie auch selbst mal in den Topf, was?«

Lennie zog die Arme ruckartig zurück. »Ich weiß überhaupt nicht, wovon Sie reden.«

»Schon gut. Was können Sie mir von Tonys Geschäften erzählen?«

»Welche meinen Sie?«

»Den Drogenhandel.«

»Keine Ahnung, Mann. Ich bin sicher, daß Tony nie gegen irgendwelche Gesetze verstoßen hat.«

Durch und durch loyal. Nun, der Selbsterhaltungstrieb spielte dabei sicher auch eine Rolle. »Na schön. Was hat es mit dem Papageienimport auf sich?«

»Was wollen Sie darüber wissen?«

»Er diente als Tarnung fürs Drogengeschäft, nicht wahr?«

»Gerade eben habe ich Ihnen gesagt ...«

«Ja, ja. Hatte ich ganz vergessen.« Ben versuchte es aus einer anderen Richtung. »Haben Sie jemals im Auftrag von Albert DeCarlo Dinge geliefert und etwas für ihn in Empfang genommen?«

»Sowohl als auch. Weshalb fragen Sie?«

»Um was ging's dabei?«

»Manchmal um Geld. Es wurde immer in meiner Gegenwart gezählt, sowohl beim Empfang als auch bei der Ablieferung. Um zu verhindern, daß ich auf dumme Gedanken komme, hieß es.«

»Und glauben Sie, das Geld war für die Bezahlung von Papageien bestimmt?«

»Ich habe nie gefragt, woher das Geld kam, und man hat's mir nie gesagt. Es ist nicht besonders ratsam, Albert DeCarlo gegenüber neugierig zu sein. Der Hurensohn kann verdammt ungemütlich werden.«

»Das klingt so, als sei er ein guter Bekannter von Ihnen.«

»In gewisser Weise ist er das auch. Ich kenne ihn, seit er ein kleiner Lümmel war. Habe schon für die Familie DeCarlo gearbeitet, als sein Vater noch das Sagen hatte.«

»In einem Gespräch mit mir meinte DeCarlo, daß er die Unternehmen seines Vaters umgestaltet. Angeblich soll alles ganz legal werden.«

Lennie lachte, und einige Sekunden später begann er zu husten. »Toller Witz. Ja, er verändert die Geschichte, aber mit mehr Legalität hat das nichts zu tun. Zwölf Jahre lang habe ich für seinen Vater gearbeitet, und nie ergaben sich Probleme. Doch dann übernimmt Albert junior den Laden, und sechs Monate später geschieht das.«

Er hob die rechte Hand. Beim kleinen Finger und auch beim Ringfinger fehlte das Stück über dem zweiten Knöchel.

»Wofür sind Sie auf diese Weise bestraft worden?«

»Glauben Sie etwa, daß ich Ihnen diese Frage beantworte? Ist nicht drin, Mann.«

»Wegen der Omerta?«

»Ja, wegen der verdammten Omerta! Einen solchen Fehler mache ich nicht noch mal.«

»Ich schätze, danach haben Sie aufgehört, für DeCarlo zu arbeiten, oder?«

»Aufgehört? Kumpel, es ist nicht möglich, einfach so bei DeCarlo zu kündigen. Er wies mich Lombardi zu. Er interessierte sich sehr für ihn und wollte jemanden in Tonys Laden haben.«

Das ergab durchaus einen Sinn. Und es erklärte Lombardis Feindseligkeit dem eigenen Gefolgsmann gegenüber. Lennie hatte seine Anweisungen von DeCarlo entgegengenommen, nicht von Lombardi. »Was wissen Sie über Christina McCall?«

»Was soll ich schon über sie wissen? Sie ist 'n dummes Flittchen, weiter nichts.«

Jemand sollte einen Kanister Benzin über diesem Mann leeren und dann ein Streichholz werfen, dachte Ben. »Haben Sie eine Ahnung, wieso Lombardi sie bat, zu ihm ins Apartment zu kommen?«

Lennie zuckte mit dem Schultern. »Wahrscheinlich steckt nur Zufall dahinter.«

»Sie bezweifeln also, daß Christina Tony umgebracht hat?«

»Was weiß ich? Ich war nicht dabei. Vielleicht hat sie ihn tatsächlich umgelegt. Andererseits: Wenn jemand so viele Feinde hat wie Lombardi, so sollte man sich hüten, voreilige Schlüsse zu ziehen. Meine Güte, insbesondere bei Frauen konnte Tony recht seltsam sein.«

»Davon habe ich gehört.«

»Mindestens hundertmal habe ich ihn mit seiner Angetrauten gesehen, aber wenn's mir nicht bekannt gewesen wäre ... Ich hätte sie nie für 'n Ehepaar gehalten. Kalt wie Eis.«

Ben rutschte auf dem Stuhl zur Seite – er fand einfach keine bequeme Position. Er lehnte sich nach rechts ... Und begriff plötzlich, daß er auf etwas saß. Er griff nach dem Gegenstand, der sich als eine schmutzige Unterhose entpuppte. Angewidert ließ er sie auf den Boden fallen.

»Tut mir leid«, sagte Lennie.

»Ja.« Ben beugte sich vor und bemerkte eine aufs Motel-

Telefonbuch gekritzelte Telefonnummer. »Das hiesige FBI-Büro, nicht wahr?«

Lennie nahm das Telefonbuch und warf es zur anderen Seite des Zimmers. »Das geht nur mich etwas an.«

Ben kniff die Augen zusammen. »Haben Sie vor, der Anklage Beweismaterial zu liefern? Glauben Sie, sich damit reinwaschen und in Sicherheit bringen zu können?«

»Ich weiß überhaupt nicht, worauf Sie hinauswollen. Ihre zehn Minuten sind um.«

Ben stand auf, machte jedoch keine Anstalten, das Zimmer zu verlassen. »Was haben Sie mir bisher verschwiegen?«

»Ich habe von nichts 'ne Ahnung. Verschwinden Sie jetzt.«

Ben trat langsam auf ihn zu, mit einem frostigen Glanz in den Augen. »Du verdammter Wurm! Das FBI wäre überhaupt nicht an einem Miesling wie dir interessiert, wenn du nicht irgend etwas hättest, das die Anklage verwenden kann. Heraus damit!«

»Von wegen, du Arschloch! Von mir erfährst du nichts mehr.«

»Spuck's aus, verdammt!«

Wie der Blitz griff Lennie unters Kissen und holte eine kleinkalibrige Pistole hervor. »Na schön, du Scheißkerl. Ich habe dich gewarnt! Raus jetzt!«

»Nicht schon wieder ...« Ben wich langsam zurück. »Ich hab's satt, daß mich dauernd irgendwelche Leute mit Waffen bedrohen!«

»Ich wollte freundlich sein«, sagte Lennie. Seine Hände zitterten. »Aber Sie müssen mich unbedingt herumstoßen. Nun, irgendwann ist das Maß voll. Sie waren gerade der Tropfen, der das Faß zum Überlaufen bringt.«

Er drückte ab. Es krachte, und die Kugel bohrte sich dicht über Bens Kopf in die Wand. Diesmal wurde es ernst.

»Verschwinden Sie jetzt endlich, oder was?«

»Ich gehe, Lennie. Sehen Sie? Ich öffne die Tür.«

»Und ich zähle bis fünf, Mann. Eins, zwei ...«

Bei *fünf* befand sich Ben schon auf der Interstate.

6

Er hatte gehofft, ihr nicht erneut zu begegnen.

Aber natürlich war sie da: Marjorie saß am Schreibtisch des Empfangszimmers der Kanzlei Swayze & Reynolds und tippte fleißig. Wenn sie vorher den Eindruck einer Schwangerschaft im zehnten Monat erweckt hatte, so mußten es jetzt zwölf Monate sein. Als sie Ben begrüßte, sprach sie ihn mit dem Namen an.

Nun, er hielt es für ein gutes Zeichen, daß sie sich daran erinnerte. »Hallo, Marjorie. Ich möchte Mr. Reynolds sprechen.«

»Sie stehen nicht in seinem Terminkalender. Vielleicht haben Sie angerufen, während ich beim Lamaze-Kurs gewesen bin?«

»Nein, ich hab's leider versäumt, einen Termin zu vereinbaren. Wie dem auch sei: Es geht um eine sehr wichtige Angelegenheit.«

Marjorie runzelte die Stirn, drückte eine Taste der Wechselsprechanlage und sprach einige leise Worte. Kurz darauf sagte sie: »Es tut mir leid, Mr. Kincaid. Mr. Reynolds hat zu tun ...«

»Richten Sie ihm folgendes aus: Wenn er mich nicht innerhalb von fünf Minuten empfängt, zertrümmere ich die Lalique-Vase.«

Reynolds kam zwei Minuten später.

»Ich bedauere, daß Sie warten mußten«, sagte Reynolds, als er Ben zu seinem Büro führte. »Ich habe mit meiner Frau telefoniert. Der Richterin.«

Wie interessant, fuhr es Ben durch den Sinn. Ich dachte schon, es könnte eine andere Ehefrau gemeint sein.

Er betrat Reynolds' Büro, und dort erwartete ihn eine Überraschung: Margot Lombardi saß am Konferenztisch.

Sie ersparte Reynolds die Mühe einer Vorstellung. »Mr. Kincaid und ich kennen uns bereits«, sagte sie. »Nun, ich möchte mich für mein Verhalten entschuldigen. Es war nicht richtig von mit, Sie mit meinen Problemen zu belasten.«

»Schon gut«, erwiderte Ben.

»So etwas ist unverzeihlich. Ich sollte mich endlich zusammenreißen, den Kummer überwinden und das Leben fortsetzen. Diesen Rat hat mir Mr. Reynolds gegeben. Er ist Tonys Testamentsvollstrecker.«

»Davon habe ich schon gehört.«

»Das FBI scheint fest entschlossen zu sein, Tonys Besitz mit illegalem Drogenhandel in Verbindung zu bringen«, erklärte Reynolds. »Dadurch würde eine Beschlagnahme möglich. Bis eine endgültige Entscheidung fällt, liegt der ganze Besitz auf Eis.«

»Ich verstehe nicht, weshalb man so etwas angeordnet hat«, klagte Margot. »Womit habe ich das verdient?«

»Keine Sorge.« Reynolds klopfte ihr auf die Schulter, und für einige Sekunden schien er etwas Menschliches zu bekommen. »Es wird alles gut.«

»Ich wollte Sie nicht stören ...« Plötzlich bereute Ben sein nicht sehr taktvolles Auftreten.

»Das haben Sie auch nicht«, sagte Margot. »Ich bin auf dem Weg nach draußen.«

Sie stand auf, und Reynolds geleitete sie zur Tür. Anschließend nahm er zusammen mit Ben am Tisch in der Mitte des Raums Platz.

»Wie geht's Polly?« fragte Kincaid.

»Oh, sie ist ... wohlauf.«

Ben sah zum Papagei, der fast völlig reglos in seinem kleinen Käfig hockte. Er glaubte, gewisse Veränderungen zu erkennen. Polly präsentierte noch immer ein prächtiges purpurnes Blau, aber der Glanz wirkte ein wenig getrübt. Die vorher rotbraunen Schwanzfedern waren fast schwarz. Ganz unten im Käfig bemerkte Ben mehrere Federn.

»Sie hat damit begonnen, sich selbst zu rupfen!« entfuhr es ihm.

»Wie bitte?«

»Langdell hat mir davon erzählt – von Papageien, die sich selbst die Federn ausrupfen.«

»Clayton Langdell ist ... eine Art Extremist«, sagte Reynolds quälend langsam.

»Mag sein. Aber er kennt sich mit Papageien aus. Es handelt sich um ein anomales Verhalten: Der Papagei schnappt über und fängt an, sich selbst zu verstümmeln.«

»Das halte ich für extrem unwahrscheinlich.«

»Und doch geschieht es, hier und jetzt«, beharrte Ben. »Sie müssen den Vogel freilassen. Oder ihn jemand anvertrauen, der Papageien richtig zu pflegen weiß.«

»Mr. Kincaid ... Haben Sie eine Ahnung, wie wertvoll dieser Vogel ist?«

»Und wenn schon. In dem Käfig dort befindet sich kein Waterford-Kristall, sondern ein lebendes Wesen, dem Achtung und Respekt gebührt.«

Reynolds lächelte dünn. »Sind Sie in letzter Zeit häufig mit Mr. Langdell zusammen?«

»Ich habe in seinen Broschüren gelesen.«

»Das erklärt eine Menge. Nun, gibt es *juristische* Dinge, die Sie mit mir erörtern möchten? Oder sind Sie nur gekommen, um meinen Papagei zu bewundern?«

»Ich bin hier, um Sie noch einmal um Einsicht in Lombardis finanzielle Unterlagen zu bitten.«

»Mr. Kincaid ...«

»Hören Sie mich zuerst an. Ich weiß, daß Sie nicht verpflichtet sind, auf ein solches Anliegen einzugehen, aber ich hoffe, daß Sie mir meine Bitte trotzdem erfüllen. Ich muß mehr über Lombardi erfahren, insbesondere im Hinblick auf seine Geschäfte mit DeCarlo. Die in Ihrem Besitz befindlichen Dokumente könnten mir wichtige Hinweise darauf liefern, wer hinter Lombardis Ermordung steckt. Sie sind bestimmt nicht so herzlos, eine frühere Angestellte zum Tode verurteilen zu lassen, nur um das Vertrauen eines Klienten zu wahren.«

»Ihre Hyperbel ändert nichts an meiner Einstellung, Mr. Kincaid. Wer garantiert mir, daß die Dokumente von Ihnen nicht zum FBI gelangen und dort zum Anlaß genommen werden, jene Vermögenswerte zu beschlagnahmen, die Margot Lombardi zustehen? So etwas darf ich auf keinen Fall riskieren. Darüber hinaus gefällt es mir ganz und gar nicht, daß Sie versuchen, mich in ethisch-moralischer Hinsicht unter Druck zu setzen.«

»Mr. Reynolds, Sie tragen eine gewisse Verantwortung für Christinas Situation. Bisher bestand Ihre einzige Reaktion in der Entscheidung, Ms. McCall zu entlassen. Ich gebe Ihnen nun Gelegenheit, ihr zu helfen.«

»Sie vergeuden Ihre Zeit, Mr. Kincaid.«

»Warum möchten Sie die Unterlagen unbedingt geheimhalten?«

»Ich verstehe nicht, was Sie meinen.«

»Sie sind keineswegs dumm, Reynolds. Und ich kann mir nicht vorstellen, daß sich überhaupt kein Mitgefühl in Ihnen verbirgt – auch wenn Sie versuchen, einen solchen Anschein zu erwecken. Deshalb lautete die einzige Erklärung: In den Unterlagen gibt es Informationen, die Sie mir ganz bewußt vorenthalten wollen.«

»Spekulieren Sie ruhig. Es ist mir gleich – mit einer Einschränkung. Wenn Sie außerhalb dieses Büros spekulieren, und noch dazu laut, vielleicht vor der Presse ... Dann finden Sie sich im Gerichtssaal wieder. Nicht als Anwalt, sondern als jemand, der verklagt wurde.«

»Erlauben Sie mir wenigstens, bei der Testamentseröffnung einen Blick in die Dokumente zu werfen. Der letzte Wille des Verstorbenen, seine früheren Erklärungen, die Verteilung des Besitzes ... Ich möchte wissen, wer ein Motiv hatte, Lombardi umzubringen.«

»Ausgeschlossen.«

»Irgendwann müssen die Unterlagen der Öffentlichkeit zugänglich gemacht werden.«

»Das dürfte noch eine Weile dauern. Sie sollten beantragen, den Prozeß zu verschieben.«

»Das habe ich bereits. Sogar mehrmals. Doch die Anträge wurden abgelehnt. Ich muß die Dokumente *jetzt* sehen.«

»Tut mir leid.«

»Sind Sie ein Begünstigter? Hat Lombardi auch Ihnen etwas vermacht?«

Reynolds starrte Ben so an, als hätte er endgültig den Verstand verloren. »Als Begünstigter kann ich wohl kaum die Aufgaben eines Testamentvollstreckers wahrnehmen. Das sollten Sie eigentlich wissen.«

»Hat Lombardi die Einrichtung eines Wohltätigkeitsfonds bestimmt? Und Sie als Vermögensverwalter eingesetzt?«

»Ich ... er ...«, stotterte Reynolds.

»Ja, jetzt fällt bei mir der Groschen. Sie werden bald zum Vorsitzenden des Lombardi-Gedenkfonds für Witwen und Waisen.«

Reynolds schnitt eine grimmige Miene, stritt jedoch nicht ab.

»Vermutlich freuen Sie sich schon darauf, J. P. Morgan zu spielen und ganz nach Belieben Geld an Wohltätigkeitsvereine zu verteilen. Solange die entsprechenden Organisationen Ihren Ansprüchen genügen. Wenn der Fonds groß genug ist, könnten Sie dadurch fast so wichtig werden wie Ihre Frau.«

»Ich glaube, Sie sollten jetzt besser gehen, Mr. Kincaid.«

Von wegen. »Komische Sache. Nach dem, was ich bisher über Lombardi gehört habe, scheint er kein besonders wohltätiger Typ gewesen zu sein. Wäre möglich, daß die Sache mit der Treuhandschaft ganz allein auf Ihrem Mist gewachsen ist? Vielleicht haben Sie das echte Testament und die damit zusammenhängenden Dokumente vernichtet, um alles so zu drehen, wie Sie es sich wünschen. Das würde erklären, warum Sie sich so hartnäckig weigern, mir Einsicht zu gewähren. Wenn ich die Unterlagen sorgfältig prüfe ... Könnte ich dann Spuren Ihrer Manipulationen entdecken?«

»Gehen Sie.«

»Nachdem ich die Papiere gesehen habe.«

Reynolds stand auf und trat zum Bücherschrank an der Nordwand des Zimmers. »Sehen Sie diese Schublade, Mr. Kincaid? Darin liegen jene Dokumente, die Sie sich so gern ansehen würden. Und wissen Sie was? In den Unterlagen *wimmelt's* nur so von Informationen, die Sie gut gebrauchen könnten. Es gibt zahlreiche Hinweise auf die Geschäfte zwischen Lombardi und DeCarlo.«

Er hob die Stimme. »Und wissen Sie noch etwas, Mr. Kincaid? Sie werden die Dokumente nie zu Gesicht bekommen. Haben Sie gehört? *Nie*!«

Er deutete zur Tür. »Verschwinden Sie jetzt, wenn Sie vermeiden möchten, daß ich die Polizei rufe.«

Ben verließ das Büro und schenkte Marjorie im Vorzimmer ein freundliches Lächeln.

Na schön, Reynolds, dachte er. Du sollst deinen Willen haben. Ich gehe.

Aber ich kehre zurück.

7

»Es hat dir nie an verrückten Ideen gefehlt, aber das ist die verrückteste von allen!«

Christina saß auf dem Sofa in Bens Büro und stopfte sich ein großes Kissen unter ihre weite Bluse. »Es wird klappen! Wart's nur ab.«

»Wenn's *nicht* klappt, landen wir beide im Gefängnis.«

»Der Anstoß kam von dir«, sagte Christina. »Ich habe dir zugehört, mir anschließend alles gründlich durch den Kopf gehen lassen und dann eine Möglichkeit gefunden, um ans Ziel zu gelangen – *c'est à dire* Reynolds Unterlagen.« Sie schob das Kissen in den oberen Teil eines Bezugs, drehte den unteren und ließ ihn in der Hose verschwinden. »Du hast mir erzählt, wo sich die Dokumente befinden. Außerdem wissen wir, daß Marjorie an jedem Morgen das Büro öffnet und abends abschließt. Was für uns noch wichtiger ist: Wir wissen auch, daß sie einen Lamaze-Kurs besucht. Wenn man alle Punkte berücksichtigt, so kann sich nur ein Plan daraus ergeben.«

»Ein toller Plan. Ich sollte ihn zum Anlaß nehmen, auf Unzurechnungsfähigkeit zu plädieren.« Ben schritt auf und ab. Da sein Büro nicht viel Platz bot, mußte er sich häufig umdrehen.

»Leider habe ich keinen Schlüssel«, fügte Christina hinzu. »Nur Reynolds hat einen. Und natürlich die Empfangsdame.«

»Bist du sicher, daß ihr Kursus im St. Francis stattfindet?« fragte Ben.

»*Oui.* Vom Büro aus sind es nur ein paar Schritte bis zum Krankenhaus. Und wohin sollte sie sonst gehen?«

Ben setzte seine unruhige Wanderung dort. »Selbst wenn wir diese Sache durchziehen ... Wie beschaffen wir uns die Unterlagen?«

»Mir fällt schon was ein, Ben. Zunächst einmal nehmen wir uns die Frau vor. Der Rest ergibt sich von allein.« Mit Klebeband sorgte Christina dafür, daß ihr Kissen nicht verrutschen konnte. »Wir improvisieren.«

»Wird Marjorie dich nicht erkennen?«

»Nein. Ihre Arbeit für Swayze & Reynolds begann an dem Tag meiner Kündigung. Sie hat mich kaum gesehen.«

»Der alte Kissen-unterm-Hemd-Trick ...« Ben schüttelte fassungslos den Kopf. »Darauf fällt niemand rein.«

»Ich bin gleich soweit.« Christina rückte das Kissen zurecht, klopfte darauf, verwendete noch mehr Klebeband und ließ dann die Bluse sinken. »Na, was hältst du davon?«

Ben betrachtete das Ergebnis. Um ganz ehrlich zu sein: Seine Klientin sah wie eine Schwangere aus. »Eines Tages wirst du eine wundervolle Mutter.«

»Aber dann möchte ich nicht von einem Augenblick zum anderen hochschwanger sein. Hilf mir mit dem Kopftuch.«

Christina hob das Haar, und Ben zog ihr das Tuch über den Kopf. »Ich trage auch dickes Make-up auf«, fuhr sie fort. »Um mein allgemeines Aussehen zu verändern. Wahrscheinlich würde mich ohnehin niemand erkennen, aber man kann nie wissen. Immerhin: In letzter Zeit haben die Zeitungen oft über eine sogenannte Drogenprinzessin berichtet.«

»Ich habe kein gutes Gefühl dabei, Christina. Vielleicht bringen wir den ganzen Fall in Gefahr.«

Sie antwortete nicht, öffnete die Puderdose, betrachtete ihr Abbild im Spiegel und begann damit, Make-up aufzutragen.

Ben begriff, daß ihn Christina absichtlich ignorierte. Er war so sehr mit seinen eigenen Gedanken beschäftigt gewesen, daß er einen wichtigen Punkt übersehen hatte: Für seine Klientin ging es nicht nur darum, einen Prozeß zu gewinnen oder zu verlieren. Wenn ein Erfolg ausblieb, drohte ihr der Tod.

»Willst du dich wirklich darauf einlassen?« fragte er.

Christina nickte.

»Na schön.« Er lächelte. »Vervollständige deine Tarnung. Aber verzichte bitte darauf, die falsche Brille mit dem Groucho-Schnurrbart zu tragen.«

Ben und Christina passierten eine Tür mir der Aufschrift: LAMAZE – ENTBINDUNGEN IM SEPTEMBER. Der Raum dahinter wies gewisse Ähnlichkeiten mit einem Klassenzimmer in der Grundschule auf: Bunte Ausschneidepuppen hingen an den Wänden, neben angeblich inspirierenden Postern, die Botschaften verkündeten wie WENN DIR DAS LEBEN LIMONEN GIBT, SO MACH LIMONADE DARAUS. Überall gab es Fotos von Babys, und für Ben sahen sie alle gleich aus – wie Miniaturversionen von General Schwarzkopf.

»Sie steht da drüben in der Ecke«, flüsterte er Christina zu. »Die Blonde. Neben dem Typ in der Tweed-Jacke.«

Christina nickte. »Jetzt verstehe ich, warum sie dir auffiel. Das Stillen dürfte ihr keine Probleme bereiten.«

Sie schlenderten zur anderen Seite des Zimmers.

»Mr. Kincaid!« entfuhr es Marjorie. »Was führt Sie hierher?a

»Nun ...« Er räusperte sich. Jetzt ging's los. »Der Kursus im St. John's fiel heute aus. Deshalb beschlossen wir hierherzukommen.«

»Oh, ich weiß, wie Sie empfinden«, sagte Marjorie. »Ich verabscheue es, auch nur eine einzige Stunde zu versäumen. Dabei habe ich das Gefühl, mein Baby zu betrügen, verstehen Sie?«

»Ja.«

»Die Verantwortung beginnt mit der Empfängnis, stimmt's?«

Marjorie deutete auf ihren Begleiter. »Das ist Rich, mein Mann.«

Sie schüttelten sich die Hände. »Freut mich, Sie kennenzulernen«, sagte Ben. Rich schien im gleichen Ausmaß wie er davon begeistert zu sein, sich an diesem Ort aufzuhalten.

»Die Empfängnis ist leicht«, fuhr Marjorie fort. Es schien ihr Lieblingsthema zu sein. »Aber was danach kommt, bringt weitaus mehr Probleme mit sich. Nun, um ein Auto zu fahren, braucht man einen Führerschein – ganz klar. Aber niemand benötigt eine Erlaubnis, um ein Kind zu bekommen. Meiner Ansicht nach ist das falsch. Man sollte eine Art Zeugungsgenehmigung einführen.«

Rich lächelte schief und gab Ben damit folgendes zu verstehen: Er wünschte sich, daß seine Frau endlich aufhörte, über Zeugung und Empfängnis zu faseln.

»Ich wußte gar nicht, daß Sie bald Vater werden«, meinte Marjorie. »Und ich erfahre erst jetzt, daß Sie verheiratet sind.«

»Ich bin's nicht«, sagte Ben.

»Ohhh.« Sie warf einen kurzen Blick auf Christinas weit vorgewölbten Bauch. »Nun, es lag keineswegs in meiner Absicht ...«

»Ben vertritt heute abend meine Mann«, behauptete Christina. »Wir sind alte Freunde.«

»Ich verstehe«, entgegnete Marjorie. »Wie nett von Ihnen. Nun, da kommt die Lehrerin. Wir sollten jetzt unsere Plätze einnehmen.«

Die Paare ließen sich im Halbkreis auf den Boden sinken, wobei die Männer jeweils hinter den Frauen saßen. Die Lehrerin – sie trug ein unübersehbares Namensschild mit der Aufschrift VICKIE, LEHRERIN – näherte sich und nahm im Lotossitz vor dem Halbkreis Platz. Sie war zierlich gebaut und hatte kastanienbraunes Haar, trug einen rosaroten Pulli und einen kurzen Roch. Sie wirkte nicht wie eine Lehrerin, eher wie ein Cheerleader*. Ben stellte sich vor, wie sie bei jeder Geburt »Hurra!« rief.

»Hallo, ihr Lieben«, sagte Vickie munter. »Wie fühlen wir uns heute? Lieben wir unser Leben, unseren Körper, unser Baby und vor allem uns selbst?«

Zustimmendes Gemurmel erklang. Doch eine mißmutige Seele wies darauf hin, sie habe es satt, »dick zu sein«.

* Cheerleader: bei zumeist sportlichen Veranstaltungen der Anführer bzw. Anheizer beim Beifallrufen

Vickie richtete den Zeigefinger auf die betreffende Frau. »Das ist die falsche Einstellung, Sarah. Es handelt sich um genau jenen Negativismus, den wir hier ausmerzen wollen. Denken Sie immer daran: Sie sind nicht dick, sondern schwanger.«

»Wo ist da der Unterschied?« flüsterte Ben. Christina gab ihm einen Klaps.

»Um heute abend das Eis zu brechen, habe ich etwas Besonderes geplant«, verkündete Vickie. »Außerdem wird es uns helfen, unsere positiven Energien auf das neue Leben auszurichten.« Sie verteilte violettes Papier. »Jeder von Ihnen nimmt ein Blatt und formt daraus etwas, das die aktuellen Gefühle in bezug aufs ungeborene Kind symbolisiert.«

»Ich bin *kein* Origami-Künstler*«, hauchte Ben.

»Warum willst du unbedingt ein Muffel sein?« Christina reichte ihm ein großes Blatt. »Genießen wir ein wenig *joie de vivre.*«

Marjorie berührte Christina am Bein. »Auch Rich ist brummig«, sagte sie und lachte leise. »Männer sind doch mitleiderweckend, oder?«

»Ja«, bestätigte Christina. »Man könnte meine, sie sähen im Falten von Papier eine Gefahr für ihre Potenz.«

Ben begann damit, das violette Blatt in eine neue Form zu bringen. Ach, ist das nicht lustig?

Nach einer Weile bat Vickie um Erklärungen in Hinsicht auf die Resultate. Es gab mehrere Herzen, einige Betten (sie repräsentierten den Schlaf, den die Eltern bald nicht mehr bekommen würden, beziehungsweise den Geschlechtsakt, der zur aktuellen Situation geführt hatte) und mehrere Häuser (ein Symbol der Familieneinheit beziehungsweise der zweiten Hypothek, die erforderlich wurde, um dieses freudige Ereignis zu bezahlen). Christina schuf einen Kalender – weil sie von jetzt an jeden Tag Gott für das herrliche Geschenk danken wollte.

* Origami: Bezeichnung für die in Japan beliebte Kunst des Papierfaltens (kleine Puppen, Vögel usw.) – Anmerkung des Übersetzers.

Lieber Himmel, dachte Ben. Sie ist noch sentimentaler als die wahren werdenden Mütter.

»Und was haben Sie gefaltet, Mr. Kincaid?« fragte Vickie.

Ben hob sein Kunstwerk. »Ein Kissen.«

Christina erbleichte, drehte ruckartig den Kopf und starrte ihn an.

»Weil ich von meinen Kindern eine Polsterung fürs Alter erwarte«, erläuterte er.

»Oh, natürlich.« Alle lachten, bis auf Christina.

»Das hat eine Menge Spaß gemacht«, sagte Vickie, als es wieder still wurde. »Ich habe eine Menge daraus gelernt, und Ihnen geht es hoffentlich ebenso. Ich fühle viel Liebe in diesem Zimmer.«

Wie kann sie nur so lebhaft sein? fragte sich Ben. Jemand sollte einen Eimer mit eiskaltem Wasser über Vickie entleeren, um ihr Feuer zu löschen.

»Kommen wir nun zu den Atemübungen. Angenommen, Sie spüren starke Wehen. Denken Sie daran, kurz und flach einzuatmen, anschließend tief auszuatmen. Vermeiden Sie auf diese Weise die Hyperventilation.«

Ben beobachtete, wie die Frauen im Halbkreis schnauften. Sie bliesen die Wangen wie Backenhörnchen auf. Kurz, kurz, kurz – lang. Kurz, kurz, kurz – lang.

»Pscht!« Christina schob sich etwas näher. »Du sollst meine Hand halten.«

»Warum denn? Kannst du nicht allein atmen?«

»Es gehört dazu, du Narr. Hier!« Sie drückte ihre Hand in seine.

Ben fühlte warme, weiche Haut, spürte sogar den Puls, während Christina ein- und ausatmete.

»Wo ist Ihr Fokus, Mr. Kincaid?«

Er sah auf. Vickie schien mit ihm unzufrieden zu sein, auf ein muntere Weise. »Wie bitte?«

»Sie sind ihr Partner, Mr. Kincaid. Es ist ihre Aufgabe, den Fokus mitzubringen.«

»Den Fokus?«

»Ja. Ein vertrautes Objekt, auf das Ihre Partnerin positiv reagiert und ihr dabei hilft, die Atemenergien zu konzentrieren. Es ist eine allgemein anerkannte Methode. Wird sie nicht auch im St. John's verwendet?«

»Äh ... tut mir leid«, erwiderte Ben. »Ich hab den Fokus vergessen.«

»Hmph.« Vickie stand auf und ging mürrisch fort.

Wundervoll, dachte Ben. Jetzt ist die Lehrerin sauer auf mich.

Sie kehrte mit einem kleinen Teddybären zurück. »Nehmen Sie das hier«, sagte sie zu Christina. »Und hoffen wir, daß der Partner, der Sie normalerweise begleitet, nicht so vergeßlich ist.«

»Ich möchte Ihnen auf keinen Fall zur Last fallen, aber ... Darf ich Sie um einen anderen Fokus bitten? Mit Stofftieren habe ich vor kurzer Zeit einige sehr unangenehme Erfahrungen gemacht.«

Vickie schürzte andeutungsweise die Lippen, und der verdrießliche Aspekt in ihrer Lebhaftigkeit verstärkte sich ein wenig. Sie ging erneut fort, kam kurz darauf mit einem Foto, das einen dicken Säugling zeigte. Wortlos legte sie es vor Christina auf den Boden.

Etwa zehn Minuten lang wartete Ben geduldig, während die Frauen ihre Atemübungen fortsetzten. Er glaubte, ausgezeichnete Arbeit beim Händehalten zu leisten.

»Na schön«, sagte Vickie schließlich. »Jetzt wird's Zeit für die Bauchmassage.«

»Nein«, flüsterte Ben. »Ich lehne strikt ab.«

»Ben ...«, raunte Christina. »Hör endlich auf damit, ein Spielverderber zu sein.«

»Ich weigere mich, hier zu hocken und ein Kissen zu massieren!«

»Nur zu«, sagte Vickie, und ihr Blick galt Ben. »Holen Sie das Körperpolster hervor.«

Ben runzelte verwirrt die Stirn. »Körperpolster?«

Vickie rollte mit den Augen und wandte sich ab. Sie hielt ihn vermutlich für einen hoffnungslosen Fall.

»Ein festes Kissen«, erklärte Marjorie. »Damit Ihre Bekannte den Bauch abstützen kann.«

»Leider hab ich meins zu Hause liegenlassen«, sagte Christina, und ihr Tonfall brachte tiefes Bedauern zum Ausdruck.

»Oh, wie schade«, erwiderte Marjorie voller Anteilnahme. »Für den Rest der Stunde brauchen Sie unbedingt ein Körperpolster.«

»Ich muß versuchen, ohne ein Kissen zurechtzukommen«, meinte Christina kummervoll. »Es sei denn, jemand hat zwei und kann mir eins leihen.«

»Ich habe noch eins im Büro«, sagte Marjorie. »Es sind nur einige Dutzend Meter die Straße runter.«

»Das ist sehr großzügig von Ihnen«, warf Ben ein. »Aber ich möchte nicht, daß Sie hier etwas versäumen.«

»Danke«, entgegnete Marjorie. »Wie wär's, wenn Sie es holen?«

»Ich?«

»Nun, Ihre Bekannte sollte besser hierbleiben. Und Sie ... Offenbar haben Sie derzeit nicht sehr viel zu tun.«

»Ja, stimmt.« Ben versuchte, seine Freude zu verbergen. »Ich gehe.«

Marjorie kramte in ihrer Handtasche. »Hier ist der Schlüssel. Bestimmt ergeben sich keine Probleme. Der Wächter beginnt erst um acht damit, die Namen der Besucher zu notieren.«

»Das ist sehr nett von Ihnen«, sagte Christina. »Herzlichen Dank dafür.«

»Nicht der Rede wert. Immerhin geht's nur um ein Kissen.«

Da irrst du dich, dachte Ben. Es geht um weitaus mehr. »Ich beeile mich.«

Er beeilte sich tatsächlich.

Und er nahm die Dienste des nächstgelegenen Schlossers in Anspruch.

8

Ben hob die schweren Aktenkartons aus dem Kofferraum seines Accord und stellte sie vor dem Oneok-Gebäude auf den Bürgersteig. »Ich dachte, wir sind übereingekommen, uns nie wieder auf so etwas einzulassen.«

»Diesmal sieht die Sache ganz anders aus«, sagte Christina. Sie schob die Kartons auf eine Sackkarre. »Dies ist nicht annähernd so gefährlich.«

»Ich kann leider kaum einen Unterschied erkennen. Es ist spät am Abend, und wir beabsichtigen, in ein Büro einzubrechen. In dem Gebäude gibt es Wächter, und eine viel zu hohe Wahrscheinlichkeit spricht dafür, daß man uns auf frischer Tat ertappt.«

»Ja.« Christina nickte und erinnerte sich an den früheren Einbruch. »Aber hier treiben sich keine Dobermänner herum.«

»Stimmt. Jetzt fühle ich mich schon viel besser.« Ben neigte die Sackkarre nach hinten und schob sie zum Eingang des Bürogebäudes. Er trug Bluejeans und ein blaues Arbeitshemd. Christinas Aufmachung bestand aus: einer hautengen schwarzen Hose, einer schwarzen Bluse und einer paillettenbesetzten schwarzen Jacke mit goldenem Lamékragen.

»Übrigens ...«, sagte Ben. »Wenn du versucht hast, dich unauffällig zu kleiden, so blieben deine Bemühungen ohne Erfolg.«

»Ich trachte nicht danach, unsichtbar zu sein«, erwiderte sie beleidigt und hielt die Tür auf.

Ben schob die Karre durch den Zugang.

Der Wächter saß hinter einem großen, ovalen Tresen und sah auf, als sie sich ihm näherten. »Kann ich Ihnen helfen?« fragte er.

Wir haben eine Lieferung für Quinn Reynolds«, sagte Ben.

»Ist schon ziemlich spät für irgendwelche Lieferungen.«

»Der Verkehr, wissen Sie. Wir mußten diese Dokumente von Amarillo hierherbringen.«

Der Wächter nickte Christina zu. »Gehören Sie zu ihm?«

»Ja. Haben Sie mich noch nie gesehen? Ich arbeite als Rechtsassistentin für Mr. Reynolds. Meine Aufgabe besteht darin, die Unterlagen auszuwerten.«

»Morgen früh erwartet uns Richter Schmidt. Mr. Reynolds dürfte sehr ungehalten sein, wenn wir dann nicht vorbereitet sind.«

Als er den Namen des Richters hörte, gab der Wächter seine Bedenken auf. »Haben Sie einen Schlüssel?«

»Natürlich«, sagte Christina. »Wie sollten wir sonst ins Büro gelangen?«

»Na schön. Ich lasse Sie passieren.« Der Uniformierte führte die Besucher zum Lift. Christina und Ben folgten ihm. Nachdem sich die Tür des Aufzugs geöffnet hatte, schob der Wächter eine Karte in den Schlitz dicht unterhalb der Etagentasten.

»Rufen Sie mich an, wenn Sie irgendwelche Probleme haben. Apparat 4571.«

»In Ordnung.« Die Tür glitt wieder zu.

Ben und Christina seufzten erleichtert. »Na bitte«, sagte die junge Frau. »Ich wußte ja, daß es ganz einfach sein würde. Es kam nur darauf an, genug Mumm aufzubringen.«

»Noch haben wir's nicht überstanden.«

Im zehnten Stock verließen sie den Lift und näherten sich dem Eingang von Swayze & Reynolds. Ben schob den Schlüssel ins Schloß und drehte ihn. Die Tür schwang auf.

Es ertönte kein Alarm – soweit schien alles klar zu sein. Allerdings ... Vielleicht wurde jetzt ein *stiller* Alarm ausgelöst.

Sie eilten durchs Vorzimmer und erreichten kurz darauf Reynolds' Büro. Der Papagei hockte wie üblich in seinem Käfig. »Hallo, Polly.«

Der Vogel reagierte nicht und sah noch schlimmer aus als bei Bens letztem Besuch. Die Augen waren trüb, und die zuvor so kräftigen Farben des Gefieders wirkten nun verblaßt. Auf dem Boden des Käfigs hatten sich noch mehr Federn angesammelt.

Ben deutete zu einem großen Bücherschrank. »Die Dokumente befinden sich dort drin.«

Christina betrachtete das Schloß. »Ein Kinderspiel. Bei Raven, Tucker & Tubb habe ich häufig solche Schlösser geknackt. Um meine vierteljährlichen Beurteilungen zu lesen.«

Sie nahm eine Büroklammer vom Schreibtisch, bog sie auseinander und schob ein Ende ins Schloß. Anschließend drehte sie die Klammer versuchsweise hin und her – bis Ben ein leises Klicken hörte.

Christina lächelte triumphierend, als sie die Schublade aufzog.

»Ist nicht gerade dazu gedacht, Staatsgeheimnisse aufzubewahren«, kommentierte sie.

»Zum Glück für uns.« Ben blickte auf die Beschriftungen der Akten. »Reynolds hat nicht übertrieben – dies sind die benötigten Unterlagen.« Er nahm drei dicke Mappen aus der Schublade und schloß sie dann.

Einige Sekunden lang überflog er die ersten Dokumente. »Genau das, was wir brauchen. Hier drin steht, wieviel Geld Lombardi von DeCarlo bekam. Die Informationen betreffen Namen, Datum und Ort. Hast du einen Kopierer?«

»Und ob.« Christina zog ein handtellergroßes Gerät aus der Jackentasche.

»Das ist ein Kopierer?«

»Du siehst hier die *Crème de la crème* aller Kopierer. Erfaßt jeweils vier mal acht Zoll und arbeitet sehr leise.«

»Was hat dich der Apparat gekostet?«

»Nur zwanzig Dollar. Hab ihn von Burris. Stammt aus zweiter Hand.«

»Mindestens.« Ben reichte Christina die Dokumente. Sie schaltete das Gerät ein. Es summte leise, und eine rote Kontrollampe blinkte.

»Paß auf.« Sie zog den Scanner über die erste Seite der zu kopierenden Akte und drückte dann einen Knopf. Bedrucktes Papier glitt hinten aus dem Apparat, doch nach zwei oder drei Sekunden blieb das Blatt stecken und verstopfte den Ausgabebereich. Der Kopierer vibrierte, und ein schrilles Pfeifen ertönte.

»Schalt das Ding aus!« zischte Ben. Christina unterbrach rasch die Stromversorgung, und allmählich verklang das Pfeifen.

Ben seufzte. »Soviel zur *Crème de la crème*. Verlang das Geld zurück.«

»Geht nicht. Burris gibt keine Garantie.« »Aus gutem Grund. Hier steht doch sicher irgendwo ein Fotokopierer, nicht wahr?«

Christina zeigte ihm den Weg. Am Ende des Flurs wandten sie sich nach links und betraten das Lager. Durch ein großes, von einer Wand zur anderen reichendes Fenster fiel ein wenig Licht in den Raum. Ben sah Papiermesser, Schreibmaschinenpapier, Drucker, einen Computer und in der Ecke einen großen Fotokopierer.

»Bleib vom Fenster weg«, riet Ben seiner Begleiterin. »Wir dürfen nicht riskieren, von der Straße aus gesehen zu werden.« Er spähte auf den Kopierer hinab. »Ich weiß nicht, wie man das Ding einschaltet. Hast du eine Taschenlampe?«

»Ja.« Christina holte eine kleine, stabförmige Lampe hervor. Mattes Licht flackerte kurz und wich dann wieder Dunkelheit.

»Stammt sie auch von Burris?«

»Ja.«

»Dachte ich mir. Beim nächsten Mal solltest du zunächst auf einem Test bestehen. Oder besser noch: Geh ins nächste Kaufhaus.«

»Nachher ist man immer schlauer.«

»Hilf mir, dieses Monstrum ins Licht zu ziehen.« Ben zerrte an dem Fotokopierer. Zwar war die Maschine mit Rädern ausgestattet, aber es schien sich um ein besonders schweres Exemplar zu handeln – das Ding bewegte sich erst, als auch Christina daran zog. Gemeinsam rollten sie das Gerät von der Wand fort.

Ben betrachtete das Kontrollfeld im durchs Fenster hereinsickernden Zwielicht. Er sah mindestens hundert Tasten: Einige waren rund, andere quadratisch rechteckig. Hinzu kamen verschiedene Farben und in einigen Fällen kurze Erläuterungstexte, die alles noch rätselhafter machten. Ben wußte nicht, wo er anfangen sollte.

»Laß dir von einer gefeuerten Rechtsassistentin helfen«,

sagte Christina. Sie drückte einen großen grünen Knopf, und daraufhin erwachte der Fotokopierer zu summendem Leben.

»Sieh dir nur die vielen Tasten an«, staunte Ben. »Dieser Apparat kollationiert, heftet, vergrößert, verkleinert, kopiert auf beiden Seiten und noch dazu in Farbe.«

Christina runzelte die Stirn. »Jungen und ihre Spielzeuge. Hör jetzt auf zu sabbern und mach dich an die Arbeit.«

Eine halbe Stunde später waren fast alle Dokumente fotokopiert. Ben griff nach Christinas Schulter.

»Hast du was gehört?«

»O Himmel, fang bitte nicht schon wieder an.«

»Ich meine es ernst. Horch.«

Christina lauschte, und nach einigen Sekunden hörten sie es beide: Schritte. Und Stimmen. Jemand näherte sich.

»Der Wächter aus dem Erdgeschoß?«

Ben schüttelte den Kopf. »Vielleicht ein Angestellter. Oder ein Polizist. Oder ... Es könnte sogar Reynolds sein! Schnell, versteck dich!« Er griff nach den Dokumenten, nahm sowohl Originale als auch Kopien, huschte damit in den Schrank hinter dem großen Gerät. Christina folgte ihm.

Leise schlossen sie die Tür. Im Innern des Schranks war es stockfinster. Der Platz reichte gerade für die von ganz oben bis ganz nach unten reichenden Regale – den Aufenthalt von zwei erwachsenen Menschen hatte an diesem Ort niemand vorgesehen. Sie gingen in die Hocke und horchten.

»Ich könnte schwören, daß ich etwas gehört habe, Joe«, sagte jemand jenseits der Tür.

»Das bildest du dir nur ein«, brummte eine zweite Stimme. »Der Clown namens Reynolds geht spätestens gegen Viertel nach Fünf. Um diese Zeit ist er nie hier.«

»Noch ein Grund mehr, nach dem Rechten zu sehen. Au!«

Ben hörte dumpfes Pochen, gefolgt von einem halblauten Fluch. Durchs Schlüsselloch sah er, wie der Lichtstrahl einer funktionierenden Taschenlampe hin und her zuckte.

»Sieh dir das an«, ertönte wieder die erste Stimme. »Der verdammte Fotokopierer steht mitten im Zimmer. Ich hätte mir den Tod holen können.«

»Das wäre ziemlich peinlich«, sagte der andere Mann. »Stell dir nur den Nachruf vor: Frank Kellerman, Nachtwächter. Durch einen Fotokopierer ums Leben gekommen.«

»Sehr witzig. Komm, hilf mir, das Ding an die Wand zu schieben.«

Ben und Christina hielten den Atem an. Sie erstarrten förmlich und versuchten, nicht das geringste Geräusch zu verursachen. Zwei Sekunden später spürte Ben, wie etwas gegen die Schranktür stieß.

»Schon besser«, meinte die erste Stimme. »Meine Güte! Das eigene Büro in eine Todesfalle zu verwandeln ... Typisch Anwalt. Erhoffte sich wahrscheinlich einen Unfall und dadurch einen neuen Klienten.«

»Klar, Frank. Wenn du jetzt damit fertig bist, hier alles umzuräumen ... Ich schlage vor, wir setzen die Suche nach dem angeblichen Eindringling fort.«

Ben spitzte die Ohren, während sich die Schritte entfernten.

»Glaubst du, sie reden mit dem Wächter im Erdgeschoß?« fragte Christina.

»Vielleicht. Er wird ihnen sagen, daß wir eigentlich hier sein sollten. Und da sie uns nicht vorfanden, nehmen sie an, daß wir den Hinterausgang benutzt haben. Keine Sorge, in dieser Hinsicht droht uns nicht die geringste Gefahr.« Ben seufzte und versuchte, die Schranktür zu öffnen.

Sie blieb geschlossen.

»Ich fürchte, es hat sich gerade ein neues Problem ergeben.«

»Ich finde das nicht komisch, Ben.«

»Ich auch nicht.« Er übte mit der flachen Hand Druck aus, doch die Tür rührte sich nicht von der Stelle. Als er sich mit der Schulter dagegenstemmte, gab sie etwa einen halben Zentimeter weit nach, mehr nicht.

»Omeingott«, sagte Christina. »Die Nachtwächter haben den Fotokopierer an die Schranktür geschoben, nicht wahr?«

»So sieht's aus.« Ben drehte den Türknauf in beide Richtungen, ohne Erfolg. »Was noch schlimmer ist: Ich fürchte, die Maschine ist unter den Knauf geklemmt. Sie läßt sich nicht fortschieben, und für uns bedeutet das: Wir sitzen hier fest.«

»Omeingott, Omeingott, Omeingott«, brachte Christina hervor. »Was unternehmen wir jetzt?«

»Nicht viel, da wir uns hier kaum rühren können.«

»Und morgen früh? Was machen wir, wenn die Leute kommen und uns in diesem Schrank finden?«

»Das wird sich herausstellen, wenn's soweit ist.«

»Kannst du uns nicht irgendwie befreien?«

»Wie denn? Unglücklicherweise habe ich den Schweißbrenner zu Hause gelassen. Das gilt auch für Schraubenzieher und Hammer. Versuch besser, es dir so bequem wie möglich zu machen.«

Ben lehnte sich an die Seitenwand und streckte die Beine. Viel zu schnell stieß er dabei an ein Hindernis.

Er vernahm gedämpftes Keuchen in der dunklen anderen Hälfte des Schranks. »Sind das deine Füße, Ben?«

»Ja. Riechen sie?«

»Nein, eigentlich nicht. Trotzdem wäre ich dir dankbar, wenn du sie aus meinem Mund nimmst.«

»Entschuldige.« Er zog die Beine wieder an, kam sich dadurch vor wie eine zu groß geratene Kugel. »Kennst du den einen oder anderen guten Witz?«

»Nein. Seit einigen Tagen ist mir kaum zum Scherzen zumute.«

»Mir ebensowenig.« Ben versuchte, Christinas Gesicht in der Finsternis zu erkennen, aber es war unmöglich. »Übrigens ... Beim Lamaze-Kursus warst du echt Spitze. Die Schwangere zu spielen.. Das kann wohl kaum einfach für dich gewesen sein.«

»Eigentlich schon. Und es hat Spaß gemacht. Ich habe dir einmal erzählt, daß ich ... eine Chance bekam, Mutter zu werden. Ich ließ die Gelegenheit verstreichen, aus Gründen, die mir jetzt banal erscheinen. Und so wie sich mein Leben in der letzten Zeit entwickelte ... Ich fürchte, mehr Schwangerschaft als ein Kissen unter der Bluse kann ich nicht erwarten.« Sie zögerte kurz. »Danke dafür, daß ich mich eine Stunde lang wie eine Mutter fühlen durfte.«

Ben schwieg. Christina hielt immer wieder Überraschungen für ihn parat.

»Da wir hier schon ein kleines Tête-à-tête veranstalten ...«, sagte die junge Frau nach einer Weile. »Darf ich dir eine persönliche Frage stellen?«

»Ich höre.«

»Warum nimmst du kein Geld von deiner Mutter?«

»Wieso glaubst du, daß sie mir was angeboten hat?«

»Der gesunde Menschenverstand teilt es mir mit. Wenn du einfach so fünfzig Riesen für die Kaution lockermachst ... Dann dürfte es dir eigentlich keine Schwierigkeiten bereiten, genug Geld für ein besseres Büro zu finden.«

»Ich möchte beruflich von niemandem abhängig sein.«

»Oh, natürlich. Ben Kincaid, der ewige Einzelgänger. Er läßt nicht zu, daß sich andere Leute in sein Leben einmischen. Er wird mit allem allein fertig.«

»Das habe ich nicht gesagt.«

»Aber darauf läuft's hinaus. Meine Güte, vielleicht hast du dir das eine oder andere Mal die Finger verbrannt, aber das ist noch lange kein Grund, dich vom Rest der Welt abzukapseln. Laß zu, daß dir andere Leute helfen.«

»Andere Leute verwirren mich. Ich komme besser allein zurecht.«

»Hast du diese Weisheit vom Psychiater?«

Ben schwieg. Woher wußte sie davon?

»Deshalb brauchst du dich nicht zu schämen«, fuhr Christina fort. »Auch ich bin beim Psychiater gewesen. Kurz nach meiner Scheidung. War ziemlich erledigt. Eine Stunde lang habe ich auf der blöden Couch gelegen und einem Burschen mit Bart und Notizblock in der Hand mein Herz ausgeschüttet. Hat überhaupt nichts genützt. Bin nie wieder hingegangen.«

»Muß ziemlich schlimm gewesen sein«, murmelte Ben. »Die Scheidung.«

»Ja, das stimmt.« Christina atmete tief durch. »Lieber Himmel, Ben, du bist dreißig Jahre alt und durchaus attraktiv. Wieso heiratest du nicht endlich?«

Ben biß sich auf die Lippe. Nicht hier. Nicht vor Christina.

»Ben?« Sie beugte sich vor und berührte ihn an der Schulter. »Ich wollte nicht zu neugierig sein. Es tut mir leid, wenn ich ...«

»Schon gut«, sagte Ben schnell.

»Ich glaube, ich habe dir noch gar nicht richtig dafür gedankt, daß du meinen Fall übernommen hast. Dadurch bleibt dir keine Zeit für andere Klienten, mit denen du mehr Geld verdienen könntest.«

»Ja, es ist wirklich bedauerlich. Schon seit Tagen klopfen die Industriebosse bei mir an.«

»Trotzdem ... *merci.*« Christina lehnte sich wieder zurück. »Glaubst du, wir kommen hier raus?«

»Nicht vor morgen früh.«

»Ohne daß man uns erwischt?«

»Das erscheint mir unwahrscheinlich.«

»Dir fällt bestimmt was ein.« Christina rutschte einige Male hin und her. »Ich schätze, wir sollten jetzt schlafen.«

»Seit einer Weile fällt's mir schwer, selbst in meinem Bett Ruhe zu finden. Ich bezweifle, ob ich hier mit erholsamem Schlaf rechnen darf.«

Christina gähnte. »Ich bin ziemlich müde. Was dagegen, wenn ich eine Zeitlang abschalte?«

»Nein, natürlich nicht.«

»Danke. Wenn du mir ein Schlaflied singen möchtest ...«

»Das einzige Lied, dessen Text ich kenne, heißt ›Oklahoma‹.«

»Vielleicht morgen früh.« Sie kam etwas näher, kuschelte sich an Ben.

Er hörte, wie sie regelmäßig ein- und ausatmete. Innerhalb weniger Minuten war sie eingeschlafen.

»Christina?«

Sie rührte sich nicht. Ben gab ihr einen behutsamen Stoß. »Christina? Wach auf. Draußen tut sich was.«

»Was ... Wo ... *Ben*?« Einige Sekunden später fiel ihr alles ein. »Wir stecken in einem Schrank, nicht wahr?«

»Ich fürchte, das stimmt.«

»Habe ich geschlafen?«

»Tief und fest. Die ganze Nacht.«

»Meine Güte. Du hast mich doch nicht schnarchen gehört, oder?«

Ben lächelte und beschloß, die Wahrheit für sich zu behalten. »Nein.«

Christina versuchte, sich aufzurichten. »Meine Beine sind schwer wie Blei.« Sie streifte die Schuhe ab.

»Ja, auch ich fühle mich ziemlich steif.«

»Hast du geschlafen?«

»Kaum. Aber ich habe versucht, mich sowenig wie möglich zu bewegen. Um dich nicht zu wecken.«

»Wie nett von dir.«

»Pscht! Schritte.«

Sie lauschten dem Klacken von kleinen Absätzen im Korridor. Jemand näherte sich, betrat den Lagerraum und verharrte abrupt. »Was ...« Die verblüffte Stimme einer Frau. Sie kehrte in den Flur zurück. »Können Sie einmal herkommen, Cliff?«

Wieder ertönte das Geräusch von Schritten: kein Klacken diesmal, sondern ein leises Quietschen. Turnschuhe, vermutete Ben. »Was ist los, Marjorie?«

»Sehen Sie sich den Fotokopierer an. Wieso steht er mitten im Zimmer?«

»Keine Ahnung.«

»Haben Sie und die anderen gestern abend damit herumgespielt?«

»Nein, Marjorie. Ehrlich.«

»Sie wissen schon ... Grimassenschneiden. Das Hinterteil fotokopieren und so.«

»Ganz bestimmt nicht.«

»Nun, helfen Sie mir, das Ding zurückzuschieben. Sonst kriegt Mr. Reynolds einen Anfall.«

Ben lauschte leisem Schnaufen.

»Der Apparat ist unter dem Türknauf festgeklemmt«, sagte Marjorie. Das dumpfe Keuchen wiederholte sich, und kurz darauf merkte Ben, wie der Druck auf die Tür nachließ. »Geschafft. Und nun ... Schieben wir das Ungetüm an seinen Platz zurück.«

Kurz darauf verstummte das leise Knarren der Räder. »Ist es so richtig?« fragte Cliff.

»Ich denke schon«, erwiderte Marjorie. »Danke. Fahren Sie jetzt damit fort, die Post zu sortieren. Mr. Reynolds wird grantig, wenn bei Arbeitsbeginn nicht die Post auf dem Schreibtisch liegt.«

Ben wartete, bis beide den Raum verlassen hatten. Dann öffnete er die Tür, nur einen Spaltbreit. Niemand befand sich in der Nähe.

Zusammen mit Christina kroch er aus dem Schrank. Ihre Gelenke schienen laut zu knirschen, als sie sich zum erstenmal seit Stunden ganz aufrichteten.

»Mir sind die Beine eingeschlafen«, hauchte Christina.

»Mir auch.«

»Alles prickelt und sticht. Es ist gräßlich.« Sie schüttelte die Beine, bis das unangenehme Gefühl nachließ. »Wie verschwinden wir von hier? Marjorie sitzt jetzt sicher im Empfangszimmer. Selbst wenn es uns irgendwie gelänge, unsere Anwesenheit zu erklären. Ich darf nicht zulassen, daß mich Marjorie ohne das Kissen sieht.«

»Ja, ich weiß.« Ben bemerkte ein Telefon an der gegenüberliegenden Wand. »Ich habe eine Idee.« Er warf einen Blick auf die internen Nummern neben dem Apparat, rief dann die Vermittlung an. »Können Sie mir helfen? Aus irgendeinem Grund bekomme ich keine Leitung nach draußen. Danke.« Er hielt die Hand auf die Muschel und flüsterte Christina zu: »Marjorie soll nicht merken, daß der Anruf aus dem Büro kommt.« Als er das Freizeichen hörte, wählte er die Nummer des Empfangs.

»Hallo?« meldete sich Marjorie.

»Hier unten wartet ein Paket auf Sie, Lady«, sagte Ben in einem nasalen Tonfall.

»Haben Sie die Sackkarre mit den Aktenkartons vor der Eingangstür zurückgelassen?«

»Äh, ja. Stimmt, Ma'am. Gibt's Probleme damit?«

»Die Kartons enthalten nur leeres Papier.«

»Im Ernst? Tja, welche Scherze sich manche Leute erlauben ... Wir transportieren die Sachen bloß. Wie dem auch sei: Wir haben hier ein Paket für Sie. Scheint sehr wichtig zu sein.«

»Schicken Sie es hoch.«

»Nein, unmöglich. Sie müssen den Empfang quittieren.«

»Ich bin im achten Monat schwanger, Mister. Ich mache keine unnötigen Spaziergänge.«

»Tut mir leid, Lady. Die Vorschriften. Ich schätze, es handelt sich um vertrauliche Unterlagen oder so.«

»Na schön. Ich bin gleich bei Ihnen. Falls nicht unterwegs die Wehen einsetzen.«

Als sie hörten, daß Marjorie ihren Platz verließ, schlichen Ben und Christina aus dem Lagerraum. Benjamin verstaute die Originale der Unterlagen wieder in Reynolds Bücherschrank, mehr oder weniger so, wie er sie vorgefunden hatte. Anschließend verließen sie die Kanzlei, wobei sie darauf achteten, Cliff aus dem Weg zu gehen. Sie hatten es fast bis zur Treppe geschafft, als sich vor ihnen die Tür des Lifts öffnete und ... Reynolds in den Flur trat.

»Mr. Kincaid«, brachte er erstaunt hervor.

Ben nahm an, daß er verheerend aussah. Er strich sich übers zerzauste Haar, ließ die Hand dann zu einem stoppeligen Kinn sinken. »Hab beschlossen, mir einen Bart wachsen zu lassen«, meinte er.

»Verstehe.« Reynolds sah kurz zu Christina, rückte dann wieder Ben in den Mittelpunkt seiner Aufmerksamkeit. »Ich dachte, ich hätte klar genug darauf hingewiesen, daß es zwischen uns nichts mehr zu besprechen gibt.«

»Wir sind nicht hier, um mit Ihnen zu reden.«

»Ach?«

Ben sah, daß Reynolds zu den Dokumenten in seinen Armen blickte. Er hielt sie so, daß nicht zu erkennen war, um was es sich handelte. »Wir sind bei meinem Makler gewesen, in einem anderen Büro.«

»Interessant«, erwiderte Reynolds. »Überprüfen Sie Ihre Investitionen so früh am Morgen? Nun, offenbar hat sich Ihr finanzieller Status erheblich verbessert.«

»Das stimmt«, sagte Ben.

»Wie Sie meinen. Wenn Sie mich bitte entschuldigen.«

Ben trat zur Seite. Reynolds ging an ihm vorbei, und als er außer Sicht eilten Kincaid und seine Begleiterin ins Treppenhaus. Ben zog die Tür hinter sich zu, als eine ziemlich verwirrte und auch verärgerte Marjorie aus dem Lift trat.

»Wir haben's geschafft«, flüsterte Ben und wischte sich Schweiß von der Stirn. »Hoffentlich hat Reynolds keinen Verdacht geschöpft.«

»Wenn er Verdacht geschöpft hat, so geht es dabei um dich und deine Vorstellungen von einem ordentlichen Erscheinungsbild«, sagte Christina. »Sicher glaubt er jetzt, daß du in dieser Hinsicht keine besonders hohen Ansprüche an dich stellst.«

9

Ben schlenderte zu seinem Büro, fühlte sich erfrischt und von neuer Zuversicht erfüllt. Erstaunlich, welche Wirkung Dusche und Rasur erzielen konnten. Insbesondere dann, wenn man in einem Schrank übernachtet hatte.

Unterwegs besorgte er sich eine Ausgabe der ›World‹. Auf der Titelseite wurde natürlich darüber berichtet, daß sich die sogenannte Drogenprinzessin bald vor Gericht verantworten mußte. Wie sollten Geschworene ein objektives Urteil fällen können, wenn sie jeden Tag Artikel lasen, in denen es zum Beispiel hieß: »Dieser Prozeß ist für die Bundespolizei sehr wichtig und gibt ihr die Möglichkeit, den Drogenbossen des Cali-Kartells einen empfindlichen Schlag zu versetzen.«

Ben betrat sein Büro und starrte auf den Boden.

»Jones ... Was ist das?« Er deutete auf mehrere Margarinebecher, die mit kleinen grauen Kugeln gefüllt waren.

»Barbaras Futter.«

»Na schön, ich will nicht sofort die Geduld verlieren. Wer ist Barbara, und warum füttern wir sie?«

»Barbara ist das Huhn, das Sie gerade verscheucht haben.«

»Das dachte ich mir fast.«

»Und wir füttern sie, weil sie Hunger hat. Und weil Sie mir einen entsprechenden Auftrag gaben.«

»Ich habe nie ...« Ben unterbrach sich und versuchte es anders. »Warum nennen Sie das Huhn Barbara?«

»Weil es so heißt.«

»Barbara ist ein Name für Menschen, nicht für Geflügel.«

»Es dürfte wohl kaum verboten sein, den Namen auch bei Hühnern zu verwenden, oder? Und überhaupt: Wie würden Sie es denn nennen? Etwa Gackergut?«

»Ich habe Sie aufgefordert, die Hühner loszuwerden. Von einer Adoption war nicht die Rede. Wollten Sie nicht einen Stall im Hinterhof bauen?«

»Ja. Und die armen Tiere verabscheuten ihn. Zusammengepfercht zu werden und durch Hühnerdraht in die Welt zu starren ... Wie würde Ihnen das gefallen? Tut mir leid, Boß, aber die Hennen bleiben hier, bis wir ein Heim für sie finden.«

Ben begriff, daß weitere Proteste keinen Sinn hatten. »Ist es Ihnen gelungen, eine Verschiebung des Verfahrens durchzusetzen?«

»Nein. Man hat überall auf stur geschaltet. Dereks Leute berufen sich dauernd auf den Speedy Trial Act.«

»Eigentlich komisch. Die Sondergesetze für schnelle Gerichtsverfahren sollten den Angeklagten nutzen. Statt dessen wird daraus nun ein Werkzeug, das Verurteilungen erleichtert. Die Staatsanwälte lassen sich Zeit beim Sammeln von Beweisen und erheben Anklage, wann es ihnen paßt. Anschließend bleiben dem Verteidiger nur dreißig oder noch weniger Tage, um sich auf den Prozeß vorzubereiten.« Ben bemerkte etwas auf Jones' Tisch. »Was hat es mit dem Fernseher und Videorecorder auf sich?«

»Die Geräte stammen von Burris. Übrigens: Da ich für Sie arbeite, berechnet er die Leihgebühr nicht pro Stunde, sondern pro Minute. Nun, ich wollte Ihnen was zeigen.«

Jones schaltete den Fernseher ein und drückte die Play-Taste des Recorders. Es knarrte und quietschte. »Nicht unbedingt erste Qualität.«

»Sie können von Glück sagen, daß die Geräte überhaupt funktionieren.«

Der Bildschirm wurde hell, und Ben beobachtete sich dabei, wie er einen ziemlich eingeschüchtert wirkenden blonden Reporter an den Jackenaufschlägen packte.

»O Gott.«

»Das wollten Sie bestimmt nicht verpassen, Boß,« sagte Jones und grinste.

Ben hörte, wie er den Journalisten über die Gefahr belehrte, mit bestimmten Meldungen die zukünftigen Geschworenen zu beeinflussen. Sein Gesicht glühte, und die Adern an den Schläfen traten deutlich hervor.

»Ich sehe wie ein Irrer aus«, sagte Ben. »Dafür verstößt man mich wahrscheinlich aus der Anwaltschaft.«

»Das glaube ich kaum.« Jones griff unter den Tisch und holte ein dickes Bündel aus Briefen und Telefon-Notizen hervor. »Das hier traf nach der Sendung jener Bilder für Sie ein. Man gratuliert Ihnen, weil Sie dem aufdringlichen Reporter eine Lektion erteilt haben.«

Ben starrte fassungslos auf den Poststapel. »So viele Mitteilungen für mich ...«

»Ja. Lesen Sie nur. Man bewundert Sie. Die Briefe stammen von Anwälten, privaten Bürgern, Vereinen und so weiter. Sogar zwei Richter haben Ihnen geschrieben.«

»Im Ernst?»

»Sie sind zu einem Volkshelden geworden, Boß. Zu einer modernen Legende.«

»Unglaublich.«

»Nun, wenn Sie die Fernsehrechte Ihrer Story verkaufen, so denken Sie bitte daran, daß ich von ...« Jones unterbrach sich und erstarrte, beendete den Satz geflüsterten Worten: »... Kevin Costner gespielt werden möchte.«

»Was ist los?« fragte Ben. »Jones?« Er drehte sich zur Tür um.

Sofort begriff er, worin das Problem bestand. Es hieß Loving.

Ben hechtete hinter Jones' Tisch. »Rufen Sie die Polizei!« rief er. Sein Sekretär griff nach dem Telefon und begann zu wählen.

»Einen Augenblick«, sagte Loving. »Ich bin nicht hier, um

Stunk zu machen.« Er öffnete seine Windjacke. »Hier, sehen Sie. Habe nichts dabei. Nicht einmal eine Spielzeugpistole.«

Ben spähte hinter Jones' Stuhl hervor. »Warum sind Sie dann gekommen?«

»Ich wollte ...« Loving wirkte verlegten und scharrte mit dem Fuß. »Ich wollte mich bei Ihnen bedanken.«

Ben kroch langsam – Zentimeter um Zentimeter – hinter dem Tisch hervor. »Sie wollen sich bei mir bedanken? Warum?«

»Weil Sie mich nicht angezeigt haben. Wegen der Sache neulich. Ich meine die falsche Knarre mit dem Fähnchen.«

»Oh. Das.«

»Ich weiß gar nicht, was dabei in mich gefahren ist. Nun, ich hatte was getrunken, um ganz ehrlich zu sein. Und ich steckte voller Zorn, der nach einem Ventil suchte.«

»Nun«, sagte Ben langsam, »so was kann jedem passieren.«

»Ach, seien Sie nicht so bescheiden. Sie hatten allen Grund, mich ins Kittchen zu schicken, und angesichts meines Vorstrafenregisters hätte man mich sicher nicht nur für einige Tage eingelocht. Aber Sie haben keine Anzeige erstattet. Weil Sie ein netter Kerl sind.«

Eigentlich war's mir nur peinlich, über den Zwischenfall zu reden, dachte Ben.

»Das weiß ich sehr zu schätzen«, fuhr Loving fort. »Insbesondere bei einem so berühmten Anwalt wie Ihnen.«

Jones sah Ben an und hätte die Brauen gar nicht höher heben können.

»Mit anderen Worten: Ich stehe in Ihrer Schuld«, meinte Loving. »Ich geb's ganz offen zu. Und Frank Loving ist immer bestrebt, seine Schulden zu begleichen. Sagen Sie mir einfach, was erledigt werden muß – ich kümmere mich sofort darum.«

»Das ist sehr nett von Ihnen«, entgegnete Ben. »Aber ...«

»Möchten Sie, daß ich irgend jemandem den Schädel einschlage?«

»Äh, nein, heute nicht.«

»Wie wär's mit Frauen? Ich kann Ihnen eine Puppe besorgen, die so heiß ist, daß Sie sich an ihr fast die Finger verbrennen.«

»Danke, nein.«

»Oder eineiige Zwillinge. Blondinen.«

»Derzeit bin sich sehr beschäftigt.«

Loving verschränkte die Arme. Seine Verärgerung war offensichtlich – und besorgniserregend. »*Womit* denn?«

»Nun.. Wir versuchen derzeit, gewisse finanzielle Informationen auszuwerten.«

»Irgend jemand verheimlicht Ihnen was? Geben Sie mir einfach die Namen. Ich löse den Leuten die Zunge.«

»Nein, es geht um Unterlagen, die Geschäfte zwischen Tony Lombard ...«

»Kenn ich nicht.«

»... und Albert DeCarlo betreffen.«

»Hui!« Loving pfiff. »Der Name sagt mir was. Sie spielen mit den hohen Tieren, nich' wahr, Skipper?«

»Skipper?«

»Einige Kumpels von mir arbeiten für DeCarlo. Wenn ich mit ihnen rede .. Vielleicht ergibt sich dabei was für Sie.«

»Ich möchte nicht, daß Sie sich in Schwierigkeiten bringen ...«

»Keine Sorge.« Loving schlug Ben auf den Rücken. »Wen soll ich anrufen, wenn ich was herausfinde?«

»Jones nimmt die Anrufe für mich entgegen. Er ist mein Sekretär.«

Über Lovings Augen formte sich eine tiefe Falte.

»Dieser *Bursche* hier ist Ihr Sekretär?«

Ja.

»He, ihr seid doch nicht ... zusammen oder so?«

»O nein«, antwortete Jones. »Er ist nicht mein Typ.«

»Ich gehe jetzt«, sagte Loving. »Und ich melde mich, wenn ich was für Sie habe.« Er stapfte nach draußen.

»Das war sehr komisch, Jones«, brummte Ben.

»Ich habe mir nur einen kleinen Scherz erlaubt, Boß. Ich meine, Skipper.«

»Falls jemand von der Polizei bei uns anfragt: Loving stellt *nicht* etwa in unserem Auftrag Ermittlungen an. Er arbeitet nicht für uns. Wir kennen ihn nicht einmal.«

»Verstanden.«

Ben griff nach der Aktentasche. »Bis dann.«

Jones schüttelte den Kopf und streckte den Arm aus.

»Was ist denn jetzt?« Ben drehte sich, sah orangefarbenes Haar und eine große, gesprenkelte Nase. Clayton Langdell.

Jetzt reicht's, dachte der Anwalt. Ich befestige eine Glocke an der Tür.

»Mr. Kincaid ...«, begann Langdell. »Wenn Sie einige Minuten für mich erübrigen könnte ... Ich möchte Ihre Dienste als Rechtsanwalt in Anspruch nehmen.«

Bens Brauen wölbten sich bis zum Haaransatz empor. Ein Klient? Noch dazu einer, der nicht etwa Handschellen trug, sondern einen Anzug? Seit dem letzten Wunder dieser Art war viel Zeit vergangen.

»Gehen wir in mein Büro,« sagte er und führte Langdell ins Nebenzimmer. Ben nahm hinter dem Schreibtisch Platz, und sein Besucher setzte sich auf die Couch.

»Wie kann ich Ihnen helfen?«

»Der von mir geleitete Verband braucht schon seit einer ganzen Weile juristische Hilfe, Mr. Kincaid. Wir benötigen jemanden, der uns vertritt. Bisher blieb meine Suche nach einer geeigneten Person vergeblich, doch jetzt glaube ich, den richtigen Anwalt gefunden zu haben – Sie.«

Ben trachtete danach, nicht zu erfreut zu lächeln. Der Anwalt einer angesehenen wohltätigen Organisation zu werden ... Das brachte ihn beruflich voran. »Worin bestünden meine Pflichten?«

»Sie sollen uns bei rechtlichen Angelegenheiten beraten und unsere Publikationen prüfen, damit uns Schwierigkeiten erspart bleiben. Führen Sie Prozesse, um das nichtmenschliche Leben auf diesem Planeten zu schützen. Helfen Sie uns, mehr Einfluß zu gewinnen. Zum Beispiel möchte ich, daß Sie unsere Kampagne gegen den Hahnenkampf unterstützen.«

»Hahnenkampf? Der ist doch verboten, oder?«

»In Oklahoma und fünf weiteren Staaten nicht. In einigen anderen Staaten, wie zum Beispiel Texas, ist der Hahnenkampf zwar illegal, aber er gilt nur als minderes Delikt. In Oklahoma sind Kämpfe zwischen Tieren untersagt, aber im

Fall *Lock* gegen *Falkenstein* hat das Oberste Gericht dieses Staates folgendes entschieden: Hühner sind zwar Tiere, doch mit durchschnittlicher Intelligenz ausgestattete Menschen können das nicht verstehen. Da solche Leute nicht wissen, daß sie gegen das Gesetz verstoßen, sei es verfassungswidrig, sie deshalb zu verurteilen.«

»Das ist absurd.«

»Ich habe damit gerechnet, daß Sie eine solche Einstellung vertreten«, sagte Langdell. »Die Hühner im Vorzimmer bieten einen deutlichen Hinweis.«

»Die haben damit nichts ... Ach, schon gut.« Ben holte einen Block hervor und kritzelte Notizen. »Wer veranstaltet die Hahnenkämpfe?«

»In den meisten Fällen stecken Profis dahinter. In jeder Saison, die von Oktober bis Juni dauert, bringen Züchter ihre Tiere zu speziellen Clubs, um sie dort kämpfen zu lassen. Wir sprechen hier von Hähnen, in denen man über Jahrhunderte hinweg durch selektive Zucht die Aggressivität verstärkt hat. Aber damit noch nicht genug: Die Eigentümer statten sie mit spitzen Haken und rasiermesserscharfen Klingen aus, damit die Kämpfe noch blutiger werden.«

»Grotesk«, sagte Ben leise.

»Ja. Ein Anwalt wie Sie dürfte in der Lage sein, einige der Verantwortlichen vor Gericht zu bringen und dafür zu sorgen, daß sie bestraft werden. Ich habe Sie neulich im Fernsehen gesehen. Wenn Sie imstande sind, so mit Reportern fertig zu werden... Dann dürften Sie auch in der Lage sein, sich bei den Gesetzgebern in diesem Lande Gehör zu verschaffen.«

»Damit würde ich mich gern befassen«, sagte Ben. »Allerdings stecke ich derzeit bis über beide Ohren in einem Mordfall, und bis der abgeschlossen ist ...«

»Ich verstehe. Nun, vertreten Sie uns, sobald Sie Zeit finden. Der Hahnenkampf ist nur die Spitze des Eisbergs. Anschließend nehmen wir uns die Tierfabriken vor.«

Ben hatte plötzlich ein flaues Gefühl in der Magengrube. »Die Tierfabriken?«

»Tausende von armen Geschöpfen stecken dort in schmutzigen Käfigen und sind gezwungen, dauernd auf Hühnerdraht zu stehen. Ihre einzige Aufgabe ist es, sich zu vermehren, wobei Geburtsfehler und Krankheiten keine Rolle spielen. Die Jungen werden an Tierhandlungen verkauft. Auch in diesem Fall sind viele Übeltäter hier in Oklahoma tätig.«

»Ich möchte nicht unhöflich sein, Clayton, aber dieses Gespräch deprimiert mich sehr.«

»Oh, ich verstehe Sie nur zu gut. Denken Sie daran: Ich habe jeden Tag mit solchen Dingen zu tun.«

»Ich rufe Sie an, sobald der Fall McCall zu Ende ist. Dann können wir eine Strategie planen.«

»Einverstanden.« Langdell stand auf und schüttelte Bens Hand. »Bedeutet das, Sie sind jetzt mein Anwalt?«

»Nun, es bedeutet, ich bin jetzt der Anwalt Ihrer Organisation. Warum fragen Sie?«

Langdell lachte ein wenig zu herzlich. »Ich möchte nur wissen, wer auf meiner Seite steht und wer nicht.« Er zwinkerte und verließ das Büro.

Ben fragte sich, was er damit meinte.

10

»Na los, Giselle – friß!«

Es handelte sich um einen fairen Kompromiß: Der Napf enthielt ein Viertel Futter ›für anspruchsvolle Katzen‹; der Rest war ganz normale, also viel billigere Nahrung.

Ben hoffte, daß sich Giselle vom Duft dazu verleiten ließ, wenigstens von dem Zeug zu probieren. Mit der Zeit, so hoffte er, würde sie sich an den veränderten Geschmack gewöhnen und sich schließlich ganz mit gewöhnlichem Katzenfutter zufriedengeben.

Es gab nur ein Problem: Giselle schien die Sache ein wenig anders zu sehen. Sie schlich einige Male um den Napf herum und schnupperte argwöhnisch. Ihre Schnurrhaare vibrierten, als sie sich umdrehte und Ben mit einem Blick bedachte, in dem er einen stummen Vorwurf zu erkennen glaubte. Dann rollte sie sich in dem Sessel zusammen, dessen Sitzpolster sich nun unter schwarzem Katzenhaar verbarg. Offenbar hatte sie beschlossen, Ben zu ignorieren.

»Hör mal, Giselle. Ich kann es mir einfach nicht leisten, dir jeden Tag das viel zu teure Feinschmeckerzeug zu spendieren!«

Sie leckte sich die Pfoten und schenkte ihm nicht die geringste Beachtung.

»Ich wiederhole ...«

Ein Klopfen an der Tür unterbrach ihn. Ben öffnete und sah Mrs. Marmelstein im Flur.

»Stimmt was nicht?« fragte er.

»Ich hab's gleich für falsch gehalten, daß Sie diesen Fall übernehmen«, sagte sie mit Nachdruck. »Ich wußte, was geschehen würde. Polizisten, die mit ihren Waffen herumfuchteln, gemeine Drogenhändler jagen, in meinem Garten herumtrampeln ...«

»Es war ein Polizist hier?« fragte Ben.

»Ja«, bestätigte Mrs. Marmelstein entrüstet. »Und er wollte natürlich zu Ihnen.«

»Hat er Ihnen seinen Namen genannt?«

»Nein. Aber er hinterließ eine Nachricht für Sie.»

Ben nahm den Zettel entgegen und las: *Dritte Base – acht Uhr*. Er sah auf die Armbanduhr. Es war bereits halb neun.

»Muß los«, murmelte er. »Heute abend könnte es spät werden.«

»Das würde mich kaum überraschen. Sie treffen sich mit Polizeirüpeln. Vermutlich besuchen Sie irgendeinen anrüchigen Billardsaal. Und vielleicht haben Sie auch ... Kontakt zu Frauen mit lockerer Moral.«

Ben lächelte. »Ich kehre heim, bevor die lockere Moral außer Kontrolle gerät. Ist der Polizist tatsächlich durch den Garten getrampelt?«

Mrs. Marmelstein schniefte. »Nein. Aber nur deshalb nicht, weil ich ihn daran gehindert habe.«

Seit Jahren hatte Ben kein Spiel der Tulsa Drillers mehr besucht.

Er war nicht gerade ein Superfan, aber gelegentlich machte

es ihm Spaß, den Drillers zuzusehen. Das mit den Hot dogs gefiel ihm am besten. Sie schmeckten scheußlich, aber es gehörte einfach dazu. Er kaufte zwei an der Bude neben dem Eingang und spürte nun, wie die Alufolie in seinen Händen schwitzte.

Das Spiel befand sich bereits im siebten Inning, als Ben die Zuschauertribüne erreichte. Die Shreveport Captains hatten den Drillers gegenüber einen Vorsprung von vier Läufen, und ihr Sieg schien festzustehen – die Reihen des Publikums lichteten sich bereits. Er brauchte nicht lange, um Mike zu finden, der auf einem der billigen Plätze an der dritten Basenlinie saß.

»Ich dachte schon, du kommst nicht mehr«, sagte Mike.

»Bin erst spät heimgekommen.« Ben ließ sich auf den leeren Stuhl neben seinem alten Freund sinken und reichte ihm einen Hot dog. »Als ich deine Nachricht erhielt, habe ich mich sofort auf den Weg gemacht.«

Mike nickte. »Ich hielt's für besser, keine Mitteilung im Anrufbeantworter zu hinterlassen. Mir ging es darum, daß wir uns an einem Ort treffen, wo wir ungestört und ganz offen miteinander reden können.«

»In einem Baseball-Stadion?«

»Ja. In der Menge. Hast du nie *The Purloined Letter** gelesen? Die besten Verstecke befinden sich in der Öffentlichkeit.« Mike unterbrach sich und beobachtete, wie dem Zwischenspieler ein hervorragendes Doppelaus gelang. »Außerdem interessierte mich das Spiel.«

»Und wenn uns Abshire zusammen sieht?«

»Ausgeschlossen. Er sitzt in seinem FBI-Büro und arbeitet dort bis spät in die Nacht. Dieser Fall liegt ihm sehr am Herzen.«

Wie beruhigend. »Worüber wolltest du mit mir sprechen?«

Mikes Blick galt auch weiterhin dem Spielfeld. »Was in der letzten Zeit geschehen ist, Ben ... Es gefällt mir ebenso-

* Gemeint ist die Story von Edgar Allan Poe; im Deutschen erschienen unter dem Titel »Der entwendete Brief«.

wenig wie dir. Ich kann nichts daran ändern, aber ich möchte wenigstens darauf hinweisen, daß es ... mir leid tut.«

»Was meinst du konkret?«

»Nun, es fällt mir schwer zu glauben, daß Christina irgendwelche Kokaintüten in eine Betty Boop-Puppe gestopft hat.«

»Wer ist es dann gewesen?«

»Genau darin besteht das Problem. Ich kenne beide Polizisten, die mich zum Apartment begleitet haben, und ich wäre bereit, die Hand für sie ins Feuer zu legen. Sie würden keine falschen Beweise verstecken.«

»Jemand hatte weniger Skrupel.«

Mike zuckte mit den Schultern.

»Und das übrige Beweismaterial? Was hält Abshire zurück?«

»Nichts Entlastendes. Ich hätte laut protestiert, wenn er nicht bereit gewesen wäre, dir den Paraffinbericht zu zeigen.«

Ben hoffte, daß diese Worte der Wahrheit entsprachen. Allerdings ... Bei der Besprechung hatte Mike nicht gerade einen sehr empörten Eindruck erweckt.

»Praktisch das gesamte bisher vorliegende Beweismaterial belastet Christina. Um es klipp und klar auszudrücken, Ben: Deine Chancen stehen verdammt schlecht. Wenn sich die Situation nicht grundsätzlich ändert, erscheint mir eine Verurteilung deiner Klientin unabwendbar.«

»Aber du weißt doch, daß Christina überhaupt nicht fähig wäre, jemanden zu erschießen. Ganz zu schweigen davon, jemandem gleich *vier* Kugeln in den Kopf zu jagen.«

Mike schwieg.

»Kannst du irgendwie dafür sorgen, daß Abshire die Sache nicht mehr ganz so eng sieht? Daß er vernünftiger wird?«

Mike lachte. »Er hört nicht auf mich. Er hört auf niemanden – Stanford dürfte die einzige Ausnahme sein. Offiziell darf er nicht mal zur Toilette gehen, ohne vorher Stanfords Erlaubnis einzuholen. Doch ein einfacher Bulle wie ich spielt für ihn überhaupt keine Rolle. Verdammt, ich habe versucht, am Tag von Christinas Verhaftung eine Blutuntersuchung vornehmen zu lassen, aber Abshire hinderte mich daran. Er war nicht dazu verpflichtet, und deshalb lehnte er eine derartige Analyse ab.«

Das Publikum applaudierte plötzlich. Der Schlagmann der Drillers hatte den Ball hoch und sehr weit geschlagen. Das Ding flog in Richtung Spielfeldgrenze – und *über den Zaun hinweg*. Mit triumphierender Gelassenheit lief der Schlagmann an den einzelnen Basen vorbei. Die sicher geglaubte Niederlage verwandelte sich plötzlich in einen möglichen Sieg.

Die Dinge waren nur selten das, was sie zu sein schienen.

»Du bist nicht gerade eine sehr ergiebige Informationsquelle, Mike.«

»Wenn du damit gerechnet hast, daß ich dir irgendeine geheime Akte rüberschiebe, die ein ganz neues Licht auf den Fall wirft ... Da muß ich dich enttäuschen. Dazu sähe ich mich selbst dann außerstande, wenn es eine derartige Akte tatsächlich gäbe.«

»Wenn ihr oder das FBI mehr herausfinden ... Rufst du mich dann an?«

»Das kann ich nicht, Ben. Diesmal muß ich mich streng an die Vorschriften halten.«

Ben zeigte seine Enttäuschung ganz offen.

»Ich habe geschworen, die Stadt Tulsa und die Vereinigten Staaten von Amerika zu schützen. Ich stehe auf der Seite der Anklage. Wenn ich mich in irgendeiner Form gegen sie wende, so verletze ich meinen Eid.«

»Oh«, erwiderte Ben und blinzelte mehrmals.

»Ich habe dir geraten, gut auf dich achtzugeben, erinnerst du dich? Nun, das gilt jetzt in einem besonderen Maße. Es kündigen sich ernste Probleme an, Ben. Sie betreffen die Mafia, südamerikanische Drogenbosse, das FBI und so weiter. Und du steckst mittendrin.«

»Danke für die Warnung. Für das Treffen bin ich dir dankbar. Ich weiß, daß die Begegnung mit mir riskant für deine berufliche Laufbahn sein könnte.«

Erneut hob und senkte Mike die Schultern. Nach wie vor

mied er Bens Blick, doch er beobachtete auch nicht das Geschehen auf dem Spielfeld. »Zumindest dazu habe ich mich verpflichtet gefühlt.«

Da hast du ganz recht, dachte Ben. Zumindest dazu warst du verpflichtet.

Eine Zeitlang saßen sie schweigend nebeneinander. Ben kam sich wie jemand vor, der allmählich an Substanz verlor und unsichtbar wurde. Er stopfte den Hot dog in sich hinein und versuchte ohne großen Erfolg, sich auf das Spiel zu konzentrieren. Er fand kaum Interesse daran. Immer wieder kehrte seine Aufmerksamkeit zu der grauen Leere zurück, die neben ihm verharrte und einmal ein guter Freund gewesen war.

Als die nächste Pause begann, stand Ben auf und verließ das Stadion.

11

Ben sah sich voller Abscheu im Gerichtssaal um. Man hätte meinen können, daß gegen Al Capone verhandelt wurde.

Lautes Chaos herrschte. Reporter standen zu beiden Seiten des Mittelgangs, und Zuschauer beanspruchten jeden verfügbaren Platz. Alle sprachen gleichzeitig, deuteten zu den Protagonisten, riefen Ben und Moltke Fragen zu und verlangten Antworten.

Die allgemeine Aufregung erschien um so erstaunlicher, da die bevorstehende Verhandlung noch nicht den Beginn des Prozesses markierte.

Der grelle Schein eines Blitzlichts traf Ben direkt ins Gesicht und blendete ihn für einige Sekunden. Derek hatte erlaubt, vor und nach den offiziellen Ereignissen im Saal zu fotografieren und zu filmen; diese Freiheit nutzten die Journalisten nun voll aus. Sie verwandelten den Raum in einen Hexenkessel. Moltke schien das alles in vollen Zügen zu genießen: Er lächelte und posierte, schwafelte von Recht und Ordnung und nutzte jede Gelegenheit, um auf seinen persönlichen Kreuzzug für die Gerechtigkeit hinzuweisen. Alles entsprach seinen Wünschen: maximale Publicity und minimale Aufmerksamkeit dem Detail gegenüber.

Früher am Morgen hatte Ben eine telefonische Nachricht von Myra in Empfang genommen. Moltke unterbreitete sein ›erstes und letztes‹ Angebot für eine außergerichtliche Vereinbarung: Wenn sich Christina schuldig bekannte, so verzichtete die Staatsanwaltschaft darauf, die Todesstrafe zu verlangen. Mit ziemlicher Sicherheit bekam Christina dann lebenslänglich und wurde hart genug bestraft, um keine Kritik an Moltke aufkommen zu lassen. Außerdem ging die Anklage damit nicht das geringste Risiko einer Prozeßniederlage ein. Und Christina? Nun, sie würde den größten Teil ihres Lebens im Gefängnis verbringen. Aber wenigstens mußte sie nicht sterben.

Ben lehnte ab. »Ich bin nicht zu irgendwelchen Vereinbarungen bereit«, hatte er gesagt.

Jetzt beobachtete er Moltke, der mit seinen Lakaien am anderen Tisch saß. Er wirkte überaus zuversichtlich und hatte Bens Weigerung, sein Angebot anzunehmen, bisher mit keinem Wort erwähnt. Er ließ sich gerade von einem Fernsehjournalisten interviewen und sprach über »liberale, die Kriminalität fördernde Richter, denen angebliche Bürgerrechte wichtiger sind als lebende Menschen.«

Ben fragte sich, ob er die richtige Entscheidung getroffen hatte. Wäre es besser gewesen, Moltkes Angebot anzunehmen und Christina damit wenigstens das Leben zu retten?

Der Gerichtsdiener verlangte Ruhe im Saal, und kurz darauf kam Derek herein. »Die Anwälte zu mir«, sagte er knapp.

Ben und Moltke kamen der Aufforderung nach.

Derek holte ein weißes Taschentuch hervor, wischte sich damit Augen und Nase ab. Das gerötete Gesicht schien aufgedunsen zu sein. »Der verdammte Heuschnupfen«, brummte er. »Heute ist die Pollenzahl in Tulsa bestimmt über hundert. Mir geht's dreckig.« Er sah Ben direkt in die Augen. »Wir sollten dies alles nicht noch unangenehmer machen, einverstanden?«

Ben nickte hastig.

»Ich nehme an, Sie wollen den einen oder anderen Antrag stellen, Mr. Kincaid. Obwohl Gott allein weiß, welchen Antrag Sie dem Gericht nicht schon zwei- oder dreimal vorgelegt haben.«

»Ich möchte einige neue präsentieren, Euer Ehren.»

»Oh, schön.« Derek rieb sich in scheinbarer Freude die Hände. »Könnten Sie wenigstens andeuten, worum es geht?«

»Ich versuche, die Absichten der Staatsanwaltschaft zu vereiteln. Sie will mit einem viel zu schnell geführten Prozeß eine Verurteilung meiner Klientin durchsetzen. Gerechtigkeit scheint dabei völlig nebensächlich zu sein.«

»Lieber Himmel.« Derek massierte sich die Schläfen. »Ist dies eine neue Version Ihrer Verschwörungstheorie?«

»Ich weiß nicht, was Sie meinen.«

»Oh, Sie wissen ganz genau, was ich meine. Ich spreche von Ihrem Bestreben, einen einfachen Prozeß zu nehmen und ihn in eine Folge von *Perry Mason* zu verwandeln.«

»Wenn Sie mir jetzt erlauben, die Anträge zu stellen, Euer Ehren ...«

Derek seufzte schwer. »Na schön. Ich höre.»

Ben zögerte. »Ich möchte, daß auch die übrigen Anwesenden davon erfahren.«

»Ach, auf einmal? Wenn ich mich recht entsinne, haben Sie bei unserer letzten Begegnung Wert auf Vertraulichkeit gelegt, oder? Nun, offenbar sind Ihre Anträge recht ... delikater Natur. Ihnen kann wohl kaum daran gelegen sein, Repräsentanten des Staates in aller Öffentlichkeit zu verunglimpfen.«

»Ich möchte, daß meine Anträge ganz offiziell zur Kenntnis genommen werden«, beharrte Ben. »Sie sollen im Protokoll Erwähnung finden.«

Derek ließ das Taschentuch sinken und musterte den Verteidiger. Die Bedeutung dieses Hinweises entging ihm natürlich nicht. Bens Anträge sollten deshalb im Protokoll erscheinen, damit sie später vom Berufungsgericht geprüft werden konnten.

»Ich schätze, ich kann Ihr Anliegen nicht ablehnen, oder?«

»Eine Ablehnung würde mich zwingen, in aller Deutlichkeit auf offensichtliche Verfahrensmängel hinzuweisen, Euer Ehren.«

Derek biß die Zähne zusammen. »Stellen Sie den ersten Antrag.«

Ben kehrte zum Tisch der Verteidigung zurück. Auch Moltke wandte sich von der Richterbank ab, ließ dabei übertrieben die Schultern hängen und schüttelte den Kopf. Das gehörte zu seiner Rolle – er spielte einen treuen Diener der Gerechtigkeit, der von den schlauen Schachzügen der Verteidigung fast zur Verzweiflung getrieben wurde.

»Erster Antrag«, sagte Ben. Er spürte, wie sich die Reporter hinter ihm vorbeugten und Notizen schrieben. »Wir beantragen, jenes angebliche Beweismaterial für unzulässig zu erklären, das während einer in rechtlicher Hinsicht zweifelhaften Suche in der Wohnung meiner Klientin gefunden wurde.«

»Ich bin mit den Umständen vertraut«, sagte Derek. »Was gibt es an der Durchsuchung auszusetzen?«

»Es fehlte ein Durchsuchungsbefehl.«

Derek öffnete die vor ihm liegende Akte und überflog sie kurz. »Ja, ich habe mich richtig erinnert. Ihre Klientin hat die Polizei ausdrücklich aufgefordert, sich in der Wohnung umzusehen.«

»Meine Klientin bat die Polizei darum, Ermittlungen in bezug auf einen Einbruch anzustellen, Euer Ehren. Sie erlaubte den Beamten nicht, nach Dingen zu suchen, die beim bevorstehenden Mordprozeß gegen sie verwendet werden können.«

»Sie lud Polizisten in ihre Wohnung ein, verzichtete damit auf ihr Recht der Privatsphäre. Und die Beamten sahen, was sie sahen.«

»Sie *sahen* das angebliche Rauschgift nicht einfach, Euer Ehren. Es lag nicht etwa auf dem Tisch, sondern befand sich im Innern einer Puppe. Um es zu finden, mußten die Polizisten hineingreifen und es hervorholen. Damit gingen ihre Aktivitäten über den Bewegungsspielraum hinaus, den ihnen meine Klientin gewährte.«

Derek schien nicht sehr beeindruckt zu sein. »Möchte die Staatsanwaltschaft dazu Stellung beziehen?«

»Ja, Euer Ehren.« Moltke stand auf. »Die angeblichen Einbrecher verursachten die, äh, Verletzungen der Puppen und Stofftiere. Dazu kam es, bevor die Polizei eintraf. Im Lauf der Ermittlungen, die auf den Wunsch der Angeklagten hin stattfanden, wollten die Beamten feststellen, wonach die Einbrecher gesucht hatten. Und bei entsprechenden Nachforschungen fanden sie das Beweismaterial.«

»So sehe ich das ebenfalls«, sagte Derek. »Ich entscheide hiermit ...«

»Darf ich dem Staatsanwalt antworten, Euer Ehren?« fragte Ben.

»Ich glaube, ich habe genug gehört.«

»Euer Ehren, die juristische Frage lautet hier, ob Ms. McCalls Recht auf Privatsphäre auch bei den Puppen und Stofftieren in Anspruch genommen werden kann. Das ist ganz offensichtlich der Fall. Und auf dieses Recht hat meine Klientin keineswegs verzichtet ...«

»Schluß damit!« donnerte Derek. »Ich dachte immer, daß man schon im ersten Jahr des Jurastudiums folgendes lernt: Wenn der Richter eine Entscheidung ankündigt, so haben die Anwälte gefälligst zu schweigen.«

»Aber, Euer Ehren ...«

»Mr. Kincaid! Sie erweisen Ihrer Klientin keinen guten Dienst.«

»Es tut mir leid, Eurer Ehren.«

»Ich lehne den Antrag hiermit ab. Sonst noch etwas?«

Ben versuchte, ruhig zu bleiben. »Ja, Euer Ehren. Ich beantrage, eine bestimmte Zeugenaussage beim Prozeß nicht zuzulassen.«

Derek nieste und putzte sich die Nase. »Was wollen Sie diesmal aus der Beweisaufnahme heraushalten?«

»Ich meine die Aussage von James Abshire. Sie betrifft ein angebliches Geständnis, das die Angeklagte bei ihrer Verhaftung abgelegt haben soll.«

»Ah ja«, sagte der Richter. »Ich weiß, was Sie meinen. Der Untersuchungsrichter erwähnte es in seinem Bericht.«

»Euer Ehren, die Aussage ist außerordentlich präjudizierend und hat nicht die geringste Beweiskraft.« Ben merkte, wie sich der Gesichtsausdruck des Richters veränderte. »Ist alles in Ordnung, Euer Ehren?«

»Oh, ja, ja.» Derek lachte leise. »Ich habe mir gerade vorgestellt, wie Sie in Ihrem Antrag auf ein Berufungsverfahren darauf hinweisen, daß der Satz ›Ich habe ihn umgebracht‹ nicht die geringste Beweiskraft hat.«

»Euer Ehren, beim Prozeß wird sich herausstellen, daß die Angeklagte zum fraglichen Zeitpunkt verwirrt und benommen war. Sie wußte gar nicht, was sie sagte. Mit ziemlicher Sicherheit stand sie unter der Wirkung eines starken Betäubungsmittels.«

»Tragen Sie diese Einwände der Jury vor, die dann darüber befindet, ob sie gerechtfertigt sind. Ihr Problem besteht darin, daß Sie nicht genug Vertrauen zu den Geschworenen haben.« Der Richter sah zum Publikumsbereich. »Dauernd wollen Sie ihnen Dinge vorenthalten, die Ihre Klientin belasten.«

Ein Kommentar für die Morgenzeitungen, Derek? überlegte Ben. Hast du deshalb Journalisten im Gerichtssaal zugelassen? »Wir haben es hier mit einem Miranda-Problem zu tun, Euer Ehren.«

Moltke hielt offenbar den Zeitpunkt für gekommen, in das Gespräch einzugreifen. »Die Angeklagte wurde in aller Form auf ihre Rechte hingewiesen. Sie hat eine Bestätigung unterschrieben.«

»*Nach* der Bemerkung, um die es hier geht«, betonte Ben.

Derek lehnte sich zurück und antwortete nicht sofort, was Ben für ein gutes Zeichen hielt. Wenigstens dachte er in diesem Fall über den Antrag nach, bevor er ihn ablehnte. »Die Angeklagte befand sich in Haft, als sie jene Worte sprach, nicht wahr?«

»Ja«, räumte Moltke ein. »Sie trug Handschellen und war bereits durchsucht worden.«

»Aber es hatte noch kein richtiges *Verhör* begonnen, oder?«

Die Miene des Staatsanwalts erhellte sich. Er war klug genug, die Rettungsleine zu erkennen, die der Richter ihm zuwarf. »Nein, Euer Ehren, ganz und gar nicht. Es waren noch keine Fragen gestellt worden.«

»Ein Verhör muß nicht unbedingt mit Fragen beginnen, wie wir alle wissen«, sagte Ben. »Das beweist der ›Fall des christlichen Begräbnisses‹ in diesem Staat.«

»Soweit ich die Sache sehe, kam es nicht zu einer Provokation oder Nötigung irgendeiner Art«, erwiderte Derek. »Mr. Abshire äußerte etwas, und Ihre Klientin war dumm genug, den Mund aufzumachen.«

»Das behauptet Abshire«, entgegnete Ben. »Er ist hoffnungslos voreingenommen, Euer Ehren. Er hat die FBI-Ermittlungen geplant, aus denen sich dieser Fall ergab. Die ganze Sache ist für ihn in erster Linie eine Möglichkeit, beruflich voranzukommen. Er hat ein persönliches Interesse an der Verurteilung meiner Klientin.«

»Ich bin sicher, daß Sie beim Kreuzverhör bis zum Überdruß darauf hinweisen werden«, sagte Derek. Seine Lider zuckten, und er schien sich immer mehr zu langweilen. »Wir lassen die Jury entscheiden.«

»Das wäre durchaus in Ordnung, wenn sich die Jury das ursprüngliche Gespräch anhören könnte. Aber leider muß sie sich mit Abshires sehr einseitiger Version davon begnügen ...«

»Mein Entschluß steht fest, Mr. Kincaid.«

»Ja«, murmelte Ben. »Offenbar ist nicht nur Abshire voreingenommen.«

In Dereks Augen blitzte es. »Was haben Sie gesagt?«

»Ich sagte, ich hab's zur Kenntnis genommen.« Ben blätterte in seinem Notizblock. »Hiermit beantrage ich, in dieser Frage das zuständige Bezirksgericht anzurufen.«

»Zeitverschwendung. Abgelehnt.»

»Euer Ehren, nach einer solchen Aussage sind die Geschworenen negativ beeinflußt ...«

»Negativ für die Verteidigung!« rief Derek. Er stand halb auf und beugte sich vor. »So ist das eben, Herr Anwalt. Wenn die andere Seite mehr und besseres Beweismaterial vorlegen kann – was hier der Fall zu sein scheint –, so verlieren Sie. Dann versucht man nicht, irgend etwas vor den Geschworenen zu verbergen. Dann findet man sich ab und versucht, das Beste daraus zu machen.«

Ben wußte nicht, ob Derek wirklich sauer war oder fürs Publikum und die Journalisten den entrüsteten Republikaner spielte. »Euer Ehren ...«

»Mr. Kincaid! Ich habe schon einmal Ihre unerfreuliche Tendenz erwähnt, dauernd zu jammern. Von einem Anwalt erwarte ich professionelleres Verhalten. Selbst wenn es Ihnen an Reife mangelt: Bitte tun Sie Ihrer Klientin – und uns allen – den Gefallen, die notwendige Reife zumindest vorzutäuschen. Wenn Ihnen das nicht gelingt, so wäre ich vielleicht gezwungen, Ihre Kompetenz in Frage zu stellen.«

Ben nahm seinen ganzen Mut zusammen. »Euer Ehren, ich erneuere hiermit meinen Antrag, den Prozeß zu verschieben.« Dampf schien aus Dereks Ohren zu strömen. »Abgelehnt.«

»Darf ich die Gründe dafür erfahren?«

»Nein. «

»Geben Sie nicht einmal einen kleinen Hinweis? Damit es das Berufungsgericht später etwas leichter hat.«

Derek beugte sich vor. »Mr. Kincaid, Ihnen bleibt nur deshalb eine förmliche Anklage wegen Mißachtung des Gerichts erspart, weil sich Ihre Klientin dann einen neuen Verteidiger suchen müßte. Das wäre zweifellos ein Vorteil für sie, aber unglücklicherweise würde sich dadurch auch der Beginn des Verfahrens verzögern. Ich bin entschlossen, hier so schnell wie möglich für Gerechtigkeit zu sorgen, so wie es die Verfassung der Vereinigten Staaten verlangt.« Er hob den Hammer. »Wie dem auch sei: Vielleicht erhebe ich *nach* dem Prozeß Anklage gegen Sie. Die Sitzung ist geschlossen.«

Unmittelbar nach dem lauten Klopfen sprangen die Reporter auf. Einmal mehr gleißten Blitzlichter, und mindestens tausend Stimmen schienen zu erklingen. Ben hörte nur eine. Als Alexander Moltke am Tisch der Verteidigung vorbeischritt, grinste er breit und verkündete in einem leisen Singsang: »Sie hätten mein Angebot an-neh-men sollen.«

Vielleicht wäre das wirklich besser gewesen, dachte Ben betroffen.

12

»Hier ist der vierzehnte Antrag auf Verschiebung des Prozesses«, sagte Jones und reichte Ben das Blatt. »Soll ich auch die Ablehnung des Richters aufsetzen?«

»Klugscheißer.« Ben überflog den Text und gab den Entwurf des Antrags zurück. »Was ist mit unserem Gesuch ans Bezirksgericht? Wir haben dringend um Rechtshilfe gebeten.«

»Sie wurde abgelehnt. Angeblich ist es noch zu früh.«

Ben seufzte. Diese Nachricht überraschte ihn kaum, obgleich er voller Hoffnung gewesen war. »Ich bin mit meinem Latein am Ende. Gibt es etwas, das wir bisher noch nicht versucht haben?«

»Ich bezweifle es, Boß. Der Prozeß beginnt am Dienstagmorgen, ob es Ihnen gefällt oder nicht. Wie wär's mit einer Schattenjury?«

»Schattenjurys kommen nur für große Kanzleien in Frage, die viel Geld ausgeben können und einen Klienten beeindrucken wollen. Ganz gleich, wie viele demographische Analysen man durchführt: Schattenjurys können die Überlegungen der wahren Geschworenen nie exakt nachvollziehen. Nein, man muß während des Verfahrens aufpassen und versuchen, so gut wie möglich mit der Jury zurechtzukommen.« Ben wandte sich dem nächsten Punkt auf der geistigen Checkliste zu. »Haben Sie hinsichtlich der Geschäftsunterlagen aus Reynolds' Büro irgendwelche Fortschritte erzielt?«

»Ja.« Jones deutete auf einen hohen Stapel aus Zetteln. »Das sind meine Notizen. Ich bin jene Dokumente mindestens zehnmal durchgegangen, von vorne bis hinten und umgekehrt. Nun, ich weiß zwar, worum es bei den Informationen geht, aber leider habe ich keine Ahnung, was sie *bedeuten*. Ich brauche etwas, mit dem ich diese Zahlen hier vergleichen kann.«

»Zum Beispiel Albert DeCarlos Geschäftsunterlagen der gleichen Transaktionen.«

»Ja. Dann könnte ich zwei und zwei zusammenzählen,

Übereinstimmungen und Diskrepanzen finden. Und wenn es irgendwo große Beträge gibt, die zwar hier auftauchen, aber nicht dort …«

»Dann hätten wir eine Spur gefunden. Ja, ich weiß. Übrigens: Haben Sie was von Loving gehört?«

»Nicht seit dem Tag, an dem er Hilfe in Aussicht stellte.«

»Das habe ich befürchtet. Hoffentlich ist er nicht in Schwierigkeiten. Versuchen Sie, ihn zu finden.«

»Wieso ich? Sie sind der Skipper.«

»Ja, ja, in Ordnung. Versuchen Sie's trotzdem. Was von Christina gehört?«

»Sie hat angerufen.«

»Haben Sie Ihr vom Ergebnis der letzten Vorverhandlung erzählt?«

Jones nickte.

»Wie reagierte sie darauf?»

»Sie nahm's gelassen hin. Aber der Schein trügt, Boß. Sie hat schreckliche Angst.»

»Ich weiß«, erwiderte Ben leise.

Das Telefon klingelte und Jones nahm ab. Einige Sekunden lang runzelte er verwirrt die Stirn, reichte Ben dann den Hörer. »Ich glaube, das ist für Sie.«

»Kincaid«, meldete sich Ben.

»Hier ist Lennie. Wir müssen miteinander reden. Und zwar so schnell wie möglich.«

»Als ich das letzte Mal mit Ihnen reden wollte, haben Sie mich mit einer Knarre verjagt.«

»Weil Sie Ihre Nase in Dinge steckten, die Sie nichts angingen. Jetzt sieht die Sache anders aus.«

»Geht es um den Fall Lombardi?«

»Natürlich geht's um den verdammten Fall Lombardi«, ereiferte sich Lennie. »Lieber Himmel, warum sollte ich Sie sonst anrufen?«

»Derzeit bin ich beschäftigt …

»Zum Teufel mit Ihnen! Mein Leben steht auf dem Spiel!« In Lennies Stimme vibrierte nicht nur Aggressivität. »Wir alle sind in Gefahr. Auch Ihre Klientin.«

»Was soll das heißen?«

»Es soll heißen, daß wir schon so gut wie tot sind, Mann! Kapiert? Es geht uns allen an den Kragen, verdammt!«

»Beruhigen Sie sich, Lennie. Und erklären Sie mir, was Sie meinen. Warum befindet sich Christina in Gefahr?«

»Das kann ich Ihnen am Telefon nicht sagen, Mann. Ist zu gefährlich.«

»Wohnen Sie noch immer im Cowpoke Motor Inn? Zimmer 13?«

»Ja ...«

»Gut. Ich fahre sofort los.«

Die einzige Veränderung des Motels schien darin zu bestehen, daß es jetzt noch verlassener wirkte als vorher. Offenbar waren nur wenige Zimmer belegt. Am Abend kam vermutlich mehr Leben in die Bude: Dann trafen jene Gäste ein, die nicht übernachten, sondern nur kurz mit jemandem unter die Decke kriechen wollten.

Ben lenkte seinen Wagen auf den Parkplatz. Er freute sich darüber, das Ziel endlich erreicht zu haben – unterwegs war zweimal der Motor ausgegangen. Rasch stieg er aus, lief zum Zimmer Nummer dreizehn und klopfte dort an die Tür. »Lennie! Ich bin's, Ben Kincaid!«

Keine Antwort. Alles blieb still.

Ben klopfte erneut, sprach noch lauter, rief sogar – ohne Erfolg. *O Gott, bitte nicht* ... Bitte laß ihm nichts zugestoßen sein. Sorg dafür, daß er nur kurz weggegangen ist, um Kaffee zu trinken, zu pinkeln oder sich die Zeitung zu holen. Bitte ...

Er roch etwas. Selbst durch die geschlossene Tür. Etwas, das ihm gräßlich vertraut erschien.

Ben spielte mit dem Gedanken, zum Verwalter zu laufen, doch eine Sekunde später wurde ihm klar, daß er dadurch zuviel Zeit verlor. Der Bursche hinter dem Empfangstresen wollte ihn bestimmt nicht begleiten und hätte es sicher auch abgelehnt, die Tür von Zimmer dreizehn für ihn zu öffnen. Ohne ausdrückliche Erlaubnis war es Motelbesitzern verboten, vermietete Räume zu betreten – es sei denn, es gab zwingende Gründe dafür. Und als Anwalt durfte Ben niemanden dazu auffordern, gegen geltendes Recht zu verstoßen. Zumindest nicht vor Zeugen.

Er eilte zum Accord zurück und holte das Taschenmesser aus dem Handschuhfach. Hastig klappte er es auf, schob die Klinge zwischen Rahmen und Tür, direkt unter dem Bolzen. Das Schloß war alt und leistete dem Messer keinen nennenswerten Widerstand. Schon nach kurzer Zeit öffnete sich die Tür.

Ben schob sie ganz auf, und der scheußliche Geruch schlug ihm wie mit einer Faust ins Gesicht. Er hielt den Atem an, trat über die Schwelle und sah sich um. Das Zimmer war im gleichen Zustand wie vorher: überall schmutzige Kleidung, Fast-food-Schachteln und Pornohefte. Wie zuvor lag Lennie auf dem Bett. Aber diesmal rührte er sich nicht. Er nahm eine unnatürliche, wie verkrampft wirkende Haltung ein, und der Haut haftete eine eisblaue Blässe an.

In der linken Schädelhälfte zeigte sich ein großes, blutendes und sternförmiges Loch.

Ben preßte sich das Taschentuch auf Mund und Nase, um sich vor dem abscheulichen Geruch zu schützen. Daran würde er sich nie gewöhnen.

»Nun«, sagte Mike, »die Sache wird ernst. Sozusagen todernst.«

»Erspar mir deinen Halloween-Humor«, erwiderte Ben. »Was hat ihn umgebracht?«

»Vier Kugeln im Kopf. Wie bei Lombardi.«

Vier Kugeln, die den Schädel halb zertrümmert hatten.

»Sieh dir die Farbe des Bluts an«, fuhr Mike fort. »Dies ist vor kurzer Zeit geschehen. Zehn Minuten vor deiner Ankunft, schätze ich.«

Zehn Minuten. Zehn verdammte Minuten. Wenn der Motor meines verdammten Wagens nicht gestreikt hätte, wenn ich nicht in einen Stau geraten wäre …

»Irgendeine Ahnung, was er wollte?«

»Nein. Er erwähnte wichtige Informationen und meinte, wir seien alle in Gefahr.«

»Offenbar hatte er recht. Was ihn selbst betraf.«

»Ja.«

»Und wenn er in bezug auf sich selbst recht hatte ...«

»Danke, ich verstehe.«

Ben versuchte, nicht hinzusehen, als Krankenpfleger Lennie auf eine Bahre hoben. Der Leib hing schlaff durch; Hirnmasse tropfte aus dem offenen Kopf. »Glaubst du, die hiesige Mafia steckt dahinter?«

Mike überlegte. »Das wäre durchaus möglich, wenn man berücksichtigt, auf welche Weise sich dieser Kerl den Lebensunterhalt verdiente. Andererseits: Die Umstände deuten nicht unbedingt auf eine vom organisierten Verbrechen beschlossene Exekution hin.«

»Was ist mit den vier Kopfschüssen? Einer hätte doch genügt, um Lennie umzubringen.«

»Nun ...« Mike zögerte. »Die Sache mit den vier Kugeln spricht eigentlich gegen eine Hinrichtung im Auftrag der Tulsa-Mafia. Dadurch ähnelt dieser Mord jenem, den man deiner Klientin zur Last legt.«

In Ben versteifte sich etwas. »Worauf willst du hinaus, Mike?«

»Wo hat sich Christina vor zwanzig oder dreißig Minuten aufgehalten, Ben?«

»Woher soll ich das wissen?«

»Ich schätze, du solltest es besser herausfinden.«

»Soll das etwa heißen, daß sie ein Alibi braucht?«

»Vorhin hast du mir erzählt, daß Lennie dem FBI Tips gegeben hat, daß er vielleicht beabsichtigte, gegen Christina auszusagen.« Mike klopfte auf die Taschen seines Mantels, suchte offenbar nach der Pfeife. »Vielleicht hat sich deine Klientin zu einer Verzweiflungstat hinreißen lassen. Unter den gegebenen Umständen könnte ich es ihr nicht verdenken.«

»Red nicht um den heißen Brei, Mike. Verdammt, sag mir ganz offen, wie du die Situation beurteilst.«

Mike sprach ebenso laut wie Ben, als er erwiderte: »Deine Aussichten, beim Verfahren einen Freispruch zu erwirken, waren ohnehin schon sehr gering. Aber jetzt hast du praktisch überhaupt keine Chance mehr, den Prozeß zu gewinnen.«

»Ich kann nicht glauben, daß du wirklich mit dem Gedanken spielst, Christina die Schuld an der Ermordung dieses miesen Halunken zu geben!«

»Ich bin Polizist, Ben! Meine Aufgabe besteht darin, Verbrecher zu finden. Anklage gegen sie erhebt jemand anders. Aber eins steht fest: Moltke und seine Kumpel werden in dieser neuen Entwicklung einen Beweis dafür sehen, daß sie recht haben.«

»Ach, und laß mich raten«, sagte Ben verärgert. »Dir sind die Hände gebunden, nicht wahr?«

Mike rammte sich die Pfeife in den Mund, drehte den Kopf und schwieg.

»Wie ich's mir dachte. Danke für nichts.«

Ben verließ das Zimmer. In seinen Schläfen pochte es. Schreckliche Worte hallten in ihm wider, dröhnten mit gnadenloser Unerbittlichkeit.

Deine Aussichten, beim Verfahren einen Freispruch zu erwirken, waren ohnehin schon sehr gering.

Diese Bemerkung stammte von einem Mann, der es wissen mußte.

Aber jetzt hast du praktisch überhaupt keine Chance mehr, den Prozeß zu gewinnen.

13

Ben atmete den aromatischen Duft von feuchten Kiefernnadeln tief ein. Die Frische fühlte sich gut an, vertrieb jedoch nicht das Unbehagen. Eine innere Stimme sagte ihm, daß es falsch gewesen war, diesen Ort aufzusuchen und Christina mitzunehmen. Jene Stimme riet ihm, sofort heimzukehren und die Tür zu verriegeln. *Wir alle sind in Gefahr!* So lauteten Lennies Worte. *Es geht uns allen an den Kragen!*

Der Nachtwind seufzte in den Baumwipfeln und brachte frostige Kühle. Ben sah, wie Christina die Arme um sich schlang. »Ich habe dich aufgefordert, einen Mantel überzustreifen.«

»Meine Mäntel habe alle zu grelle Farben«, erwiderte Christina. »Damit eignen sie sich kaum für solche Ausflüge.«

»Ja.« Ben sah auf die Armbanduhr. Fast zwei Uhr morgens. Das Flugzeug war überfällig, wenn Wolfs Angaben stimmten. Kam es noch? Oder sollte in dieser Nacht überhaupt keine Lieferung erfolgen? Es gab nur eine Möglichkeit, Gewißheit zu erlangen – indem sie auch weiterhin warteten. Bis zum Tagesanbruch, wenn's sein mußte.

Wolf begann mit einer unruhigen Wanderung. Er war schon seit einer ganzen Weile nervös, was Ben durchaus verstehen konnte. Das tatenlose Warten erwies sich immer mehr als Belastung. Schon vor Stunden hatte er den Jungen aufgefordert, nach Hause zu gehen – für jemandem in seinem Alter war diese Sache viel zu gefährlich. Außerdem: Seine Eltern vermißten ihn bestimmt. Doch Wolf weigerte sich hartnäckig, Ben und Christina zu verlassen. Und er lehnte es ab, über das Thema ›Eltern‹ zu sprechen.

»Ich muß mich um was kümmern«, sagte Wolf plötzlich.

Ben nickte. »Bleib nicht zu lange fort.«

»Nein. Wenn mir was auffällt, so gebe ich Ihnen Bescheid. Mit einem Laut, der so klingt.« Der Junge hob beide Hände vor den Mund und gab einen seltsamen Schrei von sich. Es klang nach dem Ruf eines Vogels – vielleicht einer Eule. Was auch immer es sein sollte: Es hörte sich echt an.

»Nichts im Wald verursacht ein solches Geräusch«, erklärte Wolf. »Wenn Sie es hören, wissen Sie, daß es nur von mir stammen kann.«

»In Ordnung«, sagte Ben. »Wir spitzen die Ohren.«

»Und wenn was passiert, oder wenn Sie Hilfe brauchen … Dann benachrichtigen Sie mich mit dem gleichen Geräusch.«

»Meine Güte, ich könnte es nicht einmal dann nachahmen, wenn ich eine Million Jahre Zeit hätte, um zu üben. Ich bin schon überfordert, wenn's ums Pfeifen geht.«

»Zu welchen Geräuschen sind Sie imstande?«

»Ich bin ein wahrer Meister im Achselfurzen.« Ben wölbte die Hand unter der Achsel und senkte dann den Arm. »Das habe ich im College gelernt.«

Wolf war nicht beeindruckt. »Und Sie?« wandte er sich an Christina.

»Tut mir leid. Bin nie zum College gegangen.«

»Vielleicht sollten Sie einfach ›He, Wolf‹ rufen.«

»Das kriege ich hin«, sagte Ben. »Auf welche Weise will dann ein zwölfjähriger Junge aktiv werden? Immerhin haben wir's mit skrupellosen Gangstern zu tun.«

»Ich komme schon irgendwie zurecht.« Wolf griff in die Tasche und holte eine Zwille hervor. »Mit dem Ding kann ich gut umgehen.«

Ben lächelte. »Bleib sauber. Und komm bald zurück.«

Wolf eilte los, und schon nach wenigen Sekunden konnte ihn Ben nicht mehr sehen. Alles blieb still. Der Junge schien plötzlich ebenso Teil des Waldes zu sein wie die Bäume.

Kurz darauf erstarrte Ben. »Hast du das gehört?«

»Oh, Himmel, da meldet sich wieder Herr Paranoid ...«

»Im Ernst, Christina. Blätter haben geraschelt.«

»Das war Wolf.«

»Nein, es kam von dort drüben, aus einer ganz anderen Richtung.«

»Weis mich ruhig darauf hin, wenn du was siehst, Ben. Aber bis dahin verzichte bitte darauf, mir Angst einzujagen.«

»Wie du willst.« Er ging neben Christina in die Hocke. »Du hast mir noch nicht gesagt, wie du den heutigen Nachmittag verbracht hast.«

»Spielt's eine Rolle? Wieso sollte jemand auf den Gedanken kommen, mir die Schuld an Lennies Tod zu geben? Ich kannte ihn überhaupt nicht.«

»Aber er kannte dich. Und vielleicht beabsichtigte er, gegen dich auszusagen.«

»Wie könnte er irgend etwas über mich gewußt haben?«

»Das ist nicht der springende Punkt. Lennie war in Schwierigkeiten und wollte zum Informanten werden, um seine Probleme zu lösen. Er wäre nicht der erste Ganove, der das Mittel einer falschen Zeugenaussage wählt, um damit Straffreiheit und Sicherheit zu kaufen.«

»Die Sache stinkt.«

»Ja. Trotzdem sieht's nicht gut aus, wenn ein möglicher Belastungszeuge kurz vor dem Verfahren umgenietet wird. Also: Wo warst du heute nachmittag?«

»Zu Hause. Hab allein vor dem Fernseher gesessen.«

Mit anderen Worten: Christina hatte kein Alibi. Nur ihre eigene Aussage stand gegen den Vorwurf, einen zweiten Mord begangen zu haben – die Aussage der Angeklagten. Ben vernahm ein leises Brummen, das von der anderen Seite der Lichtung kam. Es wurde allmählich lauter, und einige Sekunden später sah er die Umrisse eines kleinen, dicht über den Baumwipfeln dahingleitenden Flugzeugs. Es war schwarz und damit in der Nacht fast unsichtbar. Eigentlich verriet es sich nur durch das Geräusch des Motors. Ben beobachtete, wie die Maschine einige Male kreiste und dann zur Landung ansetzte.

»Duck dich auch weiterhin«, flüsterte er seiner Begleiterin zu. »Man darf dich auf keinen Fall sehen.«

Christina zog den Kopf ein.

Das Flugzeug landete, und kurz darauf herrschte wieder Stille. Das Cockpit öffnete sich, und ein Mann stieg aus. Er trug eine dunkle Lederjacke und Bluejeans, entsprach damit Wolfs Beschreibung des Piloten. Er wartete nicht etwa bei der Maschine, sondern marschierte über die Lichtung; etwa dreißig Meter nördlich von Ben und Christina verschwand er im Wald.

Sie folgten ihm, als sie die Entfernung für groß genug hielten. In der Finsternis konnten sie den Piloten nicht sehen, aber sie hörten ihn: Blätter und Zweige knirschten unter seinen Stiefeln.

Fast zehn Minuten lang folgten sie ihm. Schließlich erreichte der Pilot jene Hütte, die Ben und Christina während ihrer ersten Wanderung gefunden hatten – der Schuppen, in dem Wolf die Tiere behandelte. Der Pilot zögerte, las das Schild an der Tür und blickte dann aufs bereits geöffnete Schloß hinab.

Er trat ein.

Ben hörte jähen Aufruhr in der Hütte. Es schien zu einem Handgemenge zu kommen – befand sich Wolf da drin?

Ben kroch vor ... Und wich sofort wieder zurück, als sich auf der anderen Seite eine Gestalt aus den Schatten löste und dem Schuppen näherte. Details konnte Ben kaum erkennen. Es schien ein Mann zu sein, groß und dünn. Und er hatte langes blondes Haar. Vinny, DeCarlos ›rechte‹ Hand.

Vinny gab der Tür einen Stoß und betrat die Hütte.

Wieder hörte Ben Geräusche, die auf rasche Bewegungen hindeuteten, vielleicht auf eine Auseinandersetzung. Dann klatschte etwas – eine Ohrfeige oder ein Schlag an den Kopf? –, und Stille schloß sich an.

»Ich fürchte, Wolf ist im Schuppen«, hauchte Ben.

Christina riß die Augen auf. »Nein!«

»Wahrscheinlich wollte er sich vergewissern, daß mit seinen Vögeln alles in Ordnung ist – und jetzt haben ihn die beiden Mistkerle erwischt. Möglicherweise sind sie von der jüngsten FBI-Aktivität verschreckt worden und beschlossen daher, den Austausch nicht auf der Lichtung vorzunehmen, sondern an einem besser geschätzten Ort.«

»Was machen wir jetzt? Wir können den Jungen nicht im Stich lassen.«

»Da bin ich ganz deiner Meinung.« Bevor Ben etwas hinzufügen konnte, krachte es im Innern der Hütte, und zornige Schreie erklangen.

»Ich gehe jetzt rein«, kündigte Ben an.

»Und was hast du vor, wenn du drin bist?«

»Das wird sich herausstellen.« Ben stand auf und schlich los, doch fast im gleichen Augenblick schlang sich ihm ein Arm um den Hals, zwang ihn zu Boden.

»*Was zum ...*«

Er bekam keine Gelegenheit, den Satz zu beenden. Zwei weitere Hände erschienen wie aus dem Nichts und drückten ihm einen Knebel in den Mund. Eine andere Hand fügte Klebeband hinzu, was Ben daran hinderte, den Stoffballen mit der Zunge fortzuschieben.

Er keuchte, wand sich hilflos hin und her. Christina lag dicht neben ihm und erfuhr eine ähnliche Behandlung. Männer in dunkler Kleidung hielten sie fest. Einer packte sie an den Armen, der andere zerrte am Haar, zog auf diese Weise den Kopf nach hinten. Ben wollte sich ihr nähern, doch jemand riß ihm die Arme auf den Rücken und legte ihm Handschellen an.

Dann vertrieb das Dröhnen eines Lautsprechers die Stille. »Hier spricht das FBI. Die Hütte ist von FBI-Beamten umstellt. Flugzeug und Motorrad wurden beschlagnahmt. Eine Flucht ist ausgeschlossen. Kommen Sie mit erhobenen Händen heraus.«

Was ging hier vor? Ben versuchte vergeblich, sich zu befreien. Woher wußte das FBI, daß hier, mitten im Wald, Drogen geliefert wurden? Und wieso behandelte man ihn und Christina wie Verbrecher? Er wollte schreien, doch der Knebel steckte ihm viel zu fest im Mund, stimulierte in Ben das sehr unangenehme Gefühl, langsam zu ersticken. Wo befand sich Christina jetzt? Er konnte sie nicht mehr sehen. Wenn die Burschen ihr etwas angetan hatten …

»Wir geben Ihnen sechzig Sekunden, um sich zu stellen«, donnerte die Lautsprecherstimme. »Wenn Sie nicht herauskommen, sind wir gezwungen, Tränengasgranaten einzusetzen, die für Ihre Gesundheit schädlich sein könnten. Ich wiederhole: Die Hütte ist umstellt. Eine Flucht ist ausgeschlossen.«

Es sei denn, die Gangster verfügten über eine Geisel. Ben hörte, wie erneut etwas in der Hütte krachte, gefolgt von lautem Scheppern und gedämpften Schreien. Offenbar fand ein Kampf statt. In Ben drängte alles danach, etwas zu sagen, darauf hinzuweisen, daß sich Wolf in dem Schuppen aufhielt.

»Nicht schießen!« rief jemand in der Hütte. Es klang voller Furcht, der Panik nahe. »Kein Gas. *Bitte.*«

Eine Gestalt sprang nach draußen. Das Gesicht blieb Ben verborgen, aber die geringe Größe bot einen deutlichen Hinweis darauf, um wen es sich handelte.

»Stehenbleiben!« tönte es aus dem Lautsprecher. »Und die Hände hoch. Wenn Sie sich nicht fügen, müssen wir das Feuer eröffnen.«

Die Gestalt zögerte, verlagerte dabei das Gewicht vom einen Bein aufs andere. Der Junge hatte ganz offensichtlich

Angst und wußte nicht, wie er sich verhalten sollte. Immer wieder warf er einen Blick über die Schulter.

»Ich wiederhole: Die Hände hoch!« heulte es aus der Dunkelheit. Die Gestalt verharrte nach wie vor in Unschlüssigkeit. »Na schön. Gasgranaten vorbereiten.«

»*Nein!*« entfuhr es dem Jungen entsetzt. »Mit dem Gas bringen Sie die Vögel um!«

Ben sah, wie Wolf in die Tasche griff.

Er kam nicht dazu, seine Zwille hervorzuholen. Automatische Waffen ratterten, und Mündungsfeuer blitzte in der Nacht. Der erste Treffer ließ den Jungen nach hinten taumeln, und der zweite schleuderte ihn gegen einen Baum. Er kippte zur Seite und hinterließ einen dunklen Blutfleck am Stamm.

Der Junge sank zu Boden und schloß dabei die Augen. Blut sickerte aus dem Mundwinkel, bildete eine kleine Lache neben der Hand, die eine hölzerne Zwille umklammert hielt.

DRITTER TEIL

Das Unheil nimmt seinen Lauf

1

Ben mußte seine Lider zwingen, oben zu bleiben. Er hätte sich selbst eine Ohrfeige gegeben, wenn nicht Hunderte von Personen zugegen gewesen wären und ihn beobachteten. Der erste Tag des Prozesses – und ihm fiel es schwer, nicht einzuschlafen.

Erst um vier Uhr hatten die FBI-Agenten Ben und Christine zur Einsatzzentrale gebracht, und bis zu ihrer Entlassung vergingen noch einmal zweieinhalb Stunden. Ben vermutete, daß Absicht dahintersteckte. Sicher wußten die Typen vom Bureau, daß an diesem Tag die Verhandlung begann. Und wahrscheinlich wollten sie der Anklage einen Gefallen erweisen, indem sie dafür sorgten, daß der Verteidiger und seine Klientin an akutem Schlafmangel litten.

Er hatte kein Wort über die beiden verhafteten Männer gehört. Oder über Wolf.

Ben beobachtete Christina am Tisch der Verteidigung. Mit geradem Rücken saß sie da, die Hände im Schoß gefaltet. Sie versuchte, den Rat ihres Anwalts zu beherzigen und einen ruhigen, gelassenen Eindruck zu erwecken. Was ihr bestimmt nicht leichtfiel. Sie war ebenso wie er – kein Wunder; schließlich ging es um ihr Leben –, und sie hatte die gleiche lange Nacht hinter sich. Normalerweise verzichtete sie auf Make-up und dergleichen, aber diesmal hatte sie kosmetische Hilfsmittel in dem Bemühen verwendet, über Müdigkeit und Erschöpfung hinwegzutäuschen. Dennoch zeichneten sich Schatten unter ihren Augen ab.

Sie trug ein schlichtes blaues Kattunkleid mit einem Kragen aus Spitzenborten. Solche Kleidungsstücke fanden sich nicht in Christinas Garderobe – Ben hatte es aus einem Secondhand-Laden in der Nähe seines Büros. Er wollte kein Risiko eingehen, wählte auch die Schuhe und den Rest aus. Jetzt glaubte er, daß der Look stimmte: Christina war auf eine schlichte, zurückhaltende Art attraktiv. Sie wirkte nicht wie jemand aus der Oberschicht, präsentierte sich vielmehr als eine Frau, die bei den Geschworenen auf Anteilnahme und Mitgefühl hoffen durfte.

Der Gerichtssaal war natürlich voll. Die erste Reihe im Zuschauerbereich blieb für die Journalisten reserviert, und in den sechs übrigen Reihen rechts und links vom Mittelgang saßen Neugierige, die Christina McCall, inzwischen berühmt-berüchtigte Drogenprinzessin von Tulsa, mit eigenen Augen sehen wollten. Hinten gab's sogar Stehplätze für Leute, die bereit waren, den ganzen Tag über auf den Beinen zu bleiben. Und im Flur warteten Leute, die hofften, daß im Verhandlungssaal ein Platz für sie frei wurde. Vom Wächter wußte Ben, daß die ersten Schaulustigen schon um sechs Uhr eingetroffen waren. Er hielt dies alles für unglaublich: Meine Güte, hier begann ein Prozeß, keine verdammte Theatervorstellung oder etwas in der Art. Ein durchaus angemessener Vergleich, fand Ben. Derzeit war das Unterhaltungsangebot in Tulsa nicht besonders groß, und es lockte ein spannender Prozeß, bei dem das Leben der Angeklagten auf dem Spiel stand.

Ben ließ den Blick über die Anwesenden schweifen und sah nur wenige Personen, die er für freundlich gesinnt hielt. Seinen Sekretär Jones hatte er aufgefordert, im Büro zu bleiben, eventuelle Anrufe entgegenzunehmen und noch einmal die Unterlagen aus Reynolds' Kanzlei zu prüfen. Von Loving fehlte noch immer jede Spur. Ben hoffte, daß er nicht am Grund des Arkansas River gefunden wurde, mit Beton-Galoschen.

Ein Gesicht bei den Zuschauern fiel Ben auf: Margot Lombardi. Nun, ihre Präsenz sollte ihn eigentlich nicht überraschen – immerhin war sie die Witwe des Ermordeten. Sie saß ganz vorn und trug eine dunkle Sonnenbrille. Wahrscheinlich wollte sie nicht erkannt werden. Ben konnte es ihr kaum verdenken.

Er beugte sich über das Geländer, hinter dem sich der Publikumsbereich erstreckte. »Mrs. Lombardi?«

Sie drehte erstaunt den Kopf. »J-ja?«

»Es steht mir nicht zu, Ihnen irgendeinen Rat zu geben,

aber falls Sie es nicht wissen: Wenn Sie hier im Gerichtssaal sind, können Sie als Zeugin aufgerufen werden.« Und die Geschworenen daran erinnern, daß Lombardi verheiratet war, fügte Ben in Gedanken hinzu. Ach, wie schön.

»Mr. Moltke hat mir versichert, daß es nicht dazu kommt.«

Ben beugte sich noch etwas näher. »Ma'am, Ihr Anwalt Quinn Reynolds hat Dokumente zurückgehalten, die für Christinas Verteidigung sehr wichtig sind.«

»Oh ... Haben Sie ihn darauf angesprochen?«

»Ja, mehrmals. Und er hat es abgelehnt, mir Einsicht in die Unterlagen zu gewähren. Ich mußte mir Kopien aus einer, äh, anderen Quelle beschaffen. Allerdings fehlt mir jetzt ein Zeuge, der imstande ist, ihre Authentizität zu bestätigen.«

»Wie kann ich Ihnen helfen?«

»Reynolds würde vermutlich die Aussage verweigern, wenn ich ihn frage, ob die Kopien mit den Originalen übereinstimmen. Aber Sie sind seine Klientin. Wenn Sie eine entsprechende Frage an ihn richten, muß er Auskunft geben.«

»Ich ... verstehe.«

»Sind Sie dazu bereit? Es geht hier um das Leben meiner Klientin.«

Margot zögerte und hob den Zeigefinger zum Kinn. »Wenn mein Anwalt nicht wollte, daß Sie die Dokumente sehen, so hatte er bestimmt einen guten Grund dafür.«

Ben preßte die Lippen zusammen.

»Meine finanzielle Situation ist derzeit recht prekär ... Wenn Mr. Reynolds glaubt, daß eine Offenlegung jener Unterlagen nicht in meinem Interesse liegt, so muß ich ihm vertrauen.«

Eine klassische Zwickmühle: Der Anwalt gab die Schuld dem Klienten, und umgekehrt. Voller Abscheu kehrte Ben zum Tisch der Verteidigung zurück.

Moltke genoß die Publicity in vollen Zügen. Er wirkte überschwenglich und glaubte ganz offensichtlich, den Sieg schon in der Tasche zu haben. Ein Erfolg bei diesem Prozeß, so glaubte er, führte geradewegs zu einem Sitz im Senat.

Warum auch nicht? dachte Ben. Für Staatsanwälte kamen Strafprozesse einer Spielwiese gleich, auf der sie sich richtig austoben konnten. Im Fernsehen berichtete man immer wieder über Richter und Anwälte, durch die es angeblich fast unmöglich wurde, Verbrecher hinter Gitter zu bringen. In Wirklichkeit konnten sie praktisch jeden verurteilen. Ankläger, Polizisten, Fachleute der Spurensicherung – sie alle gehörten zur gleichen Mannschaft und wollten gewinnen. Geschworene waren für sie wie Knetmasse, der sie eine beliebige Form geben konnten. Das alte Prinzip *schuldig, bis das Gegenteil bewiesen wird* hatte längst seine einstige Bedeutung verloren. Die meisten Mitglieder einer Jury gingen von folgenden Überlegungen aus: Wenn der Angeklagte wirklich völlig unschuldig war, so säße er bestimmt nicht am Tisch der Verteidigung.

Ben sah auf die Uhr – Derek kam erneut zu spät. Vermutlich las er die im letzten Augenblick von Ben gestellten Anträge und versuchte, sich plausible Gründe einfallen zu lassen, um sie alle abzulehnen. Hoffentlich äußerte sich der Richter zu dem Antrag, das Beweismaterial im Hinblick auf Lennies Ermordung auszuklammern. Moltke behauptete zwar, hieb- und stichfeste Beweise für Christinas Schuld zu haben und bald förmliche Anklage gegen sie erheben zu wollen, doch bisher folgten den Worten keine Taten. In seinem Antrag wies Ben auf folgendes hin: Da eine offizielle Anklage fehlte und die Umstände von Lennies Tod keine Antwort auf die Frage lieferten, wer Lombardi erschossen hatte, durfte diese Angelegenheit beim Prozeß nicht zur Sprache kommen. Bisher vertrat Derek den – feigen – Standpunkt, erst eine Entscheidung zu treffen, wenn »diese Angelegenheit aktuell wird.«

Ben berührte Christina am Arm und versuchte, fröhlich zu klingen. »Schade, daß kein attraktiver, liebevoller Ehemann in der ersten Reihe sitzt. Darauf fahren die Geschworenen voll ab.«

»*Pardonnez-moi*«, erwiderte Christina. »Soll ich mir einen leihen? Burris dürfte den einen oder anderen im Angebot haben.«

Ben rang sich ein Lächeln ab und fühlte, wie seine Unruhe wuchs. Fing dieser Prozeß denn nie an?

Schließlich rührte sich was hinter der Richterbank. Der Gerichtsdiener forderte die Anwesenden auf, sich zu erheben, und dann kam Derek herein. Er wirkte gesund und munter, strahlte regelrecht. Bestimmt freute er sich darauf, das große Publikum mit seiner umfassenden richterlichen Weisheit beeindrucken zu können. Ben vermutete, daß Derek tief in seinem Herzen ein Schmierenkomödiant war.

Derek öffnete eine kleine Schachtel, entnahm ihr eine Tablette und schob sie sich in den Mund. »Ich habe mich eben durch Ihren neuesten Antragshaufen gearbeitet, Mr. Kincaid.«

Ebensogut hätte Herodes verkünden können: *Ich habe über neugeborene Kinder nachgedacht.*

»Offenbar handelt es sich um Neuauflagen früherer Anträge. Sie sind hiermit alle abgelehnt.«

»Danke, Euer Ehren.«

»Ist noch etwas zu klären, bevor wir mit der Auswahl der Geschworenen beginnen?«

»Ja, Euer Ehren«, sagte Ben. »Ich habe einen neuen Antrag.«

»Soll das ein Witz sein?« fragte Derek. »Gibt es einen Antrag, den Sie noch nicht gestellt haben?«

»Ja, Euer Ehren. Die Verteidigung beantragt hiermit eine Verlegung des Verhandlungsortes.«

»Begründung?«

»Dieser Fall hat eine so große Publicity gewonnen, daß sich hier kaum Geschworene ohne eine vorgefaßte Meinung finden lassen.«

Derek schob sich eine zweite Tablette in den Mund und kaute hingebungsvoll. »Könnten Sie sich bitte etwas deutlicher ausdrücken?«

»Euer Ehren, seit einem Monat berichten alle drei lokalen Fernsehsender sowie beide Zeitungen in Tulsa über den Fall. Die entsprechenden Nachrichten wurden als schlagzeilenartige Meldungen gebracht und erschienen auf den Titelseiten. Darüber hinaus tendierten sie stark zugunsten der Anklage …«

»Liegt es vielleicht daran, daß auch das *Beweismaterial* eine solche Tendenz aufweist?«

»Es spielt keine Rolle, Euer Ehren. Prozesse sollten im Gerichtssaal geführt werden, nicht in den Medien. Sogar heute morgen, hier in diesem Raum, wiesen Journalisten mit lauten Bemerkungen darauf hin, daß sie meine Klientin für schuldig halten. Eventuelle Geschworene könnten sich in Hörweite befunden haben.«

Moltke erhob sich. »Darf ich darauf antworten, Euer Ehren.«

»Ich glaube, das ist nicht nötig«, sagte Derek. Und zu Ben: »Können Sie mir einen einzigen Zeitungsartikel zeigen, in dem Ihre Klientin als schuldig bezeichnet wird?«

»Nein, natürlich nicht. Der Verfasser eines solchen Artikels müßte mit einer Klage rechnen.«

»Können Sie irgend etwas Konkretes vorweisen, das auf eine Voreingenommenheit der hiesigen Bürger hindeutet?«

»Nein.«

»Nun, das Gericht braucht etwas Handfestes, wenn es glauben soll, daß sich hier keine geeigneten Geschworenen finden lassen.«

»Dieses Gericht hat einen breiten Ermessensspielraum«, sagte Ben.

»Den ich auch nutzen werde«, betonte Derek. »Nun, wenn ich mich bei dieser Sache dazu durchränge, Ihren Standpunkt zu teilen ... Dann müßte ich praktisch jeden wichtigen Fall transferieren, der an mich herangetragen wird. Ihr Antrag ist hiermit abgelehnt. Natürlich steht es Ihnen frei, bei der Geschworenenbefragung nach Anzeichen von Voreingenommenheit Ausschau zu halten.«

»Wie Sie meinen, Euer Ehren.«

»Und noch etwas.« Derek hob die Stimme. »Dieses Gericht hat Ihre dauernden Versuche satt, den Prozeß zu verzögern und zu verhindern, daß der Gerechtigkeit Genüge getan wird. Hiermit warne ich Sie ausdrücklich: Weitere leichtfertige Anträge könnte ich zum Anlaß nehmen, Sie wegen Mißachtung des Gerichts zu belangen.«

Posierst du wieder für die Presse? »Verstanden, Euer Ehren.«

»Das hoffe ich. Um Ihretwillen. Lassen Sie uns nun fortfahren.«

Vor Beginn des Prozesses hatte Derek folgendes angekündigt: Aufgrund des besonders schweren Verbrechens, das man der Angeklagten zur Last legte, wollte er von der üblichen Verfahrensweise des Bundesgerichts abweichen und es den Anwälten erlauben, sich direkt an die Jury-Kandidaten zu wenden. Dagegen hatte Ben nichts einzuwenden. Ganz im Gegenteil: Er begrüßte es, daß nicht etwa Derek die Fragen stellte, sondern er selbst – auf diese Weise fand er sicher wesentlich mehr über die Geschworenen heraus.

Der Gerichtsdiener verlas die ersten neunzehn Namen auf seiner Liste und rief die betreffenden Personen zur Geschworenenbank. Sie stellten sich der Reihe nach vor, nannten Beruf und Familienstand. Ben sah, wie Myra alle biographischen Details notierte. Es schienen überwiegend Leute aus der unteren Mittelklasse zu sein, mit unterdurchschnittlicher Bildung. Wie üblich. Wer zu den oberen Schichten der Gesellschaft gehörte, fand häufig Mittel und Wege, um Jurypflichten zu meiden. So etwas überließ man Arbeitern und einfachen Angestellten, die sich freuten, einen Tag frei zu haben und trotzdem bezahlt zu werden. Demographischen Untersuchungen zufolge neigten gerade solche Personen dazu, sich von der Sensationspresse und Gerechtigkeitsappellen der Staatsanwaltschaft beeinflussen zu lassen.

Zwölf Frauen und sieben Männer – alles andere als ausgeglichen und sehr ungünstig für die Verteidigung. Der gesunde Menschenverstand gebot, daß Ben nichts an weiblichen Geschworenen gelegen sein konnte. Frauen begegneten Frauen mit weitaus mehr Strenge als Männer, erst recht dann, wenn es um zweifelhafte sexuelle Dinge ging. Unglücklicherweise bestand die restliche Gruppe möglicher Jury-Mitglieder zu zwei Dritteln aus Frauen. Zwar konnte Ben insgesamt zwanzig Geschworene ablehnen, wodurch sich jedoch nichts daran änderte, daß mehr Frauen als Männer über den Fall entscheiden würden.

Derek stellte die Anwälte vor und fragte, ob sie jemandem

bekannt seien. Niemand meldete sich. Als er die gleiche Frage in Hinsicht auf Christina stellte, kamen alle Hände hoch. Die meisten Geschworenen hatten entweder Zeitungsberichte gelesen oder die Fernsehnachrichten gesehen; viele von ihnen glaubten, in bezug auf Tulsas Drogenprinzessin recht gut informiert zu sein. Derek formulierte die wichtigste Frage: Haben Sie sich bereits eine Meinung gebildet, oder sind Sie in der Lage, das Beweismaterial objektiv und unvoreingenommen zu prüfen? Natürlich glaubten alle, dazu fähig zu sein. Ben wußte: Ohne eindeutige Voreingenommenheit konnte er keine Geschworenen zurückweisen, was für ihn weniger Freiraum bei der Auswahl bedeutete. Und selbst wenn sich ihm die Möglichkeit geboten hätte, mehr potentielle Jury-Mitglieder abzulehnen – womit sollte er sie ersetzen? Die draußen sitzenden Kandidaten unterschieden sich nicht von diesen Leuten.

Nachdem Derek die ersten einleitenden Fragen gestellt hatte, schritt Moltke zum Podium. Er hielt eine kurze Ansprache, in der es um die Rolle der Anklage bei dem Bemühen ging, das Allgemeinwohl vor Gesetzlosigkeit und Anarchie zu bewahren. »Als Geschworene nehmen Sie eine der wichtigsten Aufgaben in der Welt wahr«, sagte er. »Eine Aufgabe, von der die Stabilität unserer Gesellschaft abhängt.«

Im Anschluß an diese Schmeicheleien begann Moltke mit der eigentlichen Prüfung. Seine ersten Fragen spielten gar keine Rolle und dienten vor allem dazu, die Geschworenen zu entspannen, sich ihnen als eine Art freundlicher Kumpel zu präsentieren. Es folgten die üblichen Bemerkungen, mit denen der Staatsanwalt bei solchen Anlässen versuchte, eine für ihn günstige Stimmung zu schaffen. Schließlich bat er die Kandidaten um das Versprechen, das Für und Wider sorgfältig abzuwägen und nicht vor einer Verurteilung zurückzuschrecken, wenn sie die Angeklagte für schuldig hielten.

»Ich möchte Sie etwas fragen, Mrs. McKenzie.«

Die ältere Frau sah überrascht auf. Auch dabei handelte es sich um einen alten Anwaltstrick bei Strafprozessen: Man merke sich die Namen der Geschworenen, wenn sie aufgerufen werden – um sie später damit anzusprechen. Jury-Mitglieder ließen sich von solchen Dingen beeindrucken.

»Sie sind verheiratet, wenn ich mich recht entsinne.«

»J-ja, das stimmt«, bestätigte Mrs. McKenzie.

»Sie hielten wahrscheinlich nicht viel davon, wenn Ihr Mann fortginge und eine Affäre hätte, oder?«

»Nein.«

»Ehebruch ist eine schlimme Sache, finden Sie nicht auch?«

»Und ob.«

»Und bestimmt hätten Sie keine besonders hohe Meinung von dem Flittchen, mit dem sich Ihr Mann herumtreibt.«

»Ich würde ihr wahrscheinlich den Hals umdrehen«, sagte Mrs. McKenzie. Die anderen Geschworenen lachten leise.

»Und wenn das Flittchen Ihren Mann in kriminelle Aktivitäten verwickelt, zum Beispiel in Drogenhandel ... Sie wären sicher nicht erfreut, oder?«

Die Frau schob das Kinn vor. »Nein, das wäre ich nicht.«

»Und wenn das Flittchen Ihren Mann *erschießt* ...«

»*Einspruch,* Euer Ehren«, ließ sich Ben vernehmen. »Dies geht weit über eine normale Geschworenenbefragung hinaus.«

Derek nickte. »Ich fürchte, da muß ich Ihnen zustimmen. Mr. Moltke, bitte beschränken Sie sich darauf, nach Voreingenommenheit zu suchen, anstatt selbst welche zu schaffen.«

»Ja, Euer Ehren«, erwiderte der Staatsanwalt und gab sich zerknirscht. »Es liegt mir fern, irgendeine Art von Voreingenommenheit zu erzeugen. Und da wir gerade dabei sind ... Ich möchte die Geschworenen auf die eine oder andere Angelegenheit ansprechen – um mich zu vergewissern, daß sie nicht voreingenommen sind.«

Ein kluger Schachzug, dachte Ben. Er gibt Gehorsam dem Richter gegenüber vor – und macht doch genau das, was ihm gerade verboten wurde.

»Nun, meine Damen und Herren, unglücklicherweise hat dieser Prozeß einige sehr unangenehme Aspekte, die ...«

Moltke unterbrach sich und heuchelte Verlegenheit. »Sie stehen mit ... sexuellen Dingen in Zusammenhang.«

Ja, Moltke, jetzt sind sie alle hellwach. Nicht schlecht. Eine Prise Erregung ...

»Äh, Sie wissen sicher, daß ... Ach, verdammt und zugenäht, es gibt Leute, die sich nicht so verhalten wie wir. Ich behaupte keineswegs, daß es um ihre Moral schlechter bestellt ist ...«

Von wegen.

»Aber jene Personen sind zweifellos ... anders. Nun, Mrs. Applebury, Sie hegen doch keinen Groll gegen eine Frau, nur weil sie, ähm, außereheliche Beziehungen hat, oder?«

Ben konnte nichts dagegen unternehmen. Wenn er Einspruch erhob, weil es keine Beweise für, ähm, Beziehungen zwischen der Angeklagten und dem Opfer gab, so erweckte er damit nur den Eindruck, seine Klientin in Schutz nehmen zu wollen. Woraus die Geschworenen schlossen, daß tatsächlich solche, ähm, Beziehungen existierten ...

Mrs. Applebury hob die Hand zur Brust. »Ich w-würde versuchen, auch weiterhin objektiv zu bleiben.«

»Was ist mit Ihnen, Mrs. Bernstein?«

»Ich habe mich immer bemüht, eine offene Einstellung zu bewahren.«

»Und Sie, Mr. Svenson? Wären Sie geneigt, eine Frau für schuldig zu halten, nur weil sie sich mit sexuellen Praktiken beschäftigt, die Sie nicht für ... normal halten?«

»*Euer Ehren*!« entfuhr es Ben. »Das ist völlig unbedeutend und hat überhaupt nichts mit dem Fall zu tun!«

»Wenn es völlig unbedeutend ist, kann es Ihrer Klientin wohl kaum schaden, oder?« erwiderte der Richter.

Eins mußte man Derek lassen: Er war nicht auf den Mund gefallen.

»Schon gut, Euer Ehren«, sagte Moltke. »Ich wollte mich ohnehin einer anderen Sache zuwenden. Meine Damen und Herren, ich muß hier ein Thema zur Sprache bringen, das uns alle mit großer Besorgnis erfüllt. Ich meine den illegalen Drogenhandel. Sie alle wissen, daß es sich dabei um eins der größten Probleme in diesem Land handelt. Rauschgift wird praktisch an jeder Straßenecke angeboten, selbst in anständigen Wohnvierteln. Sogar auf den Schulhöfen von Grundschulen ...«

»Einspruch, Euer Ehren.«

»Stattgegeben.«

Moltke fuhr ungerührt fort: »Jedem von Ihnen dürfte klar sein, daß wir einen Krieg führen – einen Krieg gegen Drogen. Wir Regierungsbeamte fühlen uns dabei wie Infanteristen, und vielleicht empfinden einige von Ihnen ähnlich. Ich muß Sie jedoch daran erinnern, daß es bei diesem Prozeß um vorsätzlichen Mord geht. Es könnte sich herausstellen, daß die Angeklagte im Besitz einer beträchtlichen Menge Rauschgift gewesen ist, doch davon dürfen Sie sich nicht beeinflussen lassen. Bitte versprechen Sie mir, das Beweismaterial fair zu prüfen und die Angeklagte nur dann zu verurteilen, wenn Sie sie des *Mordes für schuldig halten. Eine solche Entscheidung sollte nicht auf dem durchaus verständlichen Wunsch basieren, dieses Bindeglied in einer abscheulichen Kette auszumerzen, die unser prächtiges Land in den Untergang treibt ...«*

»*Einspruch,* Euer Ehren!« rief Ben. »Diese Ausführungen schaffen Voreingenommenheit. Der Staatsanwalt hält praktisch eine Hetzrede.«

Derek nickte ruhig. »Dem Einspruch wird stattgegeben.«

»Ich beantrage, die unzulässigen Bemerkungen der Anklage aus dem Protokoll zu streichen und die Geschworenen aufzufordern, ihnen keine Beachtung zu schenken.«

»Wenn Sie darauf bestehen.«

Nun, wenigstens sagte er nicht: Es lohnt die Mühe kaum. Derek richtete einen gleichgültigen Blick auf die Jury. »Sie werden hiermit aufgefordert, alle Bemerkungen zu ignorieren, die unbewiesene kriminelle Aktivität betreffen.« Er sah auf Moltke hinab. »Sonst noch etwas?«

Der Staatsanwalt verstand den Hinweis. »Ich bin fertig, Euer Ehren.«

»Gut. Die Verteidigung hat das Wort.«

Ben trat zum Podium, besann sich auf die vorbereiteten Fragen und ging so vor, wie es die Jura-Professoren lehrten.

Er vermied es, mit seinen Fragen die Glaubwürdigkeit bestimmter Zeugen in Zweifel zu ziehen oder das Eröffnungsplädoyer vorwegzunehmen. Darüber hinaus versuchte er nicht, die Jury für sich einzunehmen. Der Sinn dieser Sache bestand darin, festzustellen, ob die Geschworenen fair und unparteiisch sein konnten, und an diesen Prinzipien hielt er fest. So verlangte es die Gerechtigkeit, nicht wahr?

Nach einer Weile merkte er, daß die Aufmerksamkeit der Männer und Frauen immer mehr nachließ. Sie blickten über seine Schulter und versuchten, einen Eindruck von Christina zu gewinnen. Traurig, aber wahr: Die Hälfte der Geschworenen würde ihre Entscheidung vermutlich aufgrund des Erscheinungsbilds der Angeklagten treffen, ohne sich um Beweismaterial zu scheren.

»Während der Befragung hat die Anklage mehrere Versprechen von Ihnen verlangt«, sagte Ben zum Schluß. »Ich bitte Sie nur um eins: Während dieses Prozesses hören Sie irgendwann, wie der Richter von *unschuldig, bis sich das Gegenteil herausstellt* und *hinreichend schuldig* spricht. Er wird Ihnen die Bedeutung dieser Begriffe erklären. Bitte hören Sie ihm dabei genau zu und denken Sie die ganze Zeit über daran: Christina McCall gilt zunächst als unschuldig. Es ist die Pflicht der Anklage, ihre Schuld *eindeutig* zu beweisen. Versprechen Sie mir, diesen Grundsatz zu beachten?«

Die Geschworenen nickten ohne große Begeisterung.

»Was ist mit Ihnen, Mrs. McKenzie? Versprechen auch Sie es mir?«

Ein Fehler, wie Ben fast im gleichen Augenblick begriff. Ihm fehlte Moltkes Finesse. Es schmeichelte der Frau nicht, direkt angesprochen zu werden. Ganz im Gegenteil: Sie wirkte eingeschüchtert und verlegen. »Ich … Nun, ja, ich denke schon«, sagte sie und hob eine Hand vors Gesicht.

»Danke.« Ben beschloß, den Fehler nicht zu wiederholen, indem er einen weiteren Geschworenen ansprach.

»Danke auch Ihnen«, sagte Derek. »Wir machen jetzt zehn Minuten Pause. Anschließend erwarte ich die Anwälte in meinem Zimmer zur Geschworenenauswahl.

Eigentlich hätte es schlimmer kommen können. Ben lehnte drei ältere Frauen ab, unter ihnen auch Mrs. McKenzie, die er verschreckt hatte. Moltke verbannte drei Männer aus der Jury, die Gründe dafür blieben Ben verborgen. Vielleicht reagierten sie nicht angemessen auf das geschauspielerte Charisma des Staatsanwalts.

Der Richter rief zu den Eröffnungsplädoyers auf. Moltke erhob sich, ging zur Geschworenenbank und lächelte. Derek räusperte sich und deutete zum Podium.

»Oh, natürlich, Euer Ehren. Ich bitte um Entschuldigung.« Er schritt zum Podest.

Eine weitere Taktik aus Moltkes Trickkiste. Er war zu den Geschworenen gegangen, um sie daran zu erinnern, daß er zu ihnen gehörte. Ben wußte, daß er nicht hoffen durfte, der Jury so nahe zu kommen. Zwischen ihm und den Männern und Frauen, die über Christinas Schicksal entschieden, würde es immer mehr Distanz geben.

»Es war eine dunkle, mondlose Nacht«, begann Moltke und ließ keinen Zweifel daran, welche Stimmung er sich wünschte. »Die meisten gesetzestreuen Bürger von Tulsa lagen im Bett und schliefen. Alles war ruhig und still. Bis plötzlich …« Er schlug mit der flachen Hand aufs Podium, und die Geschworenen zuckten zusammen. »Bis plötzlich ein gräßliches Verbrechen den Frieden der Nacht beendete!«

Ben mußte sich sehr bemühen, um nicht mit den Augen zu rollen. Er verabscheute Anwälte, die sich für Edgar Allan Poe hielten. Er verabscheute es, wenn aus der nüchternen Darstellung von Fakten eine Art ›Der Untergang des Hauses Usher‹ wurde.

»Meine Damen und Herren, die Anklage wird beweisen, daß in jener mondlosen Nacht die Angeklagte Christina McCall die Waffe ihres Geliebten nahm und ihn damit erschoß. Insgesamt vier Kugeln jagte sie ihm in den Kopf. Nun, eine hätte sicher genügt, um das Opfer zu töten. Welche Art von Frau drückt gleich viermal ab? Nun, die Anklage wird Ihnen zeigen, daß sich die gleiche Frau über den Toten beugte, als FBI-Beamte die Wohnung betraten. Die gleiche Frau hinterließ ihre Fingerabdrücke an der Tatwaffe und sagte zu dem Mann, der sie verhaftete: ›Ich habe ihn umgebracht.‹«

Ben schwieg die ganze Zeit über. Moltke versuchte natürlich, die Geschworenen schon jetzt von Christinas Schuld zu überzeugen, aber er wählte dabei geschickte Formulierungen wie »Die Anklage wird beweisen ...« Damit blieb er rein theoretisch im Rahmen des Eröffnungsplädoyers. Wenn Ben jetzt irgendwelche Einwände erhoben hätte ... Der Richter würde vermutlich darauf hinweisen, daß die Geschworenen anhand der späteren Zeugenaussagen selbst beurteilen konnten, ob der Staatsanwalt bei seinem Eröffnungsplädoyer übertrieben oder gar gelogen hatte. Ben stellte sich vor, wie Derek anschließend höhnisch lächelte und der Jury allein dadurch mitteilte, wie wenig er von den Argumenten der Verteidigung hielt. Nein, es war besser, das Einspruchsrecht später zu nutzen, wenn er es wirklich brauchte.

Moltke sprach etwa zwanzig Minuten lang, beschrieb Christina als eine Frau ohne Moral, brachte den Mord mit Drogengeschäften sowie dem organisierten Verbrechen in Verbindung und weckte Mitgefühl für die betrogene Witwe. Er deutete auf Margot, die diesmal keine Sonnenbrille trug, ganz vorn im Publikumsbereich saß und der Kummer selbst zu sein schien. Hatte ihr Moltke einen Platz in der ersten Reihe besorgt? Wahrscheinlich.

Hinsichtlich des Motivs wollte sich der Staatsanwalt offenbar nicht festlegen. Einmal erwähnte er Zank, einen Streit, der schließlich ausartete. Dann vermutete er, daß es Christina auf Lombardis Drogen abgesehen hatte. Nun, eigentlich spielte es kaum eine Rolle – die einzelnen Motive widersprachen sich nicht unbedingt. Außerdem: Dies war ein Strafprozeß, keine Übung in Logik.

Ben beobachtete die Reaktionen der Geschworenen. Wie ein Schwamm saugten sie Moltkes Worte auf, hingen die ganze Zeit über an den Lippen des Anklägers. Er hielt sie mühelos in seinem Bann.

Nach Moltkes Rede trat Ben zum Podium. Er stellte sich selbst als Stimme der Vernunft vor: Er wollte die Tatsachen in aller Ruhe schildern, ohne die übertriebene Theatralik des Staatsanwalts. »Meine Damen und Herren Geschworenen ...«, begann er. »Jeder einzelne Punkt, den die Anklage eben vorgebracht hat, ist umstritten. Es geht hier nicht um Ansichten, Schlußfolgerungen und Mutmaßungen, sondern um Fakten. Zum Schluß dieses Prozesses wird der Richter Sie auffordern, Ihre Entscheidung nicht von den Ausführungen der Anwälte beeinflussen zu lassen, sondern allein auf der Grundlage des Beweismaterials zu treffen. Ich bitte Sie, bei der Präsentation der Beweise größte Aufmerksamkeit walten zu lassen. Und ich möchte Sie in diesem Zusammenhang an das Versprechen erinnern, das Sie mir gegeben haben.«

Mr. Svenson runzelte verwirrt die Stirn. Versprechen? Oh, ja, auch dem Verteidiger hatten sie etwas versprochen, nicht wahr? Aber was?

Ben konnte deutlich sehen, daß sich dieser Geschworene nicht erinnerte. Und die anderen?

Er befaßte sich mit den Dingen, die Moltke während seines Plädoyers angesprochen hatte, schilderte die Ereignisse dabei aus Christinas Sicht. Er sprach von den Ermittlungen der Spurensicherung, von medizinischen Untersuchungen, ballistischen Ermittlungen und der Analyse einer Blutprobe, die leider nicht zu einem schlüssigen Ergebnis geführt hatte. Im Gegensatz zum Staatsanwalt konzentrierte sich Ben vor allem auf die konkreten Fakten.

Doch auch diesmal spürte er nach einer Weile, wie das Interesse der Geschworenen nachließ. Es war kaum zu glauben, daß ein Prozeß, bei dem es um Mord und Drogen ging, langweilig sein konnte, doch genau dafür sorgte der Verteidiger. Oh, natürlich liebte die Jury Moltke. Er erfüllte ihre Erwartungen; durch ihn wurde das Verfahren fast so aufregend wie ein spannender Film im Fernsehen. Der Verteidiger hingegen ... Er bot nur Langeweile.

Ben sah, wie die Geschworenen unruhig hin und her rutschten, wie sie immer wieder zur Uhr an der Wand sahen. Er konnte nichts daran ändern, setzte den einmal eingeschlagenen Weg fort. Es widerstrebte ihm, sich in eine Art

Stephen King zu verwandeln, damit ihm die Mitglieder der Jury aufmerksam zuhörten.

Schließlich beendete er seine Ausführungen in bezug auf das Beweismaterial und begann damit, die Entlastungszeugen zu nennen sowie ihre Aussagen in groben Zügen darzustellen.

»Entschuldigen Sie bitte …«

Ben sah zu Derek, der herzhaft gähnte. Danke, Richter, sehr taktvoll.

»Ich glaube, Ihre Zeit ist um.«

»Meine Zeit?« wiederholte Ben. »Ich wußte nicht, daß nur begrenzte Zeit für die Eröffnungsplädoyers zur Verfügung steht.«

»Nun, normalerweise wäre das auch nicht der Fall, aber …« Derek ließ das Ende des Satzes offen. Einige Geschworenen lächelten wissend. »Bitte fassen Sie sich kurz, in Ordnung?«

Ben hätte widersprechen können, sah jedoch keinen Sinn darin. Die Jury vertrat ganz offensichtlich den gleichen Standpunkt wie der Richter. Rasch nannte er auch die restlichen Zeugen und kehrte dann zum Tisch der Verteidigung zurück.

Christina blickte noch immer geradeaus und wirkte wachsam, zeigte ansonsten aber keine Regungen – damit beherzigte sie den Rat ihres Anwalts. Doch Ben fiel es nicht schwer, hinter die Fassade zu blicken. Ihm fielen die winzigen Falten in den Augenwinkeln auf, auch das kaum merkliche Zittern der Hände. Sie hatte häufig an Verhandlungen im Gerichtssaal teilgenommen – sogar noch häufiger als Ben –, und daher wußte sie, wer gewann. Und für wen sich eine Niederlage anbahnte.

»Na schön.« Derek schluckte eine weitere Tablette. »Fahren wir fort. Die Anklage kann jetzt ihren ersten Zeugen aufrufen.«

2

»Die Staatsanwaltschaft ruft James Abshire in den Zeugenstand.«

Das überraschte Ben. Offenbar wollte Moltke seinen Fall nicht langsam aufbauen; er spielte sofort einen Trumpf aus.

Abshire trug eine blaue Sportjacke, eine braune Hose und eine dunkle Krawatte – die typische Aufmachung eines Regierungsbeamten, der vor Gericht aussagte. Mit feierlichem Ernst wiederholte er den Eid, die ganze Wahrheit zu sagen. Moltke gewährte Einblick in Abshires Lebenslauf, verlas dabei eine lange Liste von Qualifikationen und Erfahrungen – man hätte den jungen FBI-Agenten für den J. Edgar Hoover der neunziger Jahre halten können. *Summa cum laude* von Georgetown, Jahrgangsbester bei der Ausbildung in Quantico, Junior-Agent bei mehreren wichtigen Einsätzen. Anschließend berichtete Moltke von den Lombardi-Ermittlungen und erzählte, auf welche Weise das FBI von der sogenannten Tulsa-Connection erfahren hatte, der angeblichen Drogenverbindung zwischen Südamerika und Oklahoma. Er wies auch darauf hin, daß bei dieser ›Connection‹ kleine Flugzeuge für den Transport des Rauschgifts verwendet wurden.

»Sagt Ihnen der Name Tony Lombardi etwas?« fragte Moltke.

»Ja«, erwiderte Abshire. Er hielt sich zurück, sprach mit fast monotoner Stimme und gab nicht zu erkennen, daß er persönliches Interesse am Erfolg der Ermittlungen hatte. »Mr. Lombardi importierte Papageien und andere seltene Vögel aus Süd- und Mittelamerika.«

»Warum interessierten Sie sich dafür?«

»Drogenhändler tarnen ihre illegalen Aktivitäten häufig mit legalen Importgeschäften. Wir vermuteten, daß sich hinter Mr. Lombardis Papageienhandel der Schmuggel von Kokain und anderem Rauschgift verbarg. Den Vertrieb der importierten Waren in den Vereinigten Staaten überließ Mr. Lombardi einer anderen Firma.« Abshire legte eine kurze

Pause ein und sah zu den Geschworenen. »Jene Firma gehört einem gewissen Albert DeCarlo.«

Ben beobachtete, wie einige Jurymitglieder die Augen aufrissen. Er wußte sofort, was hinter diesem Trick der Anklage steckte: Schuld durch Assoziation.

»Kennen Sie die Angeklagte, Miss Christina McCall?«

»Ja.«

»Wann haben Sie ihre Bekanntschaft gemacht?«

»Während unserer Nachforschungen bezüglich Mr. Lombardi. Miss McCall war seine ...« Abshire zögerte, gab den Geschworenen damit Gelegenheit, die Lücke mit verschiedenen Bezeichnungen zu füllen. Als er schließlich weitersprach, spielte es keine Rolle mehr, welches Wort er benutzte. »Seine spezielle Freundin.«

»Lagen der Freundschaft ... romantische Gefühle zugrunde?«

»Das nehmen wir an, ja. Die Beziehung begann als ein Ergebnis von Miss McCalls Tätigkeit für eine Anwaltskanzlei, doch schon bald gab es nicht mehr nur berufliche Gründe für die Kontakte.«

Ben merkte, wie sich die Aufmerksamkeit der Jury Christina zuwandte, der verrufenen Frau. Nun, wenigstens saß Mrs. McKenzie nicht mehr bei den Geschworenen.

»Bitte erzählen Sie uns, was am Abend des ersten April geschah. Es war ein Montag.«

»Nun, unsere Informationen deuteten darauf hin, daß die Drogenlieferungen immer am Montagabend erfolgten, und zwar in einem Abstand von jeweils zwei Wochen. Am ersten April rechneten wir mit einer solchen Lieferung. Allerdings wußten wir nicht, wo sie stattfinden sollte. Wir hoffen, Lombardi zum entsprechenden Ort folgen oder wenigstens feststellen zu können, welche Dealer den Stoff von ihm bekamen.«

»Wie verhielten Sie sich?«

»Wir behielten Lombardi im Auge. Leider blieb er in seinem Büro, bis nach Mitternacht. Er schien dort allein zu sein. Als er es schließlich verließ, folgten wir ihm zu seinem Apartment. Er betrat es ...« – wieder ein bedeutungsvoller

Blick zu den Geschworenen –, »... und kam nicht wieder heraus. Zumindest nicht lebend.«

»Haben Sie einen Schuß gehört?«

»Nein. Als Lombardi seine Wohnung aufsuchte, kehrten wir zur Einsatzzentrale zurück, um uns einen Durchsuchungsbefehl zu beschaffen. Zwischen eins und zwei, dem vermutlichen Todeszeitpunkt, war niemand von uns ...«

»Einspruch«, sagte Ben. »Den Zeitpunkt des Todes kann er wohl kaum kennen. Immerhin ist er nicht der Coroner.«

»Stattgegeben«, erwiderte Derek. Sein Tonfall wies deutlich darauf hin, daß er derartige Einwände für banal und den Verteidiger für eine Nervensäge hielt.

»Und dann?« fragte Moltke.

»Ich möchte diesem Gericht gegenüber nicht respektlos sein, aber manchmal mahlen die Mühlen der Gerechtigkeit ziemlich langsam. Gegen zwei Uhr fuhren wir mit einem Durchsuchungsbefehl zur Wohnung und betraten sie.«

»Waren Sie persönlich an dieser Aktion beteiligt?«

»Ja. Ich nahm dabei jenen Platz ein, den Polizisten ›Todessitz‹ nennen. Mit anderen Worten: Ich habe die Gruppe angeführt.«

Welch ein Held. Aus J. Edgar Hoover wird Teddy Roosevelt. Ben hatte Mühe, sich nicht zu übergeben.

»Was fanden Sie in dem Apartment?«

Mehrere Geschworene beugten sich ein wenig vor. Sie wußten, daß jetzt interessante Enthüllungen bevorstanden.

»Im Wohnzimmer war's dunkel, abgesehen vom bläulichen Glühen des Fernsehschirms. Ich schaltete das Licht ein und sah, wie sich die Angeklagte Christina McCall über die Leiche von Tony Lombardi beugte. Die Waffe lag auf dem Boden, dicht neben ihrem rechten Fuß. Die Frau bemerkte uns, schrie und geriet in Panik. Als hätten wir sie auf frischer Tat ertappt.«

»Einspruch«, sagte Ben. »Ich beantrage, den letzten Satz aus dem Protokoll zu streichen.«

»Stattgegeben«, entgegnete Derek. »Und der Satz wird gestrichen. Hiermit fordere ich den Zeugen auf, sich an die Tatsachen zu halten.« Wieder war es nur eine sehr milde

Rüge, kaum der Rede wert. Derek achtete darauf, daß man ihm später nichts vorwerfen konnte: Er entschied dann gegen die Anklage, wenn ihm die Umstände keine andere Wahl ließen. Gleichzeitig wies er die Jury mit Tonfall und Ausdrucksweise darauf hin, wie sehr er den Verteidiger verachtete.

»Mr. Stanford und ich untersuchten Lombardi. An seinem Tod konnte überhaupt kein Zweifel bestehen. Ein großer Teil des Kopfes fehlte. Das Kranium schien vollständig zertrümmert zu sein ...«

»Einspruch ...«

»Ja, ja«, brummte Derek. »Das kennen wir bereits. Er ist nicht der Coroner. Stattgegeben. Fahren Sie fort, meine Herren.«

»Was unternahmen Sie dann?« fragte Moltke.

»Ich habe die Angeklagte verhaftet.«

»Leistete sie Widerstand?«

»Nun ...« Abshire lächelte dünn. »Sie hätte durchaus fügsamer sein können. Aber wir sind ausgebildet, um mit so etwas fertig zu werden.«

Natürlich, dachte Ben. Und die Frage hast du gar nicht beantwortet, oder? Trotzdem haben die Geschworenen den Eindruck gewonnen, daß Christina sich der Verhaftung zu widersetzen versuchte.

»Nach einer Durchsuchung legte ich ihr Handschellen an. Woraufhin sie die Worte sprach.«

Moltke hob die Brauen und gab sich erstaunt. »Die Worte? Welche Worte meinen Sie?«

»Die Angeklagte sagte, ich zitiere: ›Ich habe ihn umgebracht.‹«

»Sind Sie sicher, daß sich Miss McCall mit einer derartigen Bemerkung an Sie wandte?«

»Da bin ich absolut sicher.«

»Haben Sie die Angeklagte irgendwie unter Druck gesetzt oder provoziert?«

»Nein.« Abshires Blick glitt zum dritten Mal zur Jury. »Dazu bestand gar kein Anlaß. Um ganz ehrlich zu sein: Es war offensichtlich, daß Miss McCall Lombardi erschossen hatte.

Ich brauchte gar kein Geständnis. Sie gab ihre Schuld von sich aus zu.«

»Einspruch, Euer Ehren!«

»Schon gut«, sagte Moltke. »Wir nehmen den letzten Satz zurück. Gibt es weitere Anhaltspunkte, die auf Ms. McCalls Schuld hinweisen?«

»Ja. Letzte Woche ...«

»Ich erhebe erneut Einspruch«, ließ sich Ben vernehmen. »Euer Ehren, diese Sache berührt den Antrag, über den Sie noch nicht entschieden haben. Ich meine die Ereignisse der vergangenen Woche.«

»Nun ...« Derek überlegte. »War Mr. Abshire persönlich an den entsprechenden Ermittlungen beteiligt?«

»Nein«, gab Moltke zu.

»Ich schätze, dann sollten wir besser auf eine diesbezügliche Aussage verzichten«, sagte Derek widerstrebend. *Wie schwer es manchmal fallen kann, die richtige Entscheidung zu treffen, nicht wahr, Dick?*

»Na schön«, erwiderte der Staatsanwalt. »Derzeit keine weiteren Fragen, Euer Ehren.«

»Gut.« Derek nickte. »Ich möchte mich ausdrücklich bei Ihnen bedanken. Dafür, daß Sie den Zeugen ohne irgendwelche Umschweife vernommen haben.« Er sah zu Ben. »Ich hoffe, die Verteidigung nimmt sich ein Beispiel daran.«

Ben hob die gleichen Punkte hervor wie bei der Vorverhandlung: Abshire hatte nicht gesehen, wie Christina die Tatwaffe in der Hand hielt. Außerdem waren bei ihr weder andere Waffen noch Drogen gefunden worden. Das galt auch für ihre Wohnung, jedenfalls zu jenem Zeitpunkt. Ben sprach nicht davon, daß Abshire auch aus persönlichen Gründen bestrebt war, eine Verurteilung der Angeklagten durchzusetzen. Er spürte, daß die Geschworenen ihn mochten und seinen Eifer nicht etwa für hinderlich hielten, sondern für bewundernswert. Nein, er mußte sich auf die Tatwaffe konzentrieren.

»Sie haben bei Christina keine Waffe irgendeiner Art gefunden, oder?« Ben trachtete danach, seine Klientin möglichst menschlich darzustellen, sie der Jury als echte Person zu präsentieren. Deshalb nannte er sie immer beim Vornamen, während er sich bei den Belastungszeugen auf den Nachnamen beschränkte.

»Stimmt«, sagte Abshire. »Die Tatwaffe lag auf dem Boden, dicht neben ihr.«

»Aber Sie wissen nicht, ob die Angeklagte damit geschossen hat, oder?«

»Und ob wir das wissen. Der Revolver wies Fingerabdrücke auf, die eindeutig von Christina McCall stammten.«

Ben hätte natürlich Einspruch erheben können – immerhin war Abshire kein Fachmann der Spurensicherung. Aber in dieser Hinsicht gab es konkretes Beweismaterial, das später dem Gericht vorgelegt wurde, und außerdem plante er seine Attacke aus einer anderen Richtung.

»Nun, lassen Sie uns diesen Punkt erörtern. Sie meinten gerade, die Waffe wies Christinas Fingerabdrücke auf.«

»Einspruch, Euer Ehren«, sagte Moltke. »Ein entsprechender Spezialist wird später aussagen.«

»Der Zeuge hat dieser Sache die Tür geöffnet, Euer Ehren«, erwiderte Ben. »Er fügte seiner Aussage den Hinweis auf die Fingerabdrücke hinzu. Daher bin ich berechtigt, ihm weitere Fragen danach zu stellen.«

Derek seufzte. »Ich erlaube Ihnen hiermit, den Zeugen in diesem Zusammenhang zu befragen. Solange alles im Rahmen bleibt.«

»Danke, Euer Ehren.« Ben wandte sich an Abshire. »Hat man bei Christina einen Paraffintest durchgeführt?«

»Ich denke schon.«

»Würden Sie der Jury bitte erklären, was es damit auf sich hat?«

Abshire kam der Aufforderung widerstrebend nach.

»Hat man Nitratpartikel an Christinas Händen gefunden?«

»Nein.«

»Das beweist doch, daß sie Lombardi nicht erschossen hat, oder?«

Abshire gab ein abfälliges Geräusch von sich. »Sie hat natürlich Handschuhe getragen.«

»Ach, tatsächlich?« Ben beugte sich zum Podium vor. »Bitte erklären Sie mir folgendes, Mr. Abshire: Wenn Christina Handschuhe getragen hat – wieso waren dann ihre Fingerabdrücke an der Tatwaffe?«

»Äh ...« Der verwirrte FBI-Agent suchte nach den richtigen Worten. Ich ... ich nehme an, sie hat die Handschuhe später abgelegt.«

»Ich verstehe«, entgegnete Ben. »Ihrer Meinung nach war die Angeklagte klug genug, Handschuhe zu tragen, als sie die Waffe abfeuerte. Aber später streifte sie die Handschuhe ab, um ihre Fingerabdrücke am Revolver zu hinterlassen.«

»Etwas in der Art.«

»Ergibt das irgendeinen Sinn für Sie, Mr. Abshire?«

Damit hatte Ben eine Frage zuviel gestellt. »Sie wollen's ganz genau wissen, wie? Nun, Mord ergibt nur selten einen Sinn, Mr. Kincaid. Das gilt erst dann, wenn Leidenschaft im Spiel ist. Nur in Filmen existieren Mörder, die kaltblütig vorgehen und alles genau planen. Ms. McCall war sauer auf Lombardi. Die eigenen Gefühle lenkten sie ab. Sie konnte nicht klar denken. Dadurch kann sie sich auf eine Weise verhalten haben, die in der Rückschau betrachtet unlogisch erscheinen mag.«

Ben sah, wie einige Geschworene nickten – sie hielten diese Erklärung für einleuchtend. Zumindest für einleuchtend genug, um ihre Neigung zur Verurteilung zu stützen.

»Haben Sie Handschuhe bei Christina gefunden?«

»Nein. Allerdings fanden wir welche in Lombardis Kleiderschrank.«

»Sie sagen also folgendes aus: Nach dem Abfeuern der Tatwaffe streifte die von ihren eigenen Gefühlen abgelenkte Frau die Handschuhe ab, legte sie wieder in den Kleiderschrank und nahm anschließend noch einmal den Revolver, um ihre Fingerabdrücke auf ihm zu hinterlassen.«

»Ich weiß nicht, ob sie jene Handschuhe verwendete. Ich weise nur darauf hin, daß es möglich sein könnte. Vielleicht hat sie ganz andere Handschuhe benutzt und sie dann die Toilette runtergespült. So was geschähe nicht zum erstenmal.«

Wieder nickten einige Geschworene. Ben begriff, daß es besser war, dieses Thema abzuschließen.

»Mr. Abshire, Sie erwähnten eben eine Bemerkung Christinas, die angeblich als Geständnis interpretiert werden kann.«

»Ja.«

»Erinnern Sie sich, daß wir diese Sache schon bei der Vorverhandlung besprochen haben?«

»Ja.«

»Bei der Gelegenheit sagten Sie aus, daß Christinas Bemerkung eine Reaktion auf Worte darstellte, die sie von Ihnen hörte.«

»Ich räumte ein, daß ich *vielleicht* etwas gesagt habe«, erwiderte Abshire. »Ich war durcheinander. Um ganz ehrlich zu sein: Ihre Frage überraschte mich. Nun, in der Zwischenzeit hatte ich Gelegenheit, gründlich nachzudenken und mit meinem Vorgesetzten Mr. Stanford zu sprechen, der uns bei den Ermittlungen am Tatort Gesellschaft leistete. Jetzt bin ich ganz sicher: Ich habe die Angeklagte nicht zu einem Geständnis aufgefordert. Ihre Bemerkung erfolgte, ohne daß ich Druck auf sie ausübte oder sie in irgendeiner Form provozierte.«

Welch ein Glück für dich, dachte Ben. Sonst hättest du nämlich ein enormes Miranda-Problem am Hals. »Sie ändern also Ihre frühere Aussage.«

Abshire schenkte den Geschworenen ein herzliches Lächeln. »Ich ändere überhaupt nichts. Bei der Vorverhandlung habe ich mich nur ungenau erinnert. Jetzt weiß ich es wieder. Die Bemerkung der Angeklagten erfolgte ohne eine Aufforderung meinerseits.«

Und du hast nicht die geringste Möglichkeit, das Gegenteil zu beweisen, fügte Abshire hinzu, ohne es laut auszusprechen. Es sei denn, du rufst deine Klientin in den Zeugenstand, wovor jeder Verteidiger zurückschreckt. Nach dem peinlichen Zwischenfall während der Vorverhandlungen hatten sich Abshire und Moltke zusammengesetzt, um eine Möglichkeit zu finden, dieses Problem zu lösen, ohne dabei auf die Aussagen des FBI-Beamten zu verzichten.

»Keine weiteren Fragen, Euer Ehren«, sagte Ben und kehrte bedrückt zum Tisch der Verteidigung zurück.

»Möchten Sie den Zeugen noch einmal befragen?«

»Das ist nicht nötig«, antwortete Moltke. Derek erwiderte das Lächeln des Staatsanwalts, deutliches Zeichen der Zustimmung.

»Nun gut. Mr. Abshire, ich danke Ihnen für Ihre Aussage. Sie können gehen. Der Anklage steht es nun frei, den nächsten Zeugen aufzurufen.«

3

»Die Staatsanwaltschaft ruft Officer John Tompkins in den Zeugenstand.«

Tompkins – Überraschungszeuge bei der Vorverhandlung – erschien in Uniform. Wenn die Geschworenen Abshire gemocht haben, dachte Ben, so sind sie von diesem Burschen regelrecht hingerissen. Er wirkte wie die personifizierte Anständigkeit.

Moltke stellte ihn vor und schilderte seine Vergangenheit, sowohl vor als auch bei der Polizei. Schließlich wandte er sich jenem Tag zu, an dem Tompkins Christinas Apartment aufsuchte, um weitere Nachforschungen hinsichtlich des Einbruchs anzustellen. Der Beamte erzählte vom Gespräch mit Christina, der Suche in ihrer Wohnung und schließlich der Entdeckung des Kokains in einer Betty Boop-Puppe.

»War das Rauschgift irgendwie gekennzeichnet?« erkundigte sich Moltke.

»Ja. An der obersten Tüte klebte ein Papierstreifen mit der Aufschrift *Lombardi.*«

»Officer Tompkins, Sie haben langjährige Erfahrung mit solchen Dingen. Welche Schlüsse können Ihrer Ansicht nach aus dem Papierstreifen gezogen werden?«

»Nun, allem Anschein nach gehörten diese Drogen zu einer Lieferung, die für jemanden namens Lombardi bestimmt war.«

»Wie könnte Ms. McCall in den Besitz der Tüten gelangt sein?«

»Einspruch«, sagte Ben. »Der Staatsanwalt fordert den Zeugen zu Spekulationen auf.«

»Schon gut.« Moltke winkte ab. »Ich ziehe die Frage zurück. Die Geschworenen dürften imstande sein, zwei und zwei zusammenzuzählen.«

Ja, dachte Ben. Vor allem dann, wenn du ihnen das Rechnen abnimmst.

»Nun, wie viele Tage waren seit Lombardis Ermordung vergangen?«

»Nur drei, Sir.«

»Also: Drei Tage nach Lombardis Tod besaß Ms. McCall Drogen, die er vermutlich in der Mordnacht bekam.« *Meine Güte, Moltke, wieso zeichnest du kein Diagramm oder so?* »Mit meiner nächsten Frage berufe ich mich erneut auf Ihre langjährige Erfahrung, Officer: Wäre eine Person mit durchschnittlicher Intelligenz imstande, solche Drogen unter die Leute zu bringen?«

»Ja.« Tompkins nickte. »Ich sage es nicht gern, aber überall in Tulsa gibt es Orte, wo Rauschgift angeboten wird. Die Polizei kann nicht alle von ihnen überwachen. Wer Drogen verkaufen will, dürfte dabei kaum Schwierigkeiten haben.«

»Ist das gefundene Kokain viel wert?«

»Und ob.«

»Nun, Sie haben Ms. McCalls Apartment gesehen, Officer. Wie beurteilen Sie die Vermögensverhältnisse der Angeklagten?«

»Einspruch!« rief Ben.

»Abgelehnt«, sagte Derek. Und zum Zeugen: »Beantworten Sie die Frage.«

»Die Einrichtung der Wohnung deutete auf ein relativ geringes Einkommen hin.«

»Glauben Sie, daß die von Ihnen gefundene Menge Kokain ausreichen würde, um den Lebensstandard einer Person erheblich zu verbessern?«

»Ich erhebe Einspruch, Euer Ehren!«

»Inzwischen dürfte klargeworden sein, worauf Sie hinauswollen«, sagte Derek zu Moltke.

»Ja, Euer Ehren. Keine weiteren Fragen.«

Ben näherte sich dem Zeugenstand und wußte, daß er sehr vorsichtig sein mußte. Die Geschworenen wollten nicht, daß er Tompkins gewissermaßen in Stücke riß – immerhin erfüllte er nur die Pflicht des Polizisten. Woraus folgte: Ben mußte seine Aussage anfechten, ohne Aufrichtigkeit und Kompetenz in Frage zu stellen.

»Officer Tompkins, Sie erwähnten eben, daß eine der angeblich in Christinas Wohnung gefundenen Rauschgifttüten einen Papierstreifen mit dem Wort *Lombardi* aufwies.«

»Ja, das stimmt.«

»Ist so etwas nicht ziemlich ungewöhnlich?«

»Wie meinen Sie das?«

»Nun, der Drogenhandel gilt doch als kriminelle Aktivität, nicht wahr?«

»Ja.«

»Drogenhändler laufen nicht mit Schildern durch die Gegend, auf denen geschrieben steht: DIES IST MEIN RAUSCHGIFT. Oder sehen Sie das anders?«

»Die Kennzeichnung brachte wahrscheinlich der Lieferant an.«

»Was sollte dem Lieferanten an solchen Markierungen gelegen sein? Macht er sich nicht ebenfalls strafbar?«

»Er müßte sogar damit rechnen, besonders streng bestraft zu werden.«

»Und wenn Lombardi gefaßt wird ...«, sagte Ben. »Dann läuft auch der Lieferant Gefahr, geschnappt zu werden, nicht wahr?«

»Das passiert recht häufig. Aber selbst wenn etwas unvorsichtig ist ... Es kann trotzdem geschehen. Wir sprechen hier schließlich nicht über Atomphysiker, sondern von Drogenhändlern.«

Diese Runde ging an Tompkins. »Wie dem auch sei, Officer: Haben Sie vor diesem Zwischenfall jemals eine solche Kennzeichnung gesehen?«

»Nein«, gestand Tompkins.

Halleluja. »Wenden wir uns nun dem Kokain zu. Die Puppe, in der man es fand, war beschädigt, oder?«

»Ja. Ein Stück am Bauch fehlte. So wie auch bei den anderen Puppen.«

»Seltsam. Warum sollte jemand Stofftieren den Bauch aufschlitzen?«

»Vielleicht suchte einer von Lombardis Rivalen nach gestohlenen Drogen.«

»Und der Rivale hat ausgerechnet in Puppen und Stofftieren danach Ausschau gehalten?«

»Praktisch die ganze Wohnung ist auf den Kopf gestellt worden.«

»Nun, Officer, wenn der Rivale wußte, wo es nach dem Rauschgift zu suchen galt, wenn er die Puppen aufschnitt und hineinsah ... Warum hat er die Kokaintüten dann nicht gefunden und *mitgenommen*?«

Stille folgte. Tompkins runzelte die Stirn; offenbar hatte er sich diese Frage schon früher gestellt – ohne eine Antwort zu finden.

Derek beendete das Schweigen. »Ich glaube, Sie verlangen Spekulationen vom Zeugen. Schließen Sie dieses Thema ab.«

Ben drehte langsam den Kopf und sah zur Richterbank. »Entschuldigen Sie bitte, Euer Ehren. Gab es einen Einspruch?«

»Nein.« Derek warf Moltke einen kurzen Blick zu. »Obgleich einer nötig gewesen wäre. Ich bin sicher, der Staatsanwalt wollte nur höflich sein. Nun, der Richter hat natürlich jederzeit die Möglichkeit, spekulative Zeugenaussagen zu beschränken oder ganz zu unterbinden. Dieses Recht nehme ich nun wahr.«

Ben starrte sprachlos und verblüfft zur Richterbank. Endlich erzielte er Fortschritte – und Derek legte ihm praktisch einen Maulkorb an.

»Ich wiederhole: Schließen Sie dieses Thema ab«, sagte Derek.

Ben klappte das Notizheft zu. »Ich habe keine weiteren Fragen, Euer Ehren. Abgesehen von denen, die mir gerade verboten wurden.«

Derek musterte ihn streng, beschloß jedoch, nicht auf die letzte Bemerkung einzugehen. Moltke verzichtete darauf, den Officer erneut zu befragen, und daraufhin verließ Tompkins den Zeugenstand.

»Ein langer Tag liegt hinter uns«, sagte Derek. »Außerdem möchte ich es vermeiden, die Geschworenen gleich zu Beginn des Prozesses mit zu vielen Informationen zu konfrontieren. Wir setzen die Verhandlung morgen früh um neun Uhr fort, und zwar mit der Vernehmung des nächsten Belastungszeugen.«

Er klopfte mit dem Hammer. »Die Sitzung ist geschlossen.«

4

Ben wartete, bis abgesehen von den Wächtern alle gegangen waren. Eigentlich hätte er jetzt sein Büro aufsuchen sollen, um sich dort auf den nächsten Verhandlungstag vorzubereiten, Christina aufzumuntern und Wolfs Eltern anzurufen. Doch zuerst wollte er mit Derek sprechen.

Der Richter befand sich noch immer in seiner Kammer, telefonierte dort und kümmerte sich um den Verwaltungskram. Ben beschloß, ihm noch ein wenig Zeit zu geben: um alles in Ordnung zu bringen, abzuschalten und den einen oder anderen Schluck aus der Flasche Scotch zu trinken, die für gewöhnlich in der untersten Schublade ruhte.

Der junge Anwalt stand dicht vor der Tür, während Derek den Telefonhörer abnahm und wählte. »Hallo, Louise? – Ja, ich bin noch hier ... Keine Ahnung. Vielleicht komme ich in einer Stunde heim ... Natürlich arbeite ich. Lieber Himmel, heute hat ein Prozeß begonnen. Wo sollte ich denn sonst sein? – Hör mal, Louise, mir ist völlig schnurz, was du vermutest. Ich bin den ganzen Tag über im Gericht gewesen, ob du's glaubst oder nicht ... Ja, du kannst ebenfalls zur Hölle fahren, besten Dank.«

Derek knallte den Hörer auf die Gabel, und im Anschluß

daran hörte Ben unverständliches Grummeln. Er hielt es für besser, noch etwas länger zu warten – um dem Richter Gelegenheit zu geben, sich abzukühlen.

Nach einer vollen Minute betrat er das Zimmer. Dereks Kammer wirkte auffallend schmucklos, wobei man jedoch berücksichtigen mußte, daß er sie erst seit acht Monaten nutzte. Das von Harvard stammende Jura-Diplom des Richters hing dort, wo man es nicht übersehen konnte, direkt unter Dereks Lieblingsbild, das einen Puma im Sprung zeigte.

Ben klopfte an die offene Tür. »Entschuldigen Sie bitte ...«

Derek schob sich gerade eine Tablette zwischen die Lippen. »Kincaid? Was machen Sie denn hier?«

»Wenn Sie einen Augenblick Zeit für mich hätten ...«

»Ist Moltke draußen?«

»Nein. Er brach sofort auf. Gibt wahrscheinlich eine Pressekonferenz oder so.«

Derek straffte die Schultern. »Sie möchten unter vier Augen mit mir reden? Ohne daß der Staatsanwalt zugegen ist? Ihnen dürfte klar sein, daß so etwas gegen die guten Sitten verstößt.«

Ben konzentrierte seinen Blick auf einen sicheren Punkt in der Mitte des Schreibtischs. »Es geht mir nicht um den Fall. Das heißt, es geht mir doch darum. Aber diese Sache betrifft nicht das Beweismaterial oder so.«

Derek spülte die Tablette mit Scotch hinunter. »Was wollen Sie?«

»Ich möchte Sie bitten – *dringend* bitten –, Ihren Zorn auf mich nicht an meiner Klientin auszulassen. Im Gerichtssaal, meine ich. Wenn es nur mich beträfe, würde ich es einfach hinnehmen. Aber Christinas Kopf steckt in der Schlinge,und ich halte es für unfair, daß sie leiden muß, nur weil Sie einen Groll gegen mich hegen.«

Derek starrte Ben mit offenem Mund an. »Ich *fasse* es nicht ... Wollen Sie mir tatsächlich Befangenheit vorwerfen?«

»Seien wir ganz offen. Bei jeder wichtigen Angelegenheit entscheiden Sie gegen mich. Selbst wenn Sie ab und zu meinen Einsprüchen stattgeben ... Die Geschworenen merken, daß es nur widerstrebend geschieht. Sie sind besonders empfänglich für die Stimmungen des Richters, und Ihre alles andere als subtilen Signale werden zu einer Verurteilung führen, wenn Sie sich nicht zurückhalten.«

»Ich habe das Gefühl, meinen Ohren nicht trauen zu können. Es ist schon schlimm genug, daß Sie einfach so hereinplatzen, um ein Gespräch mit mir zu führen, von dem der Staatsanwalt nichts weiß. Aber Sie werfen mir auch noch vor, meine Befugnisse als Richter zu mißbrauchen!«

»Ihre Entscheidungen bilden ein klares Muster ...«

»Ist es Ihnen jemals in den Sinn gekommen, daß ich gegen Sie entscheide, weil Ihre Einwände nichts taugen?« ereiferte sich Derek. »Um es noch deutlicher zu sagen: Sie sind ein mieser Anwalt mit einem miesen Fall.«

»Jetzt gehen Sie zu weit.«

»Es ist die Wahrheit, Sie verdammter Mistkerl.« Der Richter griff in die Schublade seines Schreibtischs und holte eine Arzneipackung hervor. »Seit einer Woche habe ich so schlimmes Sodbrennen wie nie zuvor. Kein Wunder: In der Welt der Verdauungsstörungen dürfen Sie sich als Initiator eine steile Karriere erhoffen.«

»Bitte hören Sie, Derek ...«

»Nein, Sie hören mir zu, Kincaid.« Er kaute eine weitere Tablette. »Bei Raven habe ich versucht, mit Ihnen zusammenzuarbeiten. Gott ist mein Zeuge: Ich hab's wirklich versucht. Aber ich konnte gleich sehen, daß Sie als Anwalt nichts taugen. Sie sind einfach nicht aus dem richtigen Holz geschnitzt. Ich habe Ihnen damals gesagt, Sie sollten nicht jammern, sondern lernen, ordentlich zu arbeiten. Und die aktuelle Situation beweist, daß ich recht hatte.«

»Sie sind unfair ...«

»Halten Sie die Klappe und sperren Sie die Ohren auf. Sie waren damals ein Jammerer, und Sie sind es auch heute noch. Na schön, heute mußten Sie im Gerichtssaal mehrere Niederlagen hinnehmen. Tja, so was passiert. Sie sollten jetzt in Ihrem Büro sitzen und sich vorbereiten, damit es morgen besser läuft. Statt dessen sind Sie hier in der Kammer des Richters und versuchen, sich Vorteile der Anklage gegenüber zu erschleichen!«

»Solche Vorwürfe sind völlig ungerechtfertigt.«

»Dieses *Gespräch* ist ungerechtfertigt, Kincaid! Sie verstoßen gegen alle Regeln der Ethik, die ich kenne.«

»Welche meinen Sie?«

Derek preßte kurz die Lippen zusammen. »Man hätte Ihnen nie die Erlaubnis geben dürfen, als Anwalt zu praktizieren. Ich habe Sie damals bei Raven richtig eingeschätzt, und auch heute liege ich mit meiner Meinung über Sie völlig richtig.«

»Darum geht's, nicht wahr?«

»Worum?«

»Um Raven, Tucker & Tubb. Vor einem Jahr. Das Fiasko in bezug auf Sanguine Enterprises.«

Derek schwieg.

»Sie verloren einen wichtigen Klienten. Was Sie zum Anlaß nahmen, mich rauszuschmeißen.«

Derek schnaufte leise.

»Genügt die Strafe nicht? Ich habe den Job bei einer wichtigen Kanzlei verloren. Seit einem Jahr versuche ich, mich irgendwie über Wasser zu halten, Tag für Tag. Reicht das nicht als Rache? Habe ich nicht genug dafür gebüßt, daß Sie damals einen lausigen Klienten verloren?«

Einige Sekunden lang saß Derek wie erstarrt und gab keinen Laut von sich. Dann legte er die Hände flach auf den Tisch und spreizte die Finger. »Es steckt mehr dahinter«, sagte er schließlich.

»Was denn?«

»Ich habe damals nicht nur einen Klienten verloren, sondern auch viel Geld.« Derek beklopfte seine Taschen und suchte nach Zigaretten – ohne Erfolg. »Die Sanguine-Sache war das erste Ereignis in einer langen Kette aus Reaktionen. Sie sind nur kurze Zeit bei Raven gewesen, aber Ihnen dürfte bekannt sein, daß ich nicht unbedingt der beliebteste Teilhaber war.« Er lachte bitter. »Wenn man gut ist, wenn man besser ist als alle anderen … Das geht eben auf Kosten der Popularität.«

Ben kannte auch noch andere Gründe für mangelnde Beliebtheit.

»Aber man konnte mir nichts anhaben, weil ich über ein festes Fundament aus guten Klienten verfügte. Bis Sie kamen. In den Jahren zuvor hatte ich den einen oder anderen Klienten verloren – nichts Ernstes, obgleich auch so unbedeutende Verluste schmerzten. Als sich Sanguine von Conner & Winters vertreten ließ ... Es war der Anfang vom Ende. Andere Klienten hörten davon und wechselten ebenfalls die Kanzlei. Ich verlor immer mehr Mandanten und bekam nur wenige neue – eine schlimme Lage für jeden Anwalt. Nun, mit der Klientenbasis schrumpfte auch mein Einfluß bei Raven, und es dauerte nicht lange, bis die anderen Teilhaber genug Oberwasser gewannen, um mir den Laufpaß zu geben.«

»Das ... tut mir leid«, erwiderte Ben. »Ich wußte nicht, daß Sie ...«

»Ich wollte nach Philadelphia zurück, aber Louise war natürlich dagegen. Sie meinte, wir dürften die Kinder nicht einfach so aus ihrer gewohnten Umgebung reißen. Alles Unsinn. Um meine Probleme scherte sie sich einen Dreck. Hauptsache, jemand bezahlt die monatlichen Visa-Rechnungen – der Rest kümmert sie nicht.« Mit einem jähen Ruck schloß Derek die Schublade. »Ich brauche eine Zigarette. Sie haben nicht zufällig eine für mich, oder?«

»Ich bin Nichtraucher.«

»Oh, natürlich. Sie sind auf einen Heiligenschein scharf.« Er atmete tief durch. »Die Kanzlei gab mir vier Monate Zeit, einen neuen Job zu finden. Tja, aber wohin wendet man sich, wenn man bereits für die beste Kanzlei in der ganzen Stadt gearbeitet hat?«

»Ich weiß genau, was Sie meinen«, murmelte Ben.

»Im Norddistrikt wurde eine Richterstelle frei, und ich beschloß notgedrungen, die Gelegenheit zu nutzen.«

Ben verbarg sein Erstaunen nicht. »Soll das heißen, die Ernennung zum Bundesrichter hat Sie *enttäuscht*? Die meisten Anwälte würden sich um ein solches Amt reißen.«

Derek schnaubte. »Wissen Sie, was ich jetzt verdiene?«

Ben schüttelte den Kopf.

»Nicht einmal halb soviel wie damals bei Raven. Nicht

einmal *halb* soviel!« Derek lehnte sich zurück. »Und was noch schlimmer ist: Ich muß jeden Tag da drüben im Gerichtssaal sitzen und anhören, wie irgendwelche dämlichen Pseudoanwälte dummes Zeug faseln. Nicht *einer* von ihnen ist auch nur annähernd so gut, wie ich es bei Raven gewesen bin. Aber man hat mich ins Abseits gedrängt, Kincaid. Und daran sind *Sie* schuld. Ja, ich habe das alles Ihnen zu verdanken, Sie verdammter Haufen Scheiße!« Speichel stob von Dereks Lippen und spritzte dem jüngeren Mann entgegen. »Es ist Ihre Schuld!«

Ben stellte erschrocken fest, daß alles noch viel, *viel* schlimmer war, als er bisher angenommen hatte. »Ich … ich hoffe trotzdem, daß Sie meiner Klientin gegenüber fair sind …«

Derek warf einen Bleistift in die Ecke. »Hören Sie endlich auf zu jammern. Und verschwinden Sie!«

»Ich glaube, Ms. McCall ist unschuldig. Ich bin wirklich davon überzeugt …«

»*Verschwinden* Sie!«

»Aber …«

»Soll ich den Gerichtsdiener rufen? Würde es Ihnen gefallen, die Nacht im Gefängnis zu verbringen?«

Ben verabscheute es, die Kammer des Richters unter solchen Umständen zu verlassen, aber ihm blieb keine Wahl. Er ging mit dem Wissen, daß er nichts erreicht hatte. Ganz im Gegenteil, dachte er. Ich habe dafür gesorgt, daß der schlummernde Zorn in Derek wieder voll erwacht ist.

Um Christinas Chancen war es jetzt noch schlechter bestellt als vorher.

5

Der nächste Morgen verstrich nur langsam. Die Aussagen der Spurensicherungsleute erwiesen sich als ebenso langweilig wie bei der Vorverhandlung. Der Spezialist für Daktylogramme bestätigte, daß die Fingerabdrücke an der Tatwaffe und an diversen Gegenständen in Lombardis Wohnung von

Christina stammten. Während des Kreuzverhörs erinnerte Ben die Geschworenen an das negative Resultat des Paraffintests. Die Analyse der Haar- und Gewebeproben hatte offenbar nicht zu schlüssigen Ergebnissen geführt, denn die Staatsanwaltschaft rief keine entsprechenden Zeugen auf.

Der Ballistikexperte bestätigte folgendes: Lombardis Kranium, also die Schädeldecke, war von vier Kugeln zertrümmert worden, die jemand mit der Tatwaffe abgefeuert hatte – mit dem Revolver, der Christinas Fingerabdrücke aufwies. Darüber hinaus betonte er, daß der Abstand zwischen Waffe und Opfer extrem gering gewesen sein mußte. Moltke nutzte diesen Umstand natürlich, um auch auf emotionale Nähe zwischen den beiden Personen hinzuweisen. Sie seien Freunde gewesen, meinte er, oder vielleicht ein ... Liebespaar. Ben legte einige andere Erklärungen nahe, zum Beispiel: »Wenn jemand einen Revolver auf Sie richtet, kann er so nahe herankommen wie er will.«

Der Verteidiger gab sich alle Mühe, irgendeine Art von Kontakt mit Derek zu vermeiden. Er wich sogar dem Blick des Richters aus. Derek sprach ihn nie ein einziges Mal direkt an, aber trotzdem konnte kein Zweifel daran bestehen, daß er das Gespräch am vergangenen Abend nicht vergessen hatte. Wenn er in Bens Richtung sah, verhärteten sich seine Züge.

Am frühen Nachmittag rief Moltke den Coroner Dr. Koregai in den Zeugenstand. Ben und Koregai waren sich schon einmal vor Gericht begegnet, beim Fall Adams, doch während des vergangenen Jahrs hatte sich die Distanz zwischen ihnen kaum verringert. Mit kühler, sachlicher Stimme berichtete der Coroner, Lombardi sei in seiner Wohnung gestorben, zwischen ein und zwei Uhr nachts, und zwar aufgrund von Schußwunden am Kopf. Er sprach von irreparablen Schäden am Hinterhauptsbein. Mit ziemlicher Sicherheit sei Lombardi schon nach dem ersten Schuß tot gewesen, fügte er hinzu.

Damit hatte die Staatsanwaltschaft ihren Fall vorgetragen, soweit Ben wußte. Das gesamte Beweismaterial war dem Gericht vorgelegt worden, und der Ankläger konnte mit sich zufrieden sein – die Geschworenen fraßen ihm fast immer aus der Hand.

Doch zu Bens großer Überraschung verkündete Moltke die Absicht, einen weiteren Zeugen aussagen zu lassen.

»Euer Ehren, die Staatsanwaltschaft ruft Holden Hatfield in den Zeugenstand.«

Spud? Den Wächter aus Lombardis Apartmenthaus? O ja, natürlich. Um zu beweisen, daß sich Christina schon vor Lombardi in der Wohnung aufgehalten und sie erst nach seinem Tod verlassen hatte, in FBI-Begleitung.

Nach der Vorstellung des Zeugen fragte Moltke: »Womit verdienen Sie sich den Lebensunterhalt, Mr. Hatfield?«

»Nennen Sie mich Spud«, sagte der Wächter. »So nennen mich alle.«

Moltke lächelte. »Na schön. Spud. Erzählen Sie uns von Ihrer Arbeit.«

Hatfield beschrieb die Tätigkeit als Wächter und stellte seine Pflichten möglichst eindrucksvoll dar. In allen Einzelheiten erklärte er das von ihm kontrollierte System aus Türen und Aufzügen. Er wies darauf hin, daß Besucher allein durch die vordere Tür eintreten und nur dann den Aufzug benutzen konnten, wenn er ihn mit seinem Schlüssel freischaltete. Darüber hinaus betonte er, daß sich die Türen des Treppenhauses nur von außen öffnen ließen. Spud meinte, aus den genannten Gründen sei er völlig sicher, daß am Mordabend nur vier Personen Lombardis Apartment aufsuchten.

»Wer waren diese vier Personen, Spud?«

»Nun, zunächst einmal die Angeklagte, Miss McCall.«

»Und sonst?«

»Quinn Reynolds, Clayton Langdell und ...« Der Wächter holte tief Luft. »Und Albert DeCarlo.«

Wie zuvor schuf die Erwähnung dieses Namens Aufregung bei der Jury. Doch diesmal kam noch mehr hinzu: Einige Geschworene stießen sich an und deuteten zum Publikumsbereich. Ben drehte den Kopf, und tatsächlich: Dort saß DeCarlo, ganz hinten, mit Schal, weißem Mantel und dunkler Sonnenbrille, selbst hier drin. Ziemlich couragiert von ihm, im Gerichtssaal zu erscheinen, während das FBI versuchte, mit Vinny und dem anderen im Wald verhafteten Mann Beweismaterial gegen ihn zu sammeln. Offenbar hatte DeCarlo gewußt, daß hier jemand seinen Namen nennen würde. Aus welchem anderen Grund sollte er gekommen sein?

Moltke setzte die Vernehmung fort. »Sie wissen nicht, wann jene Personen Lombardis Apartment verließen, oder?«

»Das stimmt. Die zum Parkplatz führende Hintertür kann von innen geöffnet werden; viele Leute verlassen das Gebäude auf diesem Weg. Ich weiß jedoch, wann Miss McCall ging.«

»Wieso?«

»Nun, ich habe die FBI-Agenten zur Wohnung begleitet und bei der Verhaftung zugesehen. Immerhin bin ich der Wächter.«

»Verstehe. Um alles zusammenzufassen: Die Angeklagte suchte das Apartment gegen zehn auf, bevor Lombardi eintraf. Und sie befand sich noch dort, als man etwa um zwei Uhr Lombardis Leiche fand.«

»Ja, das wär's im großen und ganzen.«

»Bitte erlauben Sie mir, Ihnen noch einige zusätzliche Fragen zu stellen, Spud. Könnten Sie uns das Verhalten der Angeklagten am betreffenden Abend beschreiben?«

»Oh, sie schien von irgend etwas die Schnauze gestrichen voll zu haben.« Hatfield sah zum Richter. »Tschuldigung. Ich wollte sagen: Sie war echt sauer.«

»Ich glaube, wir alle haben genau verstanden, was Sie meinen, Spud«, sagte Moltke, wandte sich kurz an die Jury und lächelte. »Haben Sie eine Ahnung, weshalb die Angeklagte verärgert gewesen sein könnte?«

»Ich glaube schon.«

»Bitte erzählen Sie uns davon.«

»Nun, am Nachmittag rief Mr. Lombardi an und sagte mir ...«

»Einspruch«, sagte Ben. »Hörensagen.«

Moltke hob den Zeigefinger. »Es geht hier nicht darum, Schuld oder Unschuld zu beweisen, Euer Ehren. Es soll nur festgestellt werden, in welcher geistiger Verfassung sich die Angeklagte zum Tatzeitpunkt befand.«

»In Ordnung«, erwiderte Derek. »Einspruch abgelehnt. Beantworten Sie die Frage.«

»An die genauen Worte erinnere ich mich nicht«, sagte Spud. »Nun, Mr. Lombardi rief mich an und trug mir auf, Miss McCall zu gestatten, seine Wohnung zu betreten. Ich scherzte ein wenig darüber, daß er wohl eine neue Freundin hätte, und er erwiderte: ›Nach dem heutigen Abend werden Sie die Dame kaum mehr zu Gesicht bekommen.‹« Er lachte leise. »Ich schätze, er wollte ihr den Laufpaß geben.«

Ben sah zur Jury und bemerkte, wie Mrs. Applebury und eine andere Geschworene bedeutungsvolle Blicke wechselten. Ja, sie wußten, was es damit auf sich hatte. Der Zorn einer verstoßenen Frau …

»Ich beantrage, die letzte Bemerkung aus dem Protokoll zu streichen, Euer Ehren«, sagte Ben. »Der Zeuge spekuliert.«

»Ich glaube, der Zeuge kleidet seine Beobachtungen nur in ein besonders buntes rhetorisches Gewand«, entgegnete Derek. »Einspruch abgelehnt.«

»Also war die Angeklagte an jenem Abend wütend, weil Lombardi die Beziehung beendet hatte«, sagte Moltke. »Oder weil sie wußte, daß er die Beziehung beenden wollte. Stimmt das?«

»Einspruch, Euer Ehren«, ließ sich Ben vernehmen. »Er legt dem Zeugen die Antwort praktisch in den Mund.«

»Schon gut«, erwiderte Moltke. »Ich ziehe die Frage zurück.« Warum auch nicht? Die Geschworenen hatten verstanden, worauf er hinauswollte. »Die Vernehmung des Zeugen ist beendet, Euer Ehren.«

»Kreuzverhör?« Dereks Stimme klang fast drohend.

Ben wußte nicht, was er den Zeugen fragen sollte. Spud hatte einen falschen Eindruck von der Situation entstehen lassen, aber es steckte keine Absicht dahinter. Ob seine Ausführungen stimmten oder nicht – es handelte sich keineswegs um vorsätzliche Lügen. Er hatte die Dinge so geschildert, wie sie seiner Überzeugung entsprachen. Ben begriff auch: Wenn er versuchte, Spud durch die Mangel zu drehen, mußte er mit dem sofortigen Eingriffen des Richters rechnen. Und ganz gleich, was er auch versuchte: Derek würde jede Gelegenheit nutzen, ihm Knüppel zwischen die Beine zu werfen.

»Keine Fragen«, sagte Ben widerstrebend und fühlte dabei Dutzende von Blicken auf sich ruhen. Alle sahen ihn an: die Reporter, die Geschworenen, auch Christina.

»Möchte die Staatsanwaltschaft weitere Zeugen aufrufen?« fragte Derek.

»Nein, Euer Ehren«, antwortete Moltke. »Wir haben die Beweisaufnahme beendet.«

»Gut«, erwiderte der Richter. »Ich glaube, das genügt für heute. Morgen früh um Punkt neun Uhr kann die Verteidigung ihr Beweismaterial vortragen – wenn sie welches hat.« er klopfte mit dem Hammer. »Die Sitzung ist geschlossen.«

Von einem Augenblick zum anderen schien es im Gerichtssaal drunter und drüber zu gehen. Journalisten sprangen in den Mittelgang und blockierten ihn. Blitzlichter gleißten; tragbare Scheinwerfer für die Kameras glühten. Moltke begann damit, seine tägliche Pressekonferenz zu geben und über einen neuen Triumph beim Kreuzzug für die Gerechtigkeit zu berichten. Einige Reporter riefen Ben Fragen zu, die er jedoch ignorierte.

Er fühlte, wie Christinas Blick bis in den Kern seines Wesens reichte. Sie verstand nicht. Kein Wunder, denn sie ahnte ja nichts von seinem Gespräch mit Derek. Nur eins war ihr klar: Strafverteidiger gewinnen ihre Prozesse, indem sie die Argumente der Anklage zerpflücken. Wenn es ihnen bis zum Aufruf der eigenen Zeugen nicht gelungen ist, bei den Geschworenen Zweifel an der Schuld der Angeklagten zu säen, so haben sie kaum mehr die Chance, eine Verurteilung zu verhindern. Darüber hinaus wußte sie, daß es viel zuwenig entlastendes Beweismaterial gab.

»Wir müssen ... unsere Strategie besprechen«, brachte Christina schließlich hervor.

Ben nickte. Sie gingen zur Tür, bahnten sich einen Weg durch die Menge der Reporter. »Wen wollen Sie morgen in den Zeugenstand rufen?« »Glauben Sie, daß noch Aussichten bestehen, einen Freispruch zu erwirken?« »Alles deutet auf verschmähte Liebe als Tatmotiv hin, nicht wahr?« Ben und Christina ignorierten die Fragen und mieden das Blitzlicht. Sie glaubten zu spüren, wie sich das Unheil um sie herum verdichtete, als sie den Gerichtssaal verließen.

6

Ben stürmte in sein Büro, und Hühner stoben in alle Richtungen davon.

»Wie ist die Lage?« fragte Jones.

»Nicht besonders gut. Morgen früh tragen wir das entlastende Beweismaterial vor – falls wir dann welches haben.« Ben bemerkte ein bräunliches, klumpenartiges Etwas auf Jones' Tisch. »Was ist das denn?«

»Ein englischer Kuchen, von Mrs. Marmelstein. Sie hat die Berichterstattung über den Prozeß im Fernsehen verfolgt und gelangte dabei zu dem Schluß, daß Sie so etwas brauchen.«

Ben betrachtete das Objekt skeptisch. »Ich verabscheue englischen Kuchen.«

»Ich kenne niemanden, der ihn mag. Wie dem auch sei: Vermutlich steckt gute Absicht dahinter.«

»Ja, das stimmt. Lassen Sie das Ding irgendwie verschwinden, okay?«

»Ja, Boß.« Jones überlegte kurz. »Ob Hühner englischen Kuchen mögen?«

»Das würde mich kaum überraschen.«

»*He, Skipper*!«

Ben drehte sich um und sah Loving, der in einer Ecke saß.

»Hallo, Skipper. Na, wie läuft der Prozeß?«

»Wollen Sie eine ebenso knappe wie treffende Beschreibung? Der Richter haßt mich. Die Jury ist von Christinas Schuld überzeugt. Und wir haben nicht die geringste Möglichkeit, ihre Unschuld zu beweisen.«

»Könnte schlimmer sein.«

»Wie denn?«

»Er hat das große Los gezogen«, warf Jones ein.

Ben trat zu Loving, der schon wieder ein fleckiges T-Shirt trug. Hatte er nur dieses eine? Oder besaß er mehrere, die alle gleich aussahen? »Ist es Ihnen gelungen, Unterlagen von DeCarlo zu beschaffen?«

»Ja«, bestätigte Loving im Plauderton. »Ich wußte nicht, was wichtig für Sie sein könnte. Deshalb nahm ich einfach alles mit. Ihr Sekretär hat die von ihm benötigten Dokumente ausgewählt.«

»Ausgezeichnet! Wie haben Sie das fertiggebracht?«

»Oh, eigentlich war's 'n Kinderspiel. Ein Kumpel von mir nannte mir Namen und Adresse des obersten Zahlenjongleurs von DeCarlo. Damit meine ich seinen Chefbuchhalter. Ein Kümmerling. Nun, gestern abend habe ich im Wagen auf ihn gewartet. Der Typ war überrascht, mich zu sehen.«

»Kann ich mir denken. Sie haben doch nicht gegen irgendwelche Gesetze verstoßen, oder?«

»Ich gab ihm nur ganz freundlich zu verstehen, daß es seiner Gesundheit sehr schaden könnte, wenn er sich weigerte, mir DeCarlos Unterlagen auszuhändigen.«

»Es dürften sich recht negative Folgen für seine Gesundheit ergeben, wenn DeCarlo erfährt, daß Sie Dokumente von ihm bekommen haben.«

»Darauf wies er hin. Ich habe ihm ganz höflich und kameradschaftlich beschrieben, auf welche Weise ich seinem Gesicht eine völlig neue Form geben könnte, ohne dabei ins Schwitzen zu geraten. Schließlich meinte er, daß er vielleicht einen Weg fände, mir die gewünschten Unterlagen zu beschaffen. Ich versprach ihm, daß er sie innerhalb von vierundzwanzig Stunden zurückbekommt. DeCarlo ist derzeit ganz auf den Prozeß fixiert und wird die Dokumente wahrscheinlich gar nicht vermissen.«

»Jones ...«, sagte Ben. »Fotokopieren Sie alles, was Sie brauchen. Und zwar pronto.«

»Ist bereits erledigt, Boß. Ich habe auch schon damit begonnen, DeCarlos Unterlagen mit denen von Lombardi zu vergleichen. Es gibt einige Diskrepanzen. In mehreren Fällen bekam Lombardi von DeCarlo zum Teil erhebliche Summen, für die Belege fehlen. Wir können davon ausgehen, daß DeCarlo ein gutes Motiv hatte, Lombardi ins Jenseits zu schikken. Wenn das FBI Tony geschnappt hätte, so wäre auch DeCarlo in Gefahr geraten.«

»Das klappt vielleicht«, sagte Ben. Er dachte laut. »Zwar fehlt ein klarer Beweis dafür, daß DeCarlo Lombardi erschossen hat oder den Mord in Auftrag gab, aber allein der Verdacht, daß jemand wie er in diesen Fall verwickelt ist ... Möglicherweise genügt es, um bei den Geschworenen Zweifel an Christinas Schuld aufkommen zu lassen.«

»Könnten wir DeCarlo vorladen?« fragte Jones.

»Dafür dürfte es zu spät sein«, erwiderte Ben. »Außerdem hat er sicher eine ganze Kompanie von Anwälten, die versuchen würden, eine Vorladung zu verhindern. Allerdings: Heute war er im Gerichtssaal. Vielleicht ist er dumm genug, auch morgen zu erscheinen. Setzen Sie ein Vorladungsgesuch auf, Jones – nur für den Fall. Mit dem Datum von morgen.«

»In Ordnung, Boß.«

»Ich kann Ihnen gar nicht sagen, wie dankbar ich Ihnen bin, Loving. Endlich hat sich was Konkretes für uns ergeben. Vielleicht haben Sie einen wichtigen Beitrag dazu geleistet, das Leben einer Frau zu retten. Damit sind wir quitt.«

»Meine Güte«, brachte Loving hervor. »Zum erstenmal in meinem Leben habe ich etwas *Gutes* getan.« Er schluckte und schien seine Gefühle kaum mehr unter Kontrolle halten zu können. »Das werde ich Ihnen nie vergessen. Sie sind der Beste, Skipper. Sie sind der verdammt absolut Beste.«

Ben trat rasch beiseite, damit Loving ihn nicht umarmte. »Jones, ich ziehe mich jetzt in mein Büro zurück, um die Strategie für morgen zu planen. Ich möchte nicht gestört werden.«

Der Sekretär nickte. »Machen Sie Moltke die Hölle heiß, Boß. Seien Sie wie Perry Mason.«

»Nein«, widersprach Ben. »Ist nicht drin. Perry Mason hat

nichts mit der Realität zu tun. In der Wirklichkeit laufen Prozesse ganz anders ab.«

Loving wirkte sehr betrübt.

»Schade«, sagte Jones. »Wir könnten jetzt ein bißchen Rummel à la Raymond Burr gebrauchen.«

»Was dagegen, wenn ich mal telefoniere, Skipper?«

»Natürlich nicht. Der Apparat steht dort drüben.« Einmal mehr setzte sich Ben in Bewegung, um sein Büro aufzusuchen.

»Boß?« fragte Jones.

»Jaaaa?«

»Da der Prozeß nicht so gut läuft und wir, äh, der Verzweiflung nahe sind ... Was halten Sie davon, wenn ich mich am Tatort umsehe?«

»Nein, ausgeschlossen. Ich brauche Sie hier. Vergleichen Sie die Unterlagen.«

»Und wenn ich damit früh fertig werde?«

»Sie können von Glück sagen, wenn Sie die Unterlagen bis zum Morgengrauen durchgeackert haben. Und denken Sie daran: Die Verhandlung wird um neun Uhr fortgesetzt.«

»Manchmal können Sie ziemlich hart sein, Boß.«

»Es sind harte Zeiten.« Erneut wandte sich Ben der Tür seines Büros zu.

»Äh, Skipper?«

»Meine Güte, ich muß *arbeiten,* Leute!«

Loving blickte zu Boden. »Himmel, tut mir leid.«

»Ist total mit den Nerven fertig«, murmelte Jones.

»Um was geht's, Loving?« fragte Ben.

»Um Ihr Telefon.« Er legte auf. »Damit stimmt was nicht.«

»Sprechen Sie mit Jones darüber. Er ist für Wartung und dergleichen zuständig.«

»Sie verstehen nicht. Ich wollte gerade den Buchhalterfritzen anrufen, um ihm mitzuteilen, daß ich die Sachen zurückbringe.«

»Und?«

»Hören Sie sich das an.« Loving nahm ab. Ben vernahm ein deutliches Klicken, dann das Freizeichen.

»Scheint alles in bester Ordnung zu sein.«

Loving richtete einen ernsten Blick auf den Anwalt. »Vielleicht wissen Sie nicht, was das bedeutet, aber ich kenne mich damit aus.« Erneut nahm er den Hörer an, und das Klicken wiederholte sich. »Jemand hat Ihre Leitung angezapft.«

Ben saß am Schreibtisch und betrachtete den Fall noch einmal von allen Seiten. Was hatte er übersehen? Welche entscheidende Frage mußte noch gestellt werden? Er zog seine Notizen zu Rate, aber sie nützten ihm kaum etwas – man konnte vor Gericht nicht gleichzeitig Aufzeichnungen anfertigen und einen Fall verhandeln. Normalerweise kümmerte sich ein Assistent darum, wichtige Dinge zu notieren, aber auf eine derartige Hilfe mußte Ben verzichten. Christina hatte natürlich Erfahrung als Rechtsassistentin, doch eine ständig schreibende Angeklagte erweckte kaum einen guten Eindruck. Gelegentlich ließ er die Gedanken treiben und dachte an all die Opfer: Christina, Margot, Wolf.

Schließlich konzentrierte er sich auf seine Pläne für den nächsten Tag. Er hatte versucht, Widersprüche und Ungereimtheiten in der Story des Staatsanwalts aufzudecken, mit nur mäßigem Erfolg. Das Beweismaterial der Anklage bestand allein aus Indizien, aber davon gab's genug. Und der kumulative Effekt lastete sicher schwer auf den Geschworenen. Niemand von ihnen wollte einen Mörder auf freien Fuß setzen. Moltke beabsichtigte bestimmt, auf folgendes hinzuweisen: Wenn sich die Jury gegen eine Verurteilung entschied, so machte sie sich der Komplizenschaft an einem Mord schuldig. Appelle ans Gewissen und Stimulierung von Schuldgefühlen – eine alte und bewährte Taktik der Anklage.

Ben vernahm ein leises, schüchternes Klopfen an der Tür.

»Wer ist da?«

»Ich bin's, Christina.« Sie öffnete die Tür einen Spaltbreit. »Darf ich reinkommen?«

»Ich bereite mich auf morgen vor.«

»Von Jones weiß ich, daß du schon seit Stunden da drin

sitzt. Du solltest dir eine Pause gönnen.« Christina musterte ihren Verteidiger. »Meine Güte, du siehst schrecklich aus.«

»Herzlichen Dank.«

»Du brauchst dringend eine Abwechslung, Ben. Etwas, das dir hilft, dich von Niedergeschlagenheit und Trübsal zu befreien.«

»Da pflichte ich dir bei. Ich bezweifle jedoch, ob derzeit ein Trip nach Hawaii möglich ist.«

Christina schüttelte den Kopf. »Nichts Großes. Nur etwas, das dich daran erinnert, was im Leben wichtig ist. Mit anderen Worten: Du brauchst eine große, verführerische Blondine, die dir einen dicken Schmatzer gibt, direkt auf den Mund.«

Ben heuchelte Abscheu und schauderte. »Brrr. Wußtest du nicht, daß Rechtsanwälte nie auf den Mund küssen? So was wäre unserem Image sehr abträglich.«

»Vielleicht ist das euer Problem.«

Ben senkte den Kopf, sah auf seine Notizen. »Ich fürchte, für morgen sieht's ziemlich düster aus.«

»Dir fällt was ein. Bestimmt.«

»Ich versuche nur, realistisch zu sein, Christina. Unsere Aussichten stehen schlecht.«

»Unsinn. Es könnte schlimmer sein.«

»Und das kommt ausgerechnet von dir. Wieso sagen mir alle, daß es schlimmer sein könnte?«

»Weil es stimmt. Ich bin sicher, du ziehst was aus dem Hut.«

»Ich bin kein Zauberkünstler, Christina. Ich bin nicht einmal ein sehr guter Rechtsanwalt.«

»Das sehe ich anders. Du hast dich heute im Gerichtssaal wacker geschlagen.« Christina vollführte eine vage Geste. »Ben, ich habe vorgeschlagen, unsere Strategie zu besprechen. Du … Du solltest mich morgen als Zeugin aufrufen.«

»Kommt nicht in Frage.«

»Warum nicht?«

»Meiner Ansicht nach existiert die Fünfte Zusatzklausel unserer Verfassung aus gutem Grund. Nein, ich lasse dich nicht aussagen.«

»Ach, Ben ... Welchen Sinn hat es, mir ein Kreuzverhör zu ersparen, wenn das Ergebnis in einer lebenslänglichen Freiheitsstrafe besteht? Oder gar ...«

Sie sprach nicht weiter, aber Ben verstand natürlich, was sie meinte.

»Die meisten Strafverteidiger vermeiden es, ihre Klienten in den Zeugenstand zu rufen. Es nützt kaum etwas und schadet praktisch immer.«

»Du hast gar keine Wahl!« Christinas Stimme zitterte nun. »Hör mal, Ben: Ich habe als Rechtsassistentin gearbeitet. Ich kenne mich mit solchen Dingen aus, und daher kann ich auch unsere Situation beurteilen. Wir brauchen einen einwandfreien Entlastungszeugen, und leider haben wir nur mich. Also ruf mich auf.«

»Nein.«

»Ben, nur dieses eine Mal ... Versuch nicht, alles allein zu machen. Nimm meine Hilfe an!«

»Christina, ich ...«

»Ben!« Ihre Augen blickten direkt in sein Herz. »Wer ist hier der Klient?«

Er biß sich auf die Lippe. »Du.«

»Wer hat das Sagen?«

»Der Klient – solange er oder sie nichts Unethisches verlangt.«

»Na bitte. Freut mich, daß wir diesen Punkt geklärt haben.« Christina stand auf und glättete ihr Kleid. »Morgen früh erwarte ich von dir, daß du mich in den Zeugenstand rufst. Verstanden?«

Ben nickte.

»Bleib nicht zu lange auf. Ich möchte vermeiden, daß die Geschworenen meinen Anwalt für einen Zombie halten. Und vergiß nicht, die Katze zu füttern.«

Christina verließ das Büro. Ben trachtete danach, sich mit seinen Gedanken auf die Notizen zu konzentrieren, aber immer wieder flüsterten Fragen hinter der Stirn und lenkten ihn ab. Wer hatte sein Telefon angezapft? Lennies Mörder? Vielleicht die gleiche Person, die ihm gefolgt war? Und warum hatte sich heute Albert DeCarlo im Gerichtssaal befunden? Hinzu kamen tausend andere Rätsel, die in einem nur geringen oder gar keinen Zusammenhang mit dem Prozeß standen. Andererseits: Vielleicht spielten sie dabei sogar eine sehr wichtige Rolle; vielleicht hatte er ihre wahre Bedeutung nur noch nicht erkannt.

Ben verdrängte die Fragen aus dem bewußten Denken. Er mußte sich konzentrieren, sich mit den Fakten befassen, sie prüfen und immer wieder prüfen. Bis sie einen Sinn ergaben. Bis er etwas entdeckte, das bisher übersehen worden war.

Nur noch zwölf Stunden trennten ihn – und Christina – vom Augenblick der Wahrheit.

7

Einmal mehr war der Gerichtssaal gerammelt voll, und die Reporter behaupteten ihre Plätze ganz vorn. Ben sah, daß Albert DeCarlo einige Reihen hinter Margot Lombardi saß. Auch Spud zählte zu den Anwesenden – vermutlich hielt er sich für den Fall bereit, daß ihn der Staatsanwalt noch einmal in den Zeugenstand rief. In der gleichen Reihe bemerkte Ben auch Quinn Reynolds. Was führte ihn hierher? Und hinter ihm ... Clayton Langdell. Unter hinter Langdell ... Stanford und Abshire saßen in der letzten Reihe, ganz am Rand. Abshire fing Bens Blick ein und zwinkerte. Selbstgefälliger Hurensohn. Er glaubte, daß die Anklage den Sieg in der Tasche hatte.

Und vielleicht hat er recht mit dieser Annahme, dachte Ben. Bis nach Mitternacht war er in seinem Büro gewesen, und auch zu Hause fand er keine Ruhe. Deshalb öffnete er seine Aktentasche – zur großen Freude von Giselle, die sofort darin zu spielen begann – und setzte die Suche nach einer Lösung des Problems fort.

Er schlief nur wenige Stunden, und nach dem Erwachen machte er sich sofort auf den Weg zum Gericht, hielt dabei weiterhin nach jenem Etwas Ausschau, das er bisher übersehen hatte – nach einem Hinweis, der alles erklärte und Christinas Unschuld bewies.

Doch er fand ihn nicht.

Ben trat durch den Mittelgang und blieb vor DeCarlo stehen. »Lassen Sie mich von jemandem beschatten?«

»Oh, ich bitte Sie! Warum müssen Sie immer solche Fragen stellen? Haben Sie jemanden gesehen, der Sie beschattet?«

»Vielleicht. Ich bin mir nicht sicher. Ich denke schon.«

»Und bedeutet das unbedingt, daß ich die Verantwortung trage?«

»Sie sind der wahrscheinlichste Kandidat. Nun, wie lautet Ihre Antwort?«

»Würden Sie mir glauben, wenn ich Ihnen sage, daß ich nichts damit zu tun habe?«

»Nein.«

»Nun, ich weise Ihre Vorwürfe trotzdem zurück.«

»Wie nett von Ihnen.«

Der Gerichtsdiener kam aus der Kammer des Richters, Derek folgte ihm. Ben fühlte sich hilflos. Es geschah tatsächlich – der Prozeß ging weiter. Er konnte nicht verhindern, daß die Ereignisse ihren Lauf nahmen, daß sich eine aus widrigen Umständen bestehende Verschwörung anschickte, Christina zu verurteilen und ihr Leben zu ruinieren.

Derek forderte Ruhe im Saal, richtete dann die üblichen einleitenden Bemerkungen und Instruktionen an die Geschworenen. Im Anschluß daran fragte er: »Ist die Verteidigung bereit?«

Ben erhob sich langsam und glaubte zu spüren, wie seine Knie wackelten. Er fühlte sich elend. »Ja, Euer Ehren.«

»Rufen Sie Ihren ersten Zeugen.«

Christina straffte die Schultern. Ben versuchte, ihren Namen zu nennen, aber kein Laut kam ihm über die Lippen.

»Mr. Kincaid?« fragte Derek.

Bens Wangen glühten. Er machte sich zum Narren, vor allen Leuten.

»Mr. Kincaid – bitte.«

He, einen Augenblick, dachte Ben. Derek sah gar nicht in seine Richtung, sondern blickte zum rückwärtigen Bereich des Gerichtssaales. Das galt auch für die Geschworenen. Was zum ...

»Mr. Kincaid, ich glaube, einer Ihrer Mitarbeiter versucht dort drüben den Verkehr zu regeln.«

Wie bitte? Ben drehte sich um und sah Jones, der mit beiden Armen ruderte, um seine Aufmerksamkeit zu gewinnen. Und was hielt er da in der Hand? Eine Sonnenbrille?

»Euer Ehren, bitte geben Sie mir fünf Minuten Zeit, damit ich vor dem Aufruf des ersten Zeugen mit meinem Kollegen sprechen kann.«

»Sie mögen es, die Spannung in die Höhe zu treiben, nicht wahr, Kincaid? Na schön. Fünf Minuten.«

Ben sprintete zu Jones, bevor ihm die Reporter den Weg versperren konnten.

»Was ist los?«

»Ich habe damit gerechnet, daß Sie zuerst ins Büro kommen!«

»Tut mir leid. Ich war spät dran, und deshalb habe ich sofort das Gericht aufgesucht. Nun?«

»Ich bin die ganze Nacht auf den Beinen gewesen, Boß. Raten Sie mal, warum.«

Ben blieb fast fünfzehn Minuten fort. Er mußte ganz sicher sein, daß er die Bedeutung von Jones' Ausführungen richtig verstand. Anschließend suchte er die Bibliothek auf und besorgte sich eine Zeitschrift.

»Mr. Kincaid ...«, sagte Derek, als er in den Gerichtssaal zurückkehrte. »Wir befürchteten schon, daß Sie sich in den Fluren verirrt haben.«

Ben eilte durch den Mittelgang. »Ich bitte um Entschuldigung, Euer Ehren. So etwas wird sich nicht wiederholen.«

»Da bin ich sicher«, erwiderte der Richter in einem warnenden Tonfall. »Sind Sie jetzt bereit, Ihren ersten Zeugen aufzurufen?«

»Ja, Euer Ehren.« Erneut sah er, wie sich Christina vorbereitete. »Die Verteidigung ruft Holden Hatfield in den Zeugenstand.«

Christina warf ihm einen besonders verwirrten Was-soll-das-denn-bedeuten-Blick zu.

Moltke stand auf. »Der Zeuge hat bereits ausgesagt, Euer Ehren. Der Verteidiger hatte die Möglichkeit, ihn ins Kreuzverhör zu nehmen. Warum will er ihm ausgerechnet jetzt Fragen stellen?«

»Das würde mich auch interessieren.« Derek sah zu Ben. »Nun?«

»Euer Ehren, mir geht es um eine Zeugenaussage, die über den Rahmen der ersten Vernehmung hinausgeht.«

»Aber Euer Ehren ...«, warf Moltke ein.

»Holden Hatfield steht auf der Zeugenliste der Staatsanwaltschaft«, sagte Ben. »Man kann ihm also kaum Voreingenommenheit zugunsten der Verteidigung vorwerfen.«

»Euer *Ehren* ...«

»Ich kann Ihre Empfindungen durchaus verstehen, Herr Staatsanwalt, aber ich möchte mir später keine Verfahrensmängel vorwerfen lassen. Treten Sie noch einmal in den Zeugenstand, Mr. Hatfield.«

Spud verzog das Gesicht. »Muß ich, Richter?«

»Ich fürchte, ja.«

Spud schlurfte durch den Mittelgang, nahm den Platz des Zeugen ein und wirkte wie das Unglück selbst.

Ben schritt zum Podium. »Es tut mir leid, daß ich Sie noch einmal aussagen lassen muß, aber mir bleibt keine andere Wahl. Ich verspreche Ihnen, daß diese Sache nicht länger dauert als unbedingt notwendig. Bei Ihrer ersten Aussage haben Sie erwähnt, daß Sie am Mordabend vier Personen sahen, die Lombardis Apartment aufsuchten, nicht wahr?« Eigentlich handelte es sich um eine Suggestivfrage, aber Ben war sicher, daß Moltke keinen Einspruch erhob. Auch der Staatsanwalt wollte, daß diese neuerliche Vernehmung möglichst schnell vorüberging.

»Ja, das stimmt.«

»Vier Personen. Damit meinen Sie Christina, Clayton Langdell, Quinn Reynolds ...«

»Und Albert DeCarlo«, fügte Spud hinzu.

»Ja. Genau darüber wollte ich mit Ihnen reden. Sind Sie

ganz sicher, daß Sie an jenem Abend Albert DeCarlo gesehen haben?«

»Natürlich bin ich ganz sicher. Was für eine dumme Frage! Ich habe ihn häufig gesehen, sowohl persönlich als auch im Fernsehen. Ich weiß, wie er aussieht.«

»Daran zweifle ich nicht. Ist Ihnen klar, daß Mr. DeCarlo leugnet, am betreffenden Abend in Lombardis Apartment gewesen zu sein?«

Spud grinste. »Nun, das dürfte keine große Überraschung sein, oder?« Hier und dort erklang leises Lachen.

»Wie war es zu jenem Zeitpunkt um Ihr Sehvermögen bestellt?«

»Wie es um mein … Ich verstehe nicht.«

»Ich erkundigte mich nach Ihrer Sehkraft.«

»Was soll damit sein?«

»Wie gut konnten Sie sehen?«

»Ich weiß überhaupt nicht, was Sie das angeht.«

Ben wandte sich an Derek. »Ich bitte um Erlaubnis, Mr. Hatfield wie einen störrischen Zeugen behandeln zu dürfen.«

Der Richter sah zu Moltke. »Irgendwelche Einwände?«

»Wenn wir diese Angelegenheit dadurch schneller hinter uns bringen …«

Derek nickte dem Verteidiger zu.

»Nun, Spud …«, fuhr Ben fort. »Bitte verstehen Sie mich nicht falsch. Ich beabsichtige keineswegs, Sie in Schwierigkeiten zu bringen. Stimmt es, daß Sie gern einen kippen?«

»Ich genehmige mir ab und zu einen Schluck. Na und?«

»Manchmal trinken Sie auch während der Arbeit, nicht wahr?«

»Worauf wollen Sie hinaus, Mann? Möchten Sie vielleicht, daß man mich rausschmeißt?«

»Bitte beantworten Sie die Frage.«

»Die Antwort lautet nein.«

»Spud …« Ben blickte wie betroffen zu Boden. »Am Morgen nach Lombardis Tod waren Sie im Dienst. Und bei unserem Gespräch haben Sie einen Flachmann mit Whisky hervorgeholt. Sie boten mir daraus zu trinken an.«

Spud schwieg.
»Wenn ich den Gerichtsdiener jetzt bitte, einmal nachzusehen ... Ich bin ziemlich sicher, er fände dann den gleichen Flachmann bei Ihnen, und zwar ans Bein gebunden.«
Spud rutschte ein wenig zur Seite. »Manchmal arbeite ich zwölf oder achtzehn Stunden lang in einem durch«, sagte er. »Das ist ziemlich lange für einen Mann in meinem Alter.«
»Ich weiß«, erwiderte Ben. »Und niemand verurteilt Sie. Aber lassen Sie uns folgendes feststellen: An dem Abend, als Lombardi ermordet wurde, haben Sie getrunken, nicht wahr?«
»Vielleicht ein bißchen«, räumte der Wächter ein.
»Und der Alkohol kann zur Folge haben, daß Sie schlechter sehen, stimmt's?«
»Einspruch«, sagte Moltke. »Die Frage ist mehrdeutig. Geht es um eine theoretische oder um eine tatsächliche Beeinträchtigung des Sehvermögens?«
»Um eine theoretische, Euer Ehren.«
Derek nickte erneut. »Ich fordere den Zeugen auf, die Frage zu beantworten.«
»Ja, ich denke, das ist nicht ausgeschlossen.«
»Es ist also möglich, daß Sie am Tatabend schlechter als sonst gesehen haben. Nun, da wir gerade dabei sind: Sie sehen ohnehin nicht besonders gut, oder?«
Spuds Miene kam nun einer Maske gleich. »Ich weiß nicht, wovon Sie reden.«
»Sie sind kurzsichtig, habe ich recht?«
Wieder gab Spud keinen Ton von sich.
»Ich weiß, daß Sie nicht gern darüber reden. Wenn Sie zugeben, immer schlechter zu sehen, riskieren Sie den Verlust Ihres Jobs. Aber diese Sache ist sehr wichtig. Ich erinnere mich genau: Bei unserem Gespräch im Apartmenthaus mußten Sie sich das Klemmbrett fast an die Nase drücken, um es zu lesen. Ich wiederhole meine Frage: Sind Sie kurzsichtig oder nicht?«
»Nein.«
»Nun, lassen Sie uns einen kleinen Test durchführen.« Ben kehrte zum Tisch der Verteidigung zurück, nahm die dort

liegende Zeitschrift und hielt sie so, daß Spud das Titelbild nicht sehen konnte. »Wie groß war die Entfernung zu der Person, die Sie in der betreffenden Nacht als Albert DeCarlo identifiziert haben?«

Spud überlegte kurz. »Oh, etwa drei Meter, als er durch die Tür kam. Und etwa anderthalb Meter, als ich den Lift einschaltete.«

»Gut.« Ben trat rund drei Meter weit vom Zeugenstand fort und hob die Zeitschrift. Ihre Titelseite zeigte einen unverkennbaren George Bush. »Spud, ich halte hier das Foto einer gut bekannten Person, die oft im Fernsehen gezeigt wird. Bitte sagen Sie der Jury, um wen es sich handelt.«

»Ich ... habe ein schlechtes Namensgedächtnis«, brummte Spud.

»Oh, diese Person kennen Sie bestimmt. Sehen Sie sich das Foto genau an. Wen zeigt es?«

Spud spähte zur Zeitschrift, und ganz offensichtlich strengte er seine Augen an. »Elizabeth Taylor?« riet er schließlich.

Mrs. Applebury hob die Hand vor den Mund, und einige andere Geschworene lächelten.

»Leider falsch.« Ben verkürzte die Distanz zum Zeugenstand auf etwa anderthalb Meter. »Jetzt ist der Abstand zwischen uns nicht größer als zwischen Ihnen und dem angeblichen Mr. DeCarlo, als Sie den Lift freischalteten. Können Sie die Person auf dem Foto erkennen?«

Spud zögerte mehrere Sekunden lang. »Paul Newman?« vermutete er schließlich.

»Nun, Sie liegen nicht mehr ganz so weit daneben wie vorhin. Versuchen Sie's noch einmal.«

Spud sah zum Richter hoch. »Muß ich wirklich an diesem idiotischen Spiel teilnehmen?«

Derek unterdrückte ein Lächeln. »Kommen Sie der Aufforderung des Verteidigers nach.«

Spud beugte sich vor. Damit mogelte er natürlich, aber Ben war ziemlich sicher, daß es keine Rolle spielte. »Ist es vielleicht der Reporter namens ... Wie heißt er noch? Geraldo Sowieso?«

»Nein, auch diesmal haben Sie nicht richtig getippt«, sagte Ben. »Aber erklären Sie mir bitte: Warum haben Sie vermutet, es seien die von Ihnen genannten Personen?«

»Ist doch ganz klar: Weil ich dachte, daß sie es gewesen sind.«

»Ich meine den *Grund* dafür.« Ben sprach nun ganz langsam, damit die Geschworenen die Bedeutung jedes einzelnen Wortes verstehen konnten. »Sie haben zwar keine Einzelheiten des Gesichts gesehen, aber einen allgemeinen Eindruck von Haarfarbe, Kleidung und der Kopfform gewonnen, nicht wahr?«

Spud zuckte mit den Schultern. »Ja, ich glaube schon.«

»Gut. Nun, bitte denken Sie jetzt an den Mordabend zurück. Als Sie sicher waren, DeCarlo zu erkennen ... Was haben Sie wirklich *gesehen*?«

»Ich habe Mr. DeCarlo so gesehen, wie ihn alle kennen: dunkle Sonnenbrille; dunkler Schal; schwarzes Haar, zu einem Pferdeschwanz zusammengebunden: Außerdem ein weißer Mantel.«

»Danke«, sagte Ben. »Genau das wollte ich von Ihnen wissen. Keine weiteren Fragen, Euer Ehren.«

Der Richter wandte sich wieder an Moltke. »Kreuzverhör?«

»Nein, Sir. Ganz im Gegenteil. Ich beantrage, die ganze Aussage wegen offensichtlicher Bedeutungslosigkeit aus dem Protokoll zu streichen.«

»Oh, ich bitte Sie«, erwiderte Ben. »Für gewöhnlich überlassen Sie es Myra, derartige Anträge zu stellen, oder?«

»Ich meine es ernst«, beharrte der Staatsanwalt. »Welche Rolle spielt es, wer sonst noch in Lombardis Wohnung gewesen sein mag? Wir wissen, daß sich die Angeklagte dort aufhielt, und sie steht hier vor Gericht.«

Ben starrte Derek an. »Muß ich extra darum bitten, einen derart idiotischen Antrag zurückzuweisen?«

Derek runzelte die Stirn. »Nein, das ist bedauerlicherweise nicht nötig. Einspruch abgelehnt. Rufen Sie Ihren nächsten Zeugen auf, Mr. Kincaid.«

Ben sah zu den Zuschauern, die gespannt darauf warteten,

wen er aufrief. DeCarlo sah zur Seite und hoffte offenbar, daß er der Aufmerksamkeit des Verteidigers entging. Reynolds und Langdell schienen seinen Blick ebenfalls zu meiden. Am Tisch der Verteidigung holte Christina tief Luft und rechnete offenbar damit, daß nun ihr Auftritt begann.

Pardonnez, ma chérie, dachte Ben. Immer die Brautjungfer und nie die Braut.

»Na los«, drängte Derek.

»Ja, Euer Ehren. Die Verteidigung ruft ...« Erneut blickte Ben ins Publikum. »... Margot Lombardi in den Zeugenstand.«

8

Von einer Sekunde zur anderen herrschte völlige Stille im Gerichtssaal, und die Anspannung wuchs jäh. Fast alle Zuschauer drehten den Kopf, um Margot zu mustern.

Ihre Lippen teilten sich, und die Brauen kamen andeutungsweise nach oben. Sie hatte ganz offensichtlich nicht erwartet, vor Gericht auszusagen.

»Ich erhebe Einspruch, Euer Ehren«, sagte Moltke.

»Schon wieder?« erwiderte Ben mit unüberhörbarem Spott.

»Wir sind nicht auf die Absicht der Verteidigung hingewiesen worden, diese Zeugin aufzurufen.«

»Ein solcher Hinweis konnte nicht erfolgen«, meinte Ben. »Ich erfuhr erst eben von der Notwendigkeit, Mrs. Lombardi zu vernehmen.«

»Euer Ehren, dieses Gericht sollte die schlechte Vorbereitung des Verteidigers nicht hinnehmen und keine überraschenden Zeugenaufrufe dulden.«

Ben trat noch etwas näher an die Richterbank heran. »Es geht hier um das Leben meiner Klientin, Euer Ehren. Ich bitte daher, keine allzu strengen Maßstäbe anzulegen.«

Derek schürzte die Lippen. »Sie stellen die Geduld des Gerichts auf eine harte Probe. Ich halte nichts von einer derartigen Überrumpelungstaktik.«

Ben beugte sich zum Platz des Richters vor und sagte so leise, daß ihn die Reporter nicht hörten: »Wenn Sie die aufgerufene Zeugin nicht aussagen lassen … In dem Fall beantrage ich, im Protokoll festzuhalten, daß die Aussage zu einer Entlastung meiner Klientin geführt hätte. Dann wird das Appellationsgericht nicht nur Ihre Entscheidung aufheben, sondern Sie wie einen Narren aussehen lassen.«

Ben spürte die Hitze des Zorns in Derek und wußte: Wenn der Richter irgendeine Möglichkeit sah, gegen ihn zu entscheiden, so machte er bestimmt Gebrauch davon. Aber diesmal waren ihm die Hände gebunden. »Ich erlaube Ihnen, die Zeugin aufzurufen, wobei ich mir ausdrücklich vorbehalte, später über die Beweiserheblichkeit zu urteilen. Darüber hinaus ist sich das Gericht bewußt, daß Sie die Witwe des Ermordeten in den Zeugenstand bestellen. Kommen Sie schnell zur Sache, und achten Sie darauf, daß die Vernehmung sachbezogen bleibt. Falls Sie die Zeugin unter Druck setzen oder schlecht behandeln, so sorge ich dafür, daß Sie die nächsten Jahre in der Zelle eines Bundesgerichts verbringen!«

»Ich verstehe, Euer Ehren.«

Derek sah zum Publikumsbereich. »Die Verteidigung hat Margot Lombardi aufgerufen.«

»Und zwar als gegnerische Zeugin«, fügte Ben hinzu.

»Meinetwegen.« Derek winkte der Witwe zu.

Sie stand langsam auf, wie ein neugeborenes Pony, das erst noch lernen mußte, auf den eigenen Beinen zu stehen. Zwei oder drei Sekunden lang zögerte sie verwirrt. Die Männer am Ende der Sitzreihe erhoben sich und wichen beiseite, um sie passieren zu lassen.

Langsam ging sie zum Zeugenstand.

Nachdem sie den Eid geleistet hatte, begann Ben: »Mrs. Lombardi, entschuldigen Sie bitte meine Unverblümtheit, aber der Richter hat mich aufgefordert, sofort zur Sache zu kommen. Bitte beschreiben Sie die Beziehung zwischen Ihnen und Ihrem Mann zum Zeitpunkt seines Todes.«

»Wir … lebten getrennt.«

»Wollten Sie sich scheiden lassen?«

»J-ja.«

»Wie wurden Sie von Ihrem Mann behandelt?«

»Ich weiß nicht, was Sie meinen.«

»Ich meine jene Dinge, über die wir gesprochen haben, als ich Sie zu Hause besuchte. Ihr Mann war manchmal sehr grausam zu Ihnen, nicht wahr?«

»In … gewisser Weise.«

»Sowohl in psychischer als auch in physischer Hinsicht.«

»Ja.«

»Wußten Sie, daß er sich mit anderen Frauen traf?«

»Ja. Ich erfuhr es von Lennie, Tonys Assistenten.«

»Was hielten Sie davon?«

Margot dachte lange über die Antwort nach. »Nicht viel«, sagte sie schließlich.

Ben klappte sein kleines Notizbuch zu und trat ein wenig vom Zeugenstand zurück. Er mußte jetzt improvisieren. »Mrs. Lombardi … Wo befanden Sie sich an dem Abend, als Ihr Mann umgebracht wurde?«

»Ich war zu Hause.«

»Leistete Ihnen jemand Gesellschaft?«

»Nein. Ich bin allein gewesen. Das habe ich Ihnen bereits gesagt.«

»Es gibt also keine Zeugen, die Ihre Angaben bestätigen können.«

Margot hatte die Hände gefaltet, wirkte jedoch steif und sogar verkrampft. »Nein, ich glaube nicht.«

»Nun, Mrs. Lombardi – Sie haben nicht den ganzen Abend zu Hause verbracht, oder?«

»Was soll das heißen?«

»Eine Sache beschäftigt mich schon seit geraumer Zeit, Mrs. Lombardi, aber erst heute morgen wurde sie mir richtig klar. Als ich mit Spud über Sie sprach, am Tag nach dem Mord, beschrieb er Sie als blond. Aber jetzt ist Ihr Haar ebenso schwarz wie das von Mr. DeCarlo. Haben Sie es gefärbt?«

»Das ist eine … persönliche Angelegenheit.«

»Mrs. Lombardi, bitte zwingen Sie mich nicht, Ihnen einige Haare auszureißen und den Geschworenen die Wurzeln zu zeigen.«

Margots Lippen erbebten kurz. »Ich habe also mein Haar gefärbt. Na und? Eine Frau hat das Recht, dann und wann die Haarfarbe zu wechseln.«

»Und vermutlich auch die Frisur«, sagte Ben. »Haben Sie Ihr Haar jemals in Form eines Pferdeschwanzes getragen, Mrs. Lombardi?«

Ben spürte Aktivität hinter sich: Notizen wurden geschrieben, Stimmen flüsterten.

»Ich denke schon. Ab und zu.«

»Außerdem weiß ich, daß Sie eine dunkle Sonnenbrille haben. Sie trugen sie gestern hier im Gerichtssaal.«

»Und wenn schon«, entgegnete die Witwe. »Das dürfte kaum etwas beweisen ...«

»Haben Sie auch einen schwarzen Schal, Mrs. Lombardi? Und einen weißen Mantel?«

Rote Flecken der Nervosität bildeten sich auf Margots Wangen. »Ich frage Sie noch einmal, Mrs. Lombardi: Sie sind an dem Abend, als Ihr Mann ermordet wurde, nicht die ganze Zeit über zu Hause gewesen, oder?«

Sie schwieg.

»Stimmt es, daß Sie an jenem Abend Mr. Lombardis Wohnung aufsuchten – und zwar verkleidet, um den kurzsichtigen, betrunkenen Wächter zu täuschen?«

Tränen quollen der Frau in die Augen. Ihre Lippen bewegten sich lautlos.

»Spud hat Sie eintreten lassen und Ihnen Zutritt zum Apartment Ihres Mannes gewährt, nicht wahr?«

Die Lippen blieben in Bewegung, und erste Tränen rollten nun über die Wangen.

Ben wandte den Blick ab. Er durfte jetzt kein Mitleid haben, mußte die Vernehmung fortsetzen. »Sie betraten die Wohnung und fanden dort Ihren Mann mit einer anderen Frau, Christina McCall. Ist das richtig?«

»Ich ... ich ... o Gott, *nein* ...«

Irgendwo im Hintergrund hörte Ben einen Einspruch, gefolgt von einigen scharfen Worten des Richters. Es spielte keine Rolle.

»Das stimmt doch, Mrs. Lombardi, oder?« rief Ben. »Ich

habe die Ereignisse so geschildert, wie sie sich tatsächlich zutrugen, nicht wahr?«

»Ich ... *nein*, ich ...«

»Mrs. Lombardi, stimmt es, daß Sie den Revolver Ihres Mannes nahmen, damit auf seinen Kopf zielten und abdrückten?«

»O Gott, o *Gott*!« heulte Margot. Ihre Stimme klang nun schrill und war voller Verzweiflung.

»Mrs. Lombardi, *stimmt* es, daß Sie auf Ihren Ehemann geschossen haben?«

»O mein Gott!« kreischte die Frau. Eine Sekunde später ließ sie plötzlich die Schultern hängen. »O Gott ... *Ja*, es stimmt.«

9

Derek klopfte mehrmals mit dem Hammer, doch es gelang ihm nicht, das Chaos aus dem Gerichtssaal zu verbannen. Die Journalisten in den vorderen Reihen sprangen auf und liefen zur Tür. Jeder wollte als erster ans Telefon, um der Redaktion von den erstaunlichen Neuigkeiten zu berichten. Das Hämmern des Richters verlor sich im lauten Durcheinander vieler verschiedener Stimmen.

Margot senkte den Kopf und schlug die Hände vors Gesicht.

»Ich wiederhole: *Einspruch*, Euer Ehren!« Moltke eilte zur Richterbank, um sich Gehör zu verschaffen.

»Das kommt ein wenig spät, nicht wahr?« fragte Ben.

»Euer Ehren, ich sehe keinen Grund, der armen Witwe noch mehr Leid zu bescheren ...«

Ben unterbrach ihn. »Sind Sie bereit, die Anklage gegen meine Klientin fallenzulassen?«

»Ich ...« Moltke sah zu den Zuschauern, die ihm noch geblieben waren. »Nun, ich weiß nicht ... Das halte ich für verfrüht. Vielleicht sollten wir die Sitzung unterbrechen. Ich glaube, wir alle könnten eine Verschnaufpause gebrauchen.«

»Auf keinen Fall«, widersprach Ben. »Wenn Sie die Anklage fallenlassen – in Ordnung. Andernfalls setze ich die Vernehmung fort. *Bevor* Sie Gelegenheit bekommen, der Zeugin Antworten auf meine Fragen zu suggerieren.«

»Euer Ehren«, sagte Moltke, »ich finde, wir sollten Mrs. Lombardi eine Möglichkeit geben, sich wieder zu fassen ...«

»Tut mir leid«, erwiderte Derek. »So sehr ich es auch bedauere – ich muß Mr. Kincaid beipflichten. Entweder lassen Sie die Anklage fallen, oder der Prozeß geht weiter.«

Moltke richtete einen fast flehentlichen Blick auf den Richter, sah dann wieder zum Publikum. »Ich kann die Anklage jetzt nicht einfach zurückziehen ...«, murmelte er, drehte sich um und kehrte mit langsamen Schritten zum Tisch der Staatsanwaltschaft zurück.

Ben wandte sich wieder der Zeugin zu. »Mrs. Lombardi, es tut mir leid, aber ich muß die Vernehmung nun fortsetzen.«

Margot wischte sich Tränen von den Wangen. Offenbar hatte sie sich wieder einigermaßen unter Kontrolle. »Ich weiß«, sagte sie. »Und ich bin bereit.«

»Mrs. Lombardi, bitte erzählen Sie den Geschworenen, warum Sie an jenem Abend die Wohnung Ihres Mannes aufsuchten.«

»Ich ...« Margot hustete und räusperte sich. »Bei Ihrem Besuch wies ich darauf hin, daß mich Tony an dem Abend anrief. Er klang verzweifelt und bat um Geld. Ich hatte nicht einmal annähernd genug, aber ich wollte ihm irgendwie helfen, ihm Trost spenden. Deshalb bot ich an, zu ihm zu fahren.« Ein Schatten fiel auf ihre Züge. »Doch er lehnte ab und meinte, er erwarte jemanden. Ich wußte natürlich, was das bedeutete.« Sie hob den Kopf. »Wissen Sie ... Ich war noch immer dumm genug zu glauben, daß Tony und ich wieder zueinander finden könnten.«

Diese Auskunft verblüffte Ben. Trotz der Grausamkeiten und Demütigungen hatte Margot auf eine Rückkehr ihres Mannes gehofft. »Sie fürchteten, daß durch seine Beziehung zu Christina eine Versöhnung zwischen Ihnen unmöglich werden könnte.«

»Ja«, bestätigte die Witwe. »Mir war klar, daß sich seine Gefühle mir gegenüber …« Sie unterbrach sich und senkte die Stimme. »… daß sich seine Gefühle mir gegenüber nicht ändern würden. Falls überhaupt welche existierten. Aber wenn er tatsächlich die Gesellschaft einer Frau suchte, aus welchen Gründen auch immer – warum nicht meine? Immerhin war ich nach wie vor seine *Ehe*frau!«

»Sie verkleideten sich.«

»Um zu vermeiden, daß mich jemand erkennt. Ich wußte, daß Spud von Tony die Anweisung erhalten hatte, mich nicht in die Wohnung zu lassen, und deshalb sollte er mich für jemand anders halten. Spud kann kaum etwas erkennen, das sich jenseits seines Tisches befindet, außerdem wissen alle, daß er an der Flasche hängt. Ich beschloß, mich als Albert DeCarlo auszugeben, weil sein Erscheinungsbild allgemein bekannt ist – und weil ich es für sehr unwahrscheinlich hielt, daß ihm Spud irgendwelche Hindernisse in den Weg legen würde. Ich behielt recht. Der Wächter richtete kein einziges Wort an mich.«

»Wollten Sie DeCarlo den Mord in die Schuhe schieben?«

»Nun, zu dem Zeitpunkt wußte ich noch nicht …«

»Verstehe. Bitte fahren Sie fort. Was unternahmen Sie, als Spud den Lift für Sie freischaltete?«

»Ich begab mich ins Penthouse und klopfte dort an die Tür. Als niemand reagierte, betrat ich die Wohnung und fand dort Ihre Klientin. Sie saß in einem Sessel im Wohnzimmer, schlief tief und fest. Ich dachte, sie sei betrunken.«

»Und dann haben Sie Ihren Mann erschossen? Weil er mit Christina zusammen war?«

Margot runzelte die Stirn, und dadurch glitten ihre Brauen einander entgegen. »Sie haben's noch immer nicht begriffen, Mr. Kincaid, oder? Mein Mann *war bereits tot.*«

Ben hatte das Gefühl, als könnte sein Kopf jeden Augenblick explodieren: zuviel Blut im Gehirn. »Aber vorhin haben Sie gesagt … Ich verstehe nicht …«

»Es ist doch ganz klar: Tony hat *Selbstmord* begangen. Er schoß sich in den Kopf. Er hatte fürchterliche Angst vor dem Gefängnis – das habe ich Ihnen bereits gesagt. Es war praktisch pathologisch bei ihm. Er scheint irgendeinen Tip bekommen zu haben und wußte wohl deshalb, daß ihm das FBI immer mehr auf die Schliche kam. Damit noch nicht genug: Jemand verlangte viel Geld von ihm und drohte, Probleme mit DeCarlo zu schaffen, wenn er nicht bezahlte. Tony sah keinen Ausweg, und deshalb brachte er sich um.«

Ben stand mit offenem Mund da und versuchte, eine Frage zu formulieren. Während seines Studiums hatte ihn nichts auf eine derartige Vernehmung vorbereitet. »Aber … Woher wissen Sie, aus welchem Grund er Selbstmord begangen hat?«

»Ich habe seinen Abschiedsbrief«, antwortete Margot. »Es ist eindeutig seine Handschrift.«

»Aber vorhin gaben Sie zu, geschossen zu haben.«

»Natürlich.« Die Witwe lachte fast und schien sich über Bens Verwirrung zu amüsieren. »Wieso fand man wohl *vier* Kugeln in seinem Kopf? Nur die erste feuerte er selbst ab – danach war er tot. Die Waffe lag auf dem Boden. Ich nahm sie, nachdem ich mir den Schal um die Hand gewickelt hatte, um keine Fingerabdrücke zu hinterlassen. Anschließend drückte ich dreimal ab.«

»Warum?«

Margots Blick glitt fort von Ben; sie sah zum Tisch der Verteidigung. »Um *sie* zu erwischen.«

Damit meinte sie Christina.

»Zwölf Jahre lang bin ich mit Tony verheiratet gewesen, Mr. Kincaid. Ich habe viel … in ihn investiert. So oder so: Ich hatte nur ihn. Ich wollte mich nicht scheiden lassen. Mir lag nichts daran, gewissermaßen zum Auslaufmodell zu werden, zur Frau vom letzten Jahr, der man einfach den Laufpaß gibt, wenn sich eine neue anbietet.«

Ben erinnerte sich an Spuds Worte. Der Wächter im Apartmenthaus hatte Margot als extrem eifersüchtig bezeichnet. Die einzelnen Mosaiksteine ergaben allmählich ein einheitliches Bild. »Sie schossen also dreimal auf Ihren bereits toten Mann, und dann nahmen Sie seinen Abschiedsbrief, damit es nach einem Mord aussah. Christina sollte für die Schuldige gehalten werden.«

»Die Situation war perfekt. Dort lag sie, im gleichen Zimmer wie der Tote, und niemand wußte, daß ich die Wohnung aufgesucht hatte. Vielleicht legen Sie es als Schwachpunkt aus, doch einer solchen Verlockung konnte ich einfach nicht widerstehen.«

»Das erklärt, warum es dem Coroner so schwerfiel, den genauen Todeszeitpunkt zu bestimmen«, sagte Ben. Er dachte laut. »Es gab sozusagen *zwei* Todeszeitpunkte. Und nach den drei Schüssen?«

»Ich wischte die Waffe ab und legte sie neben Miss McCall auf den Boden. Ich spielte mit dem Gedanken, ihre Finger an den Revolver zu drücken, fürchtete jedoch, daß sie dadurch erwachen könnte. Dann ging ich – nachdem ich mich vergewissert hatte, keine anderen Gegenstände in der Wohnung berührt zu haben. Ich rechnete damit, verhört oder gar verhaftet zu werden, aber nichts dergleichen geschah. Niemand schöpfte Verdacht. Selbst als mir die Polizei schließlich Fragen stellte ... Es war alles nur Routine.«

Weil man schon einen Sündenbock gefunden hatte, dachte Ben.

»Später versuchte ich, das Färbemittel aus dem Haar zu waschen, aber zu meiner großen Überraschung wollte es sich nicht auflösen. Möglicherweise unterlief mir bei der Mischung ein Fehler; vielleicht habe ich eine zu starke Dosis gewählt. Ich entschied mich dagegen, erneut Färbemittel zu kaufen, diesmal welches für blondes Haar. So kurz nach Tonys Tod hätte das verdächtig wirken können. Nun, ich ließ es beim Schwarz.«

Ben wußte, daß die Aussage längst genügte. Er brachte nicht noch mehr von Margot zu verlangen. »Danke für Ihre Offenheit, Mrs. Lombardi. Ich weiß, daß es nicht leicht für Sie war. Immerhin riskieren Sie mit Ihrer Aufrichtigkeit, daß man Anklage gegen Sie erhebt.«

»Weswegen denn?« Die Witwe lachte kurz. »Tony war bereits tot, als ich auf ihn schoß. Was will man mir vorwerfen? Etwa Verletzung einer Leiche?«

Ben vermutete, daß Moltke in dieser Hinsicht weitaus mehr Phantasie hatte. Aber er hielt es für sinnlos, das hier und jetzt zur Sprache zu bringen. »Ich habe keine weiteren Fragen, Euer Ehren«, sagte er. »Und ich beantrage einen Freispruch wegen erwiesener Unschuld.«

Derek richtete einen strengen Blick auf Moltke. »Hat die Staatsanwaltschaft irgendwelche Einwände?«

Moltkes Kummer war offensichtlich, doch die Umstände ließen ihm keine Wahl. »Nein, Euer Ehren. Wir sind einverstanden.«

»Na schön.« Lauter fuhr der Richter fort: »Hiermit stelle ich die Unschuld der Angeklagten fest. Miss McCall, ich spreche Sie frei. Sie können gehen, wenn Sie möchten!«

Er hob den Hammer, und das Klopfen hallte wie ein Donnerschlag durch den Gerichtssaal.

Alle sprangen auf. Die Leute schrien und grölten, verhielten sich wie die Besucher eines Rockkonzerts und schienen völlig zu vergessen, daß sie hier in einem Gerichtssaal waren. Hinten stand Jones und zeigte mit dem Daumen nach oben. Loving bahnte sich einen Weg nach vorn, rief dabei etwas, das wie »Perry Mason hätte es nicht besser machen können, Skipper!« klang. Jene Reporter, die sich noch im Verhandlungssaal befanden, beugten sich übers Geländer und richteten Fragen an Ben.

Er schenkte ihnen keine Beachtung und ging zum Tisch der Verteidigung.

»Nun, *ma chérie*«, wandte er sich an Christina, »es sieht so aus, als …«

Er bekam keine Gelegenheit, den Satz zu beenden. Christina schlang ihm die Arme um den Hals und küßte ihn vor allen Anwesenden.

Sie gab ihm einen ordentlichen Schmatzer. Direkt auf den Mund.

VIERTER TEIL

Sechs unmögliche Dinge

1

»Mann, wie satt ich diesen Fall habe«, sagte Mike.

»Jammer nicht dauernd«, erwiderte Ben. Er sah zum Schreibtisch. »Wenigstens liest du nicht mehr Shakespeare. Sag mir, was ihr seit dem Prozeß über den Abschiedsbrief herausgefunden habt.«

»In dieser Hinsicht gibt's keine Überraschungen. Unsere Fachleute sind von der Authentizität des Dings überzeugt. Die Handschrift stimmt überein, und außerdem werden finanzielle Angelegenheiten erwähnt, von denen Margot keine Ahnung haben konnte. Wahrscheinlich wußte nur Lombardi selbst davon. Eine Überprüfung bei Quinn Reynolds ergab, daß alles stimmt. Nun, daraus läßt sich nur ein Schluß ziehen: Dies alles spielte sich wirklich so ab, wie Margot es schilderte.«

»Erstaunlich. Wie hätte jemand darauf kommen sollen?«

»Ich weiß es nicht«, erwiderte Mike. »Wie bist *du* darauf gekommen?«

»Bin ich gar nicht. Dieses Verdienst gebührt Jones. Er suchte den Tatort auf, obwohl ich mich vorher bei mehreren Gelegenheiten dagegen ausgesprochen hatte. Spud schob Wachdienst, und beim Gespräch merkte mein Sekretär das mit dem Alkohol und der Kurzsichtigkeit. Vielleicht lag's am Streß durch den Prozeß: Spud trank noch mehr als sonst und konnte überhaupt nicht gut sehen.«

»Was dich zu Margot führte.«

»Richtig getippt, Bulle. Besser gesagt: Elementar, Watson. Schließlich geht's hier um Deduktion und so.« Ben lehnte sich auf dem Stuhl zurück und streckte die Beine. »Mir wurde klar, daß wir nach jemandem suchten, den Spud mit einem der drei Verdächtigen verwechselte – aber mit wem? Reynolds und Langdell gaben zu, im Apartmenthaus gewesen zu sein, um Lombardi zu besuchen. Nur DeCarlo stritt es ab. Was die Vermutung nahelegte, daß sich die fragliche Person für ihn ausgegeben hat. Als ich in den Gerichtssaal zurückkehrte, sah ich Margot, und das weckte Erinnerungen – an eine dunkle Sonnenbrille und die Sache mit der Haarfarbe. Daraufhin ging mir ein Licht auf.«

»Es war ziemlich riskant, Margot einfach so in den Zeugenstand zu rufen, Ben – ohne konkrete Beweise.«

»Ja, mag sein. Eigentlich blieb mir gar nichts anderes übrig. Ich hatte Glück.«

»Das Glück bevorzugt den Vorbereiteten.«

»Ein Zitat von Shakespeare?«

»Nein. Aber es klingt trotzdem gut, nicht wahr?«

»Hast du alles, was du brauchst?« fragte Mike.

»Ich denke schon.« Ben betrachtete die Papiere auf dem Schreibtisch in Mikes Büro. »Anforderungsformulare, Rechnungen, freigegebene FBI-Berichte und so weiter.«

»Hoffen wir nur, daß die Sache nach Plan läuft.«

»Bestimmt«, sagte Ben zuversichtlich. Ja, hoffen wir's, fügte er in Gedanken hinzu.

Genau in diesem Augenblick kam Abshire herein, die Daumen hinter die Hosenträger gehakt. »Was ist denn hier los?« Er beugte sich über den Tisch und starrte auf Bens Papiere. »Das sind vertrauliche FBI-Dokumente. Woher haben Sie das Zeug?«

»Ich bekam es kraft des Freedom of Information Act«, sagte Ben und mied den Blick des jungen FBI-Agenten.

»Von wegen«, knurrte Abshire. »Bei FBI-Anträgen dauert es mindestens einen Monat, bis über sie entschieden wird. Und außerdem muß man genau wissen, welche Unterlagen man einsehen möchte.« Er drehte sich ruckartig um. »Legen wir die Karten auf den Tisch, Jungs. Sie haben ihm das Material verschafft, nicht wahr, Morelli?«

»Ja«, bestätigte Mike. »Das habe ich tatsächlich.«

Abshire näherte sich ihm und knirschte dabei mit den Zähnen. »Wann begreifen Sie endlich, auf welcher Seite Sie stehen, Morelli? Sie wissen ganz genau, daß ich keine Kooperation mit dem Prozeßgegner will …«

»Der Prozeß ist vorüber, Abshire. Und Sie haben ihn verloren.«

Der FBI-Beamte ballte die Fäuste. »Verdammt, wahrscheinlich haben wir die Niederlage auch Ihrem blöden Wohlwollen zu verdanken! Übrigens: Darf ich Sie daran erinnern, daß es noch einen zweiten Mordfall gibt?«

Mike warf Ben einen kurzen Blick zu. »Der jedoch nicht lange ungelöst bleiben dürfte.«

»Ach? Ich schätze, Sie und Ihr alter Kumpel haben bereits alles ausgetüftelt, wie? Himmel, wann kriegen Sie es endlich in Ihren verdammten Dickschädel, daß *ich* diese Ermittlungen leite!«

»Sie haben im Fall Christina McCall ermittelt«, sagte Mike. »Und der ist abgeschlossen.«

»Der Fall ist erst dann abgeschlossen, wenn ich es sage, verdammt! Ich verabscheue es, wenn irgendwelche dämlichen Ortspolizisten Bundesbeamten erzählen wollen, wo's langgeht. *Ich* bestimme hier die Regeln, und *ich* werde Ihnen sagen ...«

Mike trat wortlos vor, griff nach Abshires Krawatte und drehte den Windsorknoten, bis der FBI-Agent kaum noch Luft bekam. »Ich habe mich gefügt, als ermittelt wurde und ein Verfahren lief. Immerhin habe ich geschworen, der Bundesregierung zu dienen und zu gehorchen, selbst dann, wenn sie von Idioten wie Ihnen repräsentiert wird. Wie dem auch sei: Jetzt ist der Prozeß zu Ende. Das FBI packt seine Koffer und verläßt Tulsa, wofür wir alle sehr dankbar sind.«

Abshire setzte zu einer Erwiderung an, doch Mike drehte erneut den Krawattenknoten, bis dem Agenten die Zunge aus dem Mund hing. »Nun, Freundchen ... Mr. Kincaid ist zwar Anwalt, aber ganz gleich, wen er vertritt: Er versucht immer, die Wahrheit herauszufinden und sich so zu verhalten, wie er es für richtig hält. Was man von Ihnen nicht behaupten kann. Mr. Kincaid benötigte einige FBI-Dokumente, um seine Nachforschungen abzuschließen, und ich habe sie ihm zur Verfügung gestellt. Wenn Ihnen das nicht gefällt ... Dann können wir jetzt gleich feststellen, wie gut die Ausbildung von FBI-Arschlöchern wie Ihnen ist.«

Mike lockerte den Griff gerade genug, damit Abshire nach

Luft schnappen und mühsam hervorbringen konnte: »Drohen Sie mir?«

Mike lächelte genüßlich. »Sie wollen's ganz genau wissen, wie? Ja, ich drohe Ihnen. Zum Beispiel hiermit: Wenn ich feststellen sollte, daß Sie auch nur eine Beschwerde gegen mich eingereicht haben, ramme ich Ihnen die Nase an die Innenseite des Hinterkopfs. Kapiert?«

Abshire nickte.

»Gut.« Mike zerrte ihn zur Tür. »Und jetzt verschwinden Sie.« Er stieß Abshire in den Flur und schloß die Tür hinter ihm.

Ben schüttelte den Kopf. »Das hättest du nicht tun sollen.«

»Ich weiß.« Mike grinste von einem Ohr bis zum anderen. »Aber es fühlte sich großartig an.«

Mike sah auf die Uhr. »Er ist spät dran«, sagte er und klopfte die Fäuste aneinander.

»Halt den Macho in dir unter Kontrolle, Kumpel. Er kommt bestimmt.«

»Warum läßt er sich soviel Zeit?«

»Vielleicht dachte er, daß wir uns drüben im FBI-Büro treffen. Du weißt ja, wie schnell solche Typen die Orientierung verlieren.«

»Da könntest du recht haben. Ich gehe mal rüber und sehe nach.«

Ohne Mike wirkte das Zimmer still und leer, wie tot. Die normale Dienstzeit war längst zu Ende; die Angestellten und Beamten hatten schon vor einer ganzen Weile Feierabend gemacht. Die Nachtschicht arbeitete in einem anderen Gebäude. Ben sah auf seine Notizen und legte sich Worte zurecht. Er mußte von Anfang an alles richtig hinkriegen. Wenn ihm Fehler unterliefen, so erreichte er überhaupt nichts.

Nach zwei oder drei Minuten hörte Ben jemanden im Flur. »Hast du ihn ge ...«, begann er, hob den Kopf – und unterbrach sich, als er nicht etwa Mike sah.

»Na schön«, sagte Stanford. »Hier bin ich. Was wollte Morelli von mir?«

»Nun, um ganz ehrlich zu sein: Eigentlich wollte nicht er etwas von Ihnen, sondern ich.«

Stanford spähte durch seine Brille. »Und was?«

»Ich ... ich glaube, wir sollten warten, bis Mike zurück ist.«

»Warum? Was auch immer Sie mir zu sagen haben – müssen Sie sich hinter Ihrem Freund verstecken?«

Ben spürte, wie ihm das Blut ins Gesicht schoß. »Wir können jetzt gleich loslegen, wenn Sie wollen.«

»Einverstanden«, sagte Stanford. »Ich höre.«

»Erstens: Jemand hat mein Telefon angezapft.«

»Tatsächlich? Wer sollte daran ein Interesse haben?«

»Sie«, erwiderte Ben schlicht.

»Ach?« Stanford wölbte die Brauen. »Wie kommen Sie darauf?«

»Ein Freund namens Loving brachte mich darauf. Er stellte fest, daß bei mir jemand mithörte. Die Wanze vom Typ Blue Box fand er später an einem Telefonmast, nicht weit von meinem Büro entfernt.«

»Gut.« Stanford lachte leise. »Das beweist natürlich meine Schuld.«

Ben schob ein Blatt Papier über den Tisch. »Dies ist eine Kopie Ihres Antrags auf Abhörgenehmigung. Wahrscheinlich haben Sie's bei jedem Richter im Norddistrikt versucht, doch alle lehnten ab. Sie konnten keine ausreichenden Verdachtsgründe anführen, und selbst wenn Sie trotzdem dazu imstande gewesen wären: Es wäre eine eklatante Verletzung des besonderen Vertrauensverhältnisses zwischen Anwalt und Klient gewesen zu erlauben, das Telefon des Verteidigers bei einem laufenden Strafprozeß anzuzapfen.«

»Man lehnte den Antrag also ab. Na und?«

»Sie scherten sich nicht darum und begannen trotzdem mit einem Lauschangriff. Ohne richterliche Genehmigung.«

»Angenommen, das stimmt. Ich meine, sehen wir die Sache mal rein hypothetisch ... Was kümmert's Sie? Es ist Ihnen gelungen, einen Freispruch für Ihre Klientin zu erwirken.«

»Ich glaube, das ohne Erlaubnis abgehörte Telefon war

nur ein illegaler Aspekt eines langen, durch und durch illegalen Einsatzes. Zuerst verdächtigte ich Abshire, aber dann fiel mir etwas ein, das ich von Mike gehört hatte: Abshire darf nicht mal zur Toilette gehen, ohne Sie vorher zu fragen. Sie haben ihn als Werkzeug benutzt, zur Tarnung. Die ganze Zeit über hielten Sie hinter den Kulissen die Fäden in der Hand.«

»Woher stammen Ihre absurden Ideen, Mr. Kincaid?«

»Ich habe Nachforschungen angestellt, unter anderem mit Hilfe des Freedom of Information Act und einigen FBI-Unterlagen, die ich von Mike bekam. Seit Sie mit Ihrer Aktion begannen, haben Sie immer wieder Vorschriften und geltendes Recht ignoriert.«

Ben schob weitere Dokumente über den Tisch. »Sie fingen mit den Ermittlungen vor drei Jahren an, auf Ihre eigene Initiative hin. Als Grundlage dienten Ihnen einige nicht gerade sehr stichhaltige Anhaltspunkte, die Tulsa als wichtigen Umschlagplatz beim Drogenhandel erscheinen ließen. Innerhalb von zwei Jahren gaben Sie ziemlich viel FBI-Geld aus, ohne konkrete Ergebnisse vorweisen zu können. Als schon alles darauf hindeutete, daß Ihre Vorgesetzten beabsichtigten, die Zuschüsse zu streichen ... Plötzlich ergaben sich neue Hinweise, die Lombardi und DeCarlo mit dem Cali-Drogenkartell in Verbindung brachten. In diesem Zusammenhang dürfte folgendes interessant sein: Sie bekamen die ›Hinweise‹ von einem nie namentlich genannten Informanten.

Wie dem auch sei: Aus den Unterlagen geht hervor, daß man Ihnen trotzdem die Genehmigung für einige spezielle Aktionen verweigerte. Um ganz ehrlich zu sein: Ich lese hier ein wenig zwischen den Zeilen. Offenbar beabsichtigten Sie, Waffen und Munition an bestimmte Leute in einem bestimmten südamerikanischen Land zu liefern, um als Gegenleistung Informationen über den Drogenschmuggel zu bekommen. Das FBI lehnte ab. Was Sie zum Anlaß nahmen, auf die Hilfe einiger Freunde aus dem Amt für Alkohol, Tabak und Schußwaffen zurückzugreifen. Sie beauftragten einige Söldnertypen und führten das Unternehmen auf eigene Faust durch.«

»Sie lesen ziemlich viel zwischen den Zeilen«, kommentierte Stanford und lächelte.

»Bitte verbessern Sie mich, falls mir irgendwo ein Fehler unterlaufen sollte«, sagte Ben. »Während des folgenden Jahres wirbelte Ihre Gruppe zwar eine Menge Staub auf, fand jedoch kein Beweismaterial, mit dem sich etwas anfangen ließ. Sie wünschten sich irgendein dickes Ding, um von einem einfachen Beamten in eine Position aufzusteigen, die Ihnen mehr Autorität verleiht. Nun, eins muß man Ihnen lassen: Sie kamen tatsächlich einem Rauschgiftring auf die Spur, aber er hatte nur lokale Bedeutung. Und Ihnen fehlten Beweise dafür, daß Lombardi oder DeCarlo dahintersteckten. Außerdem erfuhren Sie nicht aufgrund Ihrer eigenen Ermittlungen vom hiesigen Drogengeschäft, sondern weil Sie mein Telefon anzapften und mich beschatten ließen. Christina und ich führten Sie zu jenem Ort im Creek-Wald, wo das Rauschgift den Besitzer wechselte. Dort schnappten Sie sich die Bösewichter und beanspruchten den ganzen Ruhm für sich. *Und* Sie schossen dabei auf einen kleinen Jungen.« Ben musterte Stanford. »Wie klingt das?«

Der Mann ihm gegenüber lehnte sich zurück und verschränkte die Arme. »Fahren Sie fort.«

»An dem Abend, als Lombardi starb, haben Sie die Sache völlig vermasselt. Sie verpaßten die Lieferung der Drogen. Mit einem Durchsuchungsbefehl stürmten Sie Lombardis Wohnung, in der Hoffnung, dort Rauschgift zu finden. Aber in jener Nacht fand überhaupt keine Lieferung statt. Den Grund dafür kenne ich nicht. Vielleicht bekam der Lieferant Wind von der FBI-Präsenz in Tulsa. Oder Lombardi kratzte ab, bevor er ein vereinbartes Erkennungszeichen geben konnte. Sie zogen sich aus der Affäre, indem Sie Christina wegen Mord verhafteten. Es sprachen nur einige Indizien gegen sie, aber Sie gaben sich besondere Mühe, um einen Fall daraus zu konstruieren. Auf diese Weise wollten Sie Ihre ach so wichtigen Ermittlungen retten. Sie ließen sich sogar zu einem Einbruch in Christinas Wohnung hinreißen. Sie – oder einer Ihrer Leute – waren dort, bevor DeCarlos blonder Gorilla aufkreuzte. Er suchte nach Informationen, aber Christina und ich trafen ein, bevor er was fand. Ihnen hingegen ging es darum, Tüten mit Kokain dort zu verstecken, wo sie später von der Polizei gefunden werden sollten.«

Stanfords Miene verdüsterte sich. »Sie können nichts davon beweisen.«

»Glauben Sie?«

»Und auch wenn's stimmt ... Was wollen Sie mir vorwerfen? Zu großen Diensteifer? Dafür bekomme ich vielleicht eine Auszeichnung.«

»Ich bin noch nicht fertig. Es gab einen Grund dafür, warum sich Lombardi so sehr fürchtete, warum er glaubte, daß sich das FBI anschickte, ihn auffliegen zu lassen. Jemand erpreßte ihn.«

»Ich schätze, ich soll auch dafür verantwortlich sein, wie?«

Ben legte Stanford ein weiteres Dokument vor. »Von der Telefongesellschaft haben wir eine Liste bekommen, aus der hervorgeht, mit wem Lombardi während der letzten Wochen telefoniert hat. Allem Anschein wurde er am Abend des Mordes zweimal von jemandem aus Ihrem Büro angerufen. Kurz nach dem zweiten Anruf erschoß er sich.«

Stanfords Lippen bildeten einen dünnen Strich. »Das beweist überhaupt nichts«, entgegnete er scharf.

»Das ist auch gar nicht nötig. Lombardi erklärt alles in seinem Abschiedsbrief. Während des ersten Telefongesprächs meinte der Erpresser, das FBI hätte jetzt genug Beweismaterial. Er müßte damit rechnen, für den Rest seines Lebens hinter Gittern zu sitzen, wenn er nicht eine halbe Million Dollar lockermachen würde. Doch dabei gab es ein Problem: Lombardi verfügte über nicht annähernd soviel Geld. Er konnte nicht einmal zehn Prozent der genannten Summe aufbringen. Denn er stand bei DeCarlo in der Kreide, und zwar nicht zu knapp. Er hatte zu viele Kredite von ihm in Anspruch genommen, zu Wucherzinsen.

Beim zweiten Anruf übte der Unbekannte noch mehr Druck aus. Wenn Lombardi nicht zahlen könnte, so müßte er Informationen liefern. Nun, genau darauf hatte es der Erpresser von Anfang an abgesehen. Er verlangte Beweise für die Verbindung zwischen DeCarlo und dem Cali-Drogenkartell – ohne zu begreifen, daß Lombardi vor DeCarlo noch mehr Angst hatte als vor dem Gefängnis. Kein Wunder, daß er am letzten Tag des Simmons-Prozesses nervös wirkte; seine ganze Welt brach zusammen. Der arme Kerl saß in der Falle. Er mußte zwischen zwei Dingen wählen, die ihn entsetzten, dem Gefängnis und DeCarlo. Als er keinen Ausweg sah, brachte er sich um.«

»Ich bin nicht verpflichtet, mir diesen Unsinn anzuhören«, sagte Stanford.

»Es war keineswegs ein Zufall, daß der Erpresser ausgerechnet an jenem Abend anrief. Er wollte noch einmal mit Lombardi reden, bevor man ihn verhaftete, bevor er von Richtern und Anwälten umringt wurde. Oder bevor ihn einer von DeCarlos Killern erledigte. Es war die letzte Chance des Erpressers, etwas in Erfahrung zu bringen.«

»Ich gehe jetzt.« Stanford stand auf.

»Sie sollten besser bleiben«, sagte Ben. »Nun, Lombardi beging Selbstmord, aber vorher teilte er jemandem mit, daß man ihn erpreßte. Er sprach mit seinem Assistenten Lennie.«

»Und?«

»Lennie las in der Zeitung von Lombardis Tod und begriff, daß er über heiße Informationen verfügte. Die Identität des Erpressers kannte er nicht, doch er wußte, auf welche Weise sie sich feststellen ließ: mit Hilfe einer Anruferliste in bezug auf den Anschluß in Lombardis Wohnung. Anschließend nutzte er seine Kenntnis auf die für Lennie typische Art: Er versuchte, sie zu verkaufen. Unglücklicherweise bot er sein Wissen dem FBI an – ohne zu ahnen, daß er sich damit an den Erpresser wandte.«

Stanford kniff die Augen zusammen. Er nahm wieder Platz, lehnte sich zurück und schwieg.

»Als Sie erfuhren, daß Lennie Informationen über Lombardis Tod anbot … mußten Sie ihn irgendwie zum Schweigen bringen. Allerdings hatten Sie keine Ahnung von seinem Aufenthaltsort.« Etwas leiser fügte Ben hinzu: »Aber schließlich fanden Sie ihn. Indem Sie mein Telefongespräch mit ihm abhörten. Sie fuhren zum Motel und brachten ihn um. Vier

Kugeln jagten Sie ihm in den Kopf – um zusätzlichen Verdacht auf Christina zu lenken.«

»Begreifen Sie eigentlich, was Sie mir da vorwerfen?« erwiderte Stanford. »Ist Ihnen klar, wie sich dieser ... *Unsinn* auf meine berufliche Laufbahn auswirken könnte? Und Sie haben nicht den geringsten Beweis!«

»Irrtum«, widersprach Ben. »In seinem Abschiedsbrief hat Lombardi Ihren Namen genannt.«

Es ging so schnell, daß der junge Anwalt nicht rechtzeitig reagieren konnte. Stanford hechtete über den Tisch hinweg, stieß gegen Ben, riß ihn vom Stuhl und zu Boden.

Ben spürte, wie sich ihm Stanfords Ellenbogen in die Seiten bohrten. Er wollte ausweichen, doch der FBI-Mann rollte sich auf ihn, holte aus und schlug zu. Seine Faust traf Ben an der Seite des Gesichts, und zwar mit solcher Wucht, daß er sich in die Zunge biß. Übelkeit überkam ihn.

Stanford holte erneut aus, doch Ben sammelte seine ganze Kraft, stieß ihn zurück und sah, wie er schwankte. Rasch nutzte er die gute Gelegenheit, um unter seinem Widersacher hervorzukriechen. Er schob sich unter den Tisch, und auf der anderen Seite stemmte er sich hoch.

Stanford sprang über den Tisch hinweg und versperrte Ben den Weg zur Tür.

»Hilfe!« rief Ben. »Ich brauche Hilfe!«

Stanford lächelte boshaft. »Das ist der Nachteil von Überstunden – Sie sind allein, Kincaid.«

Der Anwalt griff nach einem Stuhl und improvisierte eine Waffe daraus.

»Soll das ein Witz sein?« Stanford deutete mit dem Daumen auf die eigene Brust. »Ich bin FBI-Beamter. Während der Ausbildung habe ich Dutzende von Möglichkeiten kennengelernt, jemanden mit bloßen Händen umzubringen. Glauben Sie wirklich, daß Sie mit einem Stuhl etwas gegen mich ausrichten können?«

Mit einem jähen Schwinger stieß er den Stuhl einfach beiseite. Ben mußte ihn fallenlassen, als heißer Schmerz in seinen Handgelenken entflammte. Unmittelbar darauf griff sein Gegner erneut an, und einmal mehr ging der Anwalt zu

Boden. Innerhalb eines Sekundenbruchteils versuchte Ben, sich an etwas zu erinnern, das er einmal von Christina gehört hatte. Fang den Sturz mit Händen und Armen ab; bewahre den Rücken vor Verletzungen. Er bemühte sich, den Aufprall zu dämpfen, schien jedoch gerade erst den Boden berührt zu haben, als Stanford auf ihn fiel, ihm die Luft aus den Lungen preßte. Das Gefühl der Übelkeit verstärkte sich, und das Bild vor Bens Augen verschwamm.

Kurze Zeit später ließ der Druck nach, und er schnappte nach Luft. Er zwang die Lider nach oben und sah Stanford – der Mistkerl stand und trat ihm in die Rippen.

»Na, wie gefällt dir das, du dreimal verfluchter Hurensohn? Meine Güte, was bist du doch für ein Schwächling. Selbst Lennie hat mehr Widerstand geleistet.« Er trat erneut zu, noch fester als vorher.

Ben gab einen schmerzerfüllten Schrei von sich und spürte, wie etwas in ihm nachgab. Der ganze Brustkasten schien in Flammen zu stehen.

Er preßte die Hand an die Seite, aber es half nichts. Schnell und flach atmete er nun, ohne genug Luft zu bekommen. Er schmeckte Blut, und kurz darauf traf ihn Stanfords Fuß zum dritten Mal, an der gleichen weichen Stelle wie zuvor.

Wieder schrie Ben. Die Schmerzen gewannen ein schier unerträgliches Ausmaß. Er versuchte, sich zu bewegen, zu denken, irgend etwas zu unternehmen – vergeblich. Er war absolut hilflos. Tränen quollen ihm in die Augen. Durch einen wogenden grauen Schleier sah er, wie Stanford Anstalten machte, noch einmal zuzutreten.

Plötzlich ertönte von der Tür her eine herrlich vertraut klingende Stimme. *»Was ist hier los?«*

Mike.

Ben sah, wie ein Schemen namens Morelli hereinstürmte und sich gegen Stanford warf. Ein wilder Kampf entbrannte.

Der Anwalt biß die Zähne zusammen und versuchte aufzustehen. Er tastete nach der Schreibtischkante, zog sich Zentimeter um Zentimeter hoch.

Stanford und Mike rollten über den Boden, schlugen dabei

auf sich ein. Ben sah, wie sich Stanfords Faust mehrmals in Mikes Magengrube bohrte und ihn dann auch am Kinn traf. Der Polizist stieß den FBI-Mann fort, und sie taumelten gegen einen hölzernen Kleiderständer. Der Ständer fiel, wodurch mehrere Dinge vom Haken rutschten: Mikes Anzugjacke, sein Mantel – und das Halfter mit der Dienstwaffe.

Die beiden Kontrahenten sahen sie zur gleichen Zeit. Mike streckte die Hand danach aus, aber Stanford versetzte ihm einen Hieb an den Solarplexus. Morelli zuckte zusammen und zog unwillkürlich die Hand zurück.

Wodurch er seine Waffe dem FBI-Mann überließ.

Stanford kniete nun und zielte auf Mikes Herz. »Sie dachten wohl, mich überwältigen zu können, wie?« schnaufte er. »Um mich anscheinend ans Kreuz Ihrer Selbstgerechtigkeit zu nageln. Tja, Pech gehabt, mein Lieber.«

Sein Finger krümmte sich am Abzug, und Mike schloß die Augen.

Im selben Augenblick riß Ben ein Buch vom Schreibtisch und rammte es gegen Stanfords Kopf. Er gab Abshires Vorgesetzten keine Chance, das Gleichgewicht wiederzufinden, schlug noch einmal mit dem dicken Band zu. Mike sprang vor und schlug Stanfords Hand an den Tisch, wodurch sich die Waffe aus den Fingern löste. Er trat sie fort und schmetterte dem FBI-Mann dann die Faust mitten ins Gesicht. Stanford kippte nach hinten und blieb bewußtlos liegen.

Langsam stand Mike auf. Blut rann ihm aus dem Mundwinkel. »Womit hast du ihn geschlagen?«

Ben sah auf den Titel des Buchs. »Mit den vollständigen Werken von William Shakespeare«, sagte er und keuchte.

»Ein weiterer Triumph des Barden«, stellte Mike zufrieden fest.

Mehr hörte Ben nicht, denn er folgte Stanford ins Reich der Träume.

2

»*Au*!« entfuhr es Ben. »Seien Sie vorsichtig!«

Die Krankenschwester runzelte nur die Stirn und fuhr damit fort, einen Verband um Bens Brustkasten zu wickeln. Für empfindsame Gemüter hatte sie offenbar nicht viel übrig.

»Wo ist diese Frau bloß ausgebildet worden?« jammerte Ben.

Die Schwester brachte währenddessen schweigend den Rest des Verbands an, zog ihn fest und sicherte ihn mit Klebeband. »Das wär's«, sagte sie schließlich. »Fertig.«

»Tatsächlich?« Ben rieb sich den Arm auf der Seite, die unliebsame Bekanntschaft mit Stanfords Fuß geschlossen hatte. »Vermutlich fühle ich mich deshalb so, als wäre ein Panzer über mich hinweggerollt.«

»Nehmen Sie die vom Arzt verschriebene Medizin«, befahl die Krankenschwester. »Die Rippen sind nur angebrochen und bald wieder in Ordnung.« Sie drehte sich um und verließ das Behandlungszimmer.

»Sehr fürsorglich«, murmelte Ben.

»Sie arbeitet sowohl im Polizeirevier als auch im Gefängnis«, erklärte Mike. »Sie muß hart sein.«

»Vielleicht. Wie geht's dir?«

»Eigentlich ganz gut. Ich kann noch immer nicht fassen, daß der verdammte FBI-Typ *mich* geschafft hat.«

»Laß dir deshalb keine grauen Haare wachsen. Er war verzweifelt.«

Mike schüttelte den Kopf und schien sich selbst zu verabscheuen. »Ich lag einfach nur da, während Stanford sein Rezept für Gesichtspudding an mir ausprobierte.«

»Meiner Ansicht nach hast du dich gut gehalten. Im Gegensatz zu mir. Der Bursche hat mich echt durch die Mangel gedreht.«

»Na ja. Es könnte schlimmer sein.«

»Den Spruch kenne ich doch ... Dauernd höre ich, daß es schlimmer sein könnte. Aber aus irgendeinem Grund bin ich nicht überzeugt.«

»Was hast du ihm eigentlich gesagt? Ich meine, warum geriet Stanford so außer sich?«

»Ich ließ ihn wissen, daß wir ihn durchschaut haben. Beschrieb seinen ganzen Plan. Und ich wies darauf hin, daß Lombardi ihn in seinem Abschiedsbrief als Erpresser identifizierte.«

»Aber das stimmt doch gar nicht. Lombardi nannte überhaupt keinen Namen.«

Ben wandte den Blick ab. »Meine Güte. Da muß ich mich versprochen haben.«

»Du Schlitzohr. Hast ihn in die Falle gelockt.«

»Das war ich ihm schuldig. Für das, was er Christina angetan hat.«

»Verstehe. Übrigens: Ben Kincaid, Anwalt und Privatdetektiv – ich habe da noch eine letzte Frage. Sie fiel mir ein, als ich wie ein Narr durch die Gegend lief.«

»Wie lautet die Frage?«

»Willst du's ihr sagen?«

Ben sank auf die Liege zurück, um den Brustkorb und die schmerzenden Rippen zu entlasten. »Würdest du mir das bitte erklären?«

»Soll ich dir etwa den ganzen Gedankengang schildern?«

»Nun, ich habe mich immer gefragt, ob du für die Ermittlungsarbeit was taugst. Jetzt habe ich die Chance, eine Antwort zu bekommen.«

»Na schön. Hör gut zu. Mir fiel folgendes auf: Du hast mir von vielen Dingen erzählt, und außerdem fanden wir eine Menge heraus. Hinzu kommen einige Schlußfolgerungen, die hier und dort eine Wissenslücke füllen. Doch ein Detail ist nach wie vor ungeklärt.«

»Und das wäre?«

»Wer hat Christina betäubt? Ich nehme jedenfalls an, daß sie betäubt wurde. Es gibt einfach keine andere Erklärung dafür, daß sie schlief, obwohl in ihrer unmittelbaren Nähe viermal geschossen wurde – und zwar ohne Schalldämpfer.« Mike holte die Pfeife hervor und ignorierte das *Rauchen verboten*-Schild an der Wand. »Ich schätze, es war was in dem Rosé, den sie trank. Aber wer hat dem Wein etwas beigemischt. Und warum?«

»Soweit wir wissen, gab's nur eine Person, die Gelegenheit hatte, den Wein zu präparieren: Lombardi. Er hätte sich das entsprechende Mittel leicht von DeCarlo oder vielleicht auch von Lennie besorgen können. Und natürlich hatte er Zugang zu seinen eigenen Getränken. Offenbar wußte er, daß Christina vom Rosé trinken würde. In der Nachricht, mit der er sie zu sich nach Hause einlud, forderte er sie ausdrücklich dazu auf. Woraus sich die große Frage ergibt: Was lag ihm daran, Christina zu betäuben?«

»Wie lautet die Antwort?«

»Er wollte sie opfern, um die eigene Haut zu retten. Schon vor der Erpressung durch Stanford wußte Lombardi, daß ihm das FBI auf der Spur war. Ob es jemals bewiesen wird oder nicht: Ich glaube, der Papageienimport diente auch zum Rauschgiftschmuggel, erst recht als Lombardi begann, mit DeCarlo zusammenzuarbeiten. Nun, er wußte also, daß man gegen ihn ermittelte. Und er geriet in Panik. Er mußte sich irgend etwas einfallen lassen, um zu vermeiden, ins Gefängnis gesteckt zu werden. Eine neue Drogenlieferung stand kurz bevor. DeCarlo bekam vermutlich Wind von den FBI-Nachforschungen und verschob die Lieferung, doch davon erfuhr Lombardi nichts. Er plante folgendes: An jenem Abend sollte Christina in seiner Wohnung schlafen, neben einem Haufen Kokain – während er sich an einem viele Kilometer entfernten Ort aufhielt und ein lupenreines Alibi vorweisen konnte. Er rechnete damit, daß FBI-Beamte ins Apartment stürmten – was später tatsächlich der Fall war. Wenn sie dann Christina mit dem Rauschgift fanden ...«

Mike legte eine kurze Pause ein. »Lombardi hoffte, daß Christina gewissermaßen die FBI-Quote erfüllte oder ihm zumindest eine Atempause verschaffte. Der Umstand, daß sie sich in seiner Wohnung aufhielt, mochte ihn belasten, aber es gab keine konkreten Beweise gegen ihn – immerhin hatte Christina nicht die geringste Ahnung von seinen Drogengeschäften. Sie würde ihre Unschuld beteuern, ohne daß ihr jemand glaubte. Und mit ziemlicher Sicherheit standen ihr viele Jahre im Gefängnis bevor. Mit etwas Glück, so Lombardis Überlegungen, ging das FBI von einem Erfolg der Ermittlungen aus und stellte die Nachforschungen ein – bevor es ihn erwischte.«

Ben nickte. »Aber etwas ging schief.«

»Ja. Stanford. Nach dem letzten Telefongespräch mit ihm begriff Lombardi die Hoffnungslosigkeit seiner Situation: Er konnte den Verdacht nicht von sich ablenken, indem er dafür sorgte, daß man jemand anders mit Rauschgift fand. Christina hatte bereits vom präparierten Rosé getrunken; daran ließ sich nichts mehr ändern. Aber für eine andere Sache war es noch nicht zu spät. Es gab eine letzte Möglichkeit für Lombardi, sowohl dem Gefängnis als auch DeCarlos Zorn zu entgehen – er brachte sich um.«

Ben versuchte, sich auf die Seite zu rollen, verzichtete jedoch darauf, als Rippen und Arm mit Schmerzen protestierten. »In diesem Zusammenhang fällt mir eine Bemerkung ein, die Margot ihrer Aussage hinzufügte. Es klang ungefähr so: ›Ich weiß nicht, warum Lombardi Christina zu sich einlud, aber dahinter verbargen sich andere Gründe, als man glauben könnte.‹ Ich fand diese Worte sehr sonderbar. Jetzt weiß ich, welche Wahrheit in ihnen zum Ausdruck kam.«

»Womit wir wieder bei der eingangs gestellten Frage wären: Willst du Christina alles sagen?«

»Vielleicht hat sie es bereits herausgefunden«, spekulierte Ben. »Und wenn nicht ... Ich glaube, während der letzten Wochen hat sie genug Kummer und Enttäuschungen ertragen müssen.«

»Ganz meine Meinung.« Mike ging zur Tür, doch dort blieb er noch einmal stehen.

»Ben ...«, sagte er nach einer Weile.

»Ja?«

»Was mein Verhalten dir gegenüber betrifft ...«

»Du hast auf der anderen Seite gestanden, Mike. Das verstehe ich.«

»Laß mich ausreden.« Morelli trat näher und lehnte sich an die Behandlungsliege. »Als ich zum Polizisten wurde, habe ich einen Eid abgelegt.«

»Ich weiß. Du hast geschworen, die Vereinigten Staaten und die Verfassung zu schützen.«

»Es geht um mehr. Ich habe auch geschworen, immer die Vorschriften zu beachten und die Bundesbehörden zu unterstützen. Mit anderen Worten: Ich bin verpflichtet, ein guter Polizist zu sein und mich an die Regeln zu halten. Und weißt du was, Ben? Dies alles hat mir etwas bedeutet.« Mike atmete tief durch. »Nun, inzwischen habe ich etwas dazugelernt.«

»Was denn?«

»Es genügt nicht mehr, sich an die Regeln zu halten.« Ein Schatten fiel auf das Gesicht des Polizisten. »Es reicht nicht mehr aus, den Weg der Vorschriften zu beschreiten. Damit wir uns nicht falsch verstehen: Ich trete keineswegs für Selbstjustiz oder etwas in der Art ein. Ich meine nur ... Wir verstecken uns hinter unserem Professionalismus, unseren Dienstmarken, unseren Anträgen, Genehmigungen, Verfahren ...«

»Hinter den von der Anwaltschaft festgelegten Verhaltensregeln«, fügte Ben hinzu.

»Ja. Und warum verstecken wir uns hinter solchen Dingen? Weil sie uns vor Diskussionen um die Moral schützen. Weil sie die wirklich wichtigen Fragen von uns fernhalten. Es ist leicht, eine Regel anzuwenden. Viel schwieriger kann es sein, über individuelle Fälle zu entscheiden, besondere Umstände zu berücksichtigen und daran zu denken, daß jede Person *anders* ist.«

»Leute sind wichtiger als Regeln«, betonte Mike. »Das werde ich nie wieder vergessen.« Er lächelte schief. »Kannst du mir verzeihen?«

»He, Mike – echte Freunde gehen durch dick und dünn, ganz gleich, was auch geschieht. Deshalb sind es ja Freunde.«

Mike schloß die Hand fest um Bens Arm. »Danke, Kumpel.«

»Keine Ursache. Übrigens: Du tust mir weh.«

3

Um Viertel vor acht betrat Ben das Oneok-Gebäude und nahm den Lift zum zehnten Stock. Er mochte manchmal schwer von Begriff sein, aber das durfte man nicht mit Dummheit verwechseln: Wenn der Wächter erst um acht damit begann, die Namen der Besucher zu notieren, so kam der intelligente Einbrecher kurz vorher. Ben suchte die Toilette auf, verbarg sich dort in einer Kabine und las zwei Stunden lang alte Ausgaben von *Stereo Review*. Er hatte sich eine Ausrede zurechtgelegt für den Fall, daß jemand hereinkam, um sauberzumachen, aber er blieb allein.

Gegen elf konnte er praktisch sicher sein, daß sich niemand mehr in den Büros befand. Daraufhin verließ er sein Versteck, huschte durch den Flur und näherte sich der Kanzlei Swayze & Reynolds. Vor der Tür verharrte er, sah sich um, holte den Nachschlüssel hervor und schloß auf. Er eilte durchs Empfangszimmer, erreichte kurze Zeit später Reynolds' Büro.

Polly hockte noch immer in ihrem viel zu kleinen Käfig und wirkte vollkommen apathisch. Das Gefieder hatte jeglichen Glanz verloren; die Farben der Flügel und Augen waren verblaßt. Schlimmer noch: Am Boden hatten sich weitere ausgerupfte Federn angesammelt. Ben betrachtete den Papagei besorgt, bemerkte einige kahle Stellen und sah dort nackte Haut.

So vorsichtig wie möglich löste er den Käfig vom Haken und trug ihn aus dem Büro. Anschließend kehrte er mit dem Aufzug ins Erdgeschoß zurück.

Am Tresen des Wächters blieb er kurz stehen. »Ein medizinischer Notfall«, sagte er. »Dieser Papagei stirbt.«

Der Uniformierte musterte ihn mit unverhohlenem Mißtrauen.

»Ich habe in Reynolds' Büro gearbeitet«, fügte Ben hinzu. »Und plötzlich begann der arme Vogel zu krächzen.«

»So spät haben Sie noch gearbeitet?« fragte der Wächter.

»Ja. Warum sollte ich sonst im Büro gewesen sein? Hören Sie: Mr. Reynolds freut sich bestimmt nicht, wenn sein kostbarer Papagei das Zeitliche segnet.«

Der Mann hinter dem Tresen zuckte mit den Schultern. »Was erwarten Sie von mir? Soll ich etwa einen Krankenwagen rufen?«

»Nicht nötig«, erwiderte Ben. »Mein Auto steht draußen.« Er drehte sich um und ging weiter, ohne von dem Wächter aufgehalten zu werden.

Puh, dachte er, als er das Gebäude verließ. Der Bluff hatte funktioniert. Reynolds würde natürlich ziemlich sauer sein, wenn er am nächsten Morgen sein Büro betrat und feststellte, daß der Papagei fehlte. Aber selbst wenn er den Nachtwächter fragte: Ben bezweifelte, ob ihn der Mann gut genug beschreiben konnte, um Reynolds eine Identifizierung zu gestatten. Und auch wenn das der Fall war ... Ben konnte Clayton Langdell und seine ganze Operation gegen ihn ins Feld führen. Vielleicht auch noch den amerikanischen Tierschutzverein.

Er überquerte die Straße und folgte dem Verlauf der Fifth Street. Nach einigen Dutzend Metern hörte er den klagenden Schrei einer Eule und lenkte seine Schritte in die entsprechende Richtung.

»Pscht«, zischte es aus der Dunkelheit. Ben schob sich in eine finstere Gasse.

Der matte Schein des Mondes genügte ihm gerade, um Wolfs Gesicht zu erkennen. Der Junge sah gut aus. Seit der Entlassung aus dem Krankenhaus hatte seine Genesung erhebliche Fortschritte gemacht. Der rechte Arm – dort war er von der ersten Kugel getroffen worden – ruhte noch immer in einer Schlinge, aber ansonsten schien er wieder ganz der alte zu sein.

»Hier«, sagte Ben und reichte ihm den Käfig. »Gib gut auf den Papagei acht.«

»Natürlich.« Wolf öffnete den Käfig und holte Polly behutsam heraus. Der Vogel gurrte leise, schmiegte sich dann an die Schulter des Jungen. »Meine Mutter forderte mich auf, weniger Zeit im Wald und mehr Zeit in der Schule zu verbringen.«

»Tut mir leid für dich.«

»Schon gut. Sie meinte, ich kann auch weiterhin nach Fallen suchen. Und ich darf die Vögel jetzt nach Hause mitnehmen. Ich baue einen Schuppen im Hinterhof. Der Vermieter ist nicht gerade begeistert davon, erhob jedoch keine Einwände. Derzeit bemühen sich alle Leute, nett zu sein. Weil ich angeschossen wurde und so.«

»Nutz' die Sache so gut wie möglich aus«, riet ihm Ben. »Früher oder später geht's vorbei.«

»Ja, ich weiß.«

»Und bemüh dich, in der Schule möglichst viel zu lernen. Ein gutes Zeugnis ermöglicht es dir, zum besten Tierarzt auf der ganzen Welt zu werden.«

»Ich hasse die Schule. Die anderen Kinder mögen mich nicht.«

»Unsinn. Jetzt bist du bestimmt sehr beliebt. Immerhin: Wer kann schon behaupten, vom FBI angeschossen worden zu sein?«

»Hmm.« Daran hatte Wolf offenbar noch nicht gedacht. »Nun, ich gehe jetzt besser.«

»Ja. Bis dann.«

Der Junge setzte sich in Bewegung.

»Da fällt mir ein ... *Wolf!*«

Er drehte sich um. »Ja?«

»Ich wollte dich noch etwas fragen. Äh, kommst du auch gut mit Hühnern zurecht?«

4

Mit dem Büro stimmte etwas nicht, und Ben fragte sich, was ihm so seltsam erschien. Zunächst einmal: Jones saß jetzt nicht mehr an einem Spieltisch, sondern an einem *richtigen* Schreibtisch mit Schubladen und so. Hinzu kamen zwei weitere richtige Schreibtische, rechts und links von Jones.

Doch es gab noch etwas anderes, das sich verändert hatte. Ben stand in der Mitte des Vorzimmers und versuchte herauszufinden, um was es sich handelte.

Dann dämmert es ihm.

»Stimmt was nicht, Boß?« fragte Jones.

Ben runzelte die Stirn. »Ich geb's nicht gern zu, aber ich vermisse die Hühner.«

Jones seufzte. »Ja. Ich auch. Vor allem Barbara.«

»Nun, ich bin sicher, bei Wolf sind sie gut aufgehoben.«

»Bestimmt. Was ist in der Tüte?«

»In welcher Tüte?« Ben hielt die Einkäufe so, daß sein Sekretär keinen Blick darauf werfen konnte. »Oh, nichts Besonderes.«

»Ach?« Jones zog die eine Seite der Tüte nach unten, und zum Vorschein kamen mehrere Konservendosen mit Feinschmeckerfutter für Katzen. »Sie kapitulieren also, wie?«

Ben zog die Tüte fort und stellte sie in den Schrank. »Ich habe es nur für angebracht gehalten, einen kleinen Vorrat anzulegen. Für spezielle Gelegenheiten.«

»Natürlich. Darum die extra große Familienpackung. Machen Sie sich nichts draus, Boß. Katzen haben sich auch ganz anderen Männern gegenüber durchgesetzt. Apropos: Clayton Langdell hat angerufen. Er bat um ein Treffen mit Ihnen.«

»Möchte er noch immer, daß ich seine Organisation vertrete?«

»So scheint's.«

Eine erstaunliche Erkenntnis reifte in Ben heran. Langdell war kein Verdächtiger, der versuchte, einer Verurteilung zu entgehen. Er wollte Bens Dienste in Anspruch nehmen, weil er ihn für einen guten Anwalt hielt. »Was hat er gesagt?«

»Er meinte, er hat Sie vor Gericht gesehen. Angeblich ist er sehr beeindruckt gewesen. Darüber hinaus gefiel es ihm, wie Sie im Fernsehen mit dem aufdringlichen Reporter fertiggeworden sind. Er braucht Ihren Rat in bezug auf die Kampagne seines Vereins.«

»Toll. Meine neue Karriere beginnt, indem ich Lobbyisten zeige, wie man mit Reportern umspringt.«

»Wenigstens klappt's, Boß. Es könnte schlimmer ...«

»Bitte ersparen Sie mir das!« brachte Ben hastig hervor. Er blickte auf den Antrag, den Jones gerade tippte. Das Kohlepapier war verkehrt herum eingespannt, wodurch sich der

Durchschlag an der Rückseite des Originals befand. Na ja: Wenn sich die Sache mit Langdell auszahlte, konnte sich Ben vielleicht einen Fotokopierer leisten. »Übrigens, Jones: Ich danke Ihnen für die Arbeit hinsichtlich Lombardis finanzieller Unterlagen.«

»Ach? Und damit habe ich Ihnen sehr geholfen, nicht wahr?«

»Im Ernst. Sie waren mir wirklich eine große Hilfe. Außerdem möchte ich Ihnen für Ihre erstklassigen Ermittlungen danken. Sie haben viel mehr aus Spud herausbekommen als ich. Das werde ich Ihnen nie vergessen.«

Jones beugte sich hoffnungsvoll vor. »Bedeutet das, Sie gestatten mir in Zukunft weitere Nachforschungen?«

Ben räusperte sich. »Nun, mal sehen.« Er drehte sich um und stieß fast gegen Loving, der mehrere Aktenordner trug. Loving wich im letzten Augenblick aus, vermied dadurch eine Kollision und deponierte die Ordner auf einem der beiden zusätzlichen Schreibtische.

»Was machen Sie denn hier?« platzte es verblüfft aus Ben heraus.

Loving musterte ihn verwirrt. »Wissen Sie nichts davon? Christina hat mich eingestellt.«

»*Christina* hat Sie eingestellt? Wozu?«

»Damit ich für Sie ermittle. Tja, Skipper, nichts für ungut, aber Sie haben zugelassen, daß sich die Arbeit hier ganz schön anhäufte.«

»Ich bin mit anderen Dingen beschäftigt gewesen ...«

»Wie dem auch sei: Ich habe mir Ihre Akten angesehen, um festzustellen, wo ich Ihnen helfen kann. An einigen Fällen arbeite ich bereits.«

»Tatsächlich?«

»Ja. Eigentlich läuft's ganz gut. Manchmal muß ich ein wenig grob werden, um die benötigten Informationen zu bekommen.«

Loving mußte *grob werden*? »Einen Augenblick ...«

»Hallo.«

Ben wandte sich um und sah Christina hereinkommen. »Du kommst wie gerufen«, brummte er.

»Ben Kincaid!« rief die junge Frau. »Mein Held.« Sie klimperte mit den Wimpern.

»Ja, ja, ja. Hör mal, Christina ...«

»Gefällt dir mein neuer Schreibtisch?«

»Genau darüber wollte ich mit dir reden.«

»Weißt du was? Ich hab's herausgefunden.«

Ben furchte die Stirn und gewann den unangenehmen Eindruck, daß er die Kontrolle über das Gespräch verlor. »Was hast du herausgefunden?«

»Ich meine Frosty den Schneemann und die Explosionen.«

»Es war nur ein Traum, Christina. Vielleicht bedeutet es überhaupt nichts ...«

»Es war eben *nicht* nur ein Traum. Ich kämpfte gegen das Betäubungsmittel an und versuchte, die Benommenheit abzustreifen. Um zu verstehen, was um mich herum geschah. Ich habe an jenem Abend ein verschwommenes Bild von Margot gesehen: kohleschwarze Augen, weißer Mantel, dunkler Schal. Dreimal feuerte sie den Revolver ab. Daher die Vision von Schneemann Frosty und den Explosionen.«

»Schade, daß dir das nicht schon früher eingefallen ist.«

»Ja. *Comme çi, comme ça*..«

»Mag sein«, pflichtete ihr Ben bei. »Was hat es mit den neuen Schreibtischen auf sich?«

»Das ist mein Werk. Sieh darin die erste Rate des Honorars, das ich dir schulde.«

»So etwas wäre nicht nötig ge ...«

»Ich bin dabei von folgendem Gedanken ausgegangen: Wenn du als Anwalt groß herauskommen willst – und es deutet ja alles darauf hin, daß du auf der Karriereleiter einige Sprossen nach oben geklettert bist –, so mußt du unbedingt dein Image verbessern.«

»Meinst du?«

»Ja. Und du brauchst einen größeren Mitarbeiterstab. Deshalb habe ich Loving eingestellt – damit er sich um deine Ermittlungen kümmert. Was mich betrifft ...« Christina zog einige Schnellhefter aus ihrer Aktentasche. »Ich bin deine neue Rechtsassistentin.«

»Ich kann mir nicht leisten, Loving zu bezahlen. Oder dich.«

»Ach, Ben, sei doch nicht so ein Spielverderber. Sieh nur, wie glücklich Loving ist ... Sitzt dort drüben, blättert in den Akten und droht Leuten damit, ihnen eine Abreibung zu verpassen, wenn sie nicht mit bestimmten Informationen rausrücken. Er möchte so gern Teil deiner kleinen Familie sein.«

»Meiner *Familie*?«

»Außerdem hat er an einem Tag schon mehr Arbeit geleistet als du in zwei Wochen. Durch ihn bekommst du zusätzliche Einnahmen, mit denen du sein Gehalt bequem bezahlen kannst.«

»Hoffen wir's.«

»Und mach dir wegen mir keine Sorgen. Ich weiß natürlich, daß ich erhebliche Einkommenseinbußen hinnehmen muß, aber ich werd's überleben. Außerdem ist mir eins klar: Du brauchst mich hier, wo ich dich im Auge behalten kann.«

Ben spürte, wie bereits vertraute Hitze über den Hals zum Gesicht kroch. »Wer hier arbeitet, darf nicht mit viel Geld rechnen«, sagte er. »Zumindest nicht zu Anfang.«

»Und wenn schon. Du hast viel für mich getan. Ich stehe in deiner Schuld.«

»Unsinn. Du schuldest mir überhaupt nichts. Tausend Fehler sind mir unterlaufen. Letztendlich hatte ich einfach nur Glück.«

Christina drehte ihren Stuhl und faßte Ben an den Schultern. »Ich kann kaum glauben, was ich da höre! Nach allem, was du geleistet hast ... Es ist dir gelungen, ein Wunder zu vollbringen, Ben. Du bist wie die Weiße Königin und hast *mindestens* sechs unmögliche Dinge vollbracht.«

»Zum Beispiel?«

»Nun, du hast einen Freispruch für mich erwirkt, obwohl die Chancen denkbar schlecht standen – *numéro un. Deux:* Du hast Stanford als Lennies Mörder entlarvt. *Trois*: Du hast die Staatsanwaltschaft davon überzeugt, daß Margot vor allem psychiatrische Hilfe braucht und keine Gefängnisstrafe. *Quatre*: Du hast Spud einen neuen Job besorgt, in der Registratur eines Polizeireviers.«

»Dabei hatte Mike seine Finger im Spiel.«

»*Cinq*: Du hast Polly vor Reynolds gerettet, und bei Wolf

ist der Papagei gewiß in guten Händen. Bei einem Wolf, dem durch deine Fürsprache das Jugendgericht erspart bleibt, möchte ich hinzufügen. *Six*: Äh ...« Christina blickte nach rechts und links, versuchte ganz offensichtlich, ein wenig Zeit zu gewinnen. »Äh, du bist die Hühner losgeworden.«

»Na, das scheint mir ein wenig an den Haaren herbeigezogen, oder?«

»Wie auch immer. Beim fünften Punkt habe ich eigentlich *zwei* unmögliche Dinge genannt. Ich will auf folgendes hinaus, Ben: Du bist jemand, der gewinnt, und das wissen alle – abgesehen von dir selbst. Wenn du mich jetzt bitte entschuldigen würdest ... Es wartet viel Arbeit auf mich, wenn ich diesen Laden hier auf Vordermann bringen will.«

Christina schloß die Aktentasche, stellte sie beiseite und zog die oberste Schublade auf. »Oh!« entfuhr es ihr. »Ben!« Sie holte ein kleines französisches Porzellanschwein hervor – *Cochon* stand auf der einen Seite. Natürlich konnte man die Bruchstellen deutlich erkennen, aber ansonsten war die Figur wieder intakt, im großen und ganzen. »Du hast das Schwein zusammengesetzt! Und es hier in die Schublade des Schreibtisches gelegt ...« Abrupt hob sie den Kopf. »Das bedeutet, du hast Bescheid gewußt!«

»Ich habe was geahnt.«

»Das ist eine wundervolle Überraschung. Ach, *Ben* ...« Die junge Frau stellte das Porzellanschwein auf ihren Schreibtisch. »Ich lasse es hier stehen, für immer. Und wenn ich es ansehe ... Dann denke ich an dich.«

Wie schmeichelhaft.

Ben ließ den Blick durch sein Büro schweifen und staunte über die Veränderungen. Kein Toilettenpapier, keine Hühner. Loving knurrte am Telefon und kündigte an, jemandem »das Leben zur Hölle zu machen«. Jones hämmerte auf die Schreibmaschine und merkte noch immer nicht, daß er das Kohlepapier falsch herum eingelegt hatte. Und Christina war da, gesund und munter.

Ben lächelte. Die Dinge könnten tatsächlich schlimmer sein.